SMARTSCRIPT
AI
PLAYWRITING
DRAMA

刘艳卉 著

大型戏剧编剧实务
在人工智能的辅助下

上海人民出版社

上海市教委"人工智能促进科研范式改革
赋能学科跃升计划"项目资助成果

———————

国家社科基金艺术学重大项目
《中国话剧编剧学理论研究》（项目编号：22ZD07）阶段性成果
上海市东方英才计划项目资助

目　录

下 编

前　言

　　本书分为上下两编。其中，上编介绍编剧基本理论，依次介绍大型戏剧中的情节安排、结构单元、情节线索、时空布局、剧本对话等内容。这既是一般创作规律的总结，也是下编中即将介绍的《编剧坊》辅助编剧系统实践演练的理论铺垫。其目的是帮助读者建立知识储备，了解深入创作时需要避开的误区。下编以《编剧坊》系统为例，介绍了在人工智能背景下，AI 辅助编剧的原理与方法。其中，第七章介绍了 AI 编剧创作的进展与启示，八至十一章介绍了基本构思、剧本大纲、分幕大纲、分场大纲、场面大纲等使用流程在每一个阶段，都给出 AI 创作的实例和人类的修改方案，以供读者鉴别比较。

　　上下两编的内容虽有不同侧重，却不是彼此割裂的。上编的编剧理论在讲述一般剧作规则时，兼顾了运用《编剧坊》辅助编剧的需要；下编在针对《编剧坊》的应用案例阐述中，也会时时回顾上编的内容。这样的安排，让读者既可以单独使用某一部分，也可以合并来学习。

　　戏剧编剧规则又不能够僵化地使用。一切规则都是从正在发展变化着的戏剧实践中产生，并且要放到实践中加以检验的。这就要求我们不能机械地理解剧作规则，要认识到规则与规则的变化，既不能够因为剧作形态的丰富而舍弃规则，也不能够因为规则而放弃广袤的剧作森林。本书特意区分了情节型 / 情感型 / 哲理型等不同风格类型的作品。这一编写思想贯穿了全书，从第一章的事件安排，一直到最后一章的对话风格，甚至在每一章的习题中均有体现。比如区分了单线 / 双线 / 多线等不同线索的作品，这与情节 / 情感 / 哲理的类型划分是一致的。语言的贫乏、机械，虽然是 AI

生成根深蒂固难以移除的缺点，也是发挥人类编剧主观能动性的所在。所以在上编第六章中，除了谈语言的动作性，还对日常的、修辞的、陌生化的语言风格进行了区分，这对于人工修改 AI 生成剧本的语言有很大帮助。笔者还在上编中引用和分析了大量剧本。这是因为读剧本是学习创作戏剧最为有效也最为便捷的途径之一，在剧作中还原技法、规则，也是避免圆凿方枘、刻舟求剑，克服机器压迫感的良方。

需要强调的是，《编剧坊》只是一款辅助编剧的软件，它的服务对象是人。我们始终坚持"人工为主、机器为辅"的设计思想和创作原则，坚持人类创作的主动性。人工智能辅助创作，一是让创作者更深刻地理解编剧原理与规则，二是提高创作的效率和规范性，替编剧解决一些简单的问题。这也就是说，不能够把软件提供的规则和规范当成创作的不二法宝，完全依靠软件来创作。恰恰相反，软件只是辅助创作的工具。AI 的优点在于，能够给人以启发，能够辅助人类缩短完成一部作品的创作时间，以及能够缓解人类在创作时的焦虑——毕竟有一个虽不怎么样但却成型的作品摆在面前。不妨把 AI 创作当成一种试错和探索，当 AI 创作结束之后，人类的创作才刚刚开始。AI 辅助创作与人类编剧的艺术准备有着很大关系。与人相比，再好的人工智能也不智能了，创作者应该具有突破系统所给定框架的主动创造意识。最终的作品好比是"鱼"，而《编剧坊》是给人捕鱼的网，如果对使用者能够有所启发，完全可以弃之不顾而另起炉灶。

《编剧坊》人工智能辅助系统是依托大模型来工作的，让大模型遵从人类指令与发挥创造性是两难之选。几经考虑，我们选择给予大模型更多的创作空间，这会导致有时候大模型生成文本时"自说自话"，做不到完全遵守创作者的设计。不过，考虑到大模型的创造性有时候也会激发创作者的灵感，而且创作者也可在大模型的输出基础上进行调整，或者多次使用大模型进行生成，对创造性优于稳定性的设计是更为合理的折中。大模型在变化，《编剧坊》平台也在适应调整，本书上编中的编剧理论，下编中所举的创作实例及分析，可能只探索了 AI 创作的九牛一毛，更多的未来还有待大家共同来发现。

上　编

第一章　大型戏剧的主要事件及情节安排

大型戏剧是指演出时长在 90 分钟以上、字数两万起的戏剧舞台剧。本书所指的大型戏剧以话剧为主，包括两幕剧、三幕剧、四幕剧、五幕剧及无场次结构的戏剧。有些独幕剧的情节容量已经达到大型戏剧的要求，也应该视作大型戏剧。

无论是哪种类型的大型戏剧，在事件和情节安排上，都要包括三个阶段。其一，建置，即背景交代、情节铺垫；其二，新人物和新事件的出现；其三，冲突和行动的发展。其中，冲突和行动的发展是剧作的主体内容，建置和新人物、新事件出现是冲突和行动开始的基础。三部分的内容功能各有侧重，也是戏剧情节结构在事件上的分水岭。

姚扣根教授在《编剧学词典》中认为：

戏剧情节是指戏剧作品中一组由因果关系联系起来的有目的性的事件。

情节对系列事件的有机联系，使作品构成有机整体，以便塑造人物，表现出某种特定的主题、感情和艺术效果。

戏剧情节的构成，一般可分为开端、发展、高潮（突转）和结局四个部分。

开端：在人物行动中交代时间、地点、人物关系、特定环境；激励事件发生，人物有所行动，打破原有平衡，提出矛盾，指明剧情发展方向，造成悬念，引起观众兴趣。

发展：主要矛盾冲突逐步展现。矛盾双方经过几个回合的斗争，力量的对比不断发生变化，矛盾冲突的动作有节奏地合情合理地由开端向高潮进军。依据人物性格、矛盾双方斗争的特点，情节层次分明地使矛盾冲突越来越趋于尖锐化；另一方面又要使矛盾冲突的发展避免直线上升，而应该有波澜，有起伏，一波未平，一波又起。

高潮：到最紧张最急剧的白热化程度，也就是决定胜负、成败的转折点。高潮是揭示戏剧冲突思想意义，突现人物思想性格最集中最深刻的地方，也是最激动人心的场面。

转折点，也称突转、陡转、突变，指剧情向相反方面的突然变化，即由逆境转入顺境，或由顺境转入逆境。它是通过人物命运与内心感情的根本转变来加强戏剧性的一种技法。创作实践中，突转通常与发现同时出现和相互联用，剧情往往通过发现而发生激变。发现，指从不知到知的转变，它可以是主人公对自己身份或者与其他人物关系的新的发现，也可以是对一些重要事实或无生命实物的发现。

发现与突转是情节的主要成分。长期以来，这两种手法被认为是编剧艺术中最富于戏剧性的技巧，从而被广泛使用。在剧本创作中，好的突转场面不光着眼于剧情的起伏跌宕，而且立足于人物刻画，力求通过情节的合情合理的突转，写出人物剧烈丰富的心理变化与感情起伏。

结局：交代主要事件的结果，有开放式和封闭式两种。封闭式，即矛盾解决。开放式，指原有的矛盾并没有结束，或新的矛盾产生。[1]

我们也可以将戏剧的情节结构分为建置、新人物新事件出现、冲突回合三个部分，这也照应了上述开端、发展、高潮、转折点、发现和突转、结尾等阶段。其中，建置与新人物新事件出现相当于开端，冲突回合则包括了冲突发展到结束的所有内容。

当然，从发展、高潮到结局，不能将其理解为直线上升或阶段性上升的过程，这一过程并非一个阶段克服一个困难、逐步实现目的，而是曲折

---

[1] 姚扣根、陆军编著：《编剧学词典》，文汇出版社 2017 年版，第 76—78 页。

上升的，甚至在多个阶段呈现为一种"山穷水尽"的态势，继而"绝处逢生"。这种情节的发展趋势，适用于情节线清晰的剧作，而对于一些特殊的、富含哲理、情感，或者是多线结构的剧作来说，不一定每个阶段都如此清晰，但整体上依然存在一个发展变化的过程。

第一节　背景交代与情节铺垫

在建置中，一般要提到人物所面临的困境或希望争取的目标，他们或许处于一种自足的状态，或许处于一种危急的状态，无论哪种状态，人物都面临特定的困境或机遇，我们可以称之为特殊的情境。建置被分为交代和铺垫两部分内容。交代是完成后续情节有关的人物关系和故事背景的建构／设定，铺垫则更聚焦于后续情节发展所需要的内容。

以《玩偶之家》为例，从整体情境的建置来看，这是娜拉多年以来第一个无忧无虑的圣诞，她非常快乐。从具体的交代来看，开场交代了人物关系，她是一个被丈夫宠溺的小妻子，有两个孩子，生活美满幸福。娜拉还向林丹太太透露自己曾经伪造签名借钱的秘密，这件事她一直瞒着丈夫。如果娜拉不害怕海尔茂知晓此事，直接和盘托出，由海尔茂选择帮助或开除柯洛克斯泰，那么这出戏就不存在困难和冲突。她既然不想让丈夫知道，那就必须尽力满足柯洛克斯泰的要求。正是因为不能对丈夫道明原委，所以她为柯洛克斯泰的求情无法打动对方，未能达到效果，反而引起了矛盾的激化。

如果只有对人物当下情境的交代，而没有针对后续情节的铺垫，则后续情节的发生就会显得有些突兀；如果没有对当下情境的交代，后续情节的发生又会显得生硬，不易把观众带入剧情。需要注意的是，在当下情境的交代中，一般要给人物制造一定的困难或困境。《玩偶之家》中，编剧并没有给人物一个开场就存在的困难，看上去只是对圣诞氛围的营造，然而，当柯洛克斯泰进行威胁时，圣诞的愉快氛围也随之改变。在许多作品中，编剧着意给人物设置一个已经存在的困境或者机遇。比如《俄狄浦斯王》中，俄狄浦斯正面对全民染上瘟疫的困境，而他被指认为不洁之人，这一设定使得冲突的重心从解决瘟疫问题的宏大目标，演变为查找真凶的具体目标，为此，他必须首先查明自己的身世，证明自己不是杀人凶手。

无论是在《玩偶之家》，还是在《俄狄浦斯王》中，都有一个较为久远的前史，这个前史被放在铺垫部分进行阐明，原因在于这种前史对于解决矛盾冲突有着至关重要的作用。然而在有些剧作中并不存在久远的前史，因此，关于情节的铺垫通常是对背景的一种交代，这一内容可以提前规划，也可以视后续情节的需要加以补充。比如在《青春禁忌游戏》中，老师在与学生相见并接受完鲜花后，才交代出数学考试、母亲住院等相关信息：

> 【叶莲娜·谢尔盖耶夫娜突然哭了。
>
> 孩子们神情慌张地转过身来，他们手足无措地相互打量着，似乎在埋怨着：谁？谁惹亲爱的叶莲娜老师难过了?！
>
> 学生们　叶莲娜·谢尔盖耶夫娜，您怎么了？我们是诚心诚意代表全班来看您的，叶莲娜·谢尔盖耶夫娜！真心的！……
>
> 叶莲娜　亲爱的同学们，你们……你们简直想象不出我现在的心情……我真的没想到。谢谢你们。你们怎么知道我今天过生日？
>
> 维　佳　侦察队搞到的情报。
>
> 叶莲娜　不可思议……你们请进吧。
>
> 巴　沙　谢谢，亲爱的叶莲娜·谢尔盖耶夫娜，我们该走了。您知道的，还得复习准备其他几门考试呢。
>
> 叶莲娜　巴沙，什么考试？我的数学你们不是今天刚考完吗？我不能让你们就这么走了。
>
> 维　佳　不方便吧？我们会打搅您，您家也许有客人……
>
> 叶莲娜　哪儿来的客人，维佳？我妈妈住院了，家里就剩我一个人。你们别想溜，我可不放你们走。

瓦洛佳　好吧，叶莲娜·谢尔盖耶夫娜，谢谢。我们坐一会儿，不过请您别太张罗了。

叶莲娜　太妙了……我们先得把花插进花瓶里。拉拉，从那边的餐柜……这是什么？（终于注意到她一直拿在手里的一个纸包）①

"数学考试"是学生们来给老师祝贺生日的原因，与"母亲住院"一样，都是并不久远的前史。学生们为了让老师就范，在多个地方提到要帮助老师的母亲转院，找到更好的治疗医生。

对于"建置"部分的内容，可以用展示的方法，如上文中的《青春禁忌游戏》；也可以用叙述的方法，有些剧作便选择通过人物讲述来交代，如《寻找男子汉》中，就通过女主人公舒欢的独白，交代了她在街头漫无目地乱走的原因是老母亲的恨嫁逼婚。又如《雷雨》中，鲁贵对四凤讲述的"周府家史"涉及鲁侍萍的近况、四凤来到周府的原因、周萍与繁漪的乱伦关系等多种内容，还夹杂着人物当下的行动——鲁贵不仅在议论周家，还向四凤借钱、传授他庸俗的人生观。

在完成了周府人物关系的基本交代后，剩下的就是铺垫。一般来说，简单的铺垫可以通过细节，在人物对话中体现；重要的铺垫，则需要辅之以场景展示。比如《雷雨》中，鲁大海就罢工事件找周朴园，就不是借鲁贵之口说，而是鲁大海亲自上场展示的。

在建置的交代和铺垫中，一般会依次讲述每个情节，再逐步展开后续；或从戏剧的需求出发，将多个情节交错融合。此外，还可以先通过语言叙述交代背景，再通过具体场景的呈现，加深观众对人物性格和人物关系的理解。如在《雷雨》中，鲁贵先向四凤提到繁漪与周萍关系的异常，随后周萍与繁漪狭路相逢的场景中，直观地呈现了二人复杂的情感纠葛，从而增强了戏剧的张力。

关于建置的交代和铺垫，可繁可简，在《雷雨》与《武陵人》中，用了

---

① 柳德米拉·拉祖莫夫斯卡娅：《青春禁忌游戏》，童宁译，电子工业出版社2003年版。（后同）

整整一幕来建置；在《哈姆雷特》中，先通过侍卫们交代老国王鬼魂的出现，随后才是哈姆雷特亲自上场见到父亲的鬼魂。哈姆雷特得知父亲鬼魂之事，本来可以通过他人简要的报告来交代，但这种做法会使戏剧性逊色不少，而先由人铺垫、再让哈姆雷特亲临其境的设计，则增加了悬念和紧张感。

需要注意的是，铺垫并非一次性讲完，可以视后续情节的需要，从戏剧性和情节逻辑出发而逐步呈现。比如《青春禁忌游戏》中，老师叶莲娜的母亲生病住院，按照正常的剧作规则，是应该在人物的初始状态中描述的内容。但剧作并未遵守这一规则，而是先讲述学生们意气风发、带着礼物来探望老师，这是为了在开头制造奇峰突起的叙事效果以引人入胜：

> 【女教师的一居室，傍晚时分。门铃声响起来了。叶莲娜·谢尔盖耶夫娜打开门，只见门口站着三个男生和一个女生，其中一人手里捧着一大束鲜花。他们是她的学生。

学生们　您好，叶莲娜·谢尔盖耶夫娜！晚上好，叶莲娜·谢尔盖耶夫娜！

叶莲娜　天啊，孩子们……你们？对不起，我没有想到。

巴　沙　亲爱的叶莲娜·谢尔盖耶夫娜！……

维　佳　（打断他）以十年级二班全体同学的名义……

巴　沙　你别插嘴！亲爱的叶莲娜·谢尔盖耶夫娜！我们受十年级二班全体同学的委托，在我们即将跨入美好生活的时候，请允许我们向您祝贺生日快乐，并祝您——亲爱的叶莲娜·谢尔盖耶夫娜，未来的日子就像这束春天的鲜花一样充满幸福，事业有成，我甚至要说，祝您长命百岁，好再培养出几代像我们一样傻头傻脑的青年来。一句话，祝您长寿！万岁！

> 【所有人一齐喊了一声并鼓掌。

巴　沙　（递过花）叶莲娜·谢尔盖耶夫娜，请允许我吻您。

维　佳　还有我，还有我，叶莲娜·谢尔盖耶夫娜！我们祝贺您！

拉　拉　我们祝贺您，叶莲娜·谢尔盖耶夫娜！这也是给您的。（把花

交给她）

瓦洛佳　叶莲娜·谢尔盖耶夫娜，发自灵魂，也发自内心地祝贺您。

（吻她的手，递给她一个纸包）

【瓦洛佳的嘴唇还没有离开叶莲娜老师的手背，巴沙和维佳就已经迫不及待地将叶莲娜老师纤弱的身体举了起来，拉拉用相机及时捕捉下了这个欢快的瞬间。

喜悦的学生们将叶莲娜簇拥在他们当中，如同一群可爱的小天使簇拥着他们的圣母一般。维佳喷撒了艳丽的彩带，接着是片刻的宁静，学生们和叶莲娜老师一起凝视着五彩缤纷的彩带从空中缓缓落下……

戏的开头是生机勃勃、欢乐祥和、奋进昂扬的，可爱懂事的学生们来给老师庆祝生日，然而随后气氛急转直下，原来学生们另有打算，情节发生巨大的突转。

有的戏剧开头则以营造氛围和情感取胜，不过多地交代与情节相关的铺垫，而是建置人物生存的环境。比如《沉钟》的开始段落：

【山上一片被枞树林包围的空地。左边靠后，是一间小木屋，置于凸出的岩壁之下。右边靠前，是一口古井。

罗登德兰　（坐在井台边上，梳理着她那浓密的金发，一边在赶一只飞来的蜜蜂。她手中拿着一面镜子）你这嗡嗡叫个不停的金色的小虫——你从哪儿飞来，你这吮吸花汁的家伙，你这制造蜂蜡的小鬼！去！别来打扰我，你这生在阳光下的一钱不值的东西！听到了吗？快给我滚开！我在用祖母的金梳子梳着我的头发。要是我把时间耽搁了，她回来准会把我责骂。去吧，我说！什么？还在那里游游荡荡……滚吧——给我滚开！我难道是玫瑰花丛？我的嘴唇难道是朵玫瑰花？你飞到树林里去吧。飞过那条小溪！在那儿，我的小蜜蜂，在那儿立金花正在盛开，还有番红花和紫罗兰——你可以吸一个饱。你以为我在编着谎话骗你？不，不。快，回家去吧。你在这儿可不受欢迎。你知道森林中的老祖母诅咒你，因为你给教堂里的祭烛提供蜂蜡。过来！你要我再讲一遍吗？别走得慌里慌张的！海！……烟囱！请喷出烟来，吹过那片林间的空地，把这调皮任性的家伙赶走。哦！跑啦！跑啦！……快一点！快一点！滚吧，滚吧！（见蜜蜂飞走了）啊，终于走了！（静下来梳理头发。一会儿又俯身向着井里呼唤）喂！尼格尔曼！（停顿片刻）他没有听见我。好吧，我给自己唱支歌吧。①

这段独白描绘出生机盎然、万物有灵的和谐景象，女妖的身份和人物关系也得到一定交代。之后是水妖尼格尔曼的出场，对罗登德兰所处的环境进行补充描述：

尼格尔曼 （气呼呼地）卜勒克克克克斯！别那么自作聪明了，你懂吗？你这猴子精，你这侏儒，你这秃头雀，不要惹我发怒！我说，你小心留点神！库拉克斯！库阿克！库阿克！库阿克！

罗登德兰 要是您大叔今天老是要发火，我就让您独自留下。我可要去跳我的环圈舞。我有的是好舞伴，因为我长得美丽而可爱。（欢呼）哈！唷哈嗨！

林　　魔 （没有露面，只听得见声音）哈！唷哈嗬！

罗登德兰 我的快活的森林老爹，来吧，跟我一起跳舞！

【林魔上。他长着羊腿羊须和羊角，在林中空地上跳着滑稽的舞步来到台前。

林　　魔 我虽然不善跳舞，我却知道轻轻一跳就能叫敏捷的野山羊望尘莫及。如果这不能讨你欢心，我还有一些别的玩法能叫你

① 霍普特曼：《沉钟》，选自《西方现代戏剧流派作品选（第 2 卷）象征主义》，汪义群译，中国戏剧出版社 2005 年版，第 191—280 页。（后同）

喜欢。来，跟我一起来吧，我会带你去林中，那儿有一株古老的空心柳树。那儿听不到小溪的水声，也听不到公鸡的啼鸣。在那岩石的阴影底下，我会给你雕一支神奇的笛子，它发出的音乐能叫姑娘们一个个都合着它的节拍舞蹈。

罗登德兰 （巧妙地躲开他）我这黄毛丫头可配不上你！你还是玩弄你那套骗人的把戏，去追你那林中的婆娘，她也许喜欢你的山羊腿！或者去找你那老伴，每天给你生一个儿子，到了星期天的早晨，还要多给你生三个，三个肮脏的臭小子。哈、哈、哈！

【她笑着跑进小屋。林魔想抓她却没有抓到，闷闷不乐地退回原地。

尼格尔曼 卜勒克克克克斯！这妞儿真有股疯劲！让雷火劈死你！

林　　魔 （坐着）啊！我真想给她一点厉害瞧瞧。（取出一支短烟斗，在蹄子上擦亮火柴点燃烟斗）

尼格尔曼 你家里一切都好吗？

林　　魔 不过如此，不过如此。这儿比山上要暖和些。你们可舒服，在我们那边，风整天呼啸个没完，翻滚的云儿在山脊上浮动，像湿漉漉的海绵一样，一挤就挤出好多水来。我们的日子真是糟透了！

尼格尔曼 就这些吗？

林　　魔 还有……昨天我采了今春第一颗生菜，它就长在我屋子前后。今天早上我出了家门，到各处游游荡荡。我走过灌木丛和荆棘林，最后来到一座大森林。我看见那些个芸芸众生，在掘土的掘土，劈石的劈石，个个汗流浃背，脏不堪言。一旦他们造起了教堂，在教堂里响起他们的钟声，那才闹得我们不得安宁呢！

尼格尔曼和林魔揭示了罗登德兰所处环境不和谐的一面，前者粗俗，而后者肮脏，他们都厌恶教堂的大钟。这种建置的处理，并非通过冲突或动作事件展开，而是以人物对话来描写景物，主要目的是提供一种氛围的铺垫。

第二节　新人物、新事件的出现

在完成关于剧作基本情境、人物关系、必要事件的建置后，接下来就是剧情发展的发动机——新人物、新事件的登场与发生。这在电影中被称为"导致主人公的平衡状态被打破"的激励事件，人物为了恢复平衡状态，不得不采取行动。在戏剧中，我们可以更直观地理解为新事件、新人物的上场。以《玩偶之家》来看，就是柯洛克斯泰的上场。娜拉刚刚在上一场表达过对还完债务、名声清白的宽慰，却马上面临旧事被揭穿的风险。柯洛克斯泰的到来，将娜拉置于一种尴尬的境地。我们看到，这种境遇与先前的春风得意背道而驰，人物境遇由顺转逆了。在《哈姆雷特》中，哈姆雷特王子亲眼看到老王鬼魂，对他来说是新人物的登场所带来的新信息，父亲被叔父谋杀一事得到了证实，这也就打破了他与奥菲莉娅平稳的爱情生活，迫使他从无忧无虑的王子转为处处小心复仇者。在《青春禁忌游戏》中，生性孤僻的女教师被一群热情的学生包围，这当然是一种极大的惊喜，她把学生们留下来并热情招待。可当老师下场后，戏剧气氛发生了变化，先前阳光开朗的学生，一个个变得阴郁不安，他们此行另有目的：

> 【维佳坐在沙发的扶手上，有点兴奋地踮着脚尖；巴沙表情严肃地盯着瓦洛佳，只见瓦洛佳坐在留声机边，十分从容地挑选着仅有的几张唱片，巴沙无奈地耸了耸肩；瓦洛佳终于从唱片盒里取出了一张放进唱机里，优美的旋律顿时充满了这间狭小的客厅……

维　佳　好像上钩了？啊？（巴沙耸肩）都是一路货！你们不知道，上
　　　　回她在教研室里闹着要给自己加课，正好让我听见了。就为

了多挣几十卢布的课时费，她差点儿吼起来了。

瓦洛佳　维佳，为酒杯的事儿你父母没大发雷霆吧？

维　佳　我这么干可是为了神圣的事业！他们知道了还会对你们说谢谢呢。又不是天天……

瓦洛佳　遗憾，这是才开始。生活中我们不得不给人送礼。

巴　沙　叶莲娜不吃这套。礼物收买不了她。这类人必须激起她们的慈悲心才行。

维　佳　我老爸说，如果你得不着，只说明你给的不够量。

巴　沙　你老爸没坐牢？

维　佳　（挑战地）你老爸呢？！

巴　沙　我老爸没有偷偷摸摸的。

瓦洛佳　所有的手段都不妨试试。说到底，每个人都有一个致命的弱点。我们找准它在哪儿，在适当时机按下去：吱扭，门就开了！

【瓦洛佳说着用一个极其坚定而又冷酷的动作停止了留声机的演奏……

　　这里没有新人物的上场，而是在场人物说出自己的目的，属于新事件的发生。

　　一般来说，新人物、新事件的出现会对人物的当下造成一定困扰，但并非所有的剧作都要遵循这一规则；即使有困扰，也不一定立刻就会形成困扰，随后进入行动回合。一般来说，人物都有一个道明来意、相认的过程。关于这点，在创作的时候要灵活看待。比如《武陵人》中，黄道真来到一个没有见过的世界时，桃花源不会立即成为他的困境。他在这个世界里看到了人们无忧无虑的生活。姑娘们开心地斗草：

桃花、蒨红　（齐）春天到，春天到，满眼风筝天上开，满眼杏花地下闹，桃花李花等不及，桃花李花等不及，各嫁春风颜色好，各嫁春风颜色好，桑树柳树不服气，你要红来我就绿，红的绿的缠不清，今天斗草归我赢，今天斗草归我赢。

黄道真　所谓幸福，有时候是多么简单！一个女孩，一棵桑树，一窝
　　　　子蚕，不久以后所有粗糙的叶子都将变成柔软光亮的缎子，
　　　　他们在从事多么伟大的行业。

看到了黄发垂髫怡然自乐：

老　叟　小玉，我告诉你，爷爷今天是不管你耍赖不耍赖了，你要是
　　　　再背不出天干跟地支，我这根麦芽糖是决计不给你吃了。

小　玉　（不听，绕着爷爷跑，想夺下糖来）爷爷，给我嘛，我下回背
　　　　就是了。

老　叟　下回，下回，已经下回几十次了，这次非背不可，十岁了，
　　　　连天干地支都不晓得。

小　玉　先给我舔一口，爷爷，只舔一口，这么好的糖不吃可惜了。

老　叟　舔一口，好，只舔一口，（小玉舔一口，但不免多咬几下）跟
　　　　我说"甲乙丙丁"。①

　　黄道真看到了人们的诚实憨厚，知道了这里的人们没有战乱与忧伤地
生活了很久，而且还将继续这样生活下去。只是到第二幕结束的时候，他
才感觉到这种生活的可疑：

黄道真　我曾经抱怨那个叫作武陵的地方，

　　　　但这里又如何呢？

　　　　每一家人都在吃晚饭了，每一个烟囱都在冒烟了。

　　　　温柔的灯光一盏一盏点亮起来了。

　　　　但这究竟是不是幸福呢？

　　　　这里究竟是一个怎样的地方？

　　　　他们讥笑我们的光荣，他们摔碎我们的皇冠，

　　　　武陵的一切他们全否定了，可是桃源呢？他们又能有什么？

　　　　谁能告诉我，这个幸福了六百年的地方，

---

① 张晓风：《武陵人》，选自《台湾剧作选》，中国戏剧出版社1987年版，第141—198页。
　（后同）

在今天，是否能给我幸福，

而如果它给我幸福，

我将享受这些幸福，

还是忍受这些幸福，

上天啊，你究竟告不告诉我，你究竟知不知道我的名字？你
究竟负不负我的责任？

新人物、新事件的出现是对于建置而言的，对此要灵活处理和看待。霍普特曼的《沉钟》中，最早建置的是林中女妖罗登德兰的生活环境，对她而言，海因里希的出现意味着新的状态变化。不过，全剧的叙述立场围绕海因里希展开，主要写铸钟匠海因里希关于铸钟的精神体验，因此，与其说是海因里希的出现让女妖的生活有了变化，不如说是海因里希遇到女妖后，自己的人生有了变化。从这一规则出发，似乎应该先建置海因里希，再让罗登德兰作为新人物登场。这样一来，在建置时要把叙事空间分裂为海因里希的工作空间和罗登德兰的生活空间两个不同的地点，会破坏时空的整一性。编剧选择了先建置罗登德兰生活的奇妙梦幻仙境和其中蕴含的种种危险因素，从剧作整体的灵动风格，以及宣扬人和自然和谐相处的创作主题来看，这种选择是正确的。因此，我们要灵活地看待新人物和新事件的出现，并且对时空和主题的约束加以灵活处理。

海因里希遇到罗登德兰，或者反过来，都使两人的生活发生了一些改变。这些改变不一定以意志的冲突、行动的对峙为前提，不一定给人物造成阻碍。由于遇到的是陌生的新人物，对陌生人的了解过程，不必包含对立冲突的成分：

海因里希　我在哪里？姑娘——你能告诉我吗？

罗登德兰　怎么，不是在山上吗？

海因里希　在山上？啊——可是怎么会……到底怎么回事？是谁今晚
　　　　　把我带到这儿？

罗登德兰　哦，陌生的客人啊，我对此也一无所知。你为什么要为这

些小事挂虑呢？喏——我这不是给你带来了干草。请把脑袋枕在干草上，好好地休息一会儿吧。

海因里希　我需要好好休息，是的，你说得对。可是我现在还无法安息。（焦急地）现在，请先告诉我……到底发生了什么？

…………

在海因里希得知自己是从山上失足掉落后，紧接着的是他迷上罗登德兰的情节：

海因里希　（一把抓住她的手腕，哀求地）哦，留在这儿别走！（见罗登德兰站在那儿不知所措）用你那奇妙的眼睛看着我吧。因为在你的眼里，世界焕然一新，那么甜美，把我又带回生命！请留在这儿。姑娘！请留下吧！

罗登德兰　（不自在地）那么……就照你的办吧。可是……

海因里希　（热烈地恳求）请留在我身边！你不会离开我的吧？你做梦也想不到你对我来说有多么珍贵。哦，别叫醒我，我的姑娘。我会把一切都向你吐露。我掉了下来……哦，不，还是听你说，因为你的声音犹如天堂里的音乐，上帝一定将它赋予了你，我只想听。说吧！……你怎么不说了？你不唱首歌吗？为什么……我掉了下来——我已经告诉过你。可我不知是怎么回事。到底是因为脚下的小径崩塌了，还是因为我自己无意中失了足？反正，我掉进了深谷。（更热切地）我攀住了一棵野樱，那是一棵长在石缝中的野樱树。树枝折断了——可我仍紧紧抓住一根嫩枝，只觉得粉红色的花瓣像雨点似的落在我头上，我也跟着往下掉，掉向那无底的深渊——死去。即使现在，我也是死了。我一定是这样，谁也不要来唤醒我！

罗登德兰　（没有把握地）可是你还活着！

海因里希　我懂了，我懂了。可以前我却不理解：生即是死，而死也

就是生。（又虚弱下去）我掉了下去。我活过——后来掉下

去了。钟也掉了！（以下略）

直到这里，海因里希才补充交代了自己铸钟失败的前史，并且倾诉自己对罗登德兰的依赖与迷恋。

前文所述的建置与新人物、新事件，是相继出现并且在场景中展示的；在《怀疑》这样的思辨色彩浓郁的剧作中，出于压缩时空、突出思辨的考虑，建置和新人物的出现则是以回顾的方式、放在阿洛西斯修女对詹姆斯修女的盘问中的：

阿洛西斯　谁在照看你的班级？

詹 姆 斯　他们在上美术课。

阿洛西斯　美术课。浪费时间。

詹 姆 斯　一个礼拜只有一小时。

阿洛西斯　六十分钟能学许多东西。

詹 姆 斯　是的，阿洛西斯修女。我是否可问一下你是如何处理威

　　　　　廉·伦敦的？

阿洛西斯　我让他回家了。

詹 姆 斯　哦，亲爱的。那他还在流血。

阿洛西斯　噢，是的。

詹 姆 斯　在晨祷时，他鼻子突然出血而且流血不止。

阿洛西斯　是突发的吗？

詹 姆 斯　还会是什么？

阿洛西斯　他自己造成的吧。

詹 姆 斯　你是说，你认为他可能故意让自己流鼻血？

阿洛西斯　正是这样。

詹 姆 斯　不是！

阿洛西斯　你很单纯，詹姆斯修女。威廉·伦敦是个坐立不安的男孩。

　　　　　你稍有放松他就会想方设法离开座位。为了逃学半天，他

会把脚放在火里。

詹　姆　斯　怎么会呢？

阿洛西斯　他头脑不安分。

詹　姆　斯　但那是好事啊。

阿洛西斯　不，这不是好事。他父亲是个警察，最不希望他的儿子成个小流氓。威廉·伦敦开始惹是生非了，青春期使他不安分，满脑子想着坏事。我很怀疑他能否高中毕业。但这不是你我能决定的。我们只要把他送出去，出了这扇门，就是别人的责任了。通常来说，我总派最有经验的修女担任八年级的教学，而且我严格监督。你管得住你的班级吗？①

…………

从对话上我们可以感觉到阿洛西斯严厉认真，詹姆斯可爱单纯，关于教会学校的课程设置、各个学生的特点，都是由人物对话转述的。阿洛西斯不断叮嘱詹姆斯要谨慎敏锐，即便把对方训哭也没有放松：

阿洛西斯　满意是一种恶习。你有手帕吗？

詹　姆　斯　有。

阿洛西斯　擦一擦。你以为苏格拉底会满意吗？好的教师永远不会满意。在这个学校我们有着三百七十二位学生。这是一个需要在教育、精神和道义上始终保持警惕的社会。我无法允许一位极其单纯的教师担任八年级的教学。这是一种自我放纵。单纯是懒惰的一种形式。单纯的教师是很容易受骗的。你得精明，詹姆斯修女。

詹　姆　斯　是，阿洛西斯修女。

阿洛西斯　当威廉·伦敦的鼻子出血时，要怀疑。别被一点点血抹去

---

① 尚利：《怀疑》，选自《怀疑　普利策奖戏剧集》，胡开奇译，新星出版社 2011 年版，第1—74 页。（后同）

了你的判断力。上帝给了你一副脑和一颗心。心是热的，而你的脑筋必须是冷的。撒谎者应该害怕对你撒谎。你的存在应该令他们不安。但我怀疑他们是否会这样。

詹 姆 斯　我不知道。我从来没这样想过。

阿洛西斯　你应该让孩子们感到你能看透他们想法。

詹 姆 斯　那不是有点太可怕了吗？

阿洛西斯　当然是针对那些不求上进的学生。

詹 姆 斯　但我希望我的学生能信赖地与我交谈。

阿洛西斯　他们是孩子。他们可以相互交谈。有一个严厉的道德监护人对他们来说更重要。你站在门口的位置，詹姆斯修女。你是守门人，如果你有警惕性，他们就不会那样做。

詹 姆 斯　我不明白你要我做什么？

阿洛西斯　那就是如果班上发生事情，需要你思考理解，而你也无法理解时，来找我。

阿洛西斯所说的"思考理解"，其实就是"怀疑"。在阿洛西斯咄咄逼人的追问下，詹姆斯修女提到了弗林神父关于"怀疑"的布道，而詹姆斯心中突然有了可怕的设想，虽然没有明言，我们已经知道，这是关于弗林神父的"怀疑"。

如果按照正常的戏剧结构，应该先展示或部分展示教会学校中的日常情景，将学生、课程、老师等相关内容化为情节来展示。写一个热闹的课间——学生在校内活动，老师们来来往往。这时候发生了一件意外，一个名叫威廉·伦敦的学生流了鼻血且举止怪异。年长的阿洛西斯修女认为此事可疑，找来詹姆斯修女问话。然而，在本剧中，这些内容不是借助具体的事件展示——比如让威廉·伦敦跌破鼻子，或者拿着圆珠笔写字来展示他的不服管教，也没有展示琳达·康蒂与男生的关系，甚至后续詹姆斯修女对班级同学分数的报告，也没有借助学生们依次上场来展示。必须承认，让每个人物上场、把一系列琐碎的事件串起来，确实是让任何编剧都大伤脑筋的事。通过人物叙述有条不紊地铺陈，虽然略显枯燥，但对于一出严肃的思辨戏剧来说，如此处理也无可厚非。而且这出戏主要集中在阿洛西斯修女与弗林神父身上，引入太多人物会导致重心失衡。

可见，戏剧结构中的建置、新人物与新事件引起的人物状态、境遇变化，不可一概而论，需要视情况加以灵活处理。

第三节　行动和冲突的发展

完成建置以及由新人物、新事件带来的人物挑战后，接下来就是戏剧结构的主体——展示事件发展不同阶段中，矛盾冲突和人物行动的发展。这一阶段衔接在新人物、新事件引起的挑战之后，是对前者的自然过渡和发展。

冲突一般由人物的行动引发，可以视剧情和戏剧性的需要，由主要人物、对手人物或第三人引发。比如《青春禁忌游戏》中，由学生先要求老师改试卷的行为引发；在《哈姆雷特》中，是主人公主动发出的试探行为，先通过"戏中戏"来查明真凶；在《假如我是真的》中，同样由主人公主动地采取行动来实现自己的目的；在《沉钟》中，在海因里希坠崖被女妖罗登德兰所救后，发起挑战的则是第三人牧师，他要求海因里希回归世俗社会。

冲突一般被分为三个回合，每个回合各有其特点，而人物的行动及对峙是一个发展的过程，体现为双方力量的此消彼长，这不仅适用于整个行动的安排，也适用于局部的动作对抗。本书在上文中提到每一幕中的"矛盾冲突的转化/升级"，即体现了人物对抗的动态变化与发展。比如《罗密欧与朱丽叶》之所以是悲剧，就是因为两位主人公遇到了重重阻碍，甚至是致命的阻碍。二人初见一见钟情进展顺利，由劳伦斯神父主婚也很顺利，可以据此认为二人在与反方力量的较量中处于优势地位；在罗密欧杀死提伯尔特之后，二人的婚姻受到很大阻力，罗密欧被流放，而朱丽叶被逼婚，可以据此认为罗密欧和朱丽叶在与反方势力较量中处于劣势；朱丽叶想出服药佯死的行动，这是针对反方力量所发出的绝处逢生的反抗，可惜因为罗密欧会错了意，造成了悲剧的结果。再如《破旧的别墅》中，当"手枪"在女方手中时，女方态度咄咄逼人，强迫男方交出机密的设计图纸；而当"手枪"到男方手中时，则轮到男方去盘查女方的身份和真实动机，女方只能示弱、撒谎以伺机反攻。

第一个回合是人物主动或被动行为的开始，能够引起一定冲突，但往往不会成功，只是初步的进展。在行动设计较为简单的《玩偶之家》中，面临柯洛克斯泰的威胁，娜拉的行动是向海尔茂求情，让他不要开除柯洛克斯泰，但海尔茂拒绝了。这个行动表面看似简单，但易卜生丰富了它的层次。比如柯洛克斯泰来找娜拉、揭露娜拉伪造签名的秘密来胁迫她为自己求情这段情节，编剧先让柯洛克斯泰上场的时候，提到自己找过海尔茂，随后又设计了两个场面，一个场面是娜拉权衡轻重，做说服海尔茂的准备[1]：

娜　拉　（站着想了会儿，把头一扬）喔，没有的事！他想吓唬我。我
　　　　也不会那么傻。（动手整理孩子们刚才脱下来的衣服。住手）
　　　　可是——不会，不会！我干那件事是为我丈夫。

孩子们　（在左边门口）妈妈，生人走了。

娜　拉　我知道，我知道。你们别告诉人有生客到这儿来过。听见没
　　　　有？连爸爸都别告诉！

孩子们　听见了，妈妈。可是你还得跟我们玩儿。

娜　拉　不，不，现在不行。

孩子们　喔，妈妈，来吧，刚才你答应我们的。

娜　拉　不错，可是现在不行。快上你们自己屋里去。我有好些事呢。
　　　　快去，快去，乖乖的，我的小宝贝！（轻轻把孩子们推进里屋

---

① 易卜生：《玩偶之家》，选自《西方现代戏剧流派作品选1》，潘家洵译，中国戏剧出版社1989年版，第1—100页。

去，把门关上。转身坐在沙发上，挑了几针花，手又停住了）
不会！（丢下手里的活计，站起身来，走到门厅口，喊道）爱
伦，把圣诞树搬进来。（走到左边桌子前，开抽屉，手又停下
来）喔，不会有的事！

爱　伦　（搬着圣诞树）太太，搁在哪儿？

娜　拉　那儿，屋子中间儿。

爱　伦　还要别的东西不要？

娜　拉　谢谢你，东西都齐了，不要什么了。

【爱伦搁下圣诞树，转身走出去。

娜　拉　（忙着装饰圣诞树）这儿得插支蜡烛，那儿得挂几朵花儿。那
个人真可恶！没关系！没什么可怕的！圣诞树一定要打扮得
漂亮。托伐，我要想尽办法让你高兴。我给你唱歌，我给你
跳舞，我还给你——

随后一个场面中海尔茂回家，提到了柯洛克斯泰找自己求情的事：

娜　拉　喔，这么快就回来了？

海尔茂　是。这儿有人来过没有？

娜　拉　这儿？没有。

海尔茂　这就怪了。我看见柯洛克斯泰从咱们这儿走出去。

娜　拉　真的吗？喔，不错，我想起来了，他来过一会儿。

海尔茂　娜拉，从你脸上我看得出他来求你给他说好话。

娜　拉　是的。

海尔茂　他还叫你假装说是你自己的意思，并且叫你别把他到这儿来
的事情告诉我，是不是？

娜　拉　是，托伐。不过——

海尔茂　娜拉，娜拉！你居然做得出这种事！跟那么个人谈话！还答
应他要求的事情！并且还对我撒谎！

娜　拉　撒谎？

海尔茂　你不是说没人来过吗?(伸出一只手指头吓唬她)我的小鸟儿
　　　　以后再不准撒谎!唱歌的鸟儿要唱得清清楚楚,不要瞎唱。
　　　　(一只胳臂搂着她)你说对不对?应该是这样。(松开胳臂)
　　　　现在咱们别再谈这个了。(在火炉前面坐下)喔!这儿真暖
　　　　和,真舒服!

　　海尔茂对柯洛克斯泰的厌恶,以及他对娜拉撒谎的不满,增加了娜拉
劝说的阻力,让事态变得严重。这便是柯洛克斯泰威胁娜拉后事件的进展,
先是娜拉的自我挣扎、自言自语,她意识到不能让海尔茂知道自己曾伪造
签名的事情,于是决定要采取一定的策略来说服他。随后海尔茂回家,不
等娜拉开口便先发制人。娜拉因此不敢开口,等到海尔茂开始工作,娜拉
才以请他为自己挑选圣诞服饰为借口,将话题逐渐引向为柯洛克斯泰求情
上,但再次遭到拒绝。事件发展的第一个阶段就此结束,人物第一个回合
的行动和冲突暂告一段落。

　　《玩偶之家》中,双方行动对峙的过程相对简单,没有你来我往的剑拔
弩张。在《青春禁忌游戏》中则更为复杂,学生们大倒苦水,诉说自己为
数学所苦的种种,请求老师"高抬贵手":

　　　　【年轻人围在叶莲娜老师的周围,各自使出他们的"长短兵
　　　　器",围剿着这个瘦弱单薄的女人。他们的理论闻所未闻,论
　　　　点和论据是那么翔实和充分,亲爱的叶莲娜·谢尔盖耶夫娜
　　　　老师仿佛成了他们的教育对象……

叶莲娜　你们说的这些,我们当年想都不敢想。这是受过现代教育的
　　　　青年人最让我吃惊的地方。

巴　沙　叶莲娜·谢尔盖耶夫娜,这也很自然。新一代应该胜过上一
　　　　辈。进化的法则嘛!但您想象一下,因为空洞的形式主义,
　　　　因为数学没考够分数,我就得失去心爱的事业,我能甘心
　　　　吗!先生们,这跟我的陀思妥耶夫斯基有什么关系?要知道
　　　　我对维佳想要的三分都不能满意,我必须得优秀。

叶莲娜　巴沙，您不会也什么都没写吧？

巴　沙　（窘住）我……没有，怎么会？我多少写了点儿，不过……

维　佳　（打断他）真有意思，凭什么我对三分就满意了？当然，人得讲点儿良心，我也不像某些人似的指望五分，可怎么也得四分才过得去。

巴　沙　别要无赖，维佳！你还是向上帝祈祷得三分吧，是不是，叶莲娜·谢尔盖耶夫娜？

【停顿。

叶莲娜　维佳，您也要考文学系？

维　佳　我?! 您说什么呀，叶莲娜·谢尔盖耶夫娜？我打算报考那个……林业学院，今年考那儿的人不多。我可是从小就热爱大森林。每年夏天我都去农村看奶奶。浆果、蘑菇——叶莲娜·谢尔盖耶夫娜，真是一个美妙的世界啊！等我毕业考试全结束了，您和我一块去？去吗，啊？路程不算太远。

叶莲娜　谢谢，维佳，但我妈妈……

维　佳　谢什么！一路上野兔在跑，小鸟在唱，教堂的钟在敲。空气别提多新鲜了！四周呢，遍地都是野花。

　　听了学生们的话，单纯的老师好心劝慰，可学生却将此当成老师对请求的准许，大喊"乌拉"，等老师反应过来，质问他们时，他们竟然冷静地对老师进行威胁：

叶莲娜　你们能不能坦诚地告诉我，如果钥匙在玛丽亚·瓦西里耶娜手上，你们也会这么去她家，向她要钥匙吗？还是只对我才这样，因为你们对我……不尊重？……

维　佳　我们尊重您，叶莲娜·谢尔盖耶夫娜，我们甚至热爱您。

巴　沙　如果钥匙在玛丽亚·瓦西里耶夫娜手里，问题倒简单了。玛丽亚·瓦西里耶夫娜是我们的班主任，她可能和我们一样，关心班里的考试成绩和升学率。我们能和玛丽亚·瓦西里耶夫娜谈拢的。

叶莲娜　教务主任家你们也去?

维　佳　怎么了，难道薇拉·伊万诺夫娜就不是人? 她的儿子也要考大学嘛。

巴　沙　有什么区别，叶莲娜·谢尔盖耶夫娜? 我们所有人的目的和任务都是一致的，都为了出好成绩。

叶莲娜　你们肯定不会遭到拒绝?

瓦洛佳　毫无疑问。

叶莲娜　这样的话，你们在我这儿可没那么走运。

瓦洛佳　(不清楚他是开玩笑还是认真的) 这得看立足于什么观点了。优势在我们一边，叶莲娜·谢尔盖耶夫娜。您一个人居住，问题就简单了。我们和您谈话，没有证人在场，谈上一整夜也没关系。

叶莲娜　这个你们就别指望了。

瓦洛佳　为什么? 我看，这会儿不会再有人来做客，我们也对家里都说了，今晚我们可能不回家。

叶莲娜　你们留下看住我?

瓦洛佳　我们希望能和您友好地告别。

　　　　【停顿。

叶莲娜　听着，你们不怕我明天向学校告发你们?

瓦洛佳　您不会。

叶莲娜　凭什么?

瓦洛佳　因为您会给我们钥匙。

叶莲娜　如果我不给呢?

瓦洛佳　我们会说服您。

叶莲娜　你肯定?

瓦洛佳　或者强迫您给我们钥匙。

叶莲娜 （强压住愤怒）现在就从这儿滚出去！

在哲理化风格的《武陵人》中，冲突的第一个回合就是黄道真听桃花源中的人讲述自己幸福的生活，这仅在他的内心生出一丝疑虑：这是否就是他想要的幸福生活。这也是四幕剧与三幕剧的区别之一，由于叙事时间变长，情节中的冲突对峙可以稍稍舒缓一些。此外，该剧哲理化的风格也需要淡化情节冲突。

第二个回合中，人物的行动会升级，冲突加剧，而情势也会更加危急。

这里的行动既可以让对手人物先发起，也可以让主角先发起。以《玩偶之家》为例，娜拉开始了再次请求，语气和措辞比上次更恳切，而海尔茂不仅不同意，还要马上开除柯洛克斯泰，情势变得更加危急。在《青春禁忌游戏》中，同学们发现示弱和利诱均未打动老师，于是决定威逼老师。行动显著升级，冲突持续加剧，情势也愈发紧张。这种情况下，往往不只有一个行动，而且要体现人物遇挫情势的危急，以及此后行动的升级，比如娜拉再度向海尔茂恳求无效后，柯洛克斯泰又来威胁，极度焦虑之下，娜拉选择了向女友林丹太太倾诉心事。

为了戏剧的节奏及情节的跌宕起伏，有些剧作会在进展到第二个回合时，增加一些发现和突转的内容。比如《玩偶之家》中，林丹太太知晓此事后，说自己与柯洛克斯泰相识，答应代她劝说，这让整个局势柳暗花明，紧张的戏剧情境得到疏解，也为后续的情节再陡生波澜提供了前提——如果戏剧气氛始终保持在高压状态，显然无法支撑起后续更为紧张的情节，戏剧情势就平直机械了。

第二幕的发现和突转，既可以在情势继续强化之前，也可以在此之后。在《玩偶之家》中，情势先危急，后得到扭转。在《罗密欧与朱丽叶》中，先是罗密欧和朱丽叶被劳伦斯神父证婚，后发生了提伯尔特被杀的事件，使得原本处在幸福中的恋人被迫分离。有时即使没有发现和突转，为了让戏剧情势柳暗花明，也会安排一些情节描述，让戏剧气氛舒缓下来。比如《青春禁忌游戏》中，学生攻击老师的价值观、摧毁其自信并搜身的行动接连受挫后，他们有一点放弃的念头，这就让戏剧情势得到了些许缓解。

第三个回合的行动和冲突，也是事件进一步的发展。人物的行动有两种不同发展方向：一种是继续采取更加激烈的行动，希望实现目的却最终毁灭；一种是选择放弃，反倒因为某种意外而获得成功。

第一种情况，人物会受到更大的挑战，在发现和突转中毁灭；在第二种情况中，人物在选择放弃时突然迎来转机，使得事态发生变化。《青春禁忌游戏》中，学生们并未放弃，而是进一步升级——他们假意强暴女同学，来威胁老师交出钥匙。这个行为显然比之前的示弱、搜身更具有威胁性，也使得矛盾双方图穷匕见，不能够再迂回，必须背水一战。这里的危机濒临爆发，老师也被迫交出钥匙。但是因为学生内部团体的分化，他们选择还回钥匙、放弃原来的目的。而《玩偶之家》则属于第二种情况，在好友林丹太太的劝说下，娜拉已经打算不再继续隐瞒秘密，并且向海尔茂坦白信的内容。结果海尔茂收到了信，大发雷霆，娜拉的命运因此陷入至暗时刻。随后柯洛克斯泰的道歉信改变了海尔茂的态度，也扭转了娜拉被动的境遇，她最终选择出走。

需要再次强调的是，人物的行动是一个过程，可以理解为其中包含若干个动作。比如《青春禁忌游戏》中，学生们在第一个回合中对老师的讨好是分层次的。第一个层次是敬酒、跳舞、故意引诱老师讲自己的情感经历等，都是为了跟老师拉近关系：

> 【他们靠近桌子。瓦洛佳颇具绅士风度地送女士坐下，并吻她的手。叶莲娜·谢尔盖耶夫娜窘住了，像个小姑娘似的红了脸，用手绢扇着风。
>
> 叶莲娜　我好久没跳舞了！这是支难忘的华尔兹舞曲。常常是这样，在你们一生中，最深切的感受往往和某个音乐的旋律是联系在一起的。只要你们一听到它……
>
> 拉　拉　（在桌旁坐下）这就叫情绪联想记忆。
>
> 叶莲娜　对，对。我看着你们，听着音乐，就回忆起我年轻的时候，

当时正在恋爱。爱上一个人的感觉多么好啊！遗憾的是，我的恋爱最终没有成功。

拉　拉　为什么？

叶莲娜　（笑）我的意中人宁愿挑选一桩有利可图的婚姻。

拉　拉　您当时就该马上给自己再找一个。这样问题不就解决了。

叶莲娜　遗憾的是，在这点上我很保守。

当然，编剧在这里也不忘为后续情节做铺垫，拉拉的价值观和叶莲娜的价值观截然不同，这也预示了他们的谈判绝不会成功。在完成这一步情节铺垫后，学生进行的第二层次，是逐步过渡到正题——数学试卷上来。得知试卷还没有判，有机会"李代桃僵"后，好戏开场了。维佳表示自己考得很差，而瓦洛佳镇定地打听老师的母亲住在哪家医院。在获得老师的同情和原谅后，学生们进入到这个层次的第二步，暗示数学成绩无关紧要。学生们举出如普希金数学考零蛋，一个资深的有论文和证书的陀思妥耶夫斯基研究者因为数学前程尽毁很不公平，这种不公平会激起他们对社会的敌视……学生们雄辩地证明了老师放手的合理性。经过这一过渡后，学生们走出这一层的第三步：

瓦洛佳　叶莲娜·谢尔盖耶夫娜，您想不想把您母亲转到波波夫教授的诊所治疗呢？

叶莲娜　瓦洛佳！……波波夫教授！……我母亲……世界知名的诊所！……不可能的事。

瓦洛佳　嗯，是这样，波波夫教授给我父亲治过病，我请他为您说说。我保证我父亲会同意的。

…………

瓦洛佳通过"亲如兄弟"的鬼话，骗得老师知恩图报的承诺，学生们以为老师答应了他们的请求而欣喜若狂，此时叶莲娜总算明白他们要什么。学生们向老师发起最后的总攻：用信义绑架，承诺万无一失，保守秘密，只是"把钥匙暂时借我们一会儿""没人知道，没人受害"。被老师拒绝后，他们变相拘禁了老师，拔掉了电话线。

在这个过程中，编剧尽量遵循事件发展的过程，写出人物特点、挖掘人性深处。不要在行动上浅尝辄止后，立即扑向下一个行动，否则戏剧情节就会变得呆板机械而失去感染力。

当然，在分化的动作中也要注意主线行动的贯穿。比如在请女老师跳舞时：

瓦洛佳　我们跳。叶莲娜·谢尔盖耶夫娜，能请您跳舞吗？

叶莲娜　我？瓦洛佳，您怎么了？我可有一百岁了。您和拉拉跳吧。

瓦洛佳　拉拉只和巴沙一人跳。他们俩之间，怎么说呢？

叶莲娜　既然这样，好吧。（他们走过去跳舞）

【瓦洛佳用极为绅士的姿态邀请叶莲娜老师。他的舞姿高贵典雅，舞步奔放自如，叶莲娜几乎像一只被他牵着的线偶。巴沙和拉拉跳得很拘谨，巴沙似乎怎么也合不上拉拉的步子，他也随之越发急躁起来，舞步就更加零乱了。只有维佳孤独一人，自我解嘲地抱着一件叶莲娜老师的外套翩翩起舞，但神情却一丝不苟……

巴　沙　（和拉拉跳着舞）情绪不好？

拉　拉　我开始讨厌这个主意了。

巴　沙　有多久？

拉　拉　从刚一进这个门就开始了。

叶莲娜　（和瓦洛佳跳舞）给自己找到支撑点，找到自己的位置，瓦洛佳，这一点很重要。

瓦洛佳　那您找到了吗？

叶莲娜　我爱这份职业，在学校里有我全部的生活。

瓦洛佳　（微笑）您爱这份职业，这很好，但不妨，也让这份职业爱您。

叶莲娜　我明白，您指教师的待遇问题。可是每当我看到经过我们的悉心培养，优秀的、有着良好素养的青年们走向生活，就像你们现在一样，我就感到幸福。

拉拉说"我开始讨厌这个主意"，这句话是对主线冲突的回应，也是对后续拉拉被作为牺牲者的一种铺垫，更是对人物性格的一种描写——由于家庭贫困，拉拉是这群人中的弱者。而瓦洛佳对教师待遇看似充满正义地打抱不平，不过是后续对老师实施精神控制的投石问路。

有时人物的行动不必拆分为若干动作，只要写清行动造成的事态发展变化，并体现出行动并非一帆风顺，克服了一定困境即可。比如《玩偶之家》中，柯洛克斯泰威胁过娜拉后，娜拉自然而然会紧张，会思考对策，编剧给了充足的篇幅对此加以表现。事件的变化是多方面的，柯洛克斯泰曾先行拜访海尔茂，这一情节在海尔茂回家后被提及，海尔茂主动指出娜拉撒谎的事实，这一设定进一步限制了娜拉的行动自由，使她面临更大的挑战。

总之，我们需要在行动造成的事态发展上持更广阔的视野，除了从主要人物视角出发外，也要站在其他人的视角（比如帮助者）考虑问题。比如《罗密欧与朱丽叶》中，朱丽叶服毒佯死后，罗密欧并未得知。莎士比亚巧妙地通过鲍尔萨泽向罗密欧报告死讯，这就让情节别开生面、另有一番曲折了：

【鲍尔萨泽上。

罗 密 欧　从维洛那来的消息！啊，鲍尔萨泽！不是神父叫你带信来给我吗？我的爱人怎样？我父亲好吗？我再问你一遍，我的朱丽叶安好吗？因为只要她安好，一定什么都是好好的。

鲍尔萨泽　那么她是安好的，什么都是好好的；她的身体长眠在凯普莱特家的坟茔里，她的不死的灵魂和天使们在一起。我看见她下葬在她亲族的墓穴里，所以立刻飞马前来告诉您。啊，少爷！恕我带了这恶消息来，因为这是您吩咐我做的事。

罗　密　欧　有这样的事！命运，我咒诅你！——你知道我的住处；给
　　　　　　我买些纸笔，雇下两匹快马，我今天晚上就要动身。[①]

　　此时，完全可以直接描写罗密欧来到墓前殉情，这在情节发展上并无不可。但是，莎士比亚为了增加戏剧张力、营造悬念，安排了劳伦斯神父得知约翰神父未能出城，导致信没有送到，他担心大事不妙，要去救回朱丽叶的情节。这就使情节更加奇峰突起：

约　　翰　我临走的时候，因为要找一个同门的师弟做我的同伴，他正
　　　　　在这城里访问病人，不料给本地巡逻的人看见了，疑心我们
　　　　　走进了一家染着瘟疫的人家，把门封锁住了，不让我们出来，
　　　　　所以耽误了我的曼多亚之行。

劳伦斯　那么谁把我的信送去给罗密欧了？

约　　翰　我没有法子把它送出去，现在我又把它带回来了；因为他们
　　　　　害怕瘟疫传染，也没有人愿意把它送还给你。

劳伦斯　糟了！这封信不是等闲，性质十分重要，把它耽误下来，也
　　　　　许会引起极大的灾祸。约翰师弟，你快去给我找一柄铁锄，
　　　　　立刻带到这儿来。

约　　翰　好师兄，我去给你拿来。（下）

劳伦斯　现在我必须独自到墓地里去；在这三小时之内，朱丽叶就会
　　　　　醒来，她因为罗密欧不曾知道这些事情，一定会责怪我。我
　　　　　现在要再写一封信到曼多亚去，让她留在我的寺院里，直等
　　　　　罗密欧到来。可怜的没有死的尸体，幽闭在一座死人的坟墓
　　　　　里！（下）

　　对于第一次看戏的观众来说，劳伦斯到底能不能提前赶到坟墓将朱丽叶救回，是一个令人揪心的问题；对于熟知剧情的读者，则已经提前为二人不幸的命运落泪了。

[①]　威廉·莎士比亚：《罗密欧与朱丽叶》，朱生豪译，知识出版社 2016 年版。（后同）

行动冲突的第三个回合，也是通往高潮的回合。顾仲彝先生还将高潮分为逻辑高潮与情感高潮两种。他认为："逻辑高潮是全剧情节的转折点（或称危机，亦即必需场面），犹如两军交战经过一系列的战役，经过旗鼓相当的相持阶段，最后决战，成败定局，这最后决战就是转折点；或两军交战，先甲胜乙负，但到转折点，局势变化，乙胜而甲负。这转变局势的战役就是转机或高潮。逻辑高潮与情感高潮一般合而为一，但有时剧情发展，斗争局势已到了转折点，可是情感上还没有达到最高点，因此在逻辑高潮之后，又出现另一个情感高潮（亦即紧接必需场面之后的高潮）。"①

无论是哪种人物行动的发展方向——继续向前升级，还是后退放弃，都会通过发现和突转来让编剧想要的结局发生，让作品的主旨得到声张。比如《青春禁忌游戏》中，强暴女同学的行为固然逼迫老师交出了钥匙，但瓦洛佳的丑恶行径招致了同学的不满、引起了大家的分化，因此其他人不愿为了成绩而道德沦丧，他们选择了还回钥匙。这就是一种发现和突转。《玩偶之家》中，在海尔茂大发雷霆，夫妻关系即将崩溃的时候，二人收到了柯洛克斯泰的道歉信，他们的矛盾看似可以冰消瓦解了，但因为妻子看透了丈夫的虚伪，所以二人关系仍然恶化下去。而娜拉出走一事体现的女性觉醒，正是作者想要表达的主题。《青春禁忌游戏》中无言的结局，也是作者对当下精致利己、不择手段的价值观的谴责。

这种发现和突转可以是外部的事件，也可以是人物思想的转变。比如《武陵人》中主人公的觉醒，就是因为武陵人终于明白，真正的幸福绝不是庸俗的安享福乐。

以上，就是对剧情大纲所包含情节要素的简要概括。需要再次提醒的是，虽然以上内容给出了事件和行动、冲突的基本框架，但编剧仍然要灵活地从人物和主题出发运用这些因素。不能只将注意力放在冲突双方的对峙交锋上，而应用更多、更重要的笔墨写特殊戏剧情境下人物的权衡利弊、

---

① 顾仲彝：《编剧理论与技巧》，上海人民出版社 2016 年版，第 200 页。

谋划盘算，尤其是在重情感和哲理的剧作中，行动往往是虚晃一笔，借助人物行动来倾吐情感、表达哲理才是重中之重。仍以《北京人》为例，在这类作品中，编剧重点描绘的不是情节是如何推动、人物行动是如何交锋的，而是人物状态的变化上，即人物如何从一种状态变化为另一种状态，在状态的变化中塑造人物、体现主题。比如文清面对陈奶妈时流露出的稚气，面对思懿时的麻木、无奈，面对曾皓时的死气沉沉，面对愫芳时的伤感、滥情等。

总之，基本框架建立之后，编剧要做的就是抓住能够打动读者心灵的各个部分去写，在情节框架内，根据人物形象、主题意义等来灵活决定书写的重点，或浓墨重彩，或一笔带过，不可机械地只盯行动和冲突。需要注意的是，行动和冲突并非唯一的创作核心，通过写行动和冲突引起、发展、爆发全过程中的人性，表达编剧对事件的看法，才是创作的要义。

练习题：

    1. 分析高行健剧作《车站》《绝对信号》的情节安排。

    2. 分析白峰溪剧作《风雨故人来》的情节安排。

第二章 大型戏剧的基本结构单元：
幕、场与场面

大型戏剧的结构单元是一个层级体系，可以由大到小分为幕、场与场面。在无场次结构中也存在不同层级的结构单元。

狄德罗认为，一幕是剧本的整个剧情的一部分，它包括一个或几个事件。[①] 这说明在他看来，"幕"是结构单元之一种。孙祖平教授认为："幕——戏剧结构中一个相对独立或完全独立的时空构造或情节段落，而场——戏剧结构中一个类似或等同于幕的时空概念，场的规模小于幕的规模，幕是剧本的各部分，场是幕的各部分。"[②] 他们认为幕、场都是不同容量的结构单元。

本书在"场"下又分出"场面"。孙祖平教授认为，"场"与"幕"均属于结构的基本单元，"场面"是与"幕"相对应的"场"之下的更小片段。因此，若干个场面构成一个情节段落，然后再构成"幕"与"场"，即场面——片段——幕（场）——全剧。[③] 在他看来，"场"既然是与"幕"同等的概念，那么自然也只能用段落来命名比"场"和"幕"小的结构单元了。本书认为，"场"即使作为与"幕"相对应的等级概念，其在情节容量上也远远小于幕，许多剧作在分"幕"之后又分"场"。为了实践操作方便，本书主张将"场"视为"幕"之下的更小的情节片段，而"场面"又构成了"场"。如果说幕为较大的包含若干个自然段的段落，场相当于自然

---

① 狄德罗：《狄德罗精选集》，陈占元等译，北京燕山出版社 2008 年版，第 745 页。

② 姚扣根、陆军编著：《编剧学词典》，文汇出版社 2017 年版，第 125 页。

③ 孙祖平：《戏剧小品剧作教程》，上海人民出版社 2015 年版，第 45 页。

段，场面则是构成自然段的句群。一幕由许多情节段落构成，其中单个的情节段落可视为场，若干个场面组成一个完整的情节段落，剧作是由"场面（段落）——场——幕"的层级体系构建而成。即使是无场次结构，也能从中区分出大中小容量不同的结构单元。

第一节　幕的容量及包含的事件

参考第一章中对大型戏剧所包含事件及情节的安排，我们可以对包括独幕剧在内的情节结构单元做以下解析。一般来说，戏剧的情节可以分为三个阶段：

第一部分	第二部分	第三部分
建置 （建立故事背景，铺垫下文） 新人物、新事件的出现 （主人公面临新的挑战） 事件发展的第一阶段（第一次行动的开始，对方的反应） 矛盾和冲突的升级／转化（引起矛盾冲突升级或转化的因素） 结果 （行动终局构成）	情势延续（本部分的建置） （建立本部分故事背景，承上启下） 人物面临的挑战（危机的新变化） 事件发展的第二阶段 （行动的适得其反） 矛盾和冲突的升级／转化 （引起矛盾冲突升级或转化的因素） 结果 （行动终局构成）	情势延续（建立本幕故事背景，承上启下） 人物面临的挑战（危机的新变化） 事件发展的第三阶段 （行动的破釜沉舟） 矛盾和冲突的升级／转化 （引起矛盾冲突升级或转化的因素） 结果 （行动终局构成）

每部分的情节走向大致相同，一般情况下，第一阶段的矛盾冲突以升级为主，第二、三阶段则以转化为主。一般第一幕矛盾冲突难以得到解决，第二幕则有解决的希望，第三幕则要么毁灭要么解决。

三段式的分法可以适用于不同类型的大戏结构中，三幕剧、独幕剧、四幕剧、五幕剧和两幕剧的情节均可以划分为三个发展阶段。

需要说明的是，尽管我们可以针对剧作中的情节发展进行上述划分，但是仍然依据主题和人物的情感逻辑来让各个阶段自然衔接，视情况安排每一幕矛盾冲突的升级或转化，避免机械地、僵硬地推进剧情。

一、三幕剧的结构剖析

以《玩偶之家》为例，对其情节结构进行剖析：

第一幕	第二幕	第三幕
建置背景（交代与铺垫） （娜拉为即将到来的圣诞节做准备，林丹太太来访，娜拉诉说瞒着丈夫借钱的往事） 人物面临的挑战 （柯洛克斯泰来访，要求娜拉自己保住职位，否则揭发她伪造签名一事） 事件发展第一阶段：行动的受挫 （娜拉劝说海尔茂，海尔茂认为柯人品不好，拒绝了她） 矛盾冲突的升级／转化 （海尔茂拒绝并警告了娜拉） 结果 （娜拉为秘密即将暴露感到焦心）	情势延续（交代与铺垫） （娜拉对圣诞失去了兴趣，变得更焦虑） 人物面临的挑战 （柯洛克斯泰引起的麻烦） 事件发展第二阶段：行动的适其反 （继续劝说，海尔茂告诉她，只能林丹和柯二选一；海尔茂要写信辞退柯，反而让事件变得更棘手；柯再度来威胁娜拉，要揭露丑闻） 矛盾冲突的升级／转化 （林丹太太答应劝说柯洛克斯泰） 结果 （娜拉暂时放心）	情势延续（交代与铺垫） （林丹太太劝说成功，却不让对方把信要回来，她要娜拉向丈夫坦白此事，夫妻之间应该坦诚） 人物面临的挑战 （必须向人物坦白） 事件发展第三阶段：行动的破釜沉舟 （信件被海尔茂发现，海尔茂大骂娜拉） 矛盾冲突的转化／升级 （柯洛克斯泰来信返还借据，威胁消失，娜拉斥责丈夫的虚伪） 结果 （娜拉决定出走）

作为情节佳构剧，它的情节结构非常清晰：

第一幕中，交代故事背景，完成应有的铺垫，人物第一次行动失败或者没有结果。

第二幕中，一开始交代上次行动后事情的进展，人物焦虑增加。此时人物再次采取行动，这次行动让事态变得更加棘手，海尔茂不但拒绝，而且要马上开除柯洛克斯泰。此时，编剧安排柯洛克斯泰再次威胁主人公，强化人物面对的危机。这时矛盾冲突有一个转化，林丹太太答应帮忙，让事件仿佛有了转机。

第三幕中，事情又节外生枝，主人公不得不破釜沉舟、准备坦白，这是人物的至暗时刻。随后柯洛克斯泰返还借据代表发生转机，情节迎来高潮和终局。

二、独幕剧的结构剖析

独幕剧可以看作是三幕剧的压缩版——将三幕情节压缩到了一幕中，省去和压缩了过渡场次。

小型独幕剧可以分为开始、中段和结尾三部分。我们以独幕剧《十二磅钱的神情》与《主角登场》为例。《十二磅钱的神情》讲述一个即将被授勋的丈夫遇到落魄前妻来应聘打字员的故事。得意洋洋的丈夫逼问前妻为何离家出走，认为对方嫌贫爱富、红杏出墙，岂料前妻只是厌倦他的庸俗、无趣，宁愿自食其力养活自己。丈夫大发雷霆撵走前妻，现在的妻子却不无羡慕地问丈夫："一台打字机多少钱？"在《主角登场》中，女主角所谓人人羡慕的恋爱原来只是一厢情愿。男主角上门气愤地质问她，女主角反而借机表达爱意，逼他顺水推舟。不料对方坚决不就范，女主角无奈之下，"破釜沉舟"在他人面前假装绝交，撵走对方。对方走后，女主角重新拿起笔，假借对方之名写信，又让情节峰回路转，体现了女主角怨慕难收、自欺欺人的复杂心境。

这两部剧作均完整地体现了剧情开始、发展、高潮、突转、结局的全过程，也对应着建置、行动发展、结局的过程，与大戏的情节结构并无二致。现列表如下：

结构	内容	《十二磅钱的神情》	《主角登场》
开始	建置背景　交代、铺垫	男主角沉浸在志得意满中，找打字员	女主角沉浸在被嫉妒的幸福中
	新人物/新事件	打字员是前妻	有人看到情郎回来
中段	交代关系　回顾前情	逼问，是否为钱和地位抛弃他	并不是情郎，是一厢情愿
	事件发展第一阶段：开始采取行动	辞掉前妻	逼他求婚
	事件发展第二阶段：行动升级与对抗加强	强迫前妻交代前情	拿出写给他的信感化、威胁
	事件发展第三阶段：行动的背水一战	撵走前妻	在他人面前假装绝交
结尾	发现和突转（注意留有余味）	现妻问打字机的价格	继续写信

独幕剧同样要经历一个交代背景的过程，随后进入事件发展阶段，经历行动和冲突发展之后，是发现和突转的结尾阶段。如果每个部分自成一幕，那就是三幕剧；如果加以变化，则有可能成为两幕剧、四幕剧、五幕剧。有些独幕剧本身篇幅已经达到大型戏剧的要求，比如《阵亡士兵拒葬记》《在茫茫大海上》，则完全可以按照大戏的结构进行划分了。

三、两幕剧的结构剖析

两幕剧可以视作三幕剧的变体，压缩了建置和新人物、新事件发生的部分，直接从行动开始写，或者将前者放到行动中阶段性地进行交代。两幕剧中，常将第一个回合、第二个回合的冲突放在第一幕，用整个第二幕来讲冲突最为激烈的第三个回合。

比如苏联话剧《非此勿了》就是两幕剧，采用了多场次、多时空的结构。它的第一幕第一场、第二场便直接进入了人物的对峙和冲突。建置部分的交代与铺垫，以及新人物、新事件的出现，并未通过独立场景呈现，而是通过冲突的发展自然交代。第一幕的第一场，写克谢妮娅殷勤地巴结丈夫，原来只是为了满足丈夫同事不合理的要求：

第一幕第一场

场面一　克谢妮娅接电话，向电话那头的英娜保证说服丈夫杰密奇金去给领导不及格的儿子补考。

场面二　克谢妮娅殷勤送早点，她的说服受到杰密奇金的抵制；克谢妮娅谎称做了噩梦，杰密奇金被迫答应。

第一幕第二场则将视角转到学校校长和同事那里：

场面一　学校校长得知克谢妮娅搞定杰密奇金万分高兴；校长给学生家长打电话报告喜讯，后者答应明天动工修操场。

场面二　阿丽妮娜老师的丈夫斯图皮曾为低价买到食材沾沾自喜，校长要其他老师一起在补考事上出力。

场面三　杰密奇金来了，大家竞相讨好他，斯图皮曾帮他修手表，图特基娜借笔给他。

场面四　杰密奇金到教室去，大家庆贺成功。

这是第一个回合冲突的结束。从第一幕的第三场开始，进入杰密奇金和学生、学生家长、同事的实质性交锋。第二个冲突回合从第三场延续到第四场直至第一幕结束，包含了若干动作上升的层次。

第一幕第三场

场面一　杰密奇金给学生考试，学生一窍不通，也不准备学习，打算倚仗父亲的权势通过考试。杰密奇金气愤不过让学生滚，学生离开。

这自然会引起下一个层次的冲突——刚才还兴高采烈的同事和领导的不满，这时作者用了一个铺垫：

场面二　阿丽妮娜先来告诉杰密奇金躲一下。

随后校长到场，想以人多势众来压迫他，杰密奇金不甘示弱：

场面三　校长率领老师们到场，集体怒斥杰密奇金。学生家长来电话，校长要包括杰密奇金在内的人接电话。

第一幕第四场

场面一　学生家长要杰密奇金接电话，杰密奇金出言不逊。校长更加生气，决定越俎代庖，替他打分。

第二幕是冲突的第三个回合，事态更加白热化。作者先是继续完成铺垫，妻子、女儿先后向杰密奇金发难，有权势的学生家长到场威逼，同事们再次愤慨激昂地"杀"将过来：

第二幕第五场

场面一　克谢妮娅抱怨/怪罪杰密奇金的固执让自己失去了一套沙发，而他拒绝的人正是女儿未来的公公。

场面二　杰密奇金的女儿和未婚夫来了。女儿得知父亲干的蠢事后很伤心，未来的女婿也不支持杰密奇金，他要和有实力的父亲站在一起。全家人都要杰密奇金去跟女儿未来的公公重归于好。

场面三　有权势的克拉杰兹内来了，杰密奇金不妥协的态度激怒了他。他大骂杰密奇金不通人性，要儿子重新考虑婚事。杰密奇金反驳，被女儿要求道歉，妻子拿地球仪砸晕了他。醒来后，克拉杰兹内愤世嫉俗地讲自己作为一个父亲的苦恼，杰密奇金表示可以给他儿子上课，学好后再考试。克拉杰兹内认为他在耍弄自己。

场面四　校长和老师们上，要求杰密奇金当着大家的面，重新举行一次考试。杰密奇金用拖把自卫，撵走了大家。

第三个回合之后，就是全剧的结束了。为了给这部荒唐却又现实的剧作画上一个既非光明，又不过分阴暗的结尾，编剧宕开一笔，写了阿丽妮娜与杰密奇金的惺惺相惜：

场面五　阿丽妮娜上，安慰杰密奇金。斯图皮曾上，怀疑二人关系。杰密奇金和阿丽妮娜互诉情谊。

第二幕第六场

场面一　同事、妻子都为他俩的道德败坏愤愤不平。

场面二　学生奉命爬上树侦查，描述屋内情形。他们聊天、喝酒、抽烟，后来亲吻，再后来熄灯。

场面三　大家用拳头砸玻璃。

第二幕第七场

场面一　杰密奇金家中，他刚从梦中醒来。他推倒水晶花瓶，梦重新开始了。

剧作以闹剧和重新开始作结，确实是对现实的沉重讽刺。如果此剧是三幕剧，那多半要先从考试结束、杰密奇金带着试卷回家开始，接着写学生拜访，希望他予以通融，同时学校同事打电话来等事件，然后再展开妻子对他的行动。不过，作为前史的考试事件并不复杂，用专门段落来交代没有必要，将其放在冲突中简洁明快地予以补充，"入戏"效果更好。

两幕话剧《自选题》也是在冲突中回溯式地建构了故事背景。该剧伊始，同学们给玛丽卡带来消息，告诉她的作文因不合规没有分数，必须到学校去解释。这一消息让玛丽卡的母亲大为惊慌，父亲责怪玛丽卡太过轻率，而玛丽卡说是受父亲书中人物的影响，并因此拒绝了重写的要求。这里通过倒叙，建置了"玛丽卡考试中写下不合时宜作文"的故事背景。之后，在父母与校长的谈话中，进一步详述了双方争执的来龙去脉。

在两幕剧中，通常将建置/交代与第一次行动融合在一起，换言之，引起事态发生变化的新人物新事件已经发生过了，作为故事背景来交代。比如《非此勿了》中，第一幕交代了两个冲突回合，第二幕来写第三个回合和结尾。在《自选题》中，戏剧行动是先由反对一方发起，借同学们加以传递的。同学们的到场是校方意志的反应，也为接下来校方的施压提供了铺垫。

校长向玛丽卡的父母介绍玛丽卡作文中的悖逆之辞，提出解决方案，要玛丽卡承认考试时头脑发昏，并补考重写以维护学校的荣誉。正在这时报社编辑到来，告知校方玛丽卡还给报社写了信，要来采访学校核实此事，这件事激怒了校长。

这是第一幕的结束，第二幕从父母和其他家长对玛丽卡的另一轮劝说开始。

先是父母劝说玛丽卡补考，玛丽卡拒绝，表示宁可打工、结婚也不参加考试。同学们告诉玛丽卡，学校组织学生给报社写信，诋毁玛丽卡在诽谤学校，而且逼迫学生们签字。学生家长来劝说玛丽卡补考，她可以给玛丽卡开一张病情证明，这件事已经得到校长、教育局局长和班主任的默许，其他家长也举手赞成。玛丽卡喜欢的男生托马斯也来了，他出于爱让玛丽卡去交病情证明。

全剧通过"玛丽卡写作文揭露谎言"的戏核，把剧中的教育工作者、为人父母者、激浊扬清者置于一个对立的情境中，通过情境的改变、境遇的不同来写形形色色的众生相。

在这通闹剧快要结束的时候，编剧有条不紊地交代了各条冲突线索的结局：

报社记者前来，向玛丽卡道歉，他把写有十八个人名字的纸条交给玛丽卡，玛丽卡付之一炬。校长前来，表示给玛丽卡一个回心转意的机会，让她回学校，这又是一个难以回答的问题。

这部两幕剧也自然地体现了故事起承转合的过程。需要说明的是，这两部剧作均是从"对手"一方先发起行动的，通过对手力量的不断强化体现主角的不屈意志。

四、四幕剧的结构剖析

四幕剧也是三幕剧的变形，系对建置部分加长得来的。

如果是四幕剧，则通常用一幕来交代背景和人物关系，一幕来引入新事件和人物，一幕来交代人物的行动，一幕来交代结束，以完成故事的起承转合。我们以《雷雨》为例来展示这种结构。本剧线索较多、情节复杂，我们从主要人物周萍和四凤的视角来梳理情节次序。

第一、二幕	第三幕	第四幕
建置背景，交代与铺垫 （老爷从矿上回来，周萍要到矿上去，四凤的母亲即将到来；错综复杂人物关系、人物性格）	情势延续（建立情境） （四凤被迫离开周家，周冲来找四凤、大海不准他再来；侍萍得知此事追问四凤，要她发誓不得再见周家人）	情势延续 （周朴园要给侍萍寄钱，繁漪自外归来，谈论侍萍） 人物面临的新挑战 （周萍要带四凤离开）
新人物、新事件的到来 （鲁侍萍的到来）	人物面临的新挑战 （四凤宣誓，被关在家里）	事件发展第三阶段：行动的破釜沉舟
事件发展第一阶段：第一次行动受阻 （周萍要带四凤走，繁漪要侍萍带四凤离开，周朴园也要侍萍带四凤离开）	事件发展第二阶段：行动的适得其反 （周萍来找四凤，繁漪关窗，被大海发现）	（周萍马上要走，繁漪乞求无果；大海来找周萍算账，后选择原谅；四凤要求走前见见母亲，侍萍来，无奈只能答应他们；但繁漪叫来周朴园）
矛盾冲突的转化/升级 （大海与朴园、周萍发生冲突）	矛盾冲突的转化/升级 （被侍萍发现）	矛盾冲突的转化/升级 （周萍、四凤同母异父的真相暴露）
结果 （四凤要被带走，周萍要去找四凤）	结果 （四凤逃走）	结果 （四凤和周冲触电而死，周萍开枪自杀）

在这个例子中，可以看到，第一幕全部用来建置，交代复杂的人物关系，并为后续情节发展进行必需的铺垫。引起双方力量变化的人物鲁侍萍

是在第二幕才出现的，她带走四凤的行为促使周萍寻到鲁家，也引来了蘩漪的跟踪，从而构成第三幕，即冲突对峙的第二个回合的主要内容。第四幕中四凤和周萍的私奔行为，是引发悲剧结果的导火索，属于冲突和对峙发展的第三阶段。

五、五幕剧的结构剖析

五幕剧也是三幕剧的变体，主要是将剧作的中段和尾段加以延伸而来的。五幕剧的整体结构仍然可划分为三个部分，可以清晰地看出各元素的位置。我们以五幕剧《罗密欧与朱丽叶》为例进行剖析：

第一幕	第二、三幕	第四、五幕
建置 （两家的仆人、朋友、主人相继发生冲突） 新人物新事件 （朱丽叶家要举行舞会，罗密欧阴差阳错接到请帖） 事件发展第一阶段：行动的初步受挫 （在舞会上对朱丽叶一见钟情，被提伯尔特发现，驱逐） 结果 （二人一见钟情）	情势延续（交代背景，铺垫） （罗密欧在花园里等朱丽叶，二人互诉倾慕） 人物面临挑战 （两家父母阻碍，无法正当成亲） 事件发展第二阶段：行动的适得其反 （罗密欧找劳伦斯神父证婚，朱丽叶到来，劳伦斯神父为其证婚） 矛盾冲突的升级／转化 （罗密欧的朋友与提伯尔特发生冲突，朋友被杀，罗密欧为友复仇，杀死了提伯尔特） 结果 （罗密欧被流放，朱丽叶被逼婚）	情势延续 （恋人分离，朱丽叶被逼成婚） 事件发展第三阶段：人物行动的破釜沉舟 （朱丽叶佯死，罗密欧接到情报，信以为真，前来殉情） 发现和突转 （朱丽叶醒来，发现罗密欧已死） 高潮 （朱丽叶自杀） 终局 （在亲王教诲下，两家握手言和）

第一幕主要完成人物关系的交代，是行动的"起"。第二幕和第三幕则相当于三幕剧的第二幕，第四、五幕是对原来第三幕情节的展开。第四幕整幕讲述朱丽叶从劳伦斯神父处讨到药，凯普莱特家对婚事的准备，朱丽叶服药佯死、骗过家人的全过程。第五幕是罗密欧接到鲍尔萨泽的情报返回殉情的过程。五幕剧中对事件交代较为详尽，不仅写了罗密欧与朱丽叶一方，也写了凯普莱特家的婚事准备。如果是三幕剧、四幕剧中，可能许多明场写的戏都要被删去。

在上述案例中，我们可以观察到人物行动与情节的突转变化是环环紧扣的，比如罗密欧与朱丽叶的婚事先是成功，后来才因为提伯尔特的介入变得无望，而朱丽叶的佯死又使人物命运绝处逢生，最终却因为罗密欧的不明就里而毁于一旦。

对戏剧结构进行三段式的剖析可以结合"起承转合"的规则来使用。初学者可以完成三段式的梳理后，再用"起承转合"梳理一遍，比对是否有缺失的环节，保证戏剧情节始终具备一定的节奏。当然，再次强调，这里的结构分析是情节式结构中最标准和最简单的一种，对其他类型的结构则需要加以灵活变化。不过，无论如何变化，故事发展的三个阶段仍是不可或缺的基础。

第二节　场的划分依据及类型

场是比幕要小的结构单元，在无场次结构中，场的结构层级相当于幕，但其单元情节容量仍然小于幕，"场"的数目要多于"幕"。比如《假如我是真的》共由六场构成，此外还有序幕和尾声，而普通的戏一般最多只有五幕。本节中所提到的"场"，是"幕"之下的结构单元。

一、分场的依据：时间、地点与情节

孙祖平认为："一般依据于事件或动作的发展和变化；也有以人物的上下场为标志，因为人物的登场，会带来新的动作依据，而随着人物的离去，动作会暂告停歇。"[①]

作为构成"幕"的情节单元，在剧作实践中，"场"的划分依据通常有三种。第一种是按照人物的上下场来划分。莫里哀的剧作中，人物多次上下场才构成一个情节段落（场），如《伪君子》中，第二幕的所有场面才构成逼婚的整个段落。第一场是奥尔贡叫住玛丽亚娜，提出将答尔丢夫介绍

---

① 孙祖平：《戏剧小品剧作教程》，上海人民出版社 2015 年版，第 43 页。

给她。这个情节段落并不完整：

第二幕　第一场

出场人：奥尔贡，玛丽亚娜。

奥 尔 贡　玛丽亚娜！

玛丽亚娜　爸爸，什么事？

奥 尔 贡　走过来；我有秘密话要跟你说。

玛丽亚娜　（向奥尔贡，奥尔贡注视旁边的一间书房）您找什么？

奥 尔 贡　我看看有没有人在里面听我们说话，因为躲藏在这个小屋
　　　　　子里偷听是再合适没有的了。好，现在我们可以放心说话
　　　　　了。玛丽亚娜，我一向深知道你是一个性情温和的人，所
　　　　　以我一向是喜爱你的。

玛丽亚娜　父亲这样爱我，我真感激万分。

奥 尔 贡　这话说得很好，我的孩子，但是你应该一心一意设法随和
　　　　　我的心意，不要辜负了我的慈爱。

玛丽亚娜　这正是我当作最大光荣的事。

奥 尔 贡　好极了。你看答尔丢夫，我们的贵客，这个人怎么样？

玛丽亚娜　叫谁看？叫我看？

奥 尔 贡　是叫你看。我要看看你怎样回答我。

玛丽亚娜　哎哟！我，也无非是您要我怎么说我就怎么说吧。

第二幕　第二场

出场人：奥尔贡，玛丽亚娜，桃丽娜。①

这里对"场"的划分以人物的上下场为标志，但是这样一来，其实"一
场"所表达的内容相当于我们所说的场面（句群），由若干场面才能构成
一个独立的情节段落——关于玛丽亚娜婚事的争执，既有玛丽亚娜跟父亲奥尔
贡的，也有玛丽亚娜跟桃丽娜商量的，也有瓦莱尔跟玛丽亚娜发脾气的。

---

① 莫里哀：《伪君子》，选自《外国戏剧选（上）》，赵少侯译，湖南人民出版社 1980 年版，
第 233—313 页。（后同）

第二种是按照地点的变化来划分，当地点发生变化时，新的场次也就诞生了。姚扣根、陆军教授认为奥尼尔的《天边外》是按照剧情发生的地点场所分场的，共分为三幕六场，第二幕的剧情时间在第一幕剧情时间的三年之后，第三幕的剧情时间在第二幕剧情时间的五年之后，每幕两场，每一场为一个地点。[①] 莎士比亚的作品中，"场"的概念比莫里哀的显然要大。在他的《罗密欧与朱丽叶》中，第一场包含若干个自然段落，也就是场面。场面一是凯普莱特家的仆人山普孙和葛莱古里预谋挑衅；场面二是两家仆人的争斗，新上场的人物是蒙太古家的亚伯拉罕；场面三是班伏里奥和提伯尔特上场；场面四是凯伯莱特和蒙太古上场加入混战；场面五是公爵到场，制止了纷争。就段落而言，这若干个场面共同构成一个比较大的段落，即两家再次发生冲突，被公爵制止。随后是班伏里奥安慰失恋的罗密欧。后一场面不属于蒙太古与凯普莱特两家的冲突段落，按照正常的划分方式，它应该属于另一场戏，但编剧将两场戏合并为一场，是因为剧情发生的地点没有发生变化。在实践操作中，许多戏剧一幕之中只有一个地点，如果一味按照地点来划分，就无法区分情节的层次了。

第三种是按照情节段落来划分，无论地点是否变化，无论人物是否上下场，只要场次构成独立的情节段落，即可视为一场戏。

一般来说，按照情节段落来划分比较科学，地点的变换以及人物上下场不适合作为场的划分标志，因为这两种方式既可能构成完整的自然段，也有可能并不构成，需要若干个人物的上下场才能完成一个相对完整的段落。比如《罗密欧与朱丽叶》的"场"也常包含多个人物的上下场，在第二场中，场面一是凯普莱特为回应帕里斯的求婚，替朱丽叶举行舞会并且从中挑选意中人。场面二是不识字的仆人拿请柬向罗密欧问字；场面三是罗密欧打算赴宴。虽然时空与人物都在变化，但从情节段落来说，这是对罗密欧与朱丽叶舞会相逢情节的铺垫，交代二人能够相遇的原因。

当然，人物的上下场、地点的变化，有时也与情节段落的变化同步。

---

① 姚扣根、陆军编著：《编剧学词典》，文汇出版社 2017 年版，第 125 页。

有时出于特别的艺术构思，也需要按照人物的上下场来分场。在一些多线交叉的剧作中，不同的故事线索交叉在一起，很难区分出独立的情节段落来。比如《北京人》中，情节的发展是靠场上人物的评说交代出来的，编剧并不直写事情的来龙去脉，具有情感纠葛的人物碰到一起之后，就会激发人物不同的情感。因此，以情节段落为准，很难区分出不同的场次。这个时候，人物不断地表达自己的情感，对事物的看法，很难从中分出完整的情节片段，这种时候，只能以人物组合来分场：

第一幕（八月节白天）

第一场　陈奶妈来探望文清，带了许多礼物。文清和思懿因表妹愫方发生争执。

第二场　思懿教训曾霆，袁圆给思懿房租钱，提到愫方婚事。

第三场　思懿挖苦愫方补画，谈曾皓的病。

第四场　思懿骂瑞贞，教训曾霆。

第五场　江泰要跟思懿拼命，曾霆请他祭祖。

第六场　奶妈安慰愫方，愫方要瑞贞把怀孕的事告诉曾霆。

第七场　文清和愫方互赠诗画，被思懿发现。

第八场　曾皓带领家人拜祖，自责无能，哀叹子孙不孝。

第九场　宴席上，文清辞行，思懿指挥儿子、儿媳敬酒。小商人讨债，被北京人撵走。

上述分场就与人物的上下场有关，因为编剧的创作意图是体现曾家三代的命运悲剧、展示"不像人"和"像人"的生活，手法也是在人物关系的碰撞中激发人物的情感。这一幕的故事是围绕第二代的情感纠葛、第三代的情感纠葛、第一代对子孙的失望展开的，因此以人物上下场的切换构成了"场"的结构单元。

单独以"场"来结构的戏剧，比一般话剧当中"幕"内的"场"容量要大，比如《假如我是真的》中的第一场又包含了若干个相对独立的情节段落：

第一个段落　李小璋在剧院门口等《钦差大臣》的退票。

第二个段落　周明华告诉李小璋，自己已怀孕，李小璋必须调回城里，否则父亲不会答应结婚。

第三个段落　赵团长给孙局长、娟娟送关系票。

第四个段落　李小璋冒充张小理骗到戏票。

这里，《假如我是真的》中的"场"下面的每一个段落，都是正常"幕""场"结构中的"场"的情节容量。

戏剧总是由一定的情节段落构成的，即使是无场次结构，也具有情节上的层次。因此，编剧在创作时，既可以采用幕的结构，也可以采用场的结构，要对情节单元的容量有一个大致的判断。

二、"场"的情节安排与走向

设定完"幕"的基本走向，接下来就是"场"中的情节安排了。一般来说，幕只是大概规划故事的走向和最终结局；到"场"的部分，才真正涉及某段情节在"场"上怎么安排：明场还是暗场？从哪个人的视角写？一线单行，还是"花开两朵，各表一枝"……这些都是令编剧颇为头痛的问题。

如果完全按照剧本大纲、分幕大纲规划的情节，按部就班地去写，那效果势必不佳，或者平铺直叙，或者机械呆板。因此，有经验的编剧都明白一个道理，事还是这件事，但写法上必须另有安排。这个安排的原则，就是站在谁的立场上，通过谁的视角来安排整体情节，写谁遇到的冲突和障碍。

这一原则大体有三种方式。一种是正面直写，一种是双方视角，还有一种是作者视角。

1. 正面直写的《玩偶之家》

作为佳构剧的经典类型，《玩偶之家》主要站在娜拉的视角和立场去安排情节，她与密友的交谈，她受到的威胁，她的反应、她对丈夫的乞求……

大部分戏在娜拉和其他人之间展开，他们在对话时提到其他人，比如在与柯洛克斯泰的对话中提到林丹太太，交代自己认识她，为后文林丹太太化解纠纷提供铺垫：

娜　　拉　喔，有工夫，可是——

柯洛克斯泰　好。刚才我在对门饭馆里，看见你丈夫在街上走过去——

娜　　拉　怎么样？

柯洛克斯泰　陪着一位女客。

娜　　拉　又怎么样？

柯洛克斯泰　请问你那女客是不是林丹太太？

娜　　拉　是。

柯洛克斯泰　她是不是刚进城？

娜　　拉　不错，今天刚进城。

柯洛克斯泰　大概她是你的好朋友吧？

娜　　拉　是。可是我不明白——

柯洛克斯泰　从前我也认识她。

娜　　拉　我知道你认识她。①

又在跟林丹太太的谈话中提到柯洛克斯泰，但这只是侧面的描写。对于剧中矛盾冲突解决具有重要作用的林丹太太与柯洛克斯泰这条副线，仅在第三幕第一场时获得了唯一一场正面描写：

【还是那间屋子。桌子摆在当中，四面围着椅子。桌上点着灯。通门厅的门敞着。楼上有跳舞音乐的声音。

【林丹太太坐在桌子旁边，用手翻弄一本书。她想看书，可是没心绪。她时时朝着通门厅的门望一眼，仔细听听有没有动静。

林丹太太　（看表）还没来，时候快过去了。只怕是他没有——（再听）喔，他来了。（走进门厅，轻轻开大门，门外楼梯上有轻微的脚步声。她低声说）进来，这儿没别人。

---

① 易卜生：《玩偶之家》，选自《西方现代戏剧流派作品选　1》，潘家洵译，中国戏剧出版社1989年版，第1—100页。（后同）

柯洛克斯泰　（在门洞里）我回家时候看见你留下的字条儿。这是怎么回事？

林丹太太　我一定得跟你谈一谈。

柯洛克斯泰　当真？一定得在这儿谈？

林丹太太　我不能让你到我公寓去。公寓只有一个门，出入不方便。你进来，这儿只有咱们两个人，女佣人已经睡觉了，海尔茂夫妇在楼上开跳舞会。

从主要人物视角入手，情节围绕主要人物展开，将次要人物和副线放在暗场。其优点是集中于主线，缺点是容易显得呆板僵滞，暗场的人物得不到充分刻画。关于这一点，我们可以从《日出》和《北京人》中得到许多借鉴，编剧让次要人物和主要人物同时登场，通过对比、烘托等手段，让人物同时得到刻画，对于主题的丰富更有帮助。

2. 兼顾主要人物/对手人物及其他人物的视角

在《青春禁忌游戏》中，编剧兼顾对峙双方的视角，时而写老师那边发生的事情，时而写学生们的策划。相对来说，对学生们的策划安排得更多一些。这部戏中，常常安排老师下场，让学生们商讨对策：

【没有了老师的客厅显得格外冷清，维佳和巴沙都似乎有些迷茫了。拉拉在一边用冷冷的眼光打量着他们。维佳又一次下意识地咽下一口香槟；巴沙摘下眼镜取出手绢仔细地擦拭着，没有了镜片的掩饰，他的眼中暴露的只有惶恐；瓦洛佳察觉到了一丝不祥的预兆，他必须给他们希望，但此刻他也觉得自己力不从心。毕竟他也只有十八岁啊……

维佳　你怎么了，瓦洛佳！兄弟们，不能走！这算怎么档子事儿？明天她会兽性大发！狠狠教训我们！瞧她最后那大喊大叫的样儿。瓦洛佳，告诉他们。

巴沙　（对瓦洛佳）听着，你不怕……事情闹大了？

瓦洛佳　（眼睛不看拉拉）别管我们男人的事，女孩儿。我干一件事就要干到底。不管我会付出什么代价。明白了？

维　佳　对，瓦洛佳！怕她干吗？她又不能把我们怎么样！她心灵高
　　　　贵又讲原则。甚至，我们的成绩该是多少，她明天一分也不
　　　　会少给我们。是不是，瓦洛佳？

瓦洛佳　他是对的。我们的叶莲娜·谢尔盖耶夫娜有安提戈涅情结。

维　佳　什么什么？

瓦洛佳　这就是说，对现实理想化的认识上升为做人的原则。也就是
　　　　说，对他们个人和他们所持的信念施加暴力，他们就会英勇
　　　　地起来抗争。这里的关系是这样成正比的。你施加的压力越
　　　　大，遇到的抗争就越积极和越明确。这个天性造就出革命战
　　　　争中的领袖和具有钢铁意志的英雄。但在和平年代的日常生
　　　　活里，他们就是一群不食人间烟火的怪人。大家嘲笑他们，
　　　　没人和他们较真。所以，被批判、围攻的场景对他们来说都
　　　　是求之不得的，因为你给了他们展现心灵力量的舞台呀！叶
　　　　莲娜·谢尔盖耶夫娜真是应该——从原则上说，感谢我们，
　　　　正是我们找她要钥匙，反倒让她实现了自我。

巴　沙　那下一步呢？

瓦洛佳　我以为绝不能现在从这儿离开。问题倒不在于她明天是不是
　　　　告发我们，我们即便现在走了，这个风险也是有的。我们的
　　　　任务是把她从原告变成同谋。

巴　沙　如果她是像你说的那样——安提戈涅，那么她永远不会成为
　　　　我们的同谋。

瓦洛佳　嗯，第一，现实生活中根本不存在纯粹的安提戈涅；第二，
　　　　对每一个心理类型都可以选配一把开启的钥匙。我多说一句。
　　　　我已经找到了摧毁“安提戈涅”的办法——（停顿。所有人
　　　　好奇地看着瓦洛佳）用暴力。

维　佳　如果我们把她……那个了，谁给我们钥匙？

瓦洛佳　再说一遍：用暴力。不是对安提戈涅本人，那样做毫无意义。

　　而是当着安提戈涅的面对她亲近的人使用暴力。

　　另一个典型的例子是《罗密欧与朱丽叶》，这部作品中，许多情节不是从男女主人公视角安排，而是写他们的朋友、仆人、保姆的所作所为，他们的行为是男女主人公意志的体现。这种创作手法增加了情节的变化，丰富了作品内容。莎士比亚的作品之所以气象万千、气势宏伟，也与出场的众多人物、多重视角来交代故事有很大关系。

3. 从作者视角来写

　　在这种类型中，情节不围绕某个中心人物展开。各色人物悉数登场，轮番表演。比如《日出》中，在陈白露寄居的旅馆里，纸醉金迷与路有饿莩同时上演。有老实勤恳的职员走投无路被小人羞辱：

黄省三　可是，（乞怜地）先生，您千万去请他老人家一趟好吧？

王福升　不在这儿！（不耐烦）告诉你潘四爷不在这儿呢！去，去，

　　去！别讨厌，不知哪家哪院的，开了门就找人，谁知道你是

　　干什么的？

黄省三　（一再解白）先生，我，我是大丰银行的书记，我姓黄——

王福升　（忽然对黄，指自己）你认识我不认识我？

黄省三　（看了半天）不，不敢说认识。

王福升　那，你就跟我"开路"！（推他）请走！

黄省三　可是先生，我姓黄……

王福升　（打开门，向外推黄）去！去！去！少给我添麻烦。你要再

　　来，我就——

黄省三　（一面被他推着，一面回头）先生，我姓黄，我叫黄省三，我

　　从前是大丰银行的——

王福升　（得意地）我知道，你从前是书记，你姓黄，你叫黄省三，你

　　找李先生、潘经理，大丰银行的人你都找。你到处装孙子，

　　要找事。你当我不知道，不认识你？

黄省三　（气得手发抖）先生，你认识我，（赔着笑容）那就更好了。

王福升　（愉快地骂着他）我在这儿旅馆看见你三次，你都不认识我，就凭你这点王八记性，你还找事呢！（拉着黄，不由分说，用力向外一推）去你个蛋吧！

黄省三　（踉跄摔在门框，几乎瘫在那儿，干咳）你为什么骂人？我，我知道我穷，可是你不能骂我是王八，我不是王八，我跟你讲，我不是。你，你为什么——

王福升　（恶意地玩笑）那你问你家里去，我哪儿知道？（拍着他的肩，狞笑）好，好，你不是王八，你儿子是王八的蛋，好吧？

黄省三　（突然好像疯狂起来，他立起来，仿佛要以全身的重量压死前面这个禽兽，举起手）你这个，你这个东西，我要……

王福升　（活脱脱一个流氓，竖起眉毛，挺起胸脯，抓着黄胸前的衣服，低沉而威吓的声音）你要敢骂我一句，敢动一下子手，我就打死你！①

有俗不可耐的顾八奶奶为爱情痛苦：

潘　月　亭　顾八奶奶是天下最多情的女人！

顾八奶奶　（很自负地）所以我顶悲观，顶痛苦，顶热烈，顶没有法子办。

潘　月　亭　咦，你怎么打着打着不打啦？打牌就有法子办了。

顾八奶奶　（提醒了她）哎呀，对不起，四爷，你给我倒一杯水，我得吃药。（坐下，由手提包取药）

潘　月　亭　（倒着水）你怎么啦？你要别的药不要？

顾八奶奶　你先别问我。快，快，给我水，等我喝完药再说。（摸着心，自己捶自己）

潘　月　亭　（递给她水）怎么样？白露这儿什么样的药都有。

顾八奶奶　（喝下去药）好一点儿！

---

① 曹禺：《日出》，选自《中国话剧百年剧作选（第2卷）》，中国对外翻译出版公司2007年版，第459—608页。（后同）

潘 月 亭　（站在她旁边）要不，你吃一点儿白露的安眠药，你睡睡觉
　　　　　　好不好？

顾八奶奶　（像煞有介事）不，用不着，我心痛！我刚才不打牌，就因
　　　　　　为我忽然想起胡四这个没良心的东西，我的心又痛起来。
　　　　　　你不信，你摸摸我的心！

潘 月 亭　（怕动她）我信，我信。

顾八奶奶　（坚执）你摸摸呢！

有忘记说中国话的高等华人张乔治装腔作势：

张 乔 治　（望着白露）Oh, my！我的小露露，你今天这身衣服——

陈 白 露　（效他那神经的样子，替他说）Simply Beautiful！

张 乔 治　一点也不错！还是你聪明，你总知道我要说什么。（转过
　　　　　　身，向着福升）By the way，哦，Boy！

王 福 升　也斯（Yes），死阿（sir）！

张 乔 治　休跟里面的人说，说我不去陪他们打牌了。

王 福 升　也斯，死阿！

　　　　　　【福升由左门下。

陈 白 露　你不要这么猴儿似的，你坐下好吧。

张 治 乔　哦，Please，Please，excuse me，my dear LuLu。

顾八奶奶　喂，你们两个不要这么叽里呱啦地翻洋话好不好？

张 乔 治　Oh，I'm sorry，I'm exceedingly sorry！我是真对不起你，
　　　　　　说外国话总好像方便一点，你不知道我现在的中国话忘了
　　　　　　多少。现在还好呢。总算记起来了，我刚回来的时候，我
　　　　　　几乎连一句完全中国话都说不出来，你看外国话多么厉害。

顾八奶奶　博士，还是你真有福气，到过外国，唉，外国话再怎么王
　　　　　　道，可怜我这中国话一辈子也忘不了啦。

　　这种写法是站在作者视角的全面观察，写人物聚合在一起的反应，这
是一种不按事件发展交代情节、专事写人物状态的写法。

三、必需场次、功能场次与辅助性功能场次

本书认为，"幕"之下的"场"从与情节的关联度来看，可以分为"必需场次"与"功能场次"两种类型。

学界常提到的是"必需场面"和"过渡场面"的概念。顾仲彝教授对此有精彩的分析，让我们援引如下：

> "必需场面"在戏剧理论上是一个较新的名词，是19世纪末叶法国一位戏剧批评家 F. 沙珊提出来的。剧作者在上升动作中和在戏的进展中造成迫切的期待，或一再的期待，那么剧作者必须迟早要满足观众的期待，而写出"必需场面"。所以沙珊说没有必需场面的戏必然要失败的。阿契尔却不同意这种看法，他觉得必需场面有时不是真正必需的，他警告我们不要相信"没有必需场面决不会是好戏"的说法。但劳逊批评阿契尔"把'必需场面'这个术语用得过于狭隘和近乎机械。任何一出戏决不能缺乏一个引起观众最大期待的集中点。观众需要这样一个集中点，否则他们就不能确定他们对戏中事件应当采取的态度"。我认为必需场面不一定要作者写出观众所推想到的那个必需场面才能满足观众的期待，作者可以写出出乎观众意料之外的必需场面，但也能够满足观众的期待。阿契尔所指的必需场面，是观众所能推想到的场面，有时确实缺乏戏剧性，没有必要必须按照观众所推想的场面来写，但观众的期待必须得到满足，那是肯定的。
>
> 问题在于必需场面和高潮有时容易混淆区别。劳逊作这样的规定："高潮是基本事件，它使上升动作（指较难的进展——引者）成长和展开。必需场面是全剧所趋向的直接目标。高潮的基础在社会思想之中。必需场面的基础则在活动之中；它是冲突有形的结果。"[1]

---

[1] 顾仲彝：《编剧理论与技巧》，上海人民出版社2016年版，第197—198页。

以上研究者对必需场面的定义，是从戏剧性的角度出发而总结的，是指对观众期待的满足或者让观众出乎意料的"集中点"，编剧如果在前面系扣，那么必须有一个解扣的呈现，否则属于情节上的不完整、逻辑上的不严密。

劳逊还"把戏的进展分为八个部分：Ⅰ Ⅱ Ⅲ Ⅳ Ⅴ Ⅵ Ⅶ Ⅷ。Ⅰ是说明；Ⅱ，Ⅲ，Ⅳ，Ⅴ，Ⅵ是戏的进展；Ⅶ是必需场面；Ⅷ是高潮"。这里的"必需场面"就不是分散的而是集中的场面了。[①] 顾仲彝教授引《雷雨》为例，来进一步说明劳逊的观点：

> 例如，在《雷雨》中一二幕造成许多冲突爆发的因素；周繁漪一再威胁周萍："你不要把一个失望的女子逼得太狠了，她是什么事都做得出来的。"观众就期待着周繁漪到底会做出什么来。四凤一再要求周萍把她带走，周萍不肯，最后约定当晚十一时后到四凤房里会面，观众就期待他们会面后有什么行动。鲁侍萍到周家后，发现四凤在周家有问题，又受到周朴园的当面侮辱，旧恨新仇越来越深；鲁大海遭到周家的毒打，又被开除出矿，对周家有了极深的阶级仇恨；这样敌对双方的对峙有一触即发之势，如果周萍到了鲁家，被鲁侍萍和鲁大海发现将是怎样一场激烈的冲突，这也是观众所热切期待的。[②]

可见，"必需场面"是一种含而不露、呼之欲出的设计，前面的场面都围绕这一场面来设计，这一场面又最终通向高潮。我们必须认识到，这是从情节戏剧性的角度来谈必需场面，并不是从故事的必要性角度来谈的。

孙祖平教授针对小品创作提出的必需场面、过渡场面、升华场面、高潮场面，对于我们认识戏剧中的必需场面也很有帮助：

> 戏剧小品的场面有着质地的区别，至少存在着三种场面类型：必需场面，过渡场面和升华场面。

---

① 顾仲彝：《编剧理论与技巧》，上海人民出版社 2016 年版，第 196 页。
② 顾仲彝：《编剧理论与技巧》，上海人民出版社 2016 年版，第 198 页。

1. 必需场面：一种正反对立的命题，情节拥有实质性的对抗，冲突处于紧张、危机和转折时刻，展现主要剧情。

2. 过渡场面：一种单向说明的命题，场面不具有实质性的对抗，主要起介绍、交代作用，酝酿矛盾，为对抗作铺垫。

再以《大米·红高粱》为例：

第1场面，演员和老乡打岔串调——必需场面。

第2场面，团长让演员唱《红高粱》，演员难以胜任——必需场面。

第3场面，老乡向团长兜换大米——过渡场面。

第4场面，演员随着团长敲破脸盆往破里唱，演员仍唱不出破的感觉——必需场面。

第5场面，团长让老乡试唱——必需场面。

第6场面：角色互换，老乡登台演出，演员推车换大米——必需场面。

接下来讨论的升华场面，也可以视为渲染场面，是矛盾冲突解决后的结果。因为是小品，各个场面结合较为紧密。大体上可以看出建置（交代背景、人物关系，铺垫事件），冲突（演员与团长之间），突转（二人互换），高潮与升华。

3. 升华场面：一种和谐诗意的命题。它的表象类似过渡场面，但不起介绍、交代作用，表现的是冲突后的和谐，情感与意念得以升华，如《三鞭子》中赶驴车老人和县长、司机三人喊着昂扬的号子抬车，《红高粱模特队》中载歌载舞的时装表演。升华场面具有抒情性，一般都安置在一出小品的篇尾。升华场面在本质上具有必需场面的功能。

此外，还可有一种场面——高潮场面，所谓高潮场面，亦即具有转折意义的必需场面。不少小品的情节进程没有严格意义上的高潮点，不存在高潮场面，但只要有足够的必需场面，也能支撑起一个"One

Act Play"的独立片段。

构成戏剧小品的一个片段，需以必需场面作为组合的轴心，也就是说，在一出戏剧小品的若干个场面中，必需场面的个数必须多于过渡场面的个数，在《大米·红高粱》中，两者之比是5:1。反之，戏就松散疲沓，缺乏必要的张力。在构思、创作戏剧小品时，须精心设计必需场面，精化控制过渡场面，想方设法把过渡场面改造、转化为必需场面。

一些精彩的小品，如《姐夫与小舅子》《主角与配角》《手拉手》等，所有的场面都由必需场面构成。

——戏剧小品是一个以必需场面为主组织片段的戏剧。[①]

孙祖平教授对必需场面的认识，既考虑了戏剧性的需要，也考虑了情节交代的需要。观众对紧张和释放的需求以及欣赏习惯，决定了要从戏剧性的角度设计必需场面，必需场面也是展现剧情的需要；"重场戏"的概念也源自戏剧性的要求，其背后的原因是观众的欣赏心理和习惯。

为了更清楚地理解"必需场面"，本书提出"必需场次"和"辅助性功能场次"两个概念。"必需场次"是戏剧情节内容的关键组成部分，如果缺失了它们，则情节不再完整；而"辅助场次"则是用于烘托气氛、塑造人物或主题的场次。

这里我们可以借用一下阿契尔对必需场面类型的观点：

阿契尔把必需场面分为五种类型：第一种叫作逻辑的必需场面，即根据主题内在的逻辑需要而产生的必需场面；第二种是戏剧性必需场面，即为了取得戏剧效果而安排的；第三种是结构上的必需场面，根据结构安排而自然地引向必需场面；第四种是心理的必需场面，根据性格转变或意志变更而形成的必需场面；第五种是历史的必需场面，根据历史或传统故事所不可缺少的必需场面。这种分类

---

① 孙祖平：《戏剧小品剧作教程》，上海人民出版社2015年版，第50—52页。

可供参考。①

除了第一类逻辑的必需场面外，其余的均可认为是"辅助性功能场次"，它们是对主要情节的一种烘托，即服务于主题的，服务于戏剧效果的，服务于结构的，服务于心理塑造的，服务于历史情境和文化传统的。

以《罗密欧与朱丽叶》为例，必需场次是二人的相爱、成亲、被迫分开及殉情，有了这些场次，罗密欧与朱丽叶的故事基本完整，相当于全剧的一个纲要。然而，双方世仇、罗密欧拿到请柬、帕里斯神父制药等场次，尽管戏剧张力十足，但就剧情来说，是否有必要用明场加以正面交代，则要打个问号了。

以《玩偶之家》为例，柯洛克斯泰来威胁娜拉是必需的，娜拉向林丹太太求助也是必需的，娜拉向海尔茂两次求情以及之后的坦白也是必需的。但是，娜拉向林丹太太倾诉自己的秘密，以及娜拉与阮克医生的对话，则都可以算作过渡场次。

再以《武陵人》为例，黄道真找到桃花源，在桃花源中被当地人厚待、招亲，以及最后离开，这些都是构成故事基本骨架的场次，是必需场次。但是，他与黑衣人白衣人的对话，赵钱孙李等钓鱼等，对于情节骨架来说不是必需的，是服务于主题的功能性场次。

必需场面是描述主要行动、主要事态发展的场面，相当于整部戏的筋节脉络，没有必需场面，则整部戏不成立。必需场面描写的是关键情节。以《雷雨》来说，鲁侍萍带四凤走的场次不可或缺，周萍探望四凤，以及繁漪拦住二人并促使周朴园发话认亲的情节也同样重要，这是主线上的主要情节。其余的情节，比如鲁大海与周朴园的冲突、四凤与鲁贵的谈话等，则不属于事件发展上的关键环节。

提出必需场次的概念，有助于编剧考察自己的剧作大纲中，是否忽略了情节发展的关键环节，导致情节骨架不够完整。换言之，必需场次就是

---

① 顾仲彝：《编剧理论与技巧》，上海人民出版社 2016 年版，第 199 页。

紧扣故事主线起承转合的场次，是紧扣冲突的产生、发展、高潮、结局的场次，是简单勾勒出情节主线的场次。

如果说必需场次是关于情节主干的场次，那过渡场次则是无关于情节主干的场次。这种场次分为两种，一类纯粹用于过渡。比如过场戏：

> 话剧的过场戏一般在下一幕的开场，除了两幕之间没有时间和情节的间隔无需加以过场的以外，一般在下一幕开场时要交代一下在上一幕落幕以后和下一幕开幕以前所发生的情况与变化，再接上另一戏剧性场面。……例如《丽人行》中的报告员，戏由她开场，过场一直到结束，他的过场台词有解释，有批评，有过场性的叙述。[1]

还有一类过场戏是让戏剧情节变得合理。比如人物刚刚下场无法马上上场，必须人为设计一定的时间间隔。比如《玩偶之家》中，从海尔茂送出辞退柯洛克斯泰的信，到后者收到信并上门来威胁娜拉，这之间需要一定的时间，因此编剧不得不安排娜拉跟阮克大夫的一段对话，这段对话从动机上看，并不是娜拉向阮克求援的一个动作，而是通过两人的回忆将时间从过去拉到现在，为剧情提供一个时间缓冲。虽然这段话在剧情中占用的时间不长，却在观众的心理感受上拉长了时间，使得柯洛克斯泰收到信并及时赶到的情节显得合理。

另一类过渡场次则是增饰强化表达效果的场面。以《罗密欧与朱丽叶》为例，罗密欧可以在第一次遇到提伯尔时杀死他，然而编剧没有这样处理，正是因为这样的处理太过直白浅薄。因此，莎士比亚颇有技巧地设计成第一次罗密欧退让，提伯尔特转而杀死了罗密欧的好友，因此罗密欧不得不杀死了提伯尔特。经过这样的处理，观众才会为罗密欧感到可惜，才会因为意外而震惊。

功能性场次虽然不影响故事的来龙去脉，但缺少了功能性场次，剧情就会发展得不清楚，层次不明显，表达效果也会大打折扣，情节主题与

---

[1] 顾仲彝：《编剧理论与技巧》，上海人民出版社 2016 年版，第 319 页。

人物塑造均会受到影响。比如《非此勿了》中，本应教书育人的老师竞相给权贵打电话邀宠，是一笔绝妙的反讽。如果说必需场次由于涉及情节骨干、不易被人忽略的话，那功能性场面更应该引起编剧们的重视——过渡场次的增加，绝不会成为整部戏的累赘，相反，会提高整部戏的艺术效果。

上述必需场次和功能性场次是从情节角度来谈的，从戏剧性的角度来看，无论必需场次还是功能性场次，均需尽量考虑戏剧性的原则，其中包括的内容很广泛：冲突的激烈对峙、故事意义的反思探讨、某个角色的发现、某个事件的转折等。在此基础上，形成本幕的"重场戏"，也即观众能够受到最大震撼和愉悦的地方。"重场戏"可分为有冲突和无冲突两种。在描写冲突场次时，应避免机械化处理，要注意人物内心情绪情感的表达，让冲突的骨架附上丰满的血肉。并非所有的场次都是重在写动作冲突的，在无冲突的场次当中，也要注意层次的发展，并非没有冲突，只是不强调冲突而已。

必需场次与功能性场次对应的是明场，其余事件则放在暗场。明场指事件在场面上得到体现，而暗场指未能在剧作中得到体现，或者被省略，或者由明场交代的情节。有时将情节处理为暗场是因为其不够重要、仅起交代作用或缺乏戏剧性，有时则否。《怀疑》一剧中，关于阿洛西斯与牧师马克金的谈话安排在幕后，阿洛西斯看到威廉·伦敦挣脱弗林的手也是幕后，阿洛西斯打电话给弗林所在的教区等均在暗场发生。从本剧情节来说，这些安排让故事更加扑朔迷离；从主题上来说，突出了对"怀疑"的怀疑。综合这两个方面的考虑，将这些事件置于暗场显得更为恰当。

第三节　场面的构成、变化与过渡

戏剧情节要富有变化，这不仅指情节要悬念迭生、波澜迭起，更指在场、场面的事件设计书写中，避免呆板机械、就事论事，而要从冲突、抒情等不同目的出发来巧妙交代情节。

一、场面的内部构成

场面是场的组成部分，由若干场面构成一场。场面的内部亦是一个有序的叙事体：如果是事件，那便是具备起承转合，结构完整清晰的事件；如果是情绪的铺垫，要遵循着逐渐迭起、由轻到重的原则；如果是主题的议论，也要遵循层层深入的原则。

以沪剧《一夜生死恋》①的开场为例：

> 【黑暗、沉默、静谧……舞台在积蓄力量。偶尔从不远处传来的那几声大都市里难得听到的三分凄凉、七分浮躁的蟋蟀呻吟，仿佛在预示人们：一个撼人心弦的故事就要开始了！
>
> 【"答、答、答……"是时钟的脚步，抑或是心脏的搏动？！越来越清晰，越来越急促……
>
> 【忽然，尖厉刺耳的救护车的鸣笛声铺天盖地而来，俄尔，又戛然而止，冷寂得令人毛骨悚然。
>
> 【冥冥之中扔下一束惨白惨白的光，投在一具躺在担架里、遮有白床单的尸体上。担架在缓缓移动，一具、二具、三具……渐渐地，担架横贯舞台，似乎在向人们展示死亡的痛苦历程。
>
> 【两个头戴工帽的小伙子架着一个血淋淋的中年人上。
>
> 中年人　塌、塌方了！快……快组织抢险，否则，我们的地铁工程……全、全完了！（气绝）
>
> 【收光。舞台全暗。静场片刻，一个女人低低的哭泣声仿佛从地层中涌出，继而，一片唏嘘，须臾，悲号声此起彼伏，惊天动地。
>
> 【灯大亮。

---

① 陆军：《一夜生死恋》，选自《陆军获奖剧作选》，江苏文艺出版社1991年版，第249—322页。

这是一个情绪性的场面，由若干个层次构成。首先是情绪上的铺垫，黑暗舞台上积蓄着不安，暗示了情绪的方向。时钟的滴答声强化了这情绪，担架、尸体、小伙子抬中年人上等内容逐步将不安升至悲痛，最后的女声的哭泣与悲号则让这种悲痛的情绪发展到了极致。

仔细分析这个场面，会发现它由层层深入的描写构成，环环紧扣地交代了故事的发生。如果我们将其中任何一层拿掉，都会使故事的清晰程度和感染力受到损伤。比如，如果拿掉了若有若无的蟋蟀的呻吟，黑暗带来的威胁与不安的暗示，则观众的紧张不能够被调动起来，缺少了必要的铺垫；如果缺少了时钟的"答答"声，直接切入救护车的尖叫，则不能够通过延宕让观众紧张的情绪得到加强。在铺垫、延宕过后，才引入了救护车的尖叫，预示已经有危险发生。这样一层层地交代下来，观众对危险的发生已经有了具体形象的认知，然而，到底是何种的危险，发生在哪里的危险，观众仍然不明所以。因此，编剧接下来才让两个小伙子抬伤者上来，进一步给观众指明了情绪的走向，并通过女子的哭声、悲号，让这股力量得到宣泄。

在以情节为主的场面里，则围绕事件的起承转合展开。比如《罗密欧与朱丽叶》中提伯尔特发现乔装打扮的罗密欧，向凯普莱特讲述事情原委的场面：

提伯尔特　听这个人的声音，好像是一个蒙太古家里的人。孩子，拿我的剑来。哼！这不知死活的奴才，竟敢套着一个鬼脸，到这儿来嘲笑我们的盛会吗？为了保持凯普莱特家族的光荣，我把他杀死了也不算罪过。

凯普莱特　嗳哟，怎么，侄儿！你怎么动起怒来啦？

提伯尔特　姑父，这是我们的仇家蒙太古家里的人；这贼子今天晚上到这儿来，一定不怀好意，存心来捣乱我们的盛会。

凯普莱特　他是罗密欧那小子吗？

提伯尔特　正是他，正是罗密欧这小杂种。

凯普莱特　别生气，好侄儿，让他去吧。瞧他的举动倒也规规矩矩；说句老实话，在维洛那城里，他也算得一个品行很好的青年。我无论如何不愿意在我自己的家里跟他闹事。你还是耐着性子，别理他吧。我的意思就是这样，你要是听我的话，赶快收下了怒容，和和气气的，不要打断大家的兴致。

提伯尔特　这样一个贼子也来做我们的宾客，我怎么不生气？我不能容他在这儿放肆。

凯普莱特　不容也得容；哼，目无尊长的孩子！我偏要容他。嘿！谁是这里的主人？是你还是我？嘿！你容不得他！什么话！你要当着这些客人的面前吵闹吗？你不服气！你要充好汉！

提伯尔特　姑父，咱们不能忍受这样的耻辱。

凯普莱特　得啦，得啦，你真是一点规矩都不懂。——是真的吗？您也许不喜欢这个调调儿。——我知道你一定要跟我闹别扭！——说得很好，我的好人儿！——你是个放肆的孩子；去，别闹！不然的话——把灯再点亮些！把灯再点亮些！——不害臊的！我要叫你闭嘴。——啊！痛痛快快地玩一下，我的好人儿们！

提伯尔特　我这满腔怒火偏给他浇下一盆冷水，好教我气得浑身哆嗦。我且退下去；可是今天由他闯进了咱们的屋子，看他不会有一天得意反成后悔。（下）

　　这个场面交代了提伯尔特想要杀死罗密欧却被阻止的过程。"起"是提伯尔特发现罗密欧并打算动手，"承"是提伯尔特在凯普莱特询问时强调自己的愤怒，"转"是凯普莱特并不赞同他的行为，最后在凯普莱特的责备之下，他不得不暂时放弃动手的念头。

　　在上述事件场面中，莎士比亚的描写是朴素、原始的，没有加以特别的渲染和修饰，提伯尔特告知想法，凯普莱特阻止，提伯尔特不从，凯普莱特继续阻止……双方只是争吵的声音或者是气势比先前强盛了一些，并没有动作上的设计。在另外一些情况下，编剧可能会围绕动作这个中心，强调双方的目的和斗法的过程，这同样有一个事件清晰地起承转合。比如《假如我是真的》的第三场中，李小璋的女友周明华在同学娟娟的家里打工，娟娟的爸爸是孙局长。这场戏中，围绕娟娟向孙局长替周明华求情的动作，设置了以下场面：

（1）孙局长误认周明华是保姆，嫌弃她用水擦木地板。

（2）娟娟向爸爸介绍周明华，替周明华求情，由于周在场，孙局长冠冕堂皇地拒绝了她。

（3）娟娟再次向爸爸求情，由于此时周明华不在场，只有父女二人在，娟娟的撒娇和埋怨起到了作用，而且娟娟所说的利益确实打动了孙局长。

（4）娟娟向周明华汇报情况，并表示一定帮她把男友调上来，周明华表示感谢。

在上述例子中，"求情"动作的设计感较强。孙局长嫌弃周明华，是对娟娟替周明华求情的铺垫，娟娟"求情"的动作是分阶段、在不同情境下展开的，以此表现孙局长的表里不一。这个场面有始有终，如同句子要以句号结束。当然，所谓的终止不一定是矛盾冲突的解决，也可能只是冲突暂告一段落。比如上例中娟娟"求情"以孙局长答应帮忙为结束，其实只是一种敷衍。

辩论、谈话型的场面也遵循一定的层次和章法。议论型的场面根据议论的主题层层深入，而谈话型的场面表面上看，是根据所谈论事件的发展而展开，其实又不尽然，而是可以有不同的变化。比如《哈姆雷特》中两位侍卫在谈论先王鬼魂的一段对话：

伯　纳　多　　欢迎，霍雷肖！欢迎，好马塞勒斯！

马塞勒斯　　什么！这东西今晚又出现过了吗？

伯　纳　多　　我还没有听见什么。

马塞勒斯　　霍雷肖说那不过是我们的幻想。我告诉他我们已经两次看见这一个可怕的怪象，他总是不肯相信；所以我请他今晚也来陪我们守一夜，要是这鬼再出来，就可以证明我们并没有看错，还可以叫他对它说几句话。

霍雷肖　嘿，嘿，它不会出现的。

伯纳多　先请坐下；虽然你一定不肯相信我们的故事，我们还是要把我们这两夜来所看见的情形再向你絮叨一遍。

霍雷肖　好，我们坐下来，听听伯纳多怎么说。

伯纳多　昨天晚上，当那照耀在旗杆西端的天空的明星正在向它现在吐射光辉的地方运行的时候，钟刚敲了一点，马塞勒斯跟我两个人——

马塞勒斯　住声！不要说下去；瞧，它又来了！

　　　　【鬼魂上。

伯纳多　正像已故的国王的模样。

马塞勒斯　你是有学问的人，对它说话去，霍雷肖。

伯纳多　它的样子不像已故的国王吗？看，霍雷肖。

霍雷肖　像得很；它使我心里充满了恐怖和惊奇。

伯纳多　它希望我们对它说话。

马塞勒斯　你去问它，霍雷肖。

霍雷肖　你是什么鬼物，胆敢僭窃丹麦先王神武的雄姿，在这样深夜的时分出现？凭着上天的名义，我命令你说话！

马塞勒斯　它生气了。

伯纳多　瞧，它悄悄去了！

霍雷肖　不要走！说呀，说呀！我命令你，快说！（鬼下）

马塞勒斯　它去了，不愿回答我们。①

从戏剧性的原则出发，莎士比亚先以马塞勒斯的发问、预述开始对话，

---

① 威廉·莎士比亚：《哈姆雷特》，选自《莎士比亚悲剧集》，朱生豪译，内蒙古文化出版社1998年版，第99—220页。（后同）

随后才转到伯纳多讲述。讲述时先让人物发誓、评价，也是为了保持对话的悬念。真正的讲述其实只交代了时间和地点，随后在场人物的对话巧妙地演变为对鬼魂当场出现的反应，整体层次十分丰富，感染力也很强。如果我们将这段对话简化成伯纳多的叙述，则可能是：

> 伯　纳　多　　昨天晚上，当那照耀在旗杆西端的天空的明星正在向它现
> 　　　　　　　在吐射光辉的地方运行的时候，钟刚敲了一点，马塞勒斯
> 　　　　　　　跟我两个人——它就来了！模样正像已故的国王，有着丹
> 　　　　　　　麦先王神武的雄姿，使我心里充满了恐怖和惊奇。我凭着
> 　　　　　　　上天的名义命令他说话，可它生气了，它悄悄去了，不愿
> 　　　　　　　回答我们。

这种叙述也能起到交代信息的作用，但在戏剧性和感染力上就逊色很多，反观原文，读者对故事背景的理解建立在记忆的基础上，而通过在场人物的反应被不知不觉地引入情境中。先由人物讨论某个事件、某个人物，再由人物上场来现身说法，也是剧作中常用的手段。莎士比亚的高明之处在于，没有让卫士们说清楚鬼魂是谁，就让人物上场了，充分保证了情节的悬念。在曹禺的话剧《雷雨》中，鲁贵和四凤的"说家史"，也是起到了先用人物谈论、再由人物上场的手法。只是鲁贵作为品行不高、带有偏见的不可靠叙述者，会引起读者对他所述内容的质疑，从而也保持了一定的故事神秘性。

二、场面的变化

如果说"场"的概念，是每场的主要内容，要围绕情节主线的进展，扎实稳步地推进向前，那么场面的主要功用，就是通过冷热、铺垫、对比等，让场面内部与外部的连接富有戏剧性，而这与场面的变化是分不开的。场面与场面之间需要事件发展、情绪气氛的变化，这两种变化往往是结合在一起，由新人物上场或新事件的发生引起的。比如《罗密欧与朱丽叶》中，罗密欧参加舞会，与朱丽叶一见钟情正情投意合之际，突然被提伯尔特发现，气氛由喜悦转为危险重重。《玩偶之家》中，娜拉正处在劫后余

生的庆幸中，不料柯洛克斯泰找来，让她的欢欣变为担忧。更广为人知的，是该剧发展至第三阶段的发现和突转，海尔茂先是痛骂娜拉，紧接着收到柯洛克斯泰的道歉信后又虚伪讨好。

场面内部也存在变化。《一夜生死恋》中，在完成井下塌方的建置后，接下来就进入到如何应对这件事情上：

> 【这里是 401 地铁工程的现场一角，吊车、拖斗、保暖桶，简易棚、铁锹、工作服，一片凌乱，一片废墟，一片嘈杂，一片哗然。
>
> 【人声鼎沸中，站出一国字脸男子，他叫曹汝山，是工程队副队长。

曹汝山　（怒吼）吵什么吵！队长死了还有我，地塌了天不会塌！

> 【没有人呼应，没有人行动，宁静，死一般的宁静。

曹汝山　都断气了吗？一班、二班、三班，各出三个人，来！

> 【人群骚动，七嘴八舌声。

工人甲　朋友帮帮忙，进去要死人的！谁愿意去送命哪！

工人乙　现在是商品经济社会，重赏之下必有勇夫，出一万元钱，我报名！

工人丙　放屁！一万元算什么？倒爷一个电话就是好几万！要我报名，最起码给我三室一厅！

工人丁　摸彩！摸彩！谁摸中谁去。

赖阿毛　静一静！静一静！

> 【无人理会，喧闹更甚。赖阿毛顺手将一酒瓶摔在地上，"兵"的一声，静场。

赖阿毛　（一步一步走近曹汝山旁）曹队长，你有什么资格带我们去送死？

曹汝山　（一愣）咦？阿毛，你这是啥意思？

赖阿毛　请问，你是中共党员吗？

曹汝山　这、这、这跟党员有什么关系?

赖阿毛　当然有关系! 同志们, 现在是生死考验的关键时刻, 我们工程队有十几名党员, 你们说, 该不该由他们去抢险哪!

　　【众齐响应: 应该! 应该!

赖阿毛　尊敬的中共党员同志们, 考验你们的时候到来了! 忠不忠, 看行动! 快上啊!

　　【群情激愤, 人们有意无意地退到一边去, 舞台中心, 六七个党员被孤立起来, 他们中间, 有的脸色严峻, 有的神态自若, 更多的则是因为缺乏思想准备而显得慌乱、失措。

赖阿毛　怎么? 缺乏勇气哪! 来, 我们一起当你们的啦啦队! 一、二、三!（喊）一不怕苦——

群众合　二不怕死!

赖阿毛　毫不利己——

群众合　专门利人!

赖阿毛　吃苦在前——

群众合　享乐在后!

　　【苏玉清手持一带血的工帽, 缓步上, 众噪声。

　　这里场面的变化是由新人物的上场引起的。曹汝山的出场, 让乱糟糟的场面有了秩序, 随后被工人们的不屑给冲乱。场上的气氛在之前是抢险的紧迫感, 而此刻被人们的抱怨与嘲讽代替, 场面在紧张和轻松之间切换, 一冷一热交替呈现。随后, 赖阿毛的介入让戏剧情势开始紧张, 直指曹汝山的资格, 并将矛盾指向共产党员, 群众和赖阿毛的一唱一和, 让整个场面的冲突一触即发。这时苏玉清的上场, 又让这个热的场面冷了下来。苏玉清拿着带血的工帽缓步上场, 又让刚才的调侃场面冷静下来, 转为严肃和悲痛。

　　人物行动的转变, 也是构成场面变化的因素之一。比如在《我为什么死了》中, 被冤枉入狱的范辛思亲心切, 从医院逃回家中, 夏俊面对妻子时声色俱厉, 接到领导电话时, 又无比的奴颜婢膝:

夏　俊　你必须放弃平反的要求。你要明白：平反，意味着常书记错了，这怎么行？！（一副坚持真理的架势）听着，常书记是一贯正确的！其次，你必须诚恳接受教训……

范　辛　（大吃一惊）什么？还要我接受教训？！

夏　俊　对，（食指向前一戳）要你！不然，问题就挂下去！

范　辛　妙极了！真逗！夏俊，在听了你这些话之后我很想为你唱一段什么，可惜没有时间了；我很想再对你说点什么，可是没有必要了。天要亮了，我该投案去了。再见，我这就回看守所去！（欲走）

夏　俊　站住！你不能再回看守所去！你以为，在你暴露了和公安局某些人有勾结的情况之后，我们还会让你回看守所去？那不是太天真了吗？对不起，必须对你采取新的隔离措施！我这就打电话给常书记，由他作出决定！（向电话机走去）①

　　夏俊先是声色俱厉，用对待阶级敌人的态度对待妻子，当他得知妻子并非私自逃出，而是获得了平反并要被授予奖励后，就转怒为喜，对着妻子又唱又跳、哭天抹泪，其媚态令人作呕：

夏　俊　（怒问）你是谁？哪里？什么？常书记？！（立时换了一副面孔）这么晚了您还没睡？什么？您说什么？！（脸色突变）范辛逃跑了？逃回家了？什么？公安局的人一直跟在后面？是，她就在这里，我正在训斥她！（急说）常书记，范辛态度恶劣，思想顽固，并且和公安人员勾结企图翻案！……您说什么？中央调查组明早就到？什么？噢，噢噢！（眉开眼笑）这样？是是……好，我负责……好好，好好！常书记，您站得高看得远；这对我是个深刻教育，什么？您还要？……（突然双眉一皱哭出声来）呜呜，噎噎，我太感动了！好。（甜丝

---

① 谢民：《我为什么死了》，选自《独幕剧名著选读》，上海书店出版社 2011 年版，第 211—224 页。（后同）

丝地）您快休息吧，您要保重身体啊！（放下听筒，先是眉毛笑，再是眼睛鼻子笑，接着整个脸和身子都充满了笑。随后，两手一拍，两腿一弹，唱起来）啦，啦啦，啦啦啦啦！（围着范辛唱和跳）

这种变化是建立在情节的自然发展和冲突情势的演进之上的，同时符合事件逻辑和人物性格的内在驱动。夏俊之所以先倨后恭，是因为他是个极端的利己主义者，没有良心，唯利是图。当他武断地认为妻子是私逃出狱，当然会为了自己的官位与其划清界限，当他知道妻子是经过某领导批准回家，自然要巴结妻子，好凭借裙带关系继续高升。

酝酿情绪的、注重动作的场面会互相转化，也即由动作冲突型场面转化为情绪型场面。比如话剧《桑树坪纪事》中：

【远处隐隐传来一阵沉闷的雷声。

【李金斗边喊边敲着锣从远处跑来。

【灯光渐亮。

李　金　斗　天要下雨哩！麦要糟蹋哩！乡党们！快喊喊哩！

【桑树坪村民敲着锣鼓家什声势浩大地赶来，他们一个个憋足了劲儿，仰脖子望天吼着。

桑树坪村民　（吼）黑龙黑龙过过哟……走到南边落落哟……

【有人敲家什定上了点子，于是这喊声开始变得有板有眼——

桑树坪村民　（吼）

黑龙黑龙（仓）过过哟（唭当当）

走到南边（仓）落落哟（唭当当）[1]

…………

这个段落讲述的是桑树坪人撵雨的情节，接下来是陈家塬人也来撵雨。

---

[1]　杨健、陈子度、朱晓平：《桑树坪纪事》，选自《中国当代文学作品精选（1949—1999）·戏剧卷》，吴祖光等编，北京十月文艺出版社1999年版，第521—580页。（后同）

新人物的出现，引起了双方的冲突：

> 【邻村陈家塬的人也敲着锣鼓家什从另一面匆匆赶来，他
>
> 们一面骂着桑树坪人心黑心坏，一面也齐声发喊——

邻村村民　（对喊）

> 黑龙黑龙（仓）站站哟（唢当当）
>
> 站到北边（仓）落落哟（唢当当）

…………

> 【桑树坪人急了，冲着邻村人骂了起来。

桑树坪村民　狗日的心黑，喊雨站哩！

邻村村民　驴日的心坏，把雨往这搭赶哩！

桑树坪后生　你敢过沟来，打死你个驴日的！

邻村后生　你敢过沟来，看我剥你的皮！

桑树坪妇女　骚女子，养野汉！

邻村妇女　野婆娘，偷男人！

> 【双方的吵骂声乱作一团。突然，又有人给骂声敲家什定
>
> 上了板眼，于是，人们的吼叫便开始有了章法。

桑树坪村民　陈家塬（哐才哐）日你娘！（哐才哐）

邻村妇女　桑树坪（哐才哐）日你妈！（哐才哐）

> 【……一声炸雷，大雨倾盆而下。正在对骂着的人们轰地
>
> 一下向四下逃去。

　　下雨时桑树坪居民希望雨落到别处，是桑树坪人与天的冲突；而当陈家塬人上场时，场面变化为桑树坪人与陈家塬人的冲突、之后双方升级为互相谩骂，场面逐渐由动作型的变成情绪、情感型的。人们的对骂成为一种情绪的宣泄。这种情绪的宣泄最终达到高峰，化为炸雷和大雨。

三、场面的有机衔接

　　情节逻辑是场面联结的主要依据，从戏剧原则出发，铺垫、延宕、渲

染等是场面联结的基本手段。此外，场面与场面之间还可形成对比、照应、重复等关系，建立另一种基于意义关系的联结。

顾仲彝教授曾指出当代历史剧创作的一个问题："目前在历史剧创作中最容易犯结构上松弛的毛病，剧作者认为只要把一个历史人物贯穿到底，就有了完整有机的结构，例如越剧《则天皇帝》，从武则天在尼姑庵被征入宫为妃写起，一场场罗列她一生中所发生的许多事件（事件与事件之间没有有机的联系，可以多写几场，也可少写几场），直到她死去。这样的历史剧是缺少完整统一的艺术结构的。"[①]

这确实切中历史剧创作的弊病。"一人到底"，自然就把一人所经历的事件也串联了下来，其间可能存在一定的因果逻辑和时间顺序，然而却有可能失于机械联结，流于简单化，未能对主题人物的表达和塑造发挥作用。顾氏认为，有机的联结建立在场面对比、衬托的基础之上。

悲剧场面之后紧接着轻松愉快的喜剧场面，使悲剧场面更鲜明突出，使观众在压抑低沉的悲痛心情之后在喜剧场面里舒展轻松一下。莎士比亚是最善于用细节对照的能手，在每一部不论是悲剧和喜剧里都可以找到这样的例子。《麦克佩斯》第二幕第二场麦克佩斯和他夫人杀死国王的压抑低沉的场面之后，紧接着是司阍人的插科打诨，引得观众发笑。《威尼斯商人》第四幕法庭一场尖锐严肃的斗争之后，接着来一段为戒指而起误会的闹剧穿插。《哈姆雷特》在哈姆雷特参加莪菲莉霞的悲痛的葬礼之前先来一场他和掘墓人的风趣谈话。[②]

此外，场面的重复也是建立有机联系的一种方式。他以爱森斯坦为例：

爱森斯坦在《结构问题》一文也着重谈到结构有机的完整的原则和方法。他说："'结构'这个术语的直接意义首先是指'对比'和'接合'。我们正要从结构的这种狭义的方面，去研究这里所分析的材料，以便学习怎样确定一个作品的各个部分之间，各个场面之间和各

---

① 顾仲彝：《编剧理论与技巧》，上海人民出版社 2016 年版，第 137 页。
② 顾仲彝：《编剧理论与技巧》，上海人民出版社 2016 年版，第 222 页。

个场面中各个片断之间合乎规律的联系和接合。"他又说:"有一系列的方法或手法,可以使作品具有结构上的稳定性和完整性。……最简单的手法之一就是重复手法。"他举音乐和诗歌为例,常用重复的曲调和歌词,来加强结构的完整性。在剧本里我们也常常看到同样的场面,同样的话,前后重复,首尾照应,来取得结构的完整性。"这种重复先帮助我们对作品产生完整的感觉。"①

当然,这种重复不是单一的重复,是一种富有变化、带有对比衬托意味的重复:

> 不过,我们得补充一句,重复而有变化和发展才是最有戏剧性的重复,大体上看来是重复,但内容上已有所不同,有所发展,才是最好的重复。例如奥尼尔的《天边外》,第一幕两弟兄在家里会面,一个原在家乡种地,一个刚由外面游历回来,他们面临一个严重的问题,他们同时爱上一个农村姑娘,要姑娘自己决定她愿意嫁给谁,姑娘爱上了弟弟,哥哥失望之余,决定出外游历。到最后一幕,两兄弟又在家中会面,哥哥刚从外面游历回来,弟弟由于不善务农,家业败落,害肺病快要死了,这时面临着跟第一幕相同的问题,要姑娘表示她到底爱谁,而姑娘才发现她真正爱的是哥哥。这里有重复,但又有变化和发展。第一幕第一场的布景和最后一幕最后一场的布景完全是重复,但两场的时间(一是日落,一是日出)和剧中人物的情绪却已完全改变了。②

这都是非常有益的提醒,有着很强的实用价值。正如《陈毅市长》不是泛泛写几件事,而是借陈毅做的几件事展现中国共产党人的风貌,这些散落的、不具备逻辑关系的场次之间就获得了有机联结。《假如我是真的》中,场面的重复、对比、衬托也出现得非常频繁,孙局长对顾明华颐指气使、要尽官威,又在"张小理"面前卑躬屈膝、巴结讨好;孙局长在人前

---

①②　顾仲彝:《编剧理论与技巧》,上海人民出版社2016年版,第136页。

很讲原则，在权力面前和私底下则原则尽失。这些都是鲜活的例子，对于我们的创作很有启发。

四、场面的过渡

人物情绪发生的变化，场面与场面之间的衔接，也需要一定的过渡。这种过渡是一种戏剧性上的安排与处理，有助于戏剧氛围、戏剧层次和相关情节的铺垫。

1. 过渡的作用：完成气氛的转换，构建层次、节奏，完成情节铺垫

过渡要使读者和观众适应氛围的变化，产生新的戏剧期待。即使是在突转的情况下，也要做好衔接，引起观众的期待，让情绪转化自然。比如夏俊态度的转变，不是一下子从对妻子的训斥转为对妻子的和颜悦色，而是经过了一个与常书记对话的缓冲。这个常书记也是一个利己的墙头草，夏俊对这位在自己仕途上具有重要影响的领导进行巴结，可以说是合乎情理的。因此，当他转而讨好妻子时，对于观众而言，就有情绪上的过渡和期待了。

构造戏剧的层次和节奏，在两个重要场面之间，通常需要一个过渡场面，让戏更有层次感。比如在《雷雨》的第二幕，先是周萍与四凤幽会，商讨二人的未来，决定晚上到四凤家里商量下一步行动，随后是繁漪求周萍带自己走。[①] 这两个场面都是与主线情节有关的重要场面，为了避免场面之间的情绪和节奏过于突兀，编剧特意在二者之间插入了一个过渡场面：

鲁　贵　哦！（向四凤）我正要找你。（向周萍）大少爷，您刚吃完饭？

鲁四凤　找我有什么事？

鲁　贵　你妈来了。

鲁四凤　（喜形于色）妈来了，在哪儿？

鲁　贵　在门房，跟你哥哥刚见面，说着话呢。

---

① 曹禺：《雷雨》，选自《中国话剧百年剧作选（第 2 卷）》，中国对外翻译出版公司 2007 年版，第 199—346 页。

【四凤跑向中门。

周　萍　四凤，见着你妈，给我问问好。

鲁四凤　谢谢您，回头见。（四凤下）

鲁　贵　大少爷，您是明天起身么？

周　萍　嗯。

鲁　贵　让我送送您。

周　萍　不用，谢谢你。

鲁　贵　平时总是您心好，照顾着我们。您这一走，我同我这丫头都
　　　　得惦记着您了。

周　萍　（笑）你又没钱了吧？

鲁　贵　（奸笑）大少爷，您这可是开玩笑了。——我说的是实话，四
　　　　凤知道，我总是背后说大少爷好的。

周　萍　好吧。——你没有事么？

鲁　贵　没事，没事，我只跟您商量点闲拌儿。您知道，四凤的妈来
　　　　了，楼上的太太要见她，……

【繁漪由饭厅门上，鲁贵一眼看见，话说成一半，又吞进去。

鲁　贵　哦，太太下来了！太太；您病完全好啦？（繁漪点一点头）鲁
　　　　贵直惦记着。

　　从事件上看，这个场面交代的内容是无足轻重的。四凤听到侍萍幕内
的叫声，或者别的人来喊四凤，也可以达到相同的目的。但是鲁贵的出场，
增加了一个向周萍讨钱的动作，使得周萍从先前阴郁、苦痛、认真的青年，
一下子转化为玩世不恭的少爷，这为戏的下一步进展——周萍厚颜无耻地
对待繁漪——提供了人物的转变和戏剧氛围的转变，也让剧作更有层次。
如果没有这个过渡，四凤与周萍谈完后安排繁漪上，或者是四凤与周萍正
在谈话的时候让繁漪出现，都会显得过于紧密，层次感不够。由于这两出
戏都很重要，用其他场面进行间隔，能够让紧张气氛舒缓下来，既为情节
的再度上升蓄势，也让戏的层次节奏也更清晰。

过渡场面的安排也是情节的需要。为了让情节的发展自然、强劲，铺垫是必要的。此外，为了强化后续情节的戏剧性，铺垫也是必要的。比如在《玩偶之家》中，从柯洛克斯泰威胁后娜拉下场，到娜拉真正开始劝说之前，中间的两个场面——娜拉的权衡轻重和海尔茂对娜拉表明态度——都属于过渡场面。这两个场面的存在，使得娜拉的劝说面临重重困境，读者也为人物感到担忧，强化了观众的期待。

2. 过渡的方式：通过人物上下场或者语言交代

通过人物上下场的过渡是最常见的一种方式，有时还会借助人物的对话对即将发生的情节进行预示的交代。比如两个人就接下来如何对付某人进行商量，随后某人上场。这种商量就是一种过渡。如《桑树坪纪事》中"估产"一场，其核心场面是生产队长与公社书记就"估产"多少展开的斗智斗勇。在进入到这个场面之前，编剧巧妙地"垫"了一下。先是交代背景，李金斗招呼众干部估产：

【桑树坪村头坡地边。几个公社的估产干部一面饭饱酒足地剔着牙，一面从远处走来。

刘　主　任　金斗！金斗唉！

众估产干部　金——斗！

【附近传来了一阵儿驴叫。

李　金　斗　来哩……

【李金斗拉着知青朱晓平从远处跑来。

李　金　斗　主任唉，来，来，来。这是咱队里的一点小意思……

【李金斗与朱晓平给刘主任、估产干部们送烟、递茶水。

刘　主　任　（客气地）这是干啥，这是干啥嘛！

众估产干部　金斗唉，你这是干啥哩！

李　金　斗　你们大老远来，辛苦这半晌，咱桑树坪庄户人心里过意不去呀！主任唉，你可吃舒坦了？

刘　主　任　罢咧，罢咧！咱到塬上看看麦去。

【刘主任和众估产干部向塬上走去，随后围在一起看麦。

然后是铺垫，金斗向知青朱晓平求助，希望他能关键时刻搭把手：

朱晓平　队长，没事我回去了。

李金斗　唉！娃娃你可不敢走。

朱晓平　还有什么事吗？

李金斗　这估产可是咱村的大事，（耳语）估得低咱就能多分几斤几
　　　　升，估得高那咱就白辛苦一年了！你城里学生娃儿见识广，
　　　　脑子灵，可得帮我支应着点……

朱晓平　我能支应啥事嘛？

这种做法是一种巧妙的引导，能够引起大家的注意，让读者和观众对
即将发生的"估产"产生期待。相反，如果直接开始估产，情节就显得太
过平直而缺乏过渡。这里并没有人物上下场，也不是由新人物带来的新信
息，而是由在场人物表达自己的打算，由此引发了事件的新发展。

有时，场面的冲突和事件本身并未发生剧烈的变化，只有人物关系、
情感的深化，这个时候也需要话语的过渡。比如《北京人》中，曾思懿正
在跟文清吵架，

曾文清　（气愤）你是人是鬼，你这样背后欺负人家？

曾思懿　（也怒）你放屁！我问你是人是鬼，用着你这样偏向着人家！

曾文清　她是个老姑娘，住在我们家里，侍候爹这么些年——

曾思懿　（索性说出来）我就恨一个老姑娘死拖活赖住在我们家里，成
　　　　天画图写字，陪老太爷，仿佛她一个人顶聪明。

曾文清　唉，反正我要走了，只要爹爹肯，你们——

曾思懿　他不肯也得肯，一则家里没有钱，连大客厅都租给外人，再
　　　　也养不住闲亲戚，再则（斜眼望着他，刻薄地）人家自己要
　　　　嫁人，你不愿意她嫁呀……

曾文清　（忍无可忍，急躁）谁说我不愿意她嫁？谁说我不愿意她嫁？
　　　　谁说不愿意她嫁？

曾思懿　（一眼瞥见愫小姐由养心斋的小门走进来，恰好猫弄老鼠一般，先诡笑起来）别跟我吵，我的老爷，人家愫小姐来了！①

二人在争执中交代接下来出场的人物，令愫方的出场变得自然。而在愫方到来后，曾思懿停止了争吵：

曾思懿　（对着愫小姐，满脸的笑容）你看，愫妹妹，你看他多么厉害！临走临走，都要恶凶凶地对我发一顿脾气。（又是那一套言不由衷的鬼话）不知道的，都看我这样子像是有点厉害，在家里不知道怎么恶呢！知道的，都明白我是个受气包：我天天受他（指曾文清）的气，受老爷子的气，受我姑奶奶姑老爷的气，（可怜的委屈样）连儿子媳妇的气我都受啊！（亲热地）真是，这一家子就是愫妹妹你，心地厚道，待我好，待我——

这里曾思懿的话就是一种过渡，一方面回顾了刚才与文清的争吵，诉苦示弱，另一方面又引申到当前对愫方的冷嘲热讽上来。

场面的过渡不仅包括同一事件场面的过渡，也包括不同事件场面的过渡。这种过渡通常体现为一幕之中从上一场再到下一场的自然推进，这相当于情节的深入和发展。比如《罗密欧与朱丽叶》的第一场中包含两个场面，一个是蒙太古与凯普莱特两家的世仇，另一个是罗密欧的失恋。在第一个场面中，以人物上下场的方式来实现场面的自然过渡。在亲王阻止双方打斗、严禁再于街头闹事后，蒙太古向罗密欧的朋友班伏里奥询问事情的原委，顺便问起了罗密欧近况——这就是通过话语实现了从介绍双方世仇到引入罗密欧恋爱故事的过渡。

练习题：

1. 任选一部莎士比亚的剧作，分析其幕、场及场面的构成。

2. 分析过士行剧作《棋人》的幕、场与场面的构成。

---

① 曹禺：《北京人》，选自《中国话剧百年剧作选（第4卷）》，中国对外翻译出版公司2007年版，第1—148页。（后同）

第三章　大型戏剧的时空布局

戏剧结构的划分依据有两种，一种是根据时空来划分结构，一种是根据情节来划分结构。戏剧的时空结构指剧情的时间长度和空间安排，情节结构指情节本身在剧作中呈现的次序，也即情节的进展中哪些性质的事件被安排在前，哪些被安排在后。本书第一章与第二章所讲述的内容，实际为剧作的情节结构。本章所讨论的内容则是戏剧的时空结构，常见的对戏剧结构进行分类的方法，如两分法、三分法、五分法等，就是依据时空来划分和命名的。

两分法是由美国研究者埃里克·本特利和苏联研究者霍洛道夫提出的。本特利在《作为思想家的剧作家》一书中提出开放式与封闭式两种结构类型：前者是莎士比亚、歌德、布莱希特等人所用的开放的、扩散的戏剧结构；后者是希腊人、法国古典主义者、佳构剧作家斯克利勃、仲马及易卜生等人所用的封闭的、集中的戏剧结构。[①]霍洛道夫在《戏剧结构》一书中，也将戏剧结构类型分为开放式和锁闭式。[②]他们的封闭式和锁闭式之间存在对应关系，其分类的依据较为一致。

主张三分法的有英国研究者阿契尔和我国编剧理论学者顾仲彝。阿契尔在《剧作法》中提出了三种"结构或者组织的一致"："葡萄干布丁式的一致，绳子或链条式的一致，以及巴特农神殿式的一致。"其中："绳子或链条的一致"指情节在时空中按照时间顺序发展，可以采用多个时空的结构类

[①]　孙惠柱：《第四堵墙　戏剧的结构与解构》，上海书店出版社 2011 年版，第 117 页。

[②]　[苏]霍洛道夫：《戏剧结构》，李明琨、高士彦译，华东师范大学出版社 1981 年版，第39 页。

型，相当于开放式或史诗类的结构，也就是莎士比亚、歌德、布莱希特等人所用的结构；"巴特农神殿式的一致"指情节布局严谨，在精心挑选的有限时空中安排情节，相当于本特利的封闭式结构；而"葡萄干布丁式的一致"则是阿契尔的新发现，指情节在时空中呈散点分布的态势，看上去没有因果关系，却在主题上具有一致性，相当于"形散而神不散"的散文式结构。[1]我国研究者顾仲彝也在锁闭式与开放式之外提出了人像展览式结构，这种结构在同一时空中存在不同的情节线索和人物，旨在展示生活的横截面和人物群像，没有核心的冲突情节。其典型作品有霍普特曼的《织工》、高尔基的《在底层》、夏衍的《上海屋檐下》、老舍的《茶馆》等。[2]

五分法是孙惠柱教授在他的《第四堵墙：戏剧的结构与解构》一书中提出的结构类型，分为纯戏剧式结构、史诗式结构、散文式结构、诗式结构和电影式结构。

以上分类方法用图表概括如下：

戏剧结构的分类	本特利	霍洛道夫	阿契尔	顾仲彝	孙惠柱	常规
	开放式	开放式	绳子或链条式	开放式	史诗式	开放式
	封闭式	锁闭式	巴特农神殿式	锁闭式	纯戏剧式	锁闭式
			葡萄干布丁式	人像展览式	散文式	时空交错式
					诗式	
					电影式	

前三种与其他研究者的观点相仿，在此不做赘述。诗式结构是指哲理性的结构类型，比如《等待戈多》等剧作，摒弃传统的情节表达，追求象征与荒诞，"不讲究人物和故事逻辑的因果联系、主要根据作者的意念和情绪，自由地组接一系列连贯性少而跳跃性大的符号，这实际上是文学体裁中诗的特征。"[3]而电影式结构指情节在时空中的分布像电影中

① ［英］阿契尔：《剧作法》，吴钧燮、聂文杞译，中国戏剧出版社 2004 年版，第 114 页。
② 顾仲彝：《编剧理论与技巧》，上海人民出版社 2016 年版，第 149 页。
③ 孙惠柱：《第四堵墙 戏剧的结构与解构》，上海书店出版社 2011 年版，第 49 页。

一样自由的作品类型，由人物意识流生成的套层结构的戏剧作品也属于此类。

本书不赞同散文式结构的提法。因为，契诃夫的戏剧作品不能算是一种结构，至多只算一种"散文化"或者"诗化"的风格——契诃夫的剧作就情节在时空的分布上而言，与锁闭式和开放式并无差别，在某种程度上更接近于后者：较为完整地讲述故事，选择相对集中的时空，只是在事件处理上更注重抒情性而不是情节性。贝克特《等待戈多》的情节在时空上的布局与开放式没有区别，仍然是从头到尾讲述故事，只是不重情节而重哲理的表达罢了。因此，这两者仍应划入"开放式结构"的范畴。严格意义上的散文式结构或者诗式结构，以及葡萄干布丁式的一致、绳子或链条式的一致，本质仍与电影式结构有关。考虑到以上情况，本书将戏剧结构分为三个具有对应关系的大类：集中时空的锁闭式、开放式、人像展览式结构，分散时空的冰糖葫芦式、史诗式、电影式结构，以及多层时空的心理式、叙述体式结构。

第一节　集中时空布局

集中时空的布局，是指戏剧作品剧情发生的时间和空间相对集中的类型，有时全剧共用一个地点和时间，有时三幕中的每幕使用不同的地点和时空，每一幕中不存在时空的切换。这种结构类型有锁闭式、开放式和人像展览式结构。

一、时空集中的锁闭式结构

本书认为，开放式与锁闭式（或封闭式）是两种最基本的、最具有戏剧特征的戏剧结构，也是孙惠柱所说的纯戏剧式结构。这种结构不仅注重时空的相对集中，也注重情节的集中，冲突在特定时间内呈现"戏剧性"的爆发。顾仲彝认为，锁闭式结构有以下特点：

具有经过严格选择的，最低限度的登场人物，极其节约的活动地点和时间，以及直线发展的题材。这样结构的戏总是从危机中开始的，一下子就跳到最紧张的战斗中去，而把过去有关的情节用回顾式的叙述方式在剧情开展中逐步透露出来。这一类型的典范剧作是古希腊的悲剧和易卜生的中期和晚期作品。[1]

在这里，他指出锁闭式结构的几个特点：一是人物集中，二是时空集中，三是情节大多为直线式发展，没有别的多余情节，四是从接近危机的时候写起，前情用前史加以交代，前史被人物知晓时发生激变。他继而以索福克勒斯的《俄狄浦斯王》为例来加以说明：

一开场：神示到来，说忒拜城将降瘟疫，只有把杀死老王的凶手找出来，给以充军的处分才能避免；第一场，为了审查出凶手是谁，俄狄浦斯和忒拜城的先知忒瑞西阿斯争吵起来，俄狄浦斯性情暴躁，怀疑手下有阴谋。第二场，为同样理由，他跟大臣克瑞翁（伊俄卡斯忒的兄弟）也争吵起来。第三场，从科任托斯来了一个送信人，说明情况，伊俄卡斯忒得知实情，悲痛欲绝，决心自裁；俄狄浦斯越发怀疑，误会更大，继续追根究底，不肯罢休。第四场，由于送信人的启示，把拉伊俄斯的牧人找来，于是证实俄狄浦斯就是三十多年前被遗弃在荒山的婴儿，俄狄浦斯得知真相，就冲进幕后去弄瞎了自己的眼睛，最后退场；另一送信人来报告伊俄卡斯忒已自杀身亡，俄狄浦斯已自己弄瞎了眼睛，接着盲目的俄狄浦斯上场来自怨苦命，于是带往国外去充军。以上就是《俄狄浦斯王》演出的全部内容，时间前后不到一天，地点只有一处，主题和情节只有一个，就是逐步揭露杀死老王的真相和找出杀死老王的凶手。这故事的全部过程，从拉伊俄斯王生子后受到神示把子抛弃荒山起，到俄狄浦斯王得知全部真相止，

① 顾仲彝：《编剧理论与技巧》，上海人民出版社 2016 年版，第 149 页。

前后有三十多年的历史过程，但戏剧只写最后一段终局，而终局戏剧的展开是同逐步揭露和回顾往事分不开的，所以这样的结构又称为终局式，或称为回顾式。[1]

我们把上述内容的时空布局和主要冲突加以详细分解：

在时空布局上，情节的呈现从俄狄浦斯已经杀父娶母后开始。他出生后被父母扔掉、被另一国老王收养、长大后得知神谕逃跑、在路上杀死老王等，均属已经发生过的事情，作为前史被一层层揭开。该剧剧情展开的主要冲突如下：

第一幕　忒拜城瘟疫，克瑞翁带神谕回来，要找出杀死老王的凶手，先知忒瑞西阿斯说俄狄浦斯是不洁之人。（指向真相）

第二幕　俄狄浦斯与克瑞翁因此事争吵，伊娥宽慰俄狄浦斯，老王只会被亲子所杀，而那个孩子早被他们扔掉了。俄狄浦斯讲出自己的担忧，自己当初就是因为这件事而逃跑的。（进一步指向真相）

第三幕　送信人到来，要俄狄浦斯回科任托斯继承王位，他并不是科任托斯老王的亲生子。俄狄浦斯更想知道真相。（进一步指向真相）

第四幕　找到牧羊人，牧羊人证实俄狄浦斯就是三十多年前被遗弃在荒山的婴儿。（证实真相）

我们可以看到，情节紧紧围绕揭示"俄狄浦斯杀父娶母"这一前史展开，每幕中提供的信息一步步地接近谜底，没有别的多余情节。人物的行动也围绕探知真相的目的来安排，比如去请神谕、询问王后、找牧羊人等。不过，我们要注意到，这毕竟是古希腊时期人们创作戏剧的特点，与当时的演出条件、演出模式密切相关。古希腊戏剧中可以借助歌队，自由地交代前史、表现人物内心活动甚至评判人物，而且歌队的出场也是调节气氛、丰富场面的重要手段。

---

[1]　顾仲彝：《编剧理论与技巧》，上海人民出版社 2016 年版，第 149 页。

孙惠柱教授认为，宗福先轰动全国的第一个反"四人帮"的剧本《于无声处》就是典型的锁闭式结构，它以何是非在"文革"初期坑害梅林一家作为秘密"前史"，而梅林、欧阳平的到来揭开了这个秘密。他进一步论述锁闭式结构，认为采用这种结构的剧作的特点是：

> ……都以一个过去的重要秘密为中心，辅以一个严重威胁到这个秘密的当前的情境。剧情一般是通过要揭开它还是捂住它这样两股力量的冲突而迅速发展，总是在高潮中把秘密完全揭开，以"发现"实现"突转"，使全剧迅速收场。整个过程好像是有一台钻机不断地冲破阻力，向那深处的秘密钻去，直到钻通为止。根据这个特点，可将它比作钻探式。①

上述内容说明了锁闭式结构的剧本在构思上的几个要素：（1）必须有一个秘密；（2）必须有一个被秘密影响的当前情境；（3）两股力量的冲突。在这些要素中，"过去的秘密"和"当前情境"中发生的事件，在设置上很有讲究。如果"过去的秘密"只是关于家庭的某桩绯闻，当前情境中的事件也是类似性质的事件，那整部剧会显得格局不大。如果"过去的秘密"与社会环境等宏观因素有关，那剧作的社会意义就深刻得多。另外，在一股力量试图掩盖这个秘密，而另一股力量则想揭开的情形下，两者之间的对抗是锁闭式结构中的基本冲突，在这股冲突中的双方如果不是简单的善恶对立，也会使锁闭式结构更加灵活多变。

当然，如果把时间、地点、情节的整一过于僵化，也会给锁闭式结构造成许多问题。比如顾仲彝认为：

> 把"三一律"作硬性规定是极其有害的，束缚了剧作家创造性的充分发挥，但它的精神实质，使剧本的内容与形式完整统一，尤其是情节的一致，使情节一线到底，前后连贯，因果分明，节奏紧凑，注意集中，是一部好剧本所不可缺少的完美结构。"时间的一致"和"地

---

① 孙惠柱：《第四堵墙 戏剧的结构与解构》，上海书店出版社 2011 年版，第 15 页。

点的一致"是从"情节的一致"引申出来的，要根据具体剧情和舞台条件来灵活运用的。[①]

古希腊戏剧严格的三一律结构，是与悲剧的内容、歌队的形式相辅相成的。悲剧的情节相对简单，带有一种庄严肃穆感。例如《俄狄浦斯王》中，歌队通过吟诵表现了城邦人民正在遭受瘟疫的荼毒，代表了居民发出的痛哭呐喊，从而强化了找出凶手的急迫性，提振了戏剧情势。这既丰富了艺术手段，同时也与悲剧的气氛相得益彰，有效地提升了场面的张力。因此，古希腊悲剧中的锁闭式结构，虽然只围绕一条情节线索，却并不令人感到机械沉闷。在现代戏剧中，如果没有歌队出场，仍旧严格遵循情节直线型发展模式，可能就会使情节显得直白机械。

易卜生的《玩偶之家》采用了锁闭式的结构，娜拉伪造签名的事成为剧中的前史，前史被揭开之时，也是夫妻关系剧变的时刻。但是签名的揭露，并不像古希腊悲剧中那样，通过歌队来交代人物心理、渲染气氛，只能通过具体的生活化的情节，比如娜拉与阮克医生的闲聊、与林丹太太的密谈、与海尔茂的跳舞等侧面来交代人物心理活动。相较于《俄狄浦斯王》，《玩偶之家》的情节更丰富，但由于女主人公与阮克和林丹的谈话发生在客厅里，没有太多社会生活的展现，仍然显得单薄。值得庆幸的是，易卜生在阮克医生、林丹太太和柯洛克斯泰身上都不同程度地注入了社会失意者的血脉，阮克的通达、林丹太太的务实以及柯洛克斯泰的愤怒，这一创作手法在一定程度上提升了剧作的艺术魅力，抵消了前文所提到的单薄性。

明白了古希腊锁闭式结构的特点，在创作时就不会局限于直线上升、人物较少、场景单一的规定性了，同时可以在社会生活面的展现、人物形象的丰富上有更多的变化。比如《雷雨》中，如果遵循前文所提到的规则，仅围绕"兄妹乱伦"这一秘密被揭开，那可能只有以下场景：

---

① 顾仲彝：《编剧理论与技巧》，上海人民出版社2016年版，第133页。

四凤与周萍打算私奔，蘩漪来劝说周萍未果。（周萍与蘩漪的秘密被揭开）

鲁侍萍见到周朴园，二人相认。（周朴园与鲁侍萍的秘密被揭开）

鲁侍萍决意要带四凤走，并要四凤发誓不见周家的人。（乱伦第一次被知道—观众）

周萍与四凤相约私奔，被鲁侍萍发现；侍萍得知二人已经乱伦，她想瞒住罪孽，保护孩子。（乱伦第二次被知道—鲁侍萍）

周萍与四凤正要私奔，被蘩漪拦下。

蘩漪叫来周朴园，本想让他惩罚二人，不料周朴园让周萍认下鲁侍萍。周萍知道自己跟四凤乱伦。（乱伦第三次被知道—周萍与四凤）

蘩漪知道自己铸成大错，周朴园也终于明白发生了什么。（乱伦第四次被知道—其余人等）

《雷雨》全剧中有许多秘密——周朴园与鲁侍萍的秘密、蘩漪与周萍的秘密、周萍与四凤的秘密，每个秘密的揭开都会造成人物命运的逆转。虽然其中最为核心的是兄妹乱伦的秘密，但如果仅围绕这一秘密先后被众人知道来安排，则要将鲁大海、鲁贵、周冲等人物悉数删去，蘩漪偷跟到鲁家关窗这样极致表现人物性格的情节也删去。这样一来，虽然在结构上完全符合了三一律，全剧看似步步紧扣、间不容发，却完全演变成了家庭伦理剧，封建家庭的反抗、工人阶级的觉醒、新旧青年的对比、新女性的呐喊等都不见了。这才是让《雷雨》"太像戏"的错误做法，如果始乱终弃、停妻再娶、欲望与名利等阶级壁垒和社会环境造就的不公平消失，那么兄妹乱伦就成为孤立的事件，而不是社会的恶果了。内中所蕴含的五四时期新旧思想的对立、人性的压抑与冲撞等深刻思想内涵就荡然无存。这样的处理方式虽然获得了情节上的整一，但却是艺术上的极大戕害。我们要意识到，让《雷雨》保持生命力的，绝不是其中吸引眼球、猎奇式的乱伦关系，而是新旧思想交替之下灵魂渴望新生、挣脱牢笼的挣扎与毁灭。编剧的苦心孤诣，后世的创作者不可不察。

二、时空集中的开放式结构

时空集中的开放式结构，指时空固定、从头至尾讲述故事的结构类型。

因为故事之前总有故事，此一类开放式结构中也有一定前史，不过这种前史更像前情提要，发生的时间并不久远，而且不像锁闭式中的前史会造成人物命运的逆转，它只是提供一个故事发生的背景和情境。比如《青春禁忌游戏》一剧，从头至尾地讲述了一群学生到老师家里，通过利诱威逼胁迫老师为自己修改成绩的整个事件。在剧情开始之前，数学考试已经结束，但这个数学考试仅起到情境压迫的作用。学生没有考好，想要获得好分数，故而胁迫老师，并不会成为一个重大秘密——像《俄狄浦斯王》中那样，一旦知道身世之谜就会从高高在上的王者沦为人人不齿的罪人，或者像《玩偶之家》中那样，一旦曾经伪造借据签名的秘密被揭穿，资产阶级家庭温情脉脉的体面将荡然无存。在《青春禁忌游戏》中，数学考试的结果老师和学生早已知道，根本不会影响他们的命运和关系，只是迫使人物行动的情境压力。

开放式结构可以从故事开始的时刻选择情节，写时空跨度较大的一段故事。当然，这种开始只是相对的开始，不是故事的绝对开始。比如《雷雨》中，除开序幕和尾声，前史所涉及的时间是二十年前，剧情开始却是在二十年后，鲁侍萍到周府之前与之后的 24 小时内，这是锁闭式的结构。如果采用开放式的结构，我们可以把更多情节纳入文本中来：周朴园和鲁侍萍相爱，为娶富家小姐分手；侍萍投河被救，与鲁贵成亲；周朴园继续娶繁漪，生下周冲；繁漪与周萍相恋，鲁贵到周家打工，带来四凤……这与锁闭式的结构难度大不相同，已经类似于电视连续剧了。

顾仲彝以《俄狄浦斯王》为例，说明了开放式与锁闭式结构在情节选择上的不同：

如果把这同样的故事用开放式的结构方法来写，大体上可以分成这样五幕戏：第一幕，神示警告忒拜城王拉伊俄斯，说如果他生一个儿子，那儿子将来会弑父娶母。婴儿俄狄浦斯生下来了，为了避免神示的厄运，拉伊俄斯派人弃婴儿于荒郊。婴儿被牧人救起，带往科任托斯，为科任托斯王收为养子。第二幕，俄狄浦斯已长大成人，他到台尔费去查问他的生身父母。神告诉他：他将来会弑父娶母。为了避免这厄运，他逃往国外，在路上无意间把他生身父亲杀死了，但他自己完全无知。第三幕，他在忒拜城外山上会见狮身人面的妖怪，解答了她的谜语，挽救了忒拜城的灾难。为了报答他的恩惠，忒拜城奉他为王，并娶了伊俄卡斯忒。第四至五幕，就是索福克勒斯所写的全部剧情，不过把它们压缩一下，把六场戏压缩成两幕戏。当然，这是一个假定，并没有人这样写过，但从这里就可以看出锁闭式和开放式的结构方法的区别了。①

开放式结构在故事讲述上有自己的优势，只要按照事件的自然发展，从中挑选具有戏剧性的、对情节发展有重要作用的关键情节即可。孙惠柱教授在谈及纯戏剧式结构时，提到钻探式与突击式两种戏剧结构。前者致力于挖掘前史，挖完，故事也就结束了；后者致力于向后发展情节，所谓的前史只是故事的前提。孙惠柱认为："集中且紧凑的古典结构未必都有秘密的远前史，在戏剧史上出现得更多的《安提戈涅》式的结构就只需要一个未必久远的前史，以后的动作几乎都展现在舞台上。由于它总是有形无形地向剧中人提出一个急迫的事件，而且常常限时限刻，因此，也总是'逼'出强烈的冲突来。与上述的'钻探式'相比较，这种形式可比之为'突击式'。"②这种基于前史而致力于向后发展情节的，其实是一种开放式结构。不是从接近危机处开始写，而是尽可能完整地交代冲突发展变化的由来，在这样的剧作中，根本不存在一个像"前史"一样、一旦发现就会石破天惊的秘密。比如欧里庇得斯的《美狄亚》中，前史是伊阿宋抛弃了恩深义重的妻子美狄亚，另娶国王克瑞翁之女。该前史并不是秘密，而是人

① 顾仲彝：《编剧理论与技巧》，上海人民出版社 2016 年版，第 150 页。

② 孙惠柱：《第四堵墙　戏剧的结构与解构》，上海书店出版社 2011 年版，第 15 页。

人皆知的，它是推动全剧的发动机。美狄亚在绝望之下起意报复，用毒汁浸泡的金袍杀死了公主，两个孩子也不幸丧生。

当然，本书所提到的开放式结构，是与锁闭式结构相对的一种时空固定的类型。因此，不能等同于中国戏曲常用的以线串珠式结构。中国戏曲中的元杂剧，有些剧目包含四折，每一折之间的时空有时相对集中，也可看作是时空固定的开放式结构。比如元杂剧《汉宫秋》中，王昭君被点破美人图，是在剧情伊始就已经知道的。这一事件促成了毛延寿叛国投敌，迫使昭君与元帝分离。但整个剧情并不把"点破美人图"设置为"秘密"，并不围绕挖掘这一秘密展开。"点破美人图"充其量只能作为剧情的发动机而存在，"秘密"在第二折就被汉元帝知道，随后畏罪的毛延寿投靠单于，最终导致王昭君的出塞。

开放式结构绝不能混同于史诗式、人像展览式、电影式结构。电影式、史诗式与开放式结构均能原原本本讲述故事，开放式结构的限制在于，它仍然采用相对集中的幕场制，分为两幕、三幕或五幕，从原始故事素材中，精心挑选情节，在相对集中的时空中展现故事。仍以元杂剧《汉宫秋》为例，它遵循了四折一楔子的体制，每本当中一人主唱，场景相对集中。比如第一折中，主要地点是王昭君所居的冷巷，她在此弹琵琶被汉元帝听到，之后被宠幸、毛延寿遭贬斥等都发生在同一时空和地点；第二折写元帝对王昭君的宠爱和毛延寿告密、单于起兵，地点为单于的塞外和元帝的西宫；第三折是昭君出塞、元帝送行，地点为出塞路上；第四折是元帝思念昭君，地点为西宫。这四折中，每一折的空间基本固定，时间上也没有太长的跨度，时空相对集中，这与今天的戏曲大大不同。现代戏曲往往以更小的情节段落"场"为结构单元，每"场"分布于不同的时空，成为串珠体的结构，而不是戏剧式的开放式结构。

开放式结构虽然重在从头到尾讲述故事，却并不意味着事无巨细地交代每一件事，因为故事时间与叙事时间在物理时间上绝对不可能相等。因此，开放式结构中的时间省略、概要较多，幕与幕之间会有巨大的故事时间的跨度。

顾仲彝认为："不要以为在开放式的结构里，什么情节都可以放进去，把戏塞得满满的。由于戏剧有时间和空间的限制，广度愈宽，所选的情节必须愈精，才能幕幕精彩，场场有戏。"[①]"比如在莎士比亚的《奥赛罗》一剧中，第一幕发生在奥赛罗带着苔丝德梦娜私奔成亲之后，主要情节发生在奥赛罗家中——苔丝德梦娜的父亲试图拆散二人，不料土耳其人侵犯疆土，危急之下公爵命奥赛罗征战以赎罪；其余四幕则发生在奥赛罗大胜之后。全剧第一幕与后几幕不在同一时空，第一幕到第二幕之间有较大时间跨度，其余四幕则发生在同一天内。

《罗密欧与朱丽叶》也是开放式结构的代表。这部剧并不把二人原为世仇作为"前史"的秘密，全剧没有围绕探究这一秘密展开，而是讲述了二人相识、相恋、分开、殉情的全过程。在戏剧冲突上，开放式结构作为戏剧性较强的一种结构，在双方一见钟情之前就埋下了阻碍的根源——两家原是世仇，尔后冲突迅速展开。朱丽叶的表哥提伯尔特杀害了罗密欧的朋友，罗密欧出于道义为朋友复仇、杀死了提伯尔特，这让两家本就不睦的关系雪上加霜。二人的婚姻成为泡影，朱丽叶设计佯死，结果却被罗密欧信以为真。一系列情节体现出你来我往、行动交锋的对峙，戏剧情势上升、增强，直至最后双双殉情，悲剧不可避免地发生了。

严格来说，同样作为戏剧式结构，锁闭式结构与开放式结构的写作侧重点各有不同。锁闭式结构不仅要写当下情境中两股势力的冲突，更要写"前史"发现后对人物悲剧命运的影响，"前史"为何、如何挖出才是重点——准确地说，锁闭式结构是为了挖出这个"前史"而写当下情境中两股势力的冲突，是借助写"前史"来交代情节塑造人物，前史以"暗流涌动"的方式存在，进而发生突变。开放式结构是在初始矛盾的驱动下，冲突逐渐地发展和变化，矛盾的双方、对峙的冲突、采取的行动等更为重要。梳理开放式结构的剧本，能够清晰地看到冲突是如何产生、又是如何发展

---

① 顾仲彝：《编剧理论与技巧》，上海人民出版社 2016 年版，第 148 页。

和爆发的。比如《安提戈涅》中，克瑞翁将安提戈涅的哥哥暴尸荒野，且收葬者要被处死；安提戈涅违反了这一禁令，自然要被杀死。她的未婚夫克瑞翁之子也随之自杀，克瑞翁的妻子也悲痛自杀。冲突随着事态的发展步步深化，不断逼近摧毁克瑞翁人生的临界点。锁闭式结构则不允许步步地升级和恶化，而是在"前史"被知晓后一触即发，在"前史"被揭露前的冲突则是引而不发的，不像开放式结构中将一切摆在明面上。如果用气球来比喻冲突，那么开放式结构中的气球是逐渐被吹大的，能够看到由小至大再到爆炸的全过程；而在锁闭式结构中，这个气球在最初便已被吹满，并被藏在看不见的地方，一旦被揭穿——如同气球被针刺破，戏剧情势则会在瞬间达到顶峰并爆炸。

三、人像展览式结构

人像展览式结构中，每一幕发生的时空通常是固定的，幕内的"场"也发生在这一时空，这与冰糖葫芦式的时空多变是不同的。人像展览式结构不强调"场"之间的先后次序、因果关系，它更强调在典型的情境和背景中，以"人物"为线索，展开不同"人物"身上发生的故事，以刻画人物为主。

比如剧作《底层》是高尔基对流浪汉的世界"近二十年的观察的总结"，作者选取的特定环境为某城市下等客店，描写的人物有小偷、妓女、手艺匠、过去的演员、落魄的贵族、潦倒的知识分子等，展示了广阔的社会生活面。而在《日出》中，作者选取了交际花陈白露所在的大旅馆和小东西所在的下等妓院，时间上除了第二幕和第三幕之间间隔一星期外，其余的每一幕早晚相连，写了十五个人物：

> 每一人物都代表着一种类型，例如买空卖空投机取巧的潘月亭，奉承拍马一心往上爬的李石清，尽情享乐不务正业的张乔治，荒淫无耻的顾八奶奶，油头粉面的胡四，仗势欺人的黑三，唯利是图的王福升，依赖成性穷奢极欲的陈白露，还有人道主义者方达生、被人踩在

脚底下的可怜虫黄省三和小东西。此外还有一个不出场的吃人的恶霸金八。这些人物构成旧社会形形色色的人像展览。[1]

顾仲彝认为，人像展览式结构集合了开放式与锁闭式结构的特点，重视通过回顾交代人物背景，场景集中又能从较长的时间跨度来刻画人物；与这两类结构不同的是，人像展览式结构，整体上剧情进展缓慢、变化不大，有着较多抒发人物内心活动的片段，内部动作多于外部动作，通过人物群像的描绘显示出社会的面貌和本质。[2]人像展览式结构中人物的对话没有强烈的目的性和动机，并不是为了达到某个特定目的而采取的行动，相反，在剧情的安排上更接近于生活的真实。而在重视情节的锁闭式《雷雨》中，则要纳入一个戏剧性的框架——人物为了某种目的而采取行动。如果说锁闭式结构需要编剧在情节上步步为营，重视提供关键情节的必需场面的话，人像展览式结构则给了编剧较多情节的发挥空间，功能性场次更多，编剧需要更丰富的生活知识和经验。在《日出》中，人物倾诉内心、表达自己的感情是一种常用的手段，尤其是方达生与陈白露聊天的片段。即使在陈白露与小东西的对话中，小东西也不吝展示自己对社会的看法与观点。

人像展览式结构由于更接近于开放式结构，需要把幕与幕之间的无关紧要的情节省去，以强化结构之间的张力。比如《茶馆》中选择了人来人往的裕泰茶馆，在时间段上选择戊戌变法、军阀混战和新中国成立前夕三个时代加以展示，第二幕与第一幕相隔十年，第三幕与第二幕相差近三十年的时间。人像展览式结构中情节的选择更注重主题的一致性。比如在《茶馆》中，无论是清末民初还是抗战胜利，描绘的都是民不聊生、官匪横行的残酷现实，只有新中国的成立改变了一切。作者选取了具有延续性的人物，在他们身上发生了类似的事件：普通百姓每况愈下，有志改变社会者倾家荡产，而奸诈不法之徒却横行得意。高尔基的《底层》中，不同人

---

① 顾仲彝：《编剧理论与技巧》，上海人民出版社 2016 年版，第 157—158 页。

② 顾仲彝：《编剧理论与技巧》，上海人民出版社 2016 年版，第 158 页。

物的遭遇也体现了穷苦善良的人们被逼进绝境这一残酷现实。

人像展览式结构较为复杂，常选择一个集中的地点，在特定的时间内，写多人多事而又保持一条主线。许多人物的故事是并行发展的，不是像冰糖葫芦式那样写完一个再写一个。比如《茶馆》中王利发与时俱进的改良行为是一条主线，但是在此主线上又附着了八旗子弟松二爷、民族资本家秦仲义、清朝余孽庞太监等多条线索。《日出》中在陈白露与方达生这条主线之上，附着了陈白露与小东西、顾八奶奶与张乔治、黄省三和李石清等人。陈白露在债务中越陷越深，与顾八奶奶、李石清等人的故事是并行发展的，只是作者在将笔墨对准某一人物的时候，其他人物暂时按下不表，但人物的故事仍在延续发展。

人像展览式结构中人物众多，为了让观众留下深刻印象，需要突出每个人物的特点，除了"闻其声知其人"外，最好为每个人物设定特殊的肢体动作、生活特点和特殊的生活经历。比如，松二爷作为旗人子弟，手上架着鸟笼，而唐铁嘴逢人就问"算卦不"，秦仲义口不离实业兴国，而庞太监一定要娶妻，都是畸形性心理的体现。

运用典型环境来塑造众多人物是人像展览式结构的重要手段。典型环境既包括人物生活的物理环境，也包括由一系列事件和情节构成的社会环境。物理环境如《日出》中，陈白露寄居的高等旅馆与小东西所在的下等妓院，二者环境截然不同。陈白露的高等旅馆是"畸形的，现代式的，生硬而肤浅，刺激人的好奇心，但并不给人舒适之感"，有各种形状的凳子和沙发，女人的化妆品与男人的衣服混杂，还有很荒唐的裸体画片，有报纸、画报和阅读灯……小东西的下等妓院像小鸽笼，门口仅用一块破敝不堪的蓝布帘子来遮风，室内仅用一顶幔帐隔成两间，好让一个可怜的动物可以同时招待两帮客人，屋内当然没有沙发和精致的女性化妆品等时髦物件，只有放着一只破脸盆、一两个花碗的破旧梳妆台。社会环境则是人与人关系的总和，比如《底层》中，希望堂堂正正做人的小偷遭到了监禁，梦想治好病、重返舞台的演员上吊自杀，手脚勤快的手艺匠被迫卖掉工具等，这些都揭示了客观环境对人性之善的摧毁。如果说在锁闭式结构中是典型环境衬托典型人物的话，那么，在人像展览式结构中则可以更多体现环境对人的养成和造就。

第二节　分散时空布局

时空分散的布局，是指剧中情节发生在三个以上时空的类型，每一幕（场）中都包含有多个时空，这种结构有冰糖葫芦式、史诗式和电影式三种。

一、冰糖葫芦式

冰糖葫芦式与人像展览式是解决时空与情节之间的矛盾关系的另一种选择，也是具有中国传统艺术特色的戏剧结构类型。前者以情节为主，将一个个相对完整的情节片段串联起来，情节之间相互独立；后者不以紧张多变的情节为主，而是在特定时空内塑造众多的人物形象。

冰糖葫芦式结构强调一人一事贯穿到底。在这种结构中，"场"相当于"幕"，每"场"的时空可以变化，在情节选择的时空自由度上更高。以《陈毅市长》为例，全剧的情节可共分为十场，分别发生在不同的地点：

第一场　陈毅演讲动员，表明建设好上海的决心。

第二场　陈毅带队接管上海市人民政府，邀请前代市长出任工务局长，回答记者问题时关心民生经济，体现出新政权为人民服务的底色和人民公仆的宽广胸襟。

第三场　陈毅赴宴，借款给傅一乐并宣讲我党经济政策，打消了资本家的顾虑。

第四场　陈毅调研药店，发现盘尼西林全靠进口，价格畸高，供不应求。

第五场　陈毅拜访化学家齐仰之用实际行动感动了他，让他愿意留下来用所学发展民族医药事业。

第六场　陈毅说服老丈人返回家乡，以减轻国家负担。

第七场　陈毅批评童大威，安慰魏里。

第八场　陈毅带领傅一乐拜访工人徐根荣，使资本家受到教育。

第九场　陈毅教育彭一虎。

这九场分别照应了陈毅担任上海市市长期间的九个生活片段，从家庭关系、同事关系、阶级关系入手，写他如何一个个解决上海解放之初的棘手问题，涉及他在工业、医疗、商业上的各种举措，令人信服地塑造了一位有胆有识、富有亲和力的政治家和革命家。这些片段之间只有时间上的承接关系，没有必然的因果联系，前后场次也不构成矛盾冲突的上升；场次与场次之间是相对独立的，每场都会解决一个问题，不会延续到下一场。

从《陈毅市长》的时空上看，冰糖葫芦式结构可以选择多个时空。整部戏剧的时空结构采用的是开放式结构，情节的起讫时间相距较远，因此幕与幕中间存在或长或短的省略时空；"冰糖葫芦式"的情节在时空上呈均匀分布，因此"场"与"场"之间省略的时空长短较为一致。

话剧冰糖葫芦式结构与中国传统戏曲中的以线串珠式结构类似，都用较多的场次从头到尾来交代一个故事，时空跨度大，情节在时空的分布上较为均匀。区别在于，以《陈毅市长》为代表的冰糖葫芦式结构中，各个小事件彼此之间是独立的，共同服务于"治理上海"这个中心目的，但在逻辑上不具备因果关系。在传统的以线串珠式结构中，场次与场次之间的因果关系、双方你来我往行动交锋的意味更明显。比如方成培的传奇《雷峰塔》中，从白蛇被贬下凡开始，讲述了二人的相遇、成亲、受阻、分离、团圆的整个过程；虽然田汉的《白蛇传》篇幅远逊于前者，但其情节从白蛇和青蛇下山游西湖遇见许仙开始，再写借伞、取伞、定情、结亲、惊变、盗草、索夫、水斗，直至断桥，以上情节之间也有清晰的因果关系。

以线串珠式结构的冲突发展不是激变而是一种渐变。整个冲突线由一系列的小冲突构成，解决完一个冲突后产生另一个冲突，不会因为若干冲突的累积而至冲突不可收拾，只是因为后起的冲突比之前的冲突更加强烈，而导向最终的结局。以《雷峰塔》为例，白蛇盗银两、道士下符咒、端午饮雄黄等事件，都给人物的婚姻带来不确定因素，白蛇闯过一关又来一关，每一关都比前一关更凶险，直至更大阻碍势力法海的出场，白蛇最终被镇压在雷峰塔下。

在戏曲的以线串珠式结构中，也有类似于前史的情节设置，不过因为结构单元以"场"为单位，无形中在时空上拉长了情节线，激变的冲突也会成为渐变。比如莆仙戏《团圆之后》中的场次分别为：

第一场　团圆

第二场　私会

第三场　触见

第四场　审问

第五场　阻刑

第六场　闯衙

第七场　狱会

第八场　认父

第一场，交代故事背景和基本的人物关系：施佾生高中回乡，朝廷旌表寡母，除母亲外，他的亲戚有舅舅叶庆丁和表叔郑司成，这二人与他的父亲本亲如手足。第二场，部分前史揭开，说明施佾生是郑司成之子，引发后续的悬念。第三场，施妻看见郑司成从婆婆房中走出，得知二人私情，导致了婆婆自缢。编剧用前三场交代完故事的起因之后，才转入审案断案的主要剧情。最后，施佾生鸩杀郑司成后，才发现对方竟是自己的生身之父。从形式上看，郑司成与施佾生的人物关系，是全剧最大的前史，该前史被揭开之后，人物命运发生逆转，剧情随之结束。然而，该剧与锁闭式结构的《雷雨》又有所不同，这主要体现在各"场"在情节的安排上，它不是从临近真相被揭开的那一刻开始，而是选择了从头到尾交代故事的方式，郑司成的真实身份一开始就被揭露出来，郑司成与施母的关系也没有得到掩饰。其次，该剧不是按照"团块"的方式组成较大情节片段"幕"，而是选择了"场"这种较小的结构单元。"一场一中心",每一场都有一个小收煞,暂时性地让本场冲突告一段落;同时,每两场的人物行动呈对峙样式,体现出行动的此消彼长。

比如在"私会"一场中二人已经决定"最后一会,从此永别",不料在"触见"一场中被儿媳柳氏看到,叶氏羞愧自杀,施佾生得知真相后要柳氏暂时认罪再伺机搭救。第三场"审问"中柳氏被判极刑,第五场"阻刑"中暂留柳氏一命,不料杜国忠心下存疑,要弄清真相。"闯衙"一场中施佾生营救未果,而杜国忠胜券在握,不料"狱会"后夫妻同心,宁死也不吐露真情。第八场"认父"中,并非真相大白后的总爆发,只是针对"误杀亲父"行为的爆发。这里一环扣一环的冲突,更接近于《雷峰塔》中"道高一尺,魔高一丈"的过招,冲突阶段性地得到解决,但由于新的事件又引起新的波澜。这种阶段性上升的矛盾冲突,相当于有一个减压阀,在一个个冲突的解决中,逐渐减轻冲突的情势,直至冲突无法解决时才最终爆发——此时爆发的冲突也只是最后一个回合的能量,而不是所有未爆发的总和了。

在《俄狄浦斯王》中,并不是冲突阶段性地得到解决,而只是加深了怀疑、暂时没有答案。比如俄狄浦斯与克瑞翁的争论、报信人的到来、王后的安慰等,并没有解除他心中的怀疑,只是延缓了冲突,直至最后冲突才集中爆发——王后自杀,俄狄浦斯自刺双目。《雷雨》中,由于周、鲁二人之前的恋爱关系导致的"四凤与周萍乱伦",在被鲁侍萍知道后,编剧并没有选择让鲁侍萍当场自杀或将真相揭开——戏剧情势会因此部分得到舒缓,而是让人物选择保守秘密,到最后秘密被揭穿时,所有人包括想独自吞咽苦果的鲁侍萍都措手不及,造成了悲剧的总爆发。

以上分析说明,在以线串珠式结构中,无论篇幅长短,剧作均倾向于完完整整地按照时空顺序讲述故事。而在锁闭式结构中被压缩省略、以回顾方式交代的"前史",在以线串珠式结构中则以展示的方式呈现,成为人物后续行动的发动机和背景。

在传统戏曲中,"一场一中心"的创作习惯或创作模式让编剧倾向于从对立双方来写冲突，一个冲突回合通常通过两场来表现。以线串珠式结构亦可以有双重情节线。比如在孔尚任的《桃花扇》中，以李香君和侯方域二人串起了两条故事线，一条是宫廷文臣们在内勾心斗角，一条是武将们在外争权夺势，深刻地揭示了明亡于"党争"的惨痛教训。在高明的《琵琶记》中，赵五娘与蔡伯喈一苦一乐的对比，也让看似简陋的以线串珠式的结构有了空间上的并置功能。

在日常实践中，既可选择冰糖葫芦式结构，以刻画人物为中心来写"一人多事"，也可以选择以线串珠式写"一人一事"，重点写"事"的发展变化。这两者情节选择的出发点是不同的。不过，由于时空跨度长，可供选择的情节多，因此冰糖葫芦式与以线串珠式的情节选择是个难点。前者如《陈毅市长》这样的情节并不会导致矛盾节节上升并最终爆发——陈毅离开上海、奔赴更具有挑战性的岗位，并不是为了解决陈毅与上海之间的矛盾冲突；而是为了层层加深写人物——先是关注民生，发展医药、稳定市场供应，然后为国家减轻负担，批评了革命胜利之后干部的安乐思想，事件选择的重点是体现人物的思想深度。而后者如《雷峰塔》则需要在情节的冲突线上选择戏剧性强、冲突性强，能够体现情节奇峰突起的事件，难点在于"密针线"，情节布置要疏密有致，符合起承转合的基本结构。

二、史诗式结构

此处所说的史诗式结构，特指布莱希特的史诗式结构，但不包括使用了叙述者的结构，也不排除使用布告、标牌等叙事手段的戏剧。

史诗式结构在时空的切换上与冰糖葫芦式结构相比，有过之而无不及，气势十分恢宏，是一种能够展现更为广阔历史时空的戏剧样式。研究者们对布氏史诗剧的间离手法、叙事手段和政治批判关注较多，对其史诗剧拥有的横跨千山万水的时空呈现有所忽略。其实，这正是布莱希特在剧作技巧上非常值得我们借鉴的一笔。

汪义群教授对此做了精辟总结，认为史诗式结构更具有特色的是穿插式的结构，这一结构是对序幕→情节的展开→高潮→情节下降→结局的格式的反叛。他主张用"叙述"代替"情节"，每一场戏都应该"自成一体"，而不是成为"完整情节中的一个部分"；戏剧动作应该"断断续续地"向前推进，"而不是一场接一场地渐进"：

> 穿插式结构还表现在用相对独立、呈跳跃性的场景来取代环环相扣、层层递进的剧情上。关于这一点儿，《大胆妈妈和她的孩子们》是一个很好的实例。该剧采取的是"旅程式结构"，循着随军女商贩"大胆妈妈"的足迹，展开了 12 场各自独立的场景，每个场景讲述一个事件。例如，第一场讲的是大胆妈妈的大儿子哀里夫被募兵站的招募员骗走的事；第二场讲两年后她在波兰一个要塞前遇到她丢失的大儿子的情景；第三场又过了三年，大胆妈妈的一家和一支芬兰军队一起被俘，她女儿和篷车被救了出来，但她的小儿子施伐兹卡司却被处死；第四场讲两年后他们来到莱比锡附近一个被劫掠的村庄，她的哑巴女儿卡特琳冒着生命危险从即将倒塌的屋子里救出农家婴孩的故事。……这些故事实际上不过是一个个并无密切联系的片断，犹如一盘散落的珠子，只是由大胆妈妈那辆不断向前滚动的大篷车将它们串联起来。在这些片断中，并没有哪一个是中心事件，也不存在哪儿是全剧的高潮。在剧中，作者又插入许多民谣，这些民谣或赋予人物的性格特征，或传递重要信息，或激发戏剧动作，或总结戏剧主题。这样，就把本来已不太连贯的、呈跳跃性的情节，进一步加以剪碎和割裂，从而产生间离效果，使观众能在片断与片断的间隙中，对演出进行客观的观察、思考与比较。[①]

具体来说：

1. 广阔的时空

在空间跨度上，十二场戏份的空间非常广，"大胆妈妈"辗转过多个

---

① 汪义群编：《西方现代戏剧流派作品选 第 4 卷 叙事体戏剧》，中国戏剧出版社 2005 年版，序第 5 页。

地点，芬兰、瑞典、波兰、巴伐利亚、意大利等，在时间跨度上有六年之久。

2. 分散的故事

这种情形下的剧作，并非在情节上存在一个中心事件，情节围绕这一中心事件深入发展直至高潮的样式。编剧并不试图在情节之间建立起因果联系，有意解绑了情节之间的铺垫、埋伏、照应、衬托等复杂关系。比如第一场大胆妈妈的儿子哀里夫被征兵后，第二场大胆妈妈来到兵营，并不是为了见到儿子，也没有为见到儿子或营救儿子而想方设法，反倒为了一只阉鸡讨价还价。从主题而言，这是大胆妈妈异化人格的体现——为了发战争财命都不顾；从情节上来说，这不是对头一场事件的上升，也不是对下文听到儿子故事后打儿子耳光的铺垫。

尽管如此，我们并不能认为史诗剧没有情节和动作。只是这种情节和动作不是直线上升，而是经常被打断的。在具体场面的书写上，史诗剧仍要讲究动作设计。比如大胆妈妈面对上士征兵，采用抽签占卜的方法来拖延：

大胆妈妈　给我盔帽。（接过盔帽）

上　　士　这玩意儿狗屎都不如，只不过逗人笑笑罢了。

大胆妈妈　（拿了一张羊皮纸，撕碎）哀里夫，施伐兹卡司，卡特琳，
　　　　　如果我们在战争里陷得太深，大家就会被撕得粉碎。（向
　　　　　上士）这次例外，你可以不付钱。我在纸条上划上一个黑
　　　　　十字，黑色表示死亡。

施伐兹卡司　你看其他的纸条都是空白的。

大胆妈妈　现在我把它们叠起来，把它们摇混在一起。就像在娘胎
　　　　　里我们都分不开似的。现在你抽一张吧，就可以知道结
　　　　　果了。

　……………

大胆妈妈　（拿着放了纸条的盔帽回来）这些魔鬼，想离开他们的妈

妈，投奔战争，就像小牛看见盐一样。可是，我要求求签。这样，他们就会看到，这个世界上的人们老在说："来吧，孩子们，我们还需要士兵"。这就不是一个极乐世界。上士先生，因为他们的缘故，我非常害怕，他们看来不会和我一起活过这个战争了。他们三个都有着可怕的特性。（把盔帽伸向哀里夫）这儿，抽你的签吧。

【哀里夫摸出一个，打开签。

大胆妈妈　（从哀里夫手里夺过签来）你抽了一个十字！喔！我这不幸的母亲，我这个充满了痛苦的生母呀。难道正在青春时期，他就会死去吗？要是他当兵，他就一定会被杀死，这是再清楚不过的。像他的父亲，他胆子太大了。要是他不放聪明一点儿，就会变成肉酱，这个签上已经说得明明白白。（转用叱咤的口吻问他）你要不要放聪明一点儿？

哀　里　夫　为什么不呢？①

在其他场景中，也可以看到行动和动作的普遍存在。这充分体现了戏剧艺术在文本创作上的独特规律。

3. 叙述取代情节

在该剧中，常常用观点的辩论、事件的评述弥补情节的发生。这意味着编剧将表达的重点放在了辩论上，即使运用行动交代情节，也是为了给辩论提供土壤。比如上例中的"抽签"，并没有围绕"抽签"行动本身展开，而是让人物大发议论。在上士招募士兵一事中，双方本来就有一番言语的辩论：

大胆妈妈　他还是个孩子呢。我知道你们，你们想从我这儿把他带到屠宰场去。你们从他身上可以赚到五块金币。

招　募　员　首先他会得到一顶漂亮的帽子和一双翻口的长筒靴子，不

① 布莱希特：《大胆妈妈和她的孩子们》，选自《西方现代戏剧流派作品选　第4卷　叙事体戏剧》，孙凤城译，中国戏剧出版社2005年版，第1—98页。（后同）

是吗?

衰里夫　　不是你给的。

大胆妈妈　　这倒像渔夫对鱼饵说,来,我们一起去钓鱼去。(向施伐兹
　　　　　　卡司)赶快跑,去大声喊叫说,他们要拐走你哥哥。(拔出
　　　　　　一把小刀)试试看,要是你们拐他,我就刺死你们,流氓。
　　　　　　要是你们敢跟他打起架来,我就给你们几下子! 我们规规
　　　　　　矩矩地卖亚麻布和火腿,我们是和平的良民。

上　　士　　你们多么爱和平,可以从你的刀子上看得出来。你该懂得
　　　　　　一点儿羞耻,赶紧把刀子收起来,贱货! 不是你自己也
　　　　　　承认过,你是从战争里讨生活的吗? 要不然你靠什么活下
　　　　　　去? 没有兵士,又怎么打得起仗来?

大胆妈妈　　可不能由我儿子去干。

上　　士　　原来如此,你想让战争光啃骨头,留下肉。你让你的儿女
　　　　　　靠着战争长肥,你对战争不付一点儿利息。你以为战争会
　　　　　　自己打起来的,对吗? 别人管你叫"大胆妈妈",嘿?"大
　　　　　　胆妈妈"倒怕战争,怕这个给你饭吃的战争? 可是你的儿
　　　　　　子并不怕战争,我知道他们。

　　大胆妈妈对战争本质的评价一针见血,牺牲的只是士兵,得利的是发
动战争的统治者。而上士的话也在一定程度上揭穿了真相:被洗脑的年轻
人渴望战争,若是停止战争,像大胆妈妈这样的平民也活不下去。对战争
荒诞本质的揭露正是布氏叙事体戏剧哲理性的体现之一。

三、电影式结构

　　电影式结构与电影的结构并不完全相同,电影式结构是指时空分散、
不按因果逻辑联结的特殊时空布局的戏剧类型,它接近于葡萄干式结构,
也可称为散点式结构。电影式结构与散文化的戏剧不可视为同类,后者指
戏剧文本不重情节而重情感、不重外在的情节冲突而重视内心冲突、不重

情节而重意象的散文化风格，比如契诃夫的大部分作品。散文化的戏剧，其结构仍然或者是锁闭的，或者是开放的。但是电影式的结构绝不是情节相对集中的戏剧式结构，它在空间上较为开放，事件之间的联系松散，兼具写事写人的特点。以《桑树坪纪事》为例，它既不像冰糖葫芦式结构，以一人一事为主，也不像人像展览式结构，以一条线串起其他线，拥有一个相对固定密闭的空间，重在刻画人物群像。

（一）围绕李金斗及其儿媳展开

1. 估产事件，李金斗在知青朱晓平的帮助下，实现了让干部低估产量的目的，替桑树坪人多争取了一些口粮。支线是王志科被村民排斥。

2. 李金斗与麦客斗智斗勇，议得平地一块五、坡地一块六的价格。

3. 许彩芳与麦客榆娃暗生情愫。

4. 许彩芳不甘心保娃道歉，佯装勾引他，引起保娃和媳妇的争吵。

5. 李福林骚扰许彩芳，榆娃挺身相救，被李金明看到。榆娃向李金明打听彩芳身世。

6. 割麦结束，桑树坪唱戏，许彩芳和榆娃互诉衷肠，被村民发现、包围。

7. 榆娃被打断腿，彩芳与榆娃被迫分手。

（二）李福林家

1. 李金财、李金斗商量用月娃换亲。

2. 李金财夫妇送月娃出门。

3. 李金斗迎亲。

4. 洞房中，福林不要青女，要找妹子月娃。

5. 六婶子给陈青女出主意治福林心病。

6. 青女摆酒给福林治病，关键时刻，福林想到妹子月娃，青女的努力白费了。

7. 彩芳安慰青女，得知离婚不被许可。在闲后生的怂恿下，福林剥下青女的衣衫，证明自己的主权。

（三）王志科家

1. 李家族人为了省份口粮，批斗王志科，没收他的自留地，减少他的口粮。

2. 李金斗找王志科，借口他有杀人的嫌疑，要撵他走，收回他的窑洞。王志科不从。

3. 李金斗让众人在检举信上按手印，检举王志科是杀人犯。

4. 李福贵鞭打骟子犁地，李金明心疼老牛，与李福贵发生争执。

5. 保娃带人抓走王志科，只留下孩子绵娃。

6. 公社开庆祝大会，大队书记刘长贵叫桑树坪出一头牛，众人悲愤之下杀牛。

（四）尾声

李家族人从王志科那抢回来的窑塌了，李金斗被砸断了腿。朱晓平离开桑树坪，陈青女疯了，李金斗逼迫许彩芳转房亲。

这种多人多事结构不是冰糖葫芦的结构，因为不仅写了一人一事，而是多人多事；也不是人像展览式结构，因为它更多是在借人写事，而不是借事写人；它也不属于多条情节线索的交织，因为这几件事之间是有排列顺序的。只是这个排列顺序很松散，每件事也没有明确的重点，更像是一个个散点的连接。这些点不是按时间顺序连接的，而是从不同侧面呈现出吃喝繁衍的人类的基本生存需求，是一种剪影素描式的人物书写，呈现出散点布局的倾向。这正是话剧电影式结构的特点。

电影式结构中的有些事件可能同时发生、在时间上构不成因果逻辑。情节意象、人物思绪取代时间逻辑成为组织情节的依据，在同一时间点上，不同的事件在各自的时空发生着。因此，在叙事目的上，电影式结构对情节复现、呼应的追求，重于对事件的推进。我们以美国剧作家欧文·肖的作品《阵亡士兵拒葬记》为例，该剧的主题是反战，主要故事是在不义战争中死去的士兵拒绝被表彰、被埋葬，现将其中部分情节列入如下表格：

地　点	事　件	人　物	场次	长度
战场墓地	战死的士兵拒绝被埋葬	活着的士兵、死去的士兵	第一场	长
将军办公室	上尉向将军报告拒葬事件，将军派医生去验尸	将军、上尉	第二场	中
战场墓地	医生验尸	医生、上尉	第三场	中
将军办公室	上尉建议将军去抚慰死者	上尉、将军	第四场	短
战场墓地	两名士兵因议论此事被打死	查莱、皮汶思、将军	第五场	中
报馆编辑室	主编拒绝刊登记者关于此事的报道	主编、记者	第六场	中
战场墓地	将军劝士兵接受被葬的命运	众将军	第七场	中
战场墓地	妓女以色相勾引士兵倒下被安葬	妓女	第八场	短
战场墓地	上尉奉将军之命劝说	上尉、众士兵	第九场	中
战场墓地	商人建议用枪击倒	众商人	第十场	短
教堂	神父为此事祷告	神父	第十一场	短
报馆编辑室	在记者要求之下，主编同意简要报道	记者、主编	第十二场	短
播音器	美化士兵拒葬为爱国意志	声音	第十三场	短

　　该剧表面上拥有一个集中的冲突：士兵们不愿为罪恶的战争买单，可统治者需要他们被埋葬以粉饰太平。在具体写法上，编剧刻意将该冲突具体化为若干组小冲突，写了各种各样不愿意被埋葬的情形，这些不同的线索形成主题上的呼应。上述列表中，"士兵拒绝倒下"与"统治者派人劝说"呈一种反复出现的趋势，叙事线索在这两者之间跳跃，同时又加入了教堂、报馆编辑室等事件发生的场景，战场本身也被划割成并列的不同时空。该剧也刻意淡化了情节之间的因果联系，比如士兵拒葬与医生验尸本可建立因果逻辑，但是编剧有意通过时空的割裂打散了这条线索。该剧还让不同空间、同时发生的事件进行对比呼应。比如占大量篇幅的不同士兵被亲人劝说的场面，在不同的空间里展示士兵们不同的经历与思绪：士兵活着的滋味尚未品尝够、不忍离开心上人；妻子诉说对丈夫的哀思；从不

曾相见的姐弟在残酷的战争面前尽释前嫌；母亲被死去儿子的惨状吓到；反目的贫贱夫妻在控诉战争罪恶上达成一致。这些隐去了背后逻辑关系的典型事件，强调了死于战争的士兵的无辜，与统治阶级为一己私利殃及平民的可耻。

蒙太奇和闪回是电影式结构的一大特点。比如在《桑树坪纪事》中有类似于电影的场景切换：

【随着转台的转动，一群兴高采烈的姑娘、媳妇在音乐声中争先恐后地窜出各家的窑洞，叽叽喳喳地向村头涌去。蓬头垢面、衣衫不整的许彩芳也随着热闹的人群跑向村头。

【转台停止转动。

【村头——麦地。麦客的到来给偏僻的桑树坪带来了活力和生机，一向闭塞的小山村顿时沸腾起来了；麦客和村民们欢快地舞着。许彩芳和几个姑娘媳妇抢过了榆娃不留神掉下的羊肚头巾，围着他舞蹈化地戏耍着。

李金斗　开——镰——啰！

【麦客和村民们在音乐中又骤然变化成舞蹈化的割麦场面；他们此起彼伏，粗犷而强悍地舞着。原先看上去似乎挺清秀的榆娃，此刻使出了一手麻利的"跑镰"。他挥镰自如地跑在了队伍的前面；转而，他又挑头甩开了腔子。

榆　娃　（唱）对面那片树林，

藏在我的心吧！

她是我生命中，

跳动的灵魂！

…………

【转台随着歌声缓缓向右转动。

【榆娃和割麦的人们徐徐隐去。

【许彩芳正躲在崖下侧耳偷听榆娃那让人心醉的歌声。李金斗突然气哼哼地走来，他不由分说地拽走了许彩芳。

【灯光在渐渐隐去的歌声中转换。①

这里对不同时空场景的切割和拼贴，形成了一种并置前提下的互文和隐喻，剧作不仅在场面转化上灵活自然，其意蕴情境的对比也更为丰厚。

在另一些剧作中，电影式结构使得情节之间去除了因果联系和时间顺序，从而获得新的认识意义，其典型代表作品就是哈罗德·品特的《背叛》。这部作品先讲 1977 年二人分手两年后的重逢，最后第九场是 1968 年二人在女方家定情，在时间上呈倒叙模式。这种倒叙结构不同于下一节所讲的双层结构，因为现在时空的 1977 年只是交代了二人分手后再相聚的情节，没有贯穿首尾，并未能形成结构。与此相反，在《假如我是真的》中，外层事件——李小璋被逮捕、审判的事件——是完整的。

《背叛》讲了分散在不同年代的几件事：

第一场和第二场是一个单元，讲述 1977 年爱玛和杰瑞已分手两年后的重逢。一场写二人在酒吧相遇，互问近况。一场写在杰瑞家的书房里，罗伯特告诉杰瑞，自己早就知道他和自己的妻子偷情的事，而且爱玛又有了新欢。这两场在时间顺序上是顺接的。

第三场讲述 1975 年爱玛和杰瑞不欢而散。地点在二人幽会的公寓里。二人相见日少，爱玛希望把公寓当家，而杰瑞只想偷情。

第四场讲述 1974 年三人的关系。杰瑞要离开，罗伯特认为爱玛破坏了自己和杰瑞的关系。

整体情节在时空分布上是断裂的。除了五、六、七场在时间上是顺叙外，其余的各场均存在时间上的逆转。然而，即使五、六、七三场是顺叙的，时间也并非首尾相连，地点也各不相同，作者刻意强调了时空的断裂感。此外，爱玛和杰瑞两人的戏份与罗伯特的戏份交叉进行。罗伯特在每个阶段都有出现，或是同一场的片段中，或是单独与其他人物的戏份，这

---

① 杨健、朱晓平：《桑树坪纪事》，选自《中国话剧百年剧作选 第 16 卷 20 世纪 80 年代 2》，中国对外翻译出版公司 2007 年版，第 356—417 页。

种安排中断了原本完整的爱玛和杰瑞的爱情线。这样做的结果，一则使得剧作摆脱了爱情剧、家庭剧的俗套变为一个别开生面的讨论男女关系的哲思之剧，二则情节断裂并成为独立的片段，片段与片段之间的对比、呼应，增强了戏剧张力。品特认为，该剧结构由两个对立的成分组成："一个主要以顺叙的形式阐释；另一个则更多以不连续的倒叙方式揭秘，直到找回失落的时间并在那里凝固。"[①] 情节的片段被孤立之后，成为男女感情中所有可能性的呈现，更富有电影化的特点。

不过，值得注意的是，戏剧毕竟是戏剧，尽管《背叛》在整体结构上的因果联系被打乱了，但局部事件的因果关联还在。比如第五、六、七三场，完全可以被视为一个完整的情节单元。罗伯特拒绝杰瑞的提议，与他发现杰瑞跟爱玛的偷情不无关系。在单场事件的呈现上，仍然遵循着冲突和行动的原则。比如第二幕第九场：

> 【房间里灯光昏暗。杰瑞坐在阴影里。隔壁传来模糊的音乐声。
>
> 【房门打开。灯光。音乐。爱玛进来，关上房门。她走向镜子，看见杰瑞。

爱　玛　老天。

杰　瑞　我一直在等你。

爱　玛　你是什么意思？

杰　瑞　我知道你会来的。

> 【他喝酒。

爱　玛　我只是进来梳梳头发。

> 【他站起来。

杰　瑞　我知道你会的。我知道你会来梳头的。我知道你会离开聚会的。

---

① 转引：杨静：《蒙太奇式结构——论品特剧作〈背叛〉和〈山地语言〉的后现代艺术特征》，《四川外语学院学报》2001 年第 2 期。

【她走到镜子前，梳头。

你是一位漂亮的女主人。

杰瑞竟然埋伏在爱玛家的卧室里，这是一个目的性很强的行动，其用意是向爱玛表达爱慕：

杰　瑞　我是你婚礼上的伴郎。我看见你穿着白色婚纱。我看见你穿着白色婚纱从我身边滑过。

爱　玛　我没有穿白色婚纱。

杰　瑞　你知道应该发生什么事吗？

爱　玛　什么？

杰　瑞　我应该在婚礼前拥有你，穿着白色婚纱的你。我应该玷污你，穿着白色婚纱的你，玷污穿着新娘礼服的你，在引领你进入婚礼之前，作为你的伴郎。

…………

杰　瑞　你真可爱。我为你而疯狂。我说的所有这些话，你不明白吗，我以前从来没有说过。你不明白吗？我为你而疯狂。这是一阵旋风。你去过撒哈拉沙漠吗？你听我说。这是真的。听着。你让我神魂颠倒。你是这样可爱。

…………

杰　瑞　瞧瞧你正在看着我的样子。我不能再等待了，我被震惊了，我完全被倾倒了，你让我感到头昏目眩，你是珍宝，我的珍宝，我再也睡不着，不，听着，这是真话，我再也走不了，我会变成跛子，我会虚脱，我会崩溃，直到完全瘫痪，我的生命掌握在你手中，是你把我变成这个样子的，使我进入一种紧张性精神分裂症的状态的，你知道紧张性精神分裂症的状态吗？你知道吗？你知道吗？在这种状态下……在位的国王是一个空虚的国王，一个缺席的国王，一个孤寂悲伤的国王。我爱你。

就在两个人接吻的时候，罗伯特突然进来了：

【他吻她。

【她挣扎。

【他吻她。

【笑声停止。

【她挣脱开去。

【门开了。罗伯特出现。

爱　玛　你最好的朋友喝醉了。

杰　瑞　因为你是我最好的也是最老的朋友，而且今天又是我的主人，我决定趁这个机会告诉你的妻子，她是多么的美丽。

罗伯特　很对。

杰　瑞　非常正确的是，要……要面对现实……还要做出表示，不必害羞，表示出一个人纯粹的赞赏，不受任何限制。

罗伯特　那是。

杰　瑞　对你来说这是多么美妙啊，情况就是如此，她就是这么美。

罗伯特　非常对。

【杰瑞走近罗伯特，握住他的肘部。

杰　瑞　我是作为你的老朋友这样说的。作为你的伴郎。

罗伯特　是的，没错。

【他拍了一下杰瑞的肩膀，转身，离开了房间。

【爱玛走向门口。杰瑞抓住了她的胳膊。她站住不动了。

【他们站住不动，互相对视。①

当然，品特的本意不在于强调所谓的发现和突转形成的惊吓，他重点强调的是境遇的变化。

有些剧作在电影化上走得更远。如果我们将《背叛》的情节按实际发生的故事时间排列，还是能够得到一条清晰的起承转合的关于背叛的情节

---

① 哈罗德·品特：《背叛》，选自《诺贝尔文学奖经典　归于尘土》，华明译，译林出版社2013年版，第139—204页。（后同）

线。但是在有些剧作中，则是完全打破了情节之间组合的可能。比如《高低博物馆》，它在时间线上分列了发生在博物馆不同展区的事件，这些事件并不完整，也没有集中的冲突，而是对艺术与生活的唠唠叨叨，是对人们参观博物馆过程中可能行为的想象。"好似一个梦幻的游戏滑道。从一个展厅到另一个，迅速地、曲折地、向后面、向旁边、在中间，然后慢慢地腾空而起，就像清晨的一个思绪。时间支离破碎，参观弯弯曲曲，导游线路漫无目的。大自然踏步回归，艺术就此跌落。"[①]再如瑞士剧作家马蒂厄·贝尔托莱的《豪华，宁静》中，写了一家"为年老演员准备的养老院"，"为重大离别做准备的旅馆"，其实就是一家提供安乐死的旅馆。这个剧本通篇是关于风光如画、旅馆设施完备和死亡的碎碎念，像一种巴洛克的拼盘。没有具体的情节，许多对话也没有明确的发出者，演出的时候可以从全剧两百多个片段中的任何一个开始，阅读的时候亦是如此。这两部作品也可以视作一种电影式结构。

电影式结构在情节上的散点式分布，打破了以理性理解事件逻辑的可能，建立了情节之间的多种联系，有助于以共时的视角去审视出现的情节片段：当生命中的不同时刻并列在一起，人生不再是一条有始有终的线索，而是始终翻滚着浪花的河流。

第三节　多层时空布局

多层时空的布局是指在一个戏剧文本中，拥有两层以上时空结构，通常一层是当下的，一层是回忆中的。

一、多层时空的外层结构

多层时空布局首先可分为两种：拥有一个人物叙述者的类型，与形式

---

① ［法］让-米歇尔·里博：《高低博物馆》，宁春译，中国传媒大学出版社 2013 年版，第1 页。

上并不拥有一个人物叙述者，也就是站在作者视角叙述的类型。

比如《假如我是真的》中，讲了一个双层的故事，外层观众焦急等待话剧开场，而话剧却因一位大人物迟迟未到不开始。等到众星捧月地拥着一位小伙子入场时，警察突然出现，堵住了他：

钱处长　（大惊）怎么了，怎么了？他不叫李小璋，你们怎么随便抓人？！

公安员　（出示拘留证）这是拘留证！

【另一公安人员将李小璋铐上手铐。

孙局长　放开！你们弄错了。你们知道他是谁？！

公安员　你说呢？

孙局长　他叫张小理！

钱处长　他是中央首长的孩子！

公安员　不，他是诈骗犯！

钱、孙　啊？！

【赵团长从侧幕跑到台口。

赵团长　哎呀，这怎么了，怎么了？这叫我们怎么演戏，怎么演戏？（对公安员）同志，请你跟大家解释一下，这究竟是怎么回事嘛？

公安员　好吧！

【两个公安人员、李小璋、钱处长、孙局长都走到台上。

公安员　观众同志们，非常抱歉，打扰了你们！这是个诈骗犯，原名李小璋，化名张小理。他是农场知识青年，冒充中央首长的儿子，在本市进行诈骗活动。因为他有潜逃的危险，所以，我们不得不在这儿采取紧急措施，将他拘留。

赵团长　什么？！（对李小璋）这是真的？！

李小璋　你们不是在演戏吗？我也给你们演了一场戏。现在我的戏演完了，你们继续演你们的戏吧！

赵团长　啊?!

钱处长　你?!

孙局长　咳!

　　　　【光圈陆续地分别打在李小璋、赵团长、钱处长、孙局长的脸
　　　　　上，然后灯暗。①

　　在这样一个简短的开场过后，倒叙进入李小璋因女友怀孕、迫切需要
返城而虚设身份骗人的一系列经过。内层的事件按照开放式时空来排列，
从头到尾完完整整讲了整个行骗的过程。

　　该剧并没有明确表明是从谁的视角回忆的，应该视为是从作者视角出
发的对已经发生事实的交代。回忆结束后的尾声，呈现的是李小璋接受审
判的场景：

　　　　【尾声。

　　　　【是谁说的可惜忘了，他说舞台是议会厅；可我们现在的这个
　　　　　舞台则是一个正在进行公开审判的法庭。至于坐在台下的我
　　　　　们这些可爱的忠实的观众则成了公审的旁听者。我们期望他
　　　　　们在亲眼目睹了这一案件的全部过程后，会对法庭的判决是
　　　　　否公正提出自己的看法。

　　　　　审判席上，坐着审判员和两名陪审员。被告席上坐着被告李
　　　　　小璋，他的背后站着两名法警。证人席上坐着证人吴书记、
　　　　　钱处长、孙局长、赵团长、郑场长。辩护人席上坐着辩护人
　　　　　张老。公诉席上坐着公诉人。幕启时，公诉人正在宣读起
　　　　　诉书。

公诉人　……根据调查，证据确凿。因此，特向法院提起公诉。完了。

审判员　刚才，公诉人已经宣读了起诉书，对案犯李小璋的作案经过
　　　　作了说明。被告李小璋，你认为公诉人所说的是否属实？

---

① 江西大学中文系编：《当代文学剧本选》，中州古籍出版社 1980 年版，第 227—300 页。
（后同）

李小璋　（站起）全都是事实。

审判员　你认为你的行为是否构成了犯罪？

李小璋　我对法律不熟悉，但我承认我错了。

钱处长　什么？你错了？这么轻巧！

赵团长　你错在哪里？你说！

审判员　肃静！

李小璋　我错就错在我是个假的，假如我是真的，我真的是张老或者其他首长的儿子，那我所做的一切就将会是完全合法的。

赵团长　这是什么意思？！

　　这里的尾声与序幕相呼应，构成剧作的外层结构，与内层故事一起，升华了本剧的反讽意味。同样是搞不正之风，李小璋因为是假冒的而被逮捕，真正搞不正之风的官僚却逍遥法外。

　　拥有一个讲述者或者回忆者类型的作品比较常见。比如《我为什么死了》中，一开始就表明这是一个女人的回忆和讲述：

　　【一束白光投在一个穿米色风雨衣的身材苗条的女人身上。她的脸色十分苍白，似雕像般立着。当她慢慢把雨帽推到脑后的时候，人们发现她有一对目光灼人的大眼睛。她的额头高而宽。上面有条很深的皱纹。她的鼻子是孩子气的、向上翘的，嘴角上的笑容是天真而淘气的。在她脸上，冬天和春天奇怪地结合在一起。这就是她。

女　人　（微微一笑）你们知道我是谁吗？知道吗？我敢说你们猜不着！我敢说，把你们当中的一千个聪明人集合起来，做出一万个答案，也不能说清楚我这个实体。因为……因为现在跟你们说话的这个人早已离开了人世间；总而言之，我是个死人！……我是在一九七八年春天去世的。这是一个使人充满希望的名符其实的春天，九亿人民身上的每一个细胞都充满了活力。我渴望在这有意义的年代里生活下去，但是很不幸，在一场人为的刺激下，我的严重心脏病发作了。我死的时候才三十三岁，就像现在这个模样。（笑着摇摇头）想起来真逗！我活着的时候很爱唱歌，简直不懂得发愁。我唱歌唱得好极了，（唱）啦啦啦，啦啦啦，啦啦——啦啦！我生过一个女儿，可是一生下来就被别人抢走了，至今下落不明。想起来真是一场滑稽戏，真逗，哈，哈，哈，哈！噢，你说什么？说我是个女鬼？一个鬼魂？哈，又错了！世界上根本就没有鬼魂存在！告诉你，我不过是作者笔下的一个有真实依据的人物，一个多少有点真实的"我"，一个似我非我。是作者在纸上把我画出来，逼着我活过来，在这里向你们演说我的十分可笑又十分悲惨的经历。作者要追求什么含着泪水的笑，他准保是个大笨蛋，因为我的遭遇可能叫人哭笑不得。哭笑不得，本身就好笑。因此，在我的故事开始之前，我得大笑一番。（十分畅快地笑）啊——哈，哈，哈！好了，开始吧，先从我的死——也就是故事的结尾演起。奏乐，奏欢乐的圆舞曲！

【欢乐的圆舞曲，暗。

每部分回忆都由主人公的话语串起，交代回忆片段发生的时间和情境，方便读者理解和感受。

一般情况下，外层时空中，回忆或者叙述的动作随着时间的推移延续，呈现为开放式结构，即叙述者的叙述或回忆行为本身是从头到尾的，而非从回忆动作的某个阶段开始。不过也有例外，这主要出现在外层情节比较丰富、动作较强的剧本中。比如《枕头人》中，外层时空讲述警察追问作家创作的作品与几件谋杀案之间的关系，这就属于从接近危机时开始的锁闭式类型。

外层时空的回忆、叙述行为，有时仅以片段形式出现，不构成完整的行动线，也没有冲突，比较简易。比如《我为什么死了》中，叙述者所处的现在时空并没有发生特别的故事，面对观众讲述就是她唯一的动作和目的。这种做法的优点是便于掌握，外层与内层情节的安排切换较为自由；缺点是容易显得平铺直叙，解决方案是增加与观众的互动和叙述者的肢体语言。

此外，在外层中增加思辨，不失为给外层的枯燥乏味增光添彩、实现风格化的办法。如在《伊库斯》中，医生的外层结构中并没有完整的冲突线、事件线，他只是以独白的形式向观众讲话，时不时地打断回忆。除了在一开场的长篇独白外，还在第二场讲述自己接受护士海瑟劝说、约见患者的经过：

> 狄萨特 （向观众）我对他有什么想法吗？没什么。我向你们保证。肯定又是一张瘦削的小脸。又是一个年轻的怪物。一个寻常的不正常的人。这种调理工作的最大优点就是你永远不缺顾客。①

此后多次出现简短的叙述话语，比如第十一场中：

> 狄萨特 （向观众）就在当时——就在那一瞬间——我真的吓了一跳。那是什么？——就在我办公桌对过，那个巨大的脑袋的黑影？……总之，这种感觉由于骑马俱乐部主人的来访就变得更不妙了。

这种与读者、观众的互动有助于增加叙述黏性。在本剧中，医生的话语自始至终都充满了激情的思辨，比如在第一场追述为孩子治病、看到孩子和马相依偎时的内心感想：

> 狄萨特 他只和这一匹马——它叫努格特——拥抱。那匹马则把汗津津的额头贴着他的脸蛋。他们就这样在黑暗中站上个把钟头——就像是一对交颈鸳鸯。在这一切极度荒谬的事情中——我总是在琢磨那匹马！不是琢磨那个孩子而是那匹马，和它究竟想干什么？我眼前总浮现出那大脑袋用戴着链条的

---

① 彼得·谢弗：《伊库斯》，选自《外国当代剧作选2》，刘安义译，中国戏剧出版社1991年版，第1—140页。（后同）

嘴去吻他的景象。……

在最后一场中，医生再次面向观众讲话时：

【他走出方形木台绕过它的后部，向观众大发议论。

狄萨特　我可以治好他身上的毛病。我可以抹去他头脑里被飞舞的马鬃造成的创伤。完成这些事情之后，我就让他坐上一辆漂亮的小摩托车，让他直奔正常世界，在那里一切动物都能得到正当的对待：使它们绝种，或被奴役，或是被拴起来在黯淡的光线中过一辈子，而这是为了喂养它们！我可以给他一个很好的正常世界，在那里我们被拴在它们旁边——每个不眠之夜，阴极线不停地照射着我们失效的脑袋！我可以使他忘掉那个哈哈的跑马场，给他一个正常的地方供他纵情幻想——穿越城市的多车道高速公路，把神殿统统毁掉，包括有关神殿的念头！他将骑着他那驯良的金属小马在冰冷彻骨的夜晚小跑——而且我可以向你保证一件事：他再也不会去碰马了！

通过他的叙述话语，我们能捕捉到他对现代文明的质疑，对抹杀自然生命力的担忧，并唤起观众的思考与共鸣，使高深枯燥的议论散发着理性的光辉。不过，这种思辨更像在治疗过程中的感慨，而没有形成一条行动线或情节线。

在另一些剧作中，外层也具有清晰的冲突线和结构，情节较为丰富，存在对峙的双方。比如《狗儿爷涅槃》中，狗儿爷受到脑海中地主的刺激，烧门楼的愿望才变得越来越强烈。再如《六度分隔》中，主人公法兰夫妇好心救治了一个黑人男孩，男孩自称是名导之子，是他们孩子的同学，结果却被发现是个骗子。夫妇俩为了得知真相而四处探寻，得知男孩又欺骗了更多的人。本剧的外层结构就是夫妇俩探寻真相的过程，拥有清晰的结构和较为丰富的情节。比如，他们在通过孩子打听无果后，遇到了门卫上门：

欧易莎　（对大家）之后某天，我们的看门人——在圣诞节总能得到我们不菲的小费，一向殷勤周到——向我的丈夫，吉·弗兰德斯·凯特瑞奇，吐唾沫。我的意思是说，啐他。

【看门人啐弗兰。

看门人　你儿子！我知道你儿子的一切！

弗　兰　我儿子怎么了？

看门人　不是住在这儿的那个小东西。是另外一个儿子。私生子。你拒绝承认的黑人儿子。

【看门人再次啐弗兰。

弗　兰　黑人儿子？

看门人　在中央公园谋生的黑人儿子。

欧易莎　（对大家）下一章。里克和伊丽莎白和保罗坐在中央公园的草坪上。①

之后交代黑人男孩欺骗年轻情侣的内线故事。在本剧的外线中，主人公想要知道男青年的身份和动机；在内线中，则是伴随寻找过程，从他人的讲述中展开了男青年欺骗他人的事件。这在结果上，由于内外两层都有处在未知中的事件，相对来说情节较为丰富，戏剧性比较强。

当然，外层结构无论是叙述式还是心理式，都要求有头有尾。比如《那年我学开车》中，以中年小贝的叙述和幕后声开始：

【灯光渐暗，幕后声：

学习驾驶：安全第一。

【钥匙启动汽车声。小贝出现在照着舞台的一束追光中，与十七岁时的她相比，此刻她更显得温柔妩媚。

小　贝　有时，为了讲述秘密，你得先给大家上课。在这暖和的初夏傍晚，我们将开始今晚的课程。②

① John Guare, *Six Degrees of Separation*. Vintage Books, New York, NY, 1994.

② 波拉·沃格尔：《那年我学开车》，选自《美国当代戏剧名作选　迷失》，胡开奇译，上海人民出版社 2016 年版，第 157—210 页。（后同）

结束的时候，也是小贝和幕后声。

> 【小贝调着收音机的波段，一首《献给我爱的人》或奥比森《甜蜜的梦》的歌声响起，打断了歌队。

小　贝　啊……（顿）我调了下座位，系上保险带，接着检查右侧镜——然后左侧镜。最后，我调了下后视镜。（就在小贝调节后视镜时，一道微光照着坐在汽车后排的佩克姨父的魂灵。她从镜子里看着他。她向他微笑。他对她点头。他俩为一起驾车远行而快乐。（把车挂到首挡，面对观众）——最后，我猛踩油门。

> 【引擎轰鸣声。暗场。

二、双层结构的内层结构

外层结构中的讲述行为多按时间顺序展开，内层结构中的情节在时空布局上可分为顺序、倒序和乱序三种。总的来说，内层结构按照叙述者的叙述次序和心象次序排列，无需遵循故事发生的时间次序，甚至可以对同一时间点的事件加以多次回顾。

1. 顺序结构

大部分剧作的内层结构都是按照时间顺序，也即事件发展的先后顺序讲述的。比如《狗儿爷涅槃》中，狗儿爷虽然神志不清，但回忆的内容按照解放战争、土地改革分田、集体化、包产承包责任制的历史阶段来推进，可以简要地概括为收芝麻、分门楼、分地续娶、买地发家、失去土地、失而复得等片段。这种按时间顺序进行的结构是最常见的一种结构。

顺序的内层结构中，故事情节一般从头到尾、完完整整地展开，时空跨距较大，场景也较多，不过因为有外层的叙述者从旁点评、加以介绍，所以乱而有致。在布莱希特的大部分剧作中，众多人物和场景已经远远超出纯戏剧式结构所能承载的范围，容易让情节陷入琐碎和杂乱。因此采用叙述者在外线中交代故事背景、串联内部情节是很有必要的。

2. 倒序结构

内层中的倒序结构，是指被讲述的故事以倒叙的方式展开，先交代发生在后的事件，随后交代发生在前的事件。话剧《我为什么死了》就是标准的倒序结构。女叙述者外层的讲述行为是随时间发展而进行的，但她讲述的内层故事却是倒序的。她将自己如何死去置于最先，随后讲自己出狱被丈夫嫌弃，最后再讲如何入狱。这种先讲结果、再讲原因的做法有助于建立悬念，如果先从被冤枉入狱讲起，再写出狱后被丈夫嫌弃，而后丈夫对自己的百般讨好，情节则显得缺少变化，失之平直。

不过，内层结构中，情节完全按倒序排列的情况较为罕见，比较多的是部分倒序。比如保拉·沃格尔的戏剧《那年我学开车》中：

小　贝　这是一九六九年。我很世故，愤世嫉俗，玩世不恭。总之，
　　　　我十七岁了，在这初夏的夜晚，和一个已婚男人把车停在一
　　　　条黑暗的小路旁。

接下来展示的是小贝在读大学之前同姨父的幽会，紧接着转入家庭晚餐。从时间上判断，家庭晚餐应该在幽会之前：

小　贝　一九六九年。一次典型的家庭晚餐。

在家庭晚餐上，外公讲话不顾及孩子隐私，激怒了小贝。只有姨父佩克维护和保护她。

之后，叙述者将时间调整到 1970 年：

小　贝　1970 年，我为何被那所名校赶出有过许多传闻。有人说，我
　　　　和一个男人在房间里被抓住。有人说，我拿着助学金却跟一
　　　　位富家女四处游荡。（向观众天真地微笑）
　　　　我不想解释。

………………

【幕后声：把车挂到后退挡

小　贝　现在回到 1968 年。美国东岸。一次庆祝晚餐。
　　　　小贝和佩克面对面坐在一家酒店中。

在这个例子中，内层故事并不以时间顺序来安排，而是由人物心理回忆决定的讲述次序。不过从根本上看，这一安排取决于编剧的精心设计。因为发生在1968年的故事，打破了小贝和姨父之间原有的长幼关系，是主人公最不愿意回忆的，也是全剧最令人震惊的事件。因此，就戏剧情势而言，适合放在接近高潮的地方。

在她的另一部作品《漫漫圣诞归家路》中，也使用了部分倒叙。这是一个孩子在争吵的家庭中长大、成年后受原生家庭影响、人生面临种种不幸、试图自戕又渴望救赎的故事。故事的叙述者是男人、女人和家中的男孩斯蒂芬。故事一开始，一家人各怀心事、闷闷不乐地坐在沉闷的车厢中，孩子们发生了冲突，父母也反目。接下来讲述的是发生在昨天的教堂礼拜场景，再之后场景转移到了外祖父家：

男人、女人、鬼魂斯蒂芬（叙述时间）——圣诞夜驱车回家路上（展示的回忆时间）——教堂中做礼拜（展示的回忆时间，在回家之前）——外祖父家（展示的回忆时间，回家后）——回忆父亲将车开下悬崖（展示的回忆时间）——三姐弟成年后的时间（并列的意识流时间，展示时间）——男人、女人、鬼魂斯蒂芬（叙述的时间）

这种时间次序的打乱，是基于戏剧节奏而做出的调整。回家时全家暴躁不安的心情因在教堂听牧师布道而得到抚慰，可以顺接来到外祖父家中的欢快场景。

倒序或部分倒叙结构比顺序结构复杂，安排起来难度较大，其主要规则是建立起人物的心理逻辑，在内线结构上寻找好事件的高潮，并且做好内外两线的呼应。

3. 乱序的结构

与前例中内层故事的井然有序相比，乱序结构的内层故事线索更加纷杂，通常并没有完整的情节线索，而是若干片段的重复出现。这代表着叙述者内心波动起伏较大，思绪时而到这里、时而到那里，始终围绕着最能触动自己"才下眉头又上心头"的心事。

比如《推销员之死》中，以人物的意识流为线索，不同片段同时出现在主人公脑海中。被回忆的内容并不构成完整的情节线索，而只是一些重复的碎片。比如第一幕中回忆起的事件集中在以下方面：

有利的事件：过去自己在事业上的一帆风顺，两个孩子充满男子气概；有一个发了大财的哥哥本。

不利的事件：长子偷了学校的球；长子数学考试不及格；自己有外遇，被长子发现；查利告诉他两个孩子偷东西。

空想的事件：跟哥哥本去闯荡。

这些片段并不构成一条完整情节线——比如长子偷球的前因后果、数学不及格的前因后果，发现父亲私情的前因后果，均没有完整地得到交代。即使能够构成因果关系，编剧也刻意打散其联系，使之成为附着在威利现实失意上的延伸与升华。伯纳德与比夫的今昔对比，自己和老友查利的今昔对比，一个是事业有成的老板，一个是潦倒失意人，这些片段跟长子盗窃一样，成为威利最不愿意去想，然而又时时浮现的隐痛。

内层的乱序往往与外层所发生的事件互相呼应、叠加，进一步强化人物的心理逻辑。比如《推销员之死》中，比夫再次尝试见老板却偷了人家的金笔后，比夫想要告诉父亲真相，可威利喋喋不休地幻想比夫大获成功，内层中威利却回忆比夫数学考试失败的事情，这件事与威利当下的幻想、真实发生的盗笔事件，共同叠加在一起，说明威利一直沉浸在白日梦中，对孩子的教育态度一点没有改变。他已经无法走出过去，因此必将失败于现在。现在的幻想、过去的回忆与今日现实的多重烘托、叠加，成为《推销员之死》的典型写作手法，这让本可按情节剧来组织的素材，成就为一曲悲怆的挽歌，其诗学品格提升的同时，批判力度和广度也大大增强了。

编剧在内层情节顺序的安排上，可以有更多变化。比如姚远的话剧《商鞅》中，祝欢的鬼魂先交代了商鞅的结局：

祝　　欢　（取出简册）商鞅，辛卯年五月七日亥时生人，五月之子，

　　　　　　精炽热烈，父母不堪，将受其患。命当族灭满门，五马分

尸……

随后是商鞅鬼魂的预叙，从自我视角表达对成败荣辱的观点：

> 商　　鞅　　天命？魂魄既已甩脱了躯壳，天命更是无稽之谈！商君虽
> 死，然商鞅之法千年不败；商君虽死，可一百一十七年之
> 后，秦王朝一统天下！

从死后的商鞅和祝欢的视角来讲述整个故事，建立了一种双层结构。
最早讲述的内容是商鞅降生之初：

> 【男人暴怒的声音："勒死他！勒死他！让我勒死他！"

> 【女人声："公子，你万万不能，他是公子的亲骨肉啊！"

又笔锋一转，时间从褓褓中的商鞅来到少年时代的商鞅：

> 【姬娘与少年商鞅双双跪坐着。旁边放着马鞍。

> 姬　　娘　　天要你死，可我要你活！

> 少年商鞅　　那我母亲呢？（泪水盈盈）我可怜的母亲，难道她竟被活活
> 地抛进了滔滔大河？

> 姬　　娘　　不！她没有死。

> 少年商鞅　　什么？她没有死？

> 姬　　娘　　是的！她走了，她抛下了亲生的儿子自顾自走了。①

情节到此处观众才明白，原来这只是姬娘讲给少年商鞅的故事，属于
追叙。《商鞅》一剧的外层结构，即商鞅与祝欢死去的时空，情节较为简略，
内层故事中情节的奇峰突起，有效地弥补了该不足，是一种有益的丰富。

三、外层、内层的切换与并列

拥有双层时空结构的剧本，故事就在外层与内层之间流转。因此，在
确定了内外两条线索上的情节后，如何切换时空成为编剧要考虑的关键。

一种是通过话语提示。比如在《我们的小镇》中的舞台监督，就通过

---

① 姚远：《商鞅》，选自《中国话剧百年剧作选　第18卷　20世纪90年代2》，中国对外翻
译出版公司2007年版，第1—46页。（后同）

自身的话语来切换内层与外层的时空：

> 第一幕叫作日常生活。这一幕叫婚姻与爱情。后面还有一幕：我想大家会猜到是什么标题。[1]

舞台监督通过自身话语给出了全剧的结构和主要情节内容，不仅如此，在每一幕的间隔和中间，他都通过自己的话语来交代剧情走向和主要人物。

田汉的《丽人行》中亦是如此，由报告员来串联整个故事，主导内外两层时空的切换：

> 报告员　一九四四年春天的傍晚，在当时沦为孤岛的上海，某公园附
> 近的一条僻静的小路上，发生了这样的事情——[2]

接下来的场景展示女工金妹被日本宪兵强暴的事件，这一事件结束后，报告员又对金妹这一情节加以评论，并将话题转入下一情节。

> 报告员　我们永远也忘不了这一声悲惨的叫唤，我还不知道这个女人
> 是谁，可是，我知道这一个突然的、虽则在当时是常有的袭
> 击，将带给她多么严重的不幸。

另一种方法是不借助话语、直接写人物的意识流动。比如《狗儿爷涅槃》中，就直接展现狗儿爷意识流中的场景，来实现内外两层的切换。

> 【枪声时而遥远，时而响在耳畔。
>
> 【狗儿爷身后是大片熟透了的秋粮，这会儿，他满头的白发消
> 失，复成壮年。
>
> 狗儿爷　说咱狗儿爷上炕认得媳妇，下炕认得鞋，出门认得地——不
> 对！这地可不像媳妇，它不吵不闹，不赶集不上庙，不闹脾
> 气。小媳妇子要不待见你，就蹑手蹑脚，扭扭拉拉，小脸儿
> 一调，给你个后脊梁。地呢，又随和又绵软，谁都能种，谁
> 都能收。大炮一响，媳妇抱着孩子，火燎屁股似的随人群儿
> 跑了。穷的跑了，富的也跑了。地不跑，它陪着我，我陪

---

① 桑顿·怀尔德：《我们的小镇》，但汉松译，译林出版社 2013 年版。（后同）

② 田汉：《丽人行》，选自《田汉文集 6》，中国戏剧出版社 1983 年版，第 157—280 页。（后同）

着它。好大的粮食囤啊，就剩我，还有这个不怕死的蝈蝈儿……

【一左一右，光环里同时出现祁永年和陈大虎的面孔。

祁永年　生死由命，富贵在天——甭你美，狼肉贴不到狗身上！

陈大虎　（同时）这大概是我爹一生中最得意的时刻。这点事，怀里抱着我的时候他就说，手里领着我的时候他还说，现在，你们有工夫，就听他说。我想，听一回也就够了。风吹票子满地滚的时候，咱各打各的主意。

【左右隐去。①

　　这里狗儿爷的台词并没有明显的叙事引导性，没有明确地告诉大家"我即将讲个故事"，或者"我情不自禁回想起过去的事"，只是表达自己对土地的依恋和热爱。如果说，狗儿爷对土地的热爱是属于叙事层的，那么祁永年则是属于意识流的，他的出现并没有借助狗儿爷的话语，而是直接出现的。之后陈大虎又回归了叙事层，同样没有借助特定的话语，是直接通过场景展示呈现的。

　　《推销员之死》中可看到同样的例子：

【厨房亮起灯光。威利边说，边关上冰箱，朝舞台前方走向炊桌。他把牛奶倒在杯子里。他出了神，微微笑着。

威　利　根本太年轻了，比夫。首先你要用功念书。等到你一切就绪，像你这样的小伙子，姑娘要多少有多少。（他对着一把椅子豪放地笑笑）原来如此？姑娘家掏钱请你？（大笑）小鬼，你准是当真交上好运啦。

【威利说着说着居然对着后台一处地方在说话，声音透过厨房的墙壁，嗓门越扯越大，像平时说话一样响。

威　利　我一直弄不懂你们为什么把汽车擦得那么仔细。哈！轮毂盖

---

① 刘锦云：《狗儿爷涅槃》，选自《宁夏优秀保留剧目选编》宁夏人民出版社 2022 年版，第247—280 页。（后同）

儿可别忘了擦，小鬼。轮毂盖儿用鹿皮擦。哈比，车窗用报纸擦，这是最容易的了。比夫，擦给他看看！你懂吗，哈比？把报纸叠起来，厚点好使劲。对啦，对啦，擦得好。你擦得好极了，哈普。……①

威利现实中的台词，表明他再度沉浸在回忆中，他仿佛听到了儿子说话的声音，随后幼年时期的比夫与哈比上，展示父子其乐融融、家庭生活充满希望的场景，这也是一种不借用话语的时空暗转。

上述内层与外层的切换、内层场景展示的故事，与人物话语所述内容有一定的关系，人物话语相当于对接下来发生事件的预述。有时候场景的出现不需要任何铺垫，直接让意识流中的人物出现。

威　利　胡萝卜……株距四分之一英寸。行距……行距一英尺。（他量下尺寸）一英尺。（他放下一包种子，又量尺寸）甜菜。（他又放下一包种子，再量）莴苣。（他念着包装说明，放下一包种子）一英尺——（正说着，本在右侧出现，向他慢慢走来，他就突然住口）好生意，啧，啧，了不得，了不得。因为她在受苦，本，老伴儿在受苦。你懂得我的意思吗？男子汉不能两手空空来，两手空空去呀，本，男子汉总得搞出点名堂来。你不能，你不能 ——（本迎上去仿佛想打岔）到如今，你总得考虑考虑啦。别一下子回答我。可别忘了，这是一笔稳赚两万块钱的生意。看哪，本，我要他跟我好好合计一下这件事的利弊得失。我没人好商量。本，老伴儿在受苦，你听见我的话吗？

本　　（一动不动站着，在考虑）什么生意。

威　利　两万块立刻照付的现款。保证兑现，信用可靠，你明白吗？

本　　你别拿自己开玩笑了。他们不见得肯如数支付保险费。

---

① 阿瑟·米勒：《推销员之死》，选自《外国当代剧作选4》，陈良廷译，中国戏剧出版社1992年版，第1—140页。

威　利　谅他们也不敢不付。难道我不是拼死拼活地按期缴纳保险费吗？他们不肯付赔款！没门儿！

本　　　人家说孬种才做这种事，威廉。

威　利　什么？难道我在这儿熬到老死还是两手空空，反而算有种吗？

本　　　（让步）这话有理，威廉。

编剧此处安排本登场的用意，显而易见是要交代威利企图自杀这件事。本作为威利心理意识的外化，他的话语代表了威利对自杀的内心矛盾和疑虑，他深感这件事不够体面，但这确实是他唯一有把握赚钱、让家人摆脱贫困煎熬的机会了。

内层与外层既要泾渭分明，又要融会贯通，形成一个有机的整体。这首先要求内外两层建立一定的联系，外层的叙述要关照内层，而内层事件的发展要呼应外层、影响外层。比如《那年我学开车》，中年小贝在内层故事中回忆自己与姨父的情感纠葛，回忆结束的时候，外层的中年小贝看到姨父坐在车后面，而她启动了车。这里的姨父显然是心象，而不是现实中的，但编剧巧妙地让两个时空叠映，暗示着中年小贝与过去的自己和解，已经走出了这段伤痛。这里的外线就是受回忆影响而改变的。在《屋外有热流》中，弟弟和妹妹从各不相让、极端利己，转变为停止争吵，寻找哥哥，也是与在意识流中看到哥哥回来，被哥哥无私的情怀感动分不开的。

编剧也可以通过外层对内层的评述、评价来加强两者间的联系。比如《高加索灰阑记》中格鲁雪与西蒙再度重逢，后者看到心上人身边有个孩子，误以为她已经结婚，百感交集的时刻：

【格鲁雪绝望地看着他，泪水淌到脸上。西蒙凝视着前方。他拣起一片木头来削。

歌　手　（唱）许多话说了，许多话还没有说。

　　　　兵士回来了。他从哪儿来，他可没有说。

且听他想的是什么，他没有说是什么：

清早一仗打响了，到中午血花四溅。

我踏过第一个，我抛下第二个，上尉来一剑收拾了第三个。

一个弟兄死于钢铁，另一个弟兄死于硝烟烈火。

我脖子挨了火烫，我手在手套里冻僵，我脚在鞋子里冻伤。

我吃的是柳树芽，我喝的是槭叶汤，我睡在石头上，在泥水中央。

西　蒙　我看见那边草丛里有一顶帽子。已经有孩子了？①

这就借助叙述者的评说，来表现当事人的所思所感，避免了俗套和直白。

外在叙述者的视角也可同内层人物的视角交相叠映，在对比中加强联系，以刘树纲《一个死者对生者的访问》为例：

赵铁生　（起劲地嚷嚷）嘿，有热闹看了！哥儿几个要在车上练练是怎么着？

【格斗的声音。

肖　肖　（痛苦地思索，心在隐隐作痛）也许他的生活太平淡、太无聊了，不管什么情况，他都可以寻找点刺激，使自己的神经兴奋一下，开开心！

【格斗的声音越来越响。

赵铁生　（喊叫起哄）嘿！真笨！来个"铁门坎儿"！"黑虎掏心"！"问心肘"！"问心肘"！

肖　肖　（痛楚地）这时候，我本来已经把一个扒手打倒在地，按住他了。我多希望车上的人们帮我一把啊！

赵铁生　（起劲地）今儿个学雷锋的没上车，怎么霍元甲霍师傅也没来啊？嘿，立功的时候到了，想当英雄的，上啊！

---

① 高加索：《灰阑记》，选自《西方现代戏剧流派作品选　第4卷　叙事体戏剧》，张黎译，卞之琳译诗，中国戏剧出版社2005年版，第99—200页。（后同）

肖　肖　你不仅没帮我一把，你还起哄！你不仅奚落了雷锋，而且你
　　　　还嘲弄了你自己最崇拜的霍元甲！（苦涩地一笑）可是正是这
　　　　个时候，凶手亮出了弹簧刀！（痛苦地紧捂胸口）他们是在向
　　　　人们的良知挑战啊！①

　　同时，人物意识流的虚实交映，也是加强外层与内层有机融合的重要
手段，《狗儿爷涅槃》就为此提供了不可多得的范例。在狗儿爷的意识流
中，不光只有老地主，还有自己的儿子和儿媳，充分发挥了人物意识流变
动不拘的特质：

　　【脚下是陈家坟地。新月投下一片朦胧。有秋虫二三鸣唧。
　　【狗儿爷踉跄走来。

狗儿爷　看看地去，看看地去，看看我的地，看看我的地去！撒手不
　　　　由人，这是最后一趟啦……一壶酒，满满儿一壶酒，他一杯，
　　　　我一杯，我一杯，他一杯，小酒壶一打跟头，酒净了，人醉
　　　　了，菊花青没了，气轱辘车没了，地没了……

　　【一左一右的光环里，现出祁永年和陈大虎的面孔。

又比如：

陈大虎　财迷转向呗！

祁小梦　蛤蟆不长毛——天生的那道种儿！你不财迷？东拉西扯地忙
　　　　活一天，上炕累得直哼哼，相儿！

陈大虎　那为谁？我是扒子，你是匣子，我的宝贝匣子……

祁小梦　行啦，快看看你爹去吧！

祁永年　嘻嘻，财主的热屁你都拾不着，还当过——

狗儿爷　当过！你狗儿爷当过大财主，你狗儿爷挂过千顷牌！

祁永年　不就是收了我那二十亩地的好芝麻？

狗儿爷　呸！那怎么是你的呢？大炮一响，你兔崽子滚蛋了，全村人

---

① 刘树刚：《一个死者对生者的访问》，选自《中国话剧百年剧作选　第15卷　20世纪80
年代2》，中国对外翻译出版公司2007年版，第1—62页。（后同）

跑光了。（回味而神往地，可闻枪炮声隐隐）就剩那没边儿没
沿儿的一汪金水儿似的好庄稼，满洼满洼的饱盛粮食，瞅着
眼宽，想着舒心，拿着顺手——谁的？咱的！你狗儿爷的！
天爷咳，人活到这份儿上，才有点儿滋味，嘿嘿，哈哈……

祁永年　揣着元宝跳井——舍命不舍财的土庄稼孙，嘿嘿，哈哈……

【陈大虎急促的喊声："爸爸，爸爸！"

【笑声、喊声隐去。枪炮声大作。暗。

这里的人物似真似幻，既是现实中的，也是狗儿爷想象中的。编剧就
以这种方式，巧妙地将现实织进狗儿爷的意识，狗儿爷最后烧门楼，不光
是受地主刺激，也是不能接受儿子拆门楼、不事生产要办企业的结果。从
全剧来看，从第十三场开始，已经是狗儿爷意识中的现实时空，而不是与
老地主所处的回忆时空了。在下面这段中：

【陈大虎的声音："爸爸，爸爸！"

【灯光照亮门楼的一角，满头白发的狗儿爷偎伏在那里。

【陈大虎找到了狗儿爷。

陈大虎　爸爸，您又晕乎什么呢？

狗儿爷　（一动不动地）我想你妈。

陈大虎　（平静地）亲妈死了，就为您那二十亩芝麻……

狗儿爷　想你后妈。

陈大虎　后妈走了，就为您死心眼，想不开……

狗儿爷　（紧紧抱住门楼的砖角）门楼，我的门楼！

陈大虎　就剩这门楼，还有我。您要哪个，说话吧！

在生活的现实当中，陈大虎未必会为门楼去说服疯癫的父亲，但在狗
儿爷的意识中却觉得儿子会来。这一幕也是作者对主题的强化，是两个时
空合二为一、一生万物的自然设计和铺垫。

本章最后，我们再以《屋外有热流》，来说明双层结构的转换方式与特
点。该剧中内层与外层的时空转换可以整理如下：

《屋外有热流》		现实情节线	心理或幻觉情节线	切换点
一争吵	第一场　弟弟、妹妹	就谁负担大哥的生活费讨价还价		从外部冲突进入内心独白
二幻觉	第二场　弟弟、哥哥		哥哥和弟弟讨论灵魂（钱）	
	第三场　妹妹、哥哥		哥哥和妹妹讨论灵魂（爱情）	
三回忆	第四场　弟弟、妹妹	（2）互相揭发	（1）寻思打动对方	从内心到外在，独白
	第五场　弟弟、哥哥		分别情景	
	第六场　弟弟、妹妹	指责对方忘了哥哥的话		幕外音
	第七场　妹妹、哥哥		分别情景	
	第八场　弟弟、妹妹	指责对方忘了哥哥的话		幕外音
四揭发	第九场　弟弟、妹妹	有人来送汇款单		
	第十场　三人		猜汇款来源，讨好哥哥	
	第十一场　妹妹、哥哥		妹妹揭发弟弟	
	第十二场　弟弟、哥哥		弟弟揭发妹妹	
	第十三场　三人		为钱争吵，为钱翻脸	幕外音
五和好	第十四场　弟弟、妹妹	停止争吵，扫雪		
	第十五场　弟弟、妹妹	寻找哥哥		

我们可以发现：

（1）现实和心理各自成一线，又有交叉难分之处。现实线重在外部行动，内心线重在回忆，属于情感的内容。现实与心理的交叉难分是两种时空的合一，是意识流的自然波动。

（2）在外部情节上仍然拥有一个完整的事件。比如弟弟和妹妹知道哥哥要回来，都想着把哥哥推给对方，同时又想借哥哥回来的名义换取补助。在内线上，弟弟和妹妹意识流中回忆过去和看到哥哥回来后的表现。这两条线索互相补充，内层的故事与外层故事互为激发。

（3）切换方式要丰富，手段要形象生动。内层与外层何时切换、如何

132

切换、切换到什么内容，必须打破事件的时间线索，按照心象线索来设计。人物之所以回忆此事而非彼事，之所以此时回忆而非彼时，都是由意识的波动引起的，是由心理逻辑、情感逻辑导致的。

总之，编剧使用双层结构时既要注意两者之间的联系，也要注意富于变化。这不仅指外层结构事件、人物的状态要随着叙述进程发生变化，更指人物意识流的方式、内容要灵动奇妙。现实中的事件发生有先后，人物回忆意识流中的时空则可以打破此次序，如果按照事件发生的时间顺序编排回忆内容，反倒失去了意识流的妙处。双层结构的优势，就在于心理时空与现实时空、过去时空和现在时空交相辉映，让剧本的感染力发挥到极致，达到"神光离合，乍阴乍阳"的叙事效果。

练习题：

1. 将锦云剧作《狗儿爷涅槃》或阿瑟·密勒剧作《推销员之死》改为时空相对固定的三幕剧。（列出提纲即可）

2. 将曹禺剧作《雷雨》改为心理式结构。（列出提纲即可）

第四章　大型戏剧的叙事线索

戏剧中存在单线结构、双线结构和多线结构。简单的情节可以构成"一人一事"的单线发展；复杂的情节可以构成"一人多事"、"多人多事"的双线、多线和网状发展。复杂的情节的线索也有主、次之分，伴随着主要人物的主要活动而展开的、贯穿全剧的情节线称为主线；而其他人物或其他活动展开的、枝蔓性的情节线称为副线。副线需与主线形成有机联系，服务于作品的统一性和完整性。[①]

需要注意的是，叙事线索要根据矛盾冲突来划分，但并不是所有的矛盾冲突都可以成为情节主线。以话剧《雷雨》为例，其矛盾冲突都以周朴园为中心，全剧围绕他设置了多组冲突：

第一条是周朴园与蘩漪之间的尖锐矛盾和冲突，反映了周朴园作为封建家长对妻子冷酷专制的统治，以及追求自由和幸福的蘩漪的不满和反抗。

第二条是周朴园和侍萍之间的尖锐矛盾和冲突。这是地主少爷、资本家老爷和孤苦无告的下层劳动妇女之间的阶级压迫和对立。

第三条是周朴园和鲁大海之间的尖锐矛盾和冲突。这是资本家与工人、剥削者与被剥削者之间的冲突和斗争。

然而周朴园与其他人的任何一条线，都不是本戏的主要情节。因为周朴园和鲁侍萍之间的主要矛盾发生在过去，故事开始时，周萍、四凤、蘩漪三人间的感情纠葛才是本剧的主要情节线索。

[①]　姚扣根、陆军编著：《编剧学词典》，文汇出版社 2017 年版，第 78 页。

第一节　单线＋支线的类型

单线加支线是戏剧剧作中常见的情节线索组合方式。它拥有一条情节主线，但会延伸出枝蔓性的情节，用于推进或改变主线上的情节。

一、单线结构的基本分类

单线结构是指只有一组矛盾和冲突的结构，不存在其他的冲突线索。比如《俄狄浦斯王》中，就只有一条俄狄浦斯想要查明真相的线索。其余的人物如伊娥、克瑞翁等并不存在完整的叙事线索，他们也不会对人物命运、主要冲突产生决定性的影响。

单线结构虽然只有一条情节主线，但会存在情节支线——由主要人物或其对手人物派生出来的线索。比如俄狄浦斯与歌队的对话，俄狄浦斯与伊娥的关系等，这些围绕人物的支线长短不一，丰富了剧情，影响着俄狄浦斯查找真相的进程。

《俄狄浦斯王》中的支线相对简单，在张晓风的《武陵人》中，除了黄道真寻找武陵的线索外，还有他与黑、白衣黄道真、赵钱孙李在人生观和价值观上的冲突。这种交流丰富了人物的内心世界，让物质与精神的博弈更加形象化。

单线的情节结构一般可分为四种模式：诱惑抉择型、逃脱困境型、意志行动型、对峙斗法型。

诱惑抉择型。一个人在困境之下，面临两种选择。他本来可以选择 A（轻松容易，有利可图），可他选择了更难的 B。《武陵人》就属于这种，黄道真误入桃花源，本来可以选择在桃花源没有忧愁地活下去，可他还是选择了艰难的人世。这种情况中，人物常常在两种选择中动摇、犹豫，内心的抉择构成了基本的情节冲突。《沉钟》也有类于此，铸钟人海因里希在代表自然灵性的仙界与代表世俗的现实世界中反复摇摆、挣扎，最终走向了毁灭。

逃脱困境型。人物被置于困境之中，为了逃脱，他不得不采取行动。比如俄狄浦斯王面临瘟疫，他想要找出杀害老王的真凶以平息瘟疫，结果发现自己才是罪魁祸首。在逃脱困境类型中，困境不断施压，成为人物行动的最大动力。

意志行动型。人物为了实现自身的目标，不断过关斩将、付出努力。比如《青鸟》，两个孩子为了寻到代表幸福的青鸟，克服了重重险阻，结果发现青鸟就在自己简陋的茅舍中。再如《罗密欧与朱丽叶》中，罗密欧和朱丽叶为了和对方在一起，也克服了重重险阻，采取了一系列的行动，虽然并未成功。

对峙斗法型。这种情况下，往往有势均力敌的双方或多方，双方反复较量，斗智斗勇。对峙斗法型的主人公，也会有需要实现的目标与要逃脱的困境，但全剧的重点围绕双方的动作与反动作展开，往往道高一尺、魔高一丈。比如《假如我是真的》中，主人公李小璋为了能与怀孕的女友及时结婚，必须调离农场。为了这一目标，他与掌握权力的官员斗智斗勇，最后功败垂成。《哈姆雷特》也属于对峙斗法型的单线结构。哈姆雷特为了替父复仇，他先是请戏班演戏试探，被奸王识破后又实施谋杀行为，却误中他人。经过一系列对峙之后，最终在决斗中杀死奸王。

以上所举的类型以单线结构为主，在双线结构中也可做出类似的划分，比如《玩偶之家》就属于摆脱困境的类型。

二、单线结构的情节特点

单线结构具有情节单纯、结构清晰、冲突集中的特点，支线附着于单线之上，有戏则写，无戏则省，便于创作。李渔也认为："头绪繁多，传奇之大病也。……此一人一事，即作传奇之主脑也。"[1] 一人一事单线发展是戏曲的特点，不但只写一人，而且只写此人的一件事。换言之选材要严格，情节避免枝蔓，应当做到一线到底、发展连贯。

---

[1] （清）李渔：《闲情偶寄·词曲部》，作家出版社 1995 年版，第 16—17 页。

比如《俄狄浦斯王》中，俄狄浦斯收到神谕后开始调查真相。他首先发现老王是在一次微服私访途中被杀，继而得知老王也被预言过会死于亲子之手，并且老王的随从自俄狄浦斯即位后便失踪了……随着调查的深入与疑点的浮现，俄狄浦斯更加不安。直到科任托斯的报信人告知他国王去世，请他回国继位，他才得知自己只是该国国王的养子，是拉伊俄斯的牧人送来收养的。报信人这番话是"突转"的开始，他原意要解开俄狄浦斯的担心，结果却揭穿了神示的秘密。牧羊人的到来，最终将俄狄浦斯推入毁灭的深渊。这里的情节步步为营，一层层指向真相。

当然，《俄狄浦斯王》属于人类戏剧史上早期的作品，其结构模式与古希腊戏剧中歌队的使用密切相关。许多情绪的铺垫、氛围的渲染由歌队来完成，与现代戏剧的样式有所区别。比如俄狄浦斯得知真相后自刺双眼，类似的情节不是通过展示，而是通过歌队的叙述间接表现的：

【俄狄浦斯冲进宫，众侍从随入，报信人、牧人和众仆人自观众左方下。

第四合唱歌队　（第一曲首节）凡人的子孙啊，我把你们的生命当作一场空！谁的幸福不是表面现象，一会儿就消灭了？不幸的俄狄浦斯，你的命运，你的命运警告我不要说凡人是幸福的。

（第一曲次节）宙斯啊，他比别人射得远，获得了莫大的幸福，他弄死了那个出谜语的，长弯爪的女妖，挺身做了我邦抵御死亡的堡垒。从那时候起，俄狄浦斯，我们称你为王，你统治着强大的忒拜，享受着最高的荣誉。

（第二曲首节）但如今，有谁的身世听起来比你的可怜？有谁在凶恶的灾祸中，在苦难中遭遇着人生的变迁，比你可怜？

哎呀，闻名的俄狄浦斯！那同一个宽阔的港口够你使用了，你进那里作儿子，又扮新郎作父亲。不幸的人呀，你父亲耕种的土地怎能够，怎能够一声不响，容许你耕种了这么久？

（第二曲次节）那无所不见的时光终于出乎你意料之外发现了你，它审判了这不清洁的婚姻，这婚姻使儿子成为了丈夫。

哎呀，拉伊俄斯的儿子啊，愿我，愿我从没有见过你！我为你痛哭，像一个哭丧的人！说老实话，你先前使我重新呼吸，现在使我闭上眼睛。[1]

  歌队此处是替王后和俄狄浦斯表达得知真相后的震惊和忏悔。从悲剧效果上看，这种旁观视角的叙述，相比当事人的直接倾诉，更加酣畅淋漓且令人同情，增加了一重曲折和渲染。歌队在古希腊悲剧中的重要作用，在后世的戏剧中风采难旧，编剧们更多借助情节本身而非歌队来实现单线结构中所需要的铺垫和渲染。

  梅特林克的象征主义戏剧《青鸟》讲述了蒂蒂尔和米蒂尔兄妹寻找青鸟的故事。这部剧作的结构非常清晰，可划分为起承转合四个阶段，每个阶段都对应着孩子们寻找青鸟的过程中遇到的不同困难，层次十分鲜明：

  第一幕中，圣诞之夜，兄妹俩看到别人家过节的隆重奢华眼馋不已。这是基本的情境建置。仙女到来后，交给兄妹二人寻找青鸟的任务，并送给他们一枚钻石，将日常之物如面包、水、糖等变成同伴，兄妹带着同伴们离开家去寻找青鸟。

  第二幕到第五幕展现了孩子们在寻找青鸟过程中遇到的重重困难。面包起意与孩子们为敌，在每一个关口都怂恿特定对象与兄妹俩作对。

  第二幕中，他们首先来到仙宫，在这里，害怕人类找到青鸟的猫开始了破坏计划，怂恿其他东西不要跟随兄妹俩。兄妹俩又来到思念之土，见

---

① 索福克勒斯：《俄狄浦斯王》，选自《索福克勒斯悲剧五种》，罗念生译，上海人民出版社2016年版，第69—154页。（后同）

到了已经过世的爷爷奶奶，发现了一只关在笼中的青鸟。爷爷奶奶慷慨地将这只鸟送给了他们，结果他们却发现那只鸟不是青色的，是黑色的。

第三幕，在夜之宫中，孩子们经过一番搏斗，从夜手中拿到钥匙，可找到的却不是青鸟，全是瘟疫、战争、沉默、死亡。

第四幕，在墓地中，他们看到了各种庸俗的幸福，可这里也没有青鸟。孩子们不顾危险，打开最后一扇门。门内飞出五颜六色的青鸟，但都是如猫所预言的，这些鸟见光即死，只是虚幻的幸福。

第五幕，在未来王国，兄妹俩看到等待出生的孩子，生和死的秘密；在幸福之国中，孩子们看到了真正的正义快乐、劳动快乐、坚强快乐和审美快乐，品悟了人生快乐的真谛。孩子们看到了同伴们未来了不起的发明，也看到了给世界带来灾难的孩子。光找到了青鸟，孩子们被时间撵了出来。

第六幕是全剧的终结。孩子们经过种种历险后回到家中，却发现青鸟就在自己家中。他们把青鸟送给了贫困小孩。

虽然是部象征主义戏剧，《青鸟》的情节却十分紧凑、一环比一环惊险。以"夜之宫"中的情节为例。在这一幕中，猫首先向夜报信，怂恿夜吓跑孩子们。夜按照孩子们的要求，给了他们钥匙，让他们搜查青鸟。孩子们打开门，发现的却不是象征幸福的青鸟。除了情节的整体设计外，在具体的行动上，这部象征主义戏剧也像佳构剧般在情节上步步为营。比如在森林中，猫先与树木们同谋，要伤害兄妹俩。编剧对树木们试图杀死兄妹俩的动作进行了细分：树木们召集同类商量谋划，要杀死兄妹俩；狗替兄妹俩挺身而出，却被兄妹俩误会，被树木捆了起来；狗被捆后，兄妹俩失去了庇护，树木和动物们为谁来动手而争论不休，体现出它们的懦弱与利己；最终橡树挺身而出，被勇敢的哥哥用刀吓退；动物们惊慌之下一拥而上，试图先对弱小的妹妹下手，哥哥挺身而出保护妹妹，狗也舍身护主；最后，光终于赶到，提示兄妹俩转动钻石，让树林归于平静。在紧张激烈的冲突和情节中，将树木、动物所代表的自私、阴暗的人性，与舍己为人、勇敢无畏的光辉人性形成了鲜明的对比。

以线串珠式的结构也常以单线形式出现，围绕人物遇到的一个个困境、解决的一个个问题展开。比如像《陈毅市长》和《假如我是真的》这类结构，区别在于前者各片段之间没有逻辑因果关系，而《假如我是真的》则环环相扣。

三、单线结构的弊病及对策

单线结构情节单一、冲突集中，因此相对容易编写。然而，由于只有一组冲突和对抗力量，容易显得直白浅薄。在《俄狄浦斯王》中，歌队的歌唱极大地起到了丰富情节的作用。然而，在现代剧作中，如此频繁、程式化地使用歌队不太现实，所以仍然要从人物、主题、情节等各个方面丰富剧作的内容。

首先，要重视情节发展的过程，而不仅仅是结果。如果仅关注结果，则易导致冲突简单粗暴，虽然形式上完成了动作的交锋，但实际上没有完成塑造人物和表达主题的需要。因此必须做好铺垫，运用延宕、悬念等手段，尽可能让情节变得摇曳多姿。陆军教授认为：

> 单纯也不是局限于简单，而是要将简单的事情复杂化。
>
> 比如我写的《闹瓜园》一剧，懒汉阿福要跟瓜大王的女儿甜姑讨西瓜吃，甜姑不答应，这很简单。可阿福提出，年初曾将一百棵瓜秧交给甜姑爹代种，事情复杂化了。甜姑聪明伶俐，用以毒攻毒的办法制服了阿福。阿福不甘心，提出今年西瓜丰收，田里有上万只瓜，吃掉百分之一也不过是牯牛身上拔根毛。甜姑将计就计，请阿福下田数瓜，数清了，就按百分之一的比例给阿福西瓜。阿福答允，数了半天，还刚开头，就经不起烈日暴晒，只得退兵。阿福见甜姑软硬不吃，就耍起无赖来，说要讨还一百棵瓜秧，缺一棵，罚西瓜三只。甜姑成竹在胸，说刚才你在这里吃了一百零一颗傻子瓜子，一百颗算是还瓜秧，另一颗算利息，阿福只好吃瘪。就这样，讨几只西瓜吃，便讨出这么多复杂的事情来，这就叫简单的事情

复杂化。①

为了营造出丰富的情节，不应急于从一个行动推进到另一个行动，也不应急于从一个事件推进到另一个事件，要充分地考虑行动发生的前因后果，使情节写得富有趣味、摇曳生姿。要让读者和观众在不经意间于享受和愉悦中领悟剧情，而不是生硬地交代信息，让观众"必须记住"，结果导致他们无法理解剧情。

其次，要在情节的发展过程中逐步交代前史和故事背景，而非一次性地交代完。单线结构中，虽然当下时空的剧情较为简单，但关于前史的交代却相对复杂。单独交代前史固然可行，但更好的是放在情节当中，在情节需要的时候逐步加以交代。

比如《罗密欧与朱丽叶》中，先通过场景展示的方式，交代了两家是世仇，建立故事发展的背景；然后通过蒙太古询问班伏里奥的场面，向读者交代了罗密欧正在恋爱的情节。至于朱丽叶与奶妈的关系、朱丽叶与劳伦斯神父的交往，则是放在情节需要的时候才加以交代，避免信息太多而影响了观众对剧情的接受。

再次，不要僵化地理解结构，要增加支线，构建人物立体多样的生活环境。戏剧创作的根本目的是塑造人物，因此，要围绕人物来丰富情节，增加变化。比如《武陵人》中，黑衣的黄道真只想着庸俗的幸福，白衣的黄道真追求天国的宁静，摆脱了世俗杂念。而只有黄衣的黄道真，属于人世，追问着人世的痛苦和幸福。在创作时，不仅要考虑采取了什么行动，且要还原该行动的情境，情境中客观事件的变化。这就要求我们赋予人物思想与情感，而不仅仅将人物视作动作和剧情的传声筒。例如佳构剧《天降横财》中，编剧没有考虑人物性格的可能性，没有围绕深化人物形象的目的去丰富动作，而是用动作牵制人物，不断地让出租车司机、警察、侦探等轮番登场，主人公夫妇和朋友夫妇的行为反复无常。该剧仅在开头时

---

① 陆军：《编剧理论与技法》，上海人民出版社 2017 年版，第 30—31 页。

引人入胜，之后便味同嚼蜡，其症结就在于只重视动作而忽略了人物的塑造和主题的表达。

最后，可以尝试从多个角度来叙述故事，除了要写主要人物面临的挑战和计划，也要涉及对手面临的挑战和计划，这不仅能够让读者更好地了解事情的来龙去脉，也是令戏剧情势始终保持张力的有效手段。例如，在《青鸟》中，梅特林克在每一幕的故事开始时，先安排猫去通风报信、制造冲突，再让兄妹俩上场，让剧情富有变化。比如"夜之宫"一幕中：

【猫从前台右侧上场。

夜　谁在那走动？……

猫　（颓然倒在大理石台阶上）是我，夜娘娘……我累坏了……

夜　怎么回事，我的孩子？……你脸色苍白，瘦骨嶙峋，连胡须上都沾满污泥……你又在檐溜里、雨雪下打过架了？……

猫　同檐溜沾不上边！……这同我们的秘密有关！……大事不好了！……我设法逃出来一会儿给你报信；可我担心已经无法可想了……

夜　什么？……发生了什么事？……

猫　我已经告诉过您，就是那个樵夫的儿子小蒂蒂尔和那颗魔钻……现在他到这儿来问您要青鸟了……

夜　他还没有获得青鸟呀……

猫　我们要不是显现神通，他就会马上得到……事情是这样的：光给他作向导，把我们都出卖了，因为光已经完全站到人那一边，光刚刚知道，有许多梦幻的青鸟，靠月光生活，一见太阳就要死去，而那只独一无二的真正的青鸟是见了日光也能活着的，这只青鸟就藏在这儿，混杂于其他青鸟之间……光明白她被禁止踏入您的宫殿的门槛；可是她差孩子们到这儿来；您又不能阻止人打开您的秘密之门，我真不知道这会怎么了结……不管怎样，要是出现了不幸，他们得着了青鸟，我们就只有灭亡了……

夜　　主呀，主呀！……眼下是什么年头呀！我没有一刻安宁……近几年我再也不了解人了……人究竟要走到哪一步？……什么都得知道吗？……人已经夺走了我三分之一的秘密，我所有那些恐怖都心里害怕了，再也不敢出门了，我的那些幽灵四散奔逃，我的那些疾病也多次欠安……

猫　　夜娘娘，我明白眼下的年头很艰难，差不多只有我们在同人作斗争……我听见孩子们已经走近了……我看只有一个办法：因为这两个都是孩子，只要吓唬他们一下，他们就不敢坚持，也不敢打开后面这扇大门，也就找不到月亮之鸟……①

　　围绕主要人物，加入支线人物，尤其是对手为了战胜主角谋划、安排的场景，是丰富单线叙事的有效手段。如俄罗斯话剧《非此勿了》中，中学老师杰密奇金因给一个成绩不佳的学生打了不及格，而受到来自家庭和同事的压力，甚至有权势的学生家长也亲自找上门来施压。在这个剧本中，围绕主人公，建立了复杂统一的对峙力量：来自妻子的、女儿的、同事的、家长的重重压力。由于杰密奇金要面对如此众多的反对力量，因此编剧在文本的安排上，就不只是从杰密奇金的视角来写，而是分了许多笔墨在对手人物上，写他们的谋划和反应。比如，在第一幕第一场中，从妻子克谢妮娅的角度来写，她满心想的是换新房子和家具，因此，她在电话里向校长英娜保证，会说服丈夫杰密奇金去给领导不及格的儿子补考。并且还一反常态给丈夫送早点，百般殷勤；撒谎做了不幸的噩梦，以此来胁迫杰密奇金答应自己的请求。在第一幕第二场中，则从学校校长的视角来写，她在得知信息后高兴至极，打电话给学生家长请功，后者答应明天就动工修操场。通过充分利用了次要人物／对手视角来交代剧情，编剧避开了只聚焦于主要人物来叙事的单调机械。

---

① 莫里斯·梅特林克：《青鸟》，郑克鲁译，文汇出版社 2015 年版。（后同）

第二节　双线——主线 + 副线的类型

双线结构是指作品中存在两条不同的冲突线，副线对于主线的情节具有推动作用，或者与主题、人物的塑造有关，或者是能够丰富社会现实的一条情节线。一般来说，副线有助于主线矛盾冲突的解决。比如《玩偶之家》中，林丹太太与柯洛克斯泰这条副线推动了柯洛克斯泰的悔改。

主线与副线的关系可以分为不同类型。有时主线与副线并行发展、相互独立，只有在关键时刻才产生联系。比如明清传奇当中的"爱情线"与"战争线"最初并不关联，直到男主人公立下军功、克服与女主人公地位的差异时，才会影响到爱情的主线。《长生殿》中，有时两条线索之间的主次并不明显，而是呈现出对比效果。再如南戏《琵琶记》中，男主人公蔡伯喈在京城赶考、抗婚、成亲，享受荣华富贵，女主人公赵五娘在家中为侍候公婆历经千辛万苦，又上京寻夫，二人一乐一苦、一喜一悲形成鲜明对比，强化了两条线索之间的联系。

大部分情况下，副线紧随主线，不能与主线脱离并时时强化主线冲突或干扰主线冲突，对主线的影响较大。

主线和副线在情节上的比例通常会有所不同。在《玩偶之家》中，主线笔墨较多，而副线较少，两者之间所占篇幅的比例大约有 9 比 1。为了保证情节聚焦于主线，通常会在主线发展中借人物之口交代副线的人物和情节。比如柯洛克斯泰谈到林丹太太，打听林丹太太是否在银行找到了工作，以及阮克评价柯洛克斯泰等。有时副线会单独地展开，比如第三幕开始时林丹太太与柯洛克斯泰的会谈：

林丹太太　你真把我当作那么没良心的人，你以为那时候我丢下你心里好受吗？

柯洛克斯泰　有什么不好受？

林丹太太　尼尔，你当真这么想？

柯洛克斯泰　要是你心里不好受，你为什么写给我那么一封信？

林丹太太　那是没办法。既然那时候我不能不跟你分手，我觉得应该写信让你死了心。

柯洛克斯泰　（捏紧双手）原来是这么回事。总之一句话——一切都是为了钱！

林丹太太　你别忘了那时候我有个无依无靠的母亲，还有两个小弟弟。尼尔，看你当时的光景，我们一家子实在没法子等下去。

柯洛克斯泰　也许是吧，可是你也不应该为了别人就把我扔下，不管那别人是谁。

林丹太太　我自己也不明白。我时常问自己当初到底该不该把你扔下。

柯洛克斯泰　（和缓了一点）自从你把我扔下之后，我好像脚底下落了空。你看我现在的光景，好像是个翻了船、死抓住一块船板的人。

林丹太太　救星也许快来了。

柯洛克斯泰　前两天救星已经到了我跟前，可是偏偏你又出来妨碍我。

林丹太太　我完全不知道，尼尔。今天我才知道我到银行里就是顶你的缺。

柯洛克斯泰　你既然这么说，我就信你的话吧。可是现在你已经知道了，你是不是打算把位置让给我？

林丹太太　不，我把位置让给你对于你一点儿益处都没有。

…………

林丹太太　我想弄个孩子来照顾，恰好你的孩子需要人照顾。你缺少一个我，我也缺少一个你。尼尔，我相信你的良心。有了你，我什么都不怕。①

---

① 易卜生：《玩偶之家》，选自《西方现代戏剧流派作品选　第1卷　写实主义》，潘家洵译，中国戏剧出版社2005年版，第6—90页。

尽管林丹太太不愿把工作让给柯，但她愿意与柯结婚，并帮助他照顾孩子，柯从而可以自由发展自己的事业，这显然是一个双赢的选择。作为副线的情节，将这一事件直接放在暗场、由林丹太太直接告诉娜拉也未必不可。然而，这种处理方式不能让读者直观地感受到双方交锋的过程，而他们往往非常期望能够尽快看到冲突的结果。此外，这种明场的正面交锋也是塑造人物的好机会。

《玩偶之家》中，副线设置目的是解决主线中的矛盾冲突。作者从一开始便巧妙地安排了这条副线，水到渠成地化解了矛盾，林丹太太最终说服了柯洛克斯泰。当然，易卜生的过人之处在于，他并没有因为矛盾的解决就停止批判社会的步伐，而是将前者当成起点，进一步深化了作品的主题。

契诃夫的作品常以塑造富有时代特征的迷茫人物著称，擅长通过第三人之口来交代人物，副线的存在或隐或显。比如《海鸥》中，特里果林与妮娜的交往在剧本的第二幕中被正面呈现：

妮　　娜　（握着拳头，伸向特里果林）是双是单？

特里果林　双。

妮　　娜　（叹一口气）不对。我手里只有一颗豆子。我很想知道我会不会成为演员。要是有个人给我出个主意，可多好呀。

特里果林　这种事情，是谁都不能给出主意的。

【停顿。

妮　　娜　我们今天就要分别了……毫无问题，我们再也不会见面了。我请你收下这个纪念章，作为临别纪念吧。我叫人把你姓名的第一个字母，刻在上边了……反面刻上了你那本书的题目：《日日与夜夜》。

特里果林　这太可贵啦！（吻那个纪念章）多么好的礼物啊！

妮　　娜　有时候也请想一想我。

特里果林　我会记住你的。我会想起你那一天的样子，晴朗的那一天——你还记得吗？——一个星期以前，你穿着一件颜色鲜明的衣裳……我们闲谈着……那只全身洁白的海鸥放在长凳上。

妮　　娜　（若有所思）是的，那只海鸥。

【停顿。

我们不能再谈下去了，有人来了……我求你，答应在你临走以前，给我两分钟的时间……

…………

特里果林　（又上场）我把手杖忘下了。一定是在凉台上啦。（正往外走，撞上走进来的妮娜）哈，是你呀？我们走啦。

妮　　娜　我早就觉得我们准会再见一面的。（过分兴奋地）鲍里斯·阿列克塞耶维奇，我已经打定主意了，局势已经定了，我要去演戏。明天我就不在这儿了，我要离开家，放弃一切，开始新的生活……我到……你去的那个地方……莫斯科去。我们在那儿会见得着的。

特里果林　（往四周望望）你就住在"斯拉维扬斯基商场"……一到就马上通知我……莫尔昌诺夫卡街，格罗霍尔斯基大楼……我得快走……

【停顿。

妮　　娜　再待一会儿吧……

特里果林　（低声）你真美呀！一想到我们不久后又能见面，够多么幸福啊。

【她倚在他的怀里。

我又可以看见这一对美丽的眼睛，这种无限柔情的、迷人的微笑……这个如此甜蜜的容貌，这天使般纯洁的形象了！……亲爱的！（长长的吻）①

---

① 契诃夫：《海鸥》，选自《樱桃园》，焦菊隐译，江西教育出版社2016年版，第97—176页。（后同）

然而，此后妮娜与特里果林的交往，却通过第三人的讲述来展现：

特里波列夫　热那亚？为什么呢？

多　尔　恩　我最爱的，是那儿街上的人群。到晚上，你出了旅馆，
　　　　　　走到挤满了人的街上，你不要定什么目的，只夹在人群
　　　　　　当中，挤来挤去，顺着曲曲弯弯的路线，漫游下去，你
　　　　　　活在它的生活当中，你叫你的精神上和它紧紧地连在一
　　　　　　起，于是，你就会相信，一种宇宙灵魂的存在确实是可
　　　　　　能有的，就和那年妮娜·扎烈奇娜雅在你的剧本里所表
　　　　　　演的一样。说真的，她目前在哪儿啦，扎烈奇娜雅？她
　　　　　　近来怎么样了？

特里波列夫　她一定很好吧。

多　尔　恩　听说她过的是一种相当特殊的生活。究竟是怎么回
　　　　　　事呢？

特里波列夫　说来话长了，大夫。

多　尔　恩　那么，简短地说点吧。

　　　　　　【停顿。

特里波列夫　她从家里逃出去，就和特里果林混在一起了。这你知
　　　　　　道吧？

多　尔　恩　知道。

特里波列夫　她生了一个孩子。孩子死了。正如所能预料的，特里果
　　　　　　林厌倦了她，又去重温那些旧情去了。其实呢，那些旧
　　　　　　情，他从来也没有断绝过；像他这样没有骨气的人，他
　　　　　　是安排好了要到处兼顾的。就我从传闻里所能理解的，
　　　　　　妮娜的私生活是很不幸的。

多　尔　恩　舞台生活呢？

特里波列夫　那就更坏，我想。她初次登台，是在莫斯科近郊的一个
　　　　　　露天剧场，后来，她到内地去了。那时候，我一刻也忘

不了她，有一阵，我到处跟着她跑。她总是演主角，可是她演得很粗糙，没有味道，尽在狂吼，尽做些粗率的姿势。有时，哭喊一声，或者死过去，倒也表现出一点才气来，然而这却少见得很。

多　尔　恩　这么说，她究竟还是有点才气喽？

特里波列夫　很难断定。当然，总该有的吧。我去看过她，可是她不肯接见我，她的女仆不让我进她屋子。我了解她的心情，我也没有坚持。

【停顿。

我还有什么可告诉你们的呢？后来，我回到家里，接到过她的几封信，几封写得很聪明的信，句句话都是诚恳的、有趣味的。她并没有抱怨，然而却能感觉到她是无限的不幸。每一行都叫我发现她的神经是紧张的、受了伤害的。她的想象力也有一点混乱。她自己签名为"海鸥"。在《美人鱼》里，那个磨面粉的人说他自己是一只乌鸦：她呢，在所有信件里，屡次都跟我说自己是一只海鸥。现在她就在这里。

多　尔　恩　什么，在这里？

　　编剧采用暗场处理的方式来交代别后的故事，一则因为副线情节不宜过多讲述、以免分散主线，二则为了突出主要人物，借助主角特里波列夫的打听和诉说，才能与主人公最后自杀建立联系。特里波列夫正是因为妮娜无法摆脱的痛苦而自杀，他自己也承受着同样的精神迷茫。

　　如果主线冲突丰富且复杂，副线较为单纯，那么需要让副线有力地推动和帮助主线，让主线进入新的发展空间，并展现主线丰富的不同侧面。比如俄罗斯话剧《自选题》中，主人公玛丽卡与家庭和学校的冲突，是该剧的主线，而记者与编辑部主任因是否刊发来信所产生的冲突则属于副线。

　　玛丽卡在考场上写下揭发学校弄虚作假的作文，且拒绝悔改，因此被判零分失去读大学的资格，这本属于学校可控的范围。可是，因为玛丽卡给报社写了信，报社记者来到学校采访，并且争取公开刊登这封信，就使得原本在学校可控范围的事件变得更加棘手：

尼基佛尔　来告诉您，他们不愿意发表您的讲话。（取出几张稿纸）还告诉您，我完全同意您的看法。我认为，您的讲话应该发表，因为这件事情与大家有关。也许埃利斯巴尔·阿列克桑得罗维奇能帮我们说服编辑？您真不知道他是多么尊敬您的……

萨洛麦　我相信……

盖洛瓦尼　等一等，萨洛麦。请给我看看玛丽卡写了些什么。

　　　　【尼基佛尔看着玛丽卡。她点了点头表示同意。尼基佛尔把稿子递给了盖洛瓦尼。盖洛瓦尼看完了便把稿子放在桌上。

校　　长　那么，我们有没有权利知道我校的毕业生关于自己的学校给报社写了些什么？

…………

校　　长　既然报社已经知道这件事情，那么大家也都会知道了。

萨洛麦　娜特拉·尼古拉耶夫娜！亲爱的！托马斯！

托马斯　她不会听我的。

玛丽卡　如果我听从你们的劝告……你们反而会蔑视我。

　　　　【垂下头，用双手捂住了脸。

校　　长　我来是想诚心诚意地帮助你们。现在我有个要求，请不要责怪学校，学校的荣誉高于一切！

萨洛麦　耶列娜·伊万诺夫娜，亲爱的，再宽容几小时。今天晚上就……

校　　长　祝您万事如意！

学校不得不采取措施消除影响，而家长对此也深表歉意，甚至原本支持女儿的作家父亲也一改立场，要女儿成熟些：

盖洛瓦尼　那么，既然已经碰到了，我就要说：别再耍小孩子脾气了。明天要补考，去补考吧，而且要考好。

玛　丽　卡　这三天以来，大家都说："该清醒清醒了，去补考吧!"大家都说同样的话。

盖洛瓦尼　而且大家都不对，就你一个人对?!

玛　丽　卡　你听我说，你、校长、班主任和妈妈，是完全不一样的人。这样不一样的人的想法怎么会如此相同呢?

盖洛瓦尼　玛丽卡，已经是第三天了。你曾经有足够的时间镇静下来。

玛　丽　卡　不错，时间是足够了。而且现在我也明白了，问题不在于没日没夜的读课本看参考书，不在于课后留在实验室里或图书馆里，也不在于放弃娱乐、散步和晚会。问题在于分数，仅仅在于分数。凡是得了五分的，不管他是一贯用功的还是作弊的都被看成一样。

盖洛瓦尼　我请你不要把事情复杂化了。一切都简单得多，这是千真万确的。再告诉你，应该爱护父母。说真的，亲爱的，应该体谅父母。

除了父母外，其他同学及其家长也都主动或被动地参与劝说，学校甚至组织学生写联名信批评玛丽卡：

克　季　诺　告诉你，全校都在议论纷纷。上级机关不停地给校长打电话。班主任不跟我们说话。全校都知道你对记者的问题所做的答复。他今天还到学校来过。如果你不来补考、不向全班承认错误的话，学校就要给报社写信。信中要写上由于你的虚荣心以及其他卑鄙的动机，你对全校师生进行了诽谤。

科　斯　塔　还要写其他的一些东西。

玛　丽　卡　可是，我写的是事实。

科　斯　塔　这无关紧要，因为你使学校蒙受了耻辱。而这个学校的毕业生中产生了六个院士、五个将军，一大群人民演员、兽医和药剂师。

....

各路人士尽显神通来劝说玛丽卡，希望能维护学校的荣誉，不要因小失大：

科 斯 塔　你会乖乖地签上。他们会想尽办法的。把家长——调动！父母、阿姨——行动！兄弟姐妹——哼哼！爷爷奶奶——哭！别说签字，自己就会跑到报社去。

玛 丽 卡　这种行为叫什么呢？

科 斯 塔　用你的话来说是叛逆行为。用一般的话来说——不知道叫什么。亲爱的，随你怎么叫都行。我们全班28个同学。

玛 丽 卡　27个。那么你，签不签名呢？

科 斯 塔　为了你，我什么都愿意做。但是我的老母亲太可怜了，如果我毕不了业，可怜的她经受不住这个打击。

....

安盖丽娜　（喜于得助）科斯塔真聪明，完全像个大人。

科 斯 塔　怎么能挽救这个局面呢？

安盖丽娜　其实，我正是为这件事情来的。在你的同学面前用不着感到不好意思。

科 斯 塔　对，对，用不着感到不好意思。我们都洗耳恭听。

安盖丽娜　（对玛丽卡）我给你开一张病情证明。

科 斯 塔　安盖丽娜婶婶您真是个天使！而且这个办法又这么简单。

玛 丽 卡　确实很简单。不过，这将是一张假证明。

安盖丽娜　当事情牵涉到荣誉的时候，谁还会考虑这是不是假证明！

玛 丽 卡　谁的荣誉？

安盖丽娜　学校的荣誉。但是主要的是要帮帮你的忙。

科 斯 塔　还必须考虑到基佐。看见了吧，你一点头，人们就可以得

到这么多的好处。(对安盖丽娜)不过,您好像是口腔科
医生。

安盖丽娜　而且据大家反映,还是个不错的医生。

科　斯　塔　牙疼证明有用吗?

安盖丽娜　为什么没有用?牙疼不是儿戏。

科　斯　塔　牙疼太可怕了!上天保佑我,别让我牙疼!这个证明上有
公章吗?

安盖丽娜　应该有的都会有。①

报社这一副线的加入不仅有效推动了情节,也是升华主题、塑造人物
的助推力。在剧作接近尾声的时候,报社还是刊登了玛丽卡的文章,但却
是作为负面的靶子供人批判。学校老师和校长组织了另一篇替学校歌功颂
德的文章,并且有全班同学的签名。

玛　丽　卡　你知道发生了什么事情?你这第一仗打赢了。

尼基佛尔　谁知道啊……目前看来是输了。他们为什么不让我实习,
我怎么跟系主任解释呢?

玛　丽　卡　如果他是个聪明人,他会理解的,如果他是个糊涂虫,你
就用不着伤心。

尼基佛尔　就这样吧。(犹豫不决地取出一张纸条放在玛丽卡的面前)

玛　丽　卡　这是什么?

尼基佛尔　这是用"同班同学"这个方便的署名巧妙地掩护了自己的
那些同学的名单。

玛　丽　卡　要这个干什么?

尼基佛尔　你应该了解你的同学。

玛　丽　卡　那么,为来稿人保密又怎么解释呢?

尼基佛尔　我不愿意掩盖卑鄙的行为。

---

① 阿·弗·齐哈伊泽:《自选题》,选自《俄罗斯现代剧作选》,沙金译,文化艺术出版社
2009年版,第21—66页。(后同)

玛 丽 卡　这里有几个人的姓名？

尼基佛尔　十八个人的。

玛 丽 卡　好啊！

尼基佛尔　（惊奇）好什么？

玛 丽 卡　我们班上有二十七个同学。这就是说，九个人没有被屈服。
九个！这就不少了。你有火柴吗？

尼基佛尔　怎么没有呢。（把火柴递给她）你不愿意知道这几个人
是谁？

玛 丽 卡　愿意，但这样更好一些。我要把二十七个同学中的每一个
都当作九个当中的一个！（把名单点着了）

学校强迫学生在声明上签字，这是极其恶劣的有损教育者形象的事情。
如果没有编辑与报社之间的冲突，这封信便不会被发表，也不会引起轩然
大波。如果说玛丽卡写信的行为是发动机，那么报社就是助推情节的柴油
和汽油。

有时，副线并不能解决主线的矛盾，为了使两条线有所关联，会设置
若干个关键人物，此类人物既与主线相连，也与副线相连。比如《哈姆雷
特》中，主线是哈姆雷特与叔叔的斗争、为父复仇的努力，另一条副线是
哈姆雷特与奥菲利亚的爱情线。奥菲利亚与哈姆雷特的冲突，源于哈姆雷
特装疯卖傻的行为及其所引起的奥菲利亚的痛苦，这条线上的二人遇到的
阻碍是奥菲利亚的父亲。如果主线是复仇线，副线就是感情线，两条线交
织在一起，共同丰富哈姆雷特这个人物。

第三节　多条情节线索的类型

多线结构是指拥有两条以上情节线索的结构类型。这种类型中，可能
存在一条主线和多条副线，或者没有明显主次关系，多条线索同时发展。
这些情节线索之间，既可以相互独立，也可以发生联系。

一、多条线索的分类

1. 各条线索相对独立、平行发展的多线结构

在多线并列结构中，没有明确的主线与副线之分，所有情节线索处在平等地位，相互独立，依次交叉轮流出现。在这种结构中，由于不同线索相对独立，因此它们往往拥有自己独立的人物和事件，拥有情节不同但在主题上具有关联性的故事。

比如《上海屋檐下》中，围绕五户人家分列了不同的情节线，每条情节线上都有不同的矛盾冲突，但呈现了共同的主题。再如《茶馆》一剧，王利发所经营的茶馆的衰落是一条主线，其余诸人的线索依附于这条主线，却又与主线没有紧密的联系。这些线索中，有的人物有始有终：

王利发　经营茶馆，绞尽脑汁、不断改良，茶馆终究江河日下

常四爷　因谈国事，被特务宋恩子、吴祥子抓走，沦为平民

康顺子　被刘麻子卖给太监，后逃出宫去，收养义子，走上革命
　　　　道路

秦仲义　主张实业救国，办工厂却家破人亡

有的人物则子继父业、新旧相替，比如小刘麻子接替给太监介绍媳妇的老刘麻子，成了为沈处长搞情报的探子和买卖妇女的"花花公司"的"经理"；小唐铁嘴代替了相面糊口的老唐铁嘴，成为"三皇道"的"天师"；小二德子继承父亲"打手"的职业，替反动政府服务，专打游行学生；小宋恩子和小吴祥子继续干敲诈的工作……

这几条线索平行发展，在不同年代的"茶馆"里交替上演，片段之间没有因果联系，但却建立起对民不聊生、腐朽政治失望的深层意蕴。

2. 主线和多条副线，主副线互相影响、呼应的结构

比如《雷雨》中，存在一条主线和多条副线。如果说周萍与繁漪、四凤的爱情纠葛是主线，全剧的纠纷由周萍要离家到矿上去所引起，那么对这条线影响最大的副线是鲁侍萍与周朴园的线索。此外，还存在鲁大海与

周朴园的冲突线、周冲与周朴园的冲突线等。鲁大海与周冲对周萍的爱情线也发挥了间接作用，比如周冲向四凤求婚，引起了四凤想随周萍离开的迫切需求，鲁大海出于对周朴园的仇恨，最初不愿意妹妹跟周萍在一起，最后又同情妹妹的真情而放走了他们。

3. 多线交织，主线与副线相互影响，与支线有所交织，副线上也可能存在支线

这种结构也可称为"网状结构"。典型的例子是《日出》《北京人》。在《日出》中，陈白露和方达生的恋爱纠葛是主线，这条主线上以陈白露为中心，又串起了小东西、潘月亭、张乔治等支线，而小东西又衍生与胡四、翠喜的支线；潘月亭与李石清之间是另一条副线，这条副线又衍生出黄省三、李石清、李石清太太的支线；顾八奶奶与胡四也是一条副线，衍生出小东西的支线。在《北京人》中，曾家几代人曾皓、文清、曾霆等，每人都各自有一条体现命运沉浮的线，在这条线中，也有相关的对手和帮助者。只不过每条线索的明暗不同。

二、多条线索的情节安排

拥有多条情节线的戏剧仍然是一个有机体，各条线索之间应当建立起主题上的关联。比如《雷雨》中，对主要情节的发展而言作用不大的人物，如周冲、鲁大海的存在，揭示了五四时期封建势力的腐朽黑暗与新生力量对光明的向往。再如《日出》，不同情节线上人物的荣枯兴废，控诉了国民党统治下"损不足以益有余"的黑暗现状。《北京人》通过众多人物和线索，共同构筑了一个封建大家庭中每况愈下的众生相。

除了主题上的呼应之外，不同的情节线索在情节安排上有以下特点：

首先，并列的情节线，没有明确主次之分，也没有要塑造的核心人物。

在并列结构的多线中，相互独立的线往往都有自己独特的初始建置和冲突线，而且这些线索基本上得到了完整呈现。如《上海屋檐下》中：

（1）工厂职员林志成和彩玉生活在一起，有一个孩子。不料彩玉的前夫匡复出狱归来，彩玉面临抉择，平静的生活被打破。最后以匡复再次离去为结局。

（2）小学教师赵振宇是个正义的好人，他的妻子却爱占小便宜，二人在对待邻居和孩子教育问题上存在矛盾。

（3）公司职员黄家楣面临失业，正贫病交加。此时老父从乡下上城，以为"天才"的儿子早在上海有了"出息"。黄家楣不想被父亲识破，只得靠借债、典当来招待老父。最终老父发现实情，将最后一点血汗钱留给小孙子，自己回到乡下。

（4）施小宝是一个沦落风尘的少妇，被流氓欺负。为了帮助她，赵振宇和妻子发生了冲突。

（5）李陵碑在全剧中着墨最少，他的儿子外出后不知所终，他一直等着儿子回来。

这几条线索并列存在，各有各的冲突，各有各的事件，相互独立发展。

其次，主线和多条副线交织的结构中，人物线索复杂地交织在一起，为了乱而有序，要设置一条能够将所有事件囊括于其中的主线，使剧情整体上保持张力。比如《雷雨》中的周萍、四凤这条线。

这种结构中，副线和主线互相影响，共用建置和新人物的出现。比如鲁侍萍的出现，无论对四凤、周萍，还是对鲁大海，都有一定的影响，是她带走了四凤让四凤发誓不见周家人，是她劝住了鲁大海不跟周朴园发生正面冲突，也是她要放四凤和周萍离开。

主线与多条副线的结构中，主线结构仍是重点，但并不意味着它一定占主要篇幅——更多时候，主线只是连贯副线的线索，副线上的情节比主线情节更耐人寻味。不过，为了避免主线虚化、空洞化，应当避免独立写副线，做到让副线的内容、人物与主线有关。具体而言，如让副线人物与主线人物交流，或者是让副线人物影响主线的发展。在《雷雨》一剧中，情节线索是依靠人物血缘关系建立的，凭借血缘关系扩展出与主要人物有关的人物和情节。周萍与四凤的悲剧故事是维系所有线索的关键，这条主线上只包含周萍、繁漪、四凤三人。然而，在全剧中，他们三人相互之间单独的情节场面并不多。

第一幕中，只有一场繁漪与四凤二人单独在场的戏份，其余时间，她们要么与其他人交流，要么与其他人共同在场上。

第二幕中，周萍与四凤有一场单独的交流，周萍与繁漪有一场单独的交流。

第三幕中，周萍到鲁家见四凤，尾随周萍的繁漪在外关窗。大海欲砍周萍，被侍萍拦下。四凤逃出。

第四幕中，繁漪再次威胁周萍，周萍表示要娶四凤，并诅咒繁漪。四凤见到周萍，繁漪揭穿一切。

尽管如此，其他副线始终与该主线有密切关联。比如鲁贵和四凤说周府家史，提到周萍与繁漪、四凤的三角关系；再如鲁大海来找周朴园，被鲁贵拦阻，鲁大海提到周府没有好人，并提到周家大少爷。此外，主线人物轮流出现在场上，与副线人物交流，他们的谈话内容也围绕着主线人物的情感纠葛展开，比如周冲告诉繁漪自己要向四凤求婚、周朴园教育周萍不要行为不端等。不过，这些副线不会对主线行动造成强烈影响。

为了做到主副线多而不乱，每个人物还需围绕主要事件，设定一定的与主线人物有关的目的和行动。比如鲁大海的矿工身份，使他来到周家，要找周朴园为工人们讨个说法成为可能，他天然地憎恶周萍和周冲，因此会在四凤离家出走后来找她；再如周冲的学生身份，他的目的是想帮助心上人四凤，因此他愿把学费分给四凤，在四凤被辞工后去找她；再如鲁贵，是一个粗俗唯利是图的小人，他的目的就是弄到钱后享乐，因此世故地叫女儿别给周萍占便宜，但在女儿离开周家后又大发雷霆……人物有了属于自己的行动目的后，各条副线也就眉目清晰，不易混淆了。

最后，在多线交叉的结构中，仍然要遵循第一章所提到的基本结构：三段式的发展，以及一个整体的情节。尽管这个情节是由多条人物线索构成，但它们共同围绕一个核心展开。比如《北京人》是对一个家族三代人命运沉浮的展示，剧中三幕围绕"八月节"展开，写了"八月节"前后曾家迅速败亡的故事。这里的整体情节是三代人命运的变化——第一幕设定在白天，有些许节日气氛，陈奶妈、北京人、袁圆的登场增加了希望的色调，这一幕结尾，北京人将讨债的赶走也充满了希望。第二幕发生在晚上，节日气氛带来的希望逐渐消退，人物在绝望中更加颓废。这一幕结尾，文清抽大烟被发现，是个令人沮丧的结局。第三幕，曾家苟延残喘，全幕都处在被杜家压迫而惊惶不安的气氛中，最终家破人亡。

作者曹禺谈到写作动机时说道："当时我有一种愿望，人应当像人一样活着，不能像当时许多人一样活着，必须在黑暗中找出一条路子来。"① 这便是这部作品情节设置的出发点——要写出许多人的生活状态，既有"不像人"的，也有"像人"但不应该这样活的，也有真正的"像人"一般活着的，要写人们如何突破黑暗找到新生之路。

编剧选择了曾家一家三代人作为描写对象，同时又拿陈奶妈、北京人等作为对比，写了两种不同的生活：

第一代人是垂死之人曾皓。（不像人，行尸走肉）

第二代人是曾皓的儿子曾文清，他娶了尖酸刻薄的曾思懿，过着不幸福的生活，喜欢愫方却没能力改变。（不像人的生活）

寄居在曾家的曾文清的妹妹曾文彩，她嫁给了夸夸其谈的江泰，被嫂子逼迫却没有能力自主。（不像人的生活）

第三代人是曾霆，他娶了妻子却并不爱妻子。他喜欢袁圆却被拒绝。（不像人的生活）

此外还有另外两组人物：

陈奶妈和孙子小柱子。（像人，是淳朴自然活着的典型）

---

① 曹禺：《和剧作家们谈读书和写作——在中青年话剧作者读书会上的讲话》，《剧本》1982年第 10 期。

房客人类学教授袁任敢，他的女儿袁圆。（像人，是活得光明正大的典型）

这两组人物与曾氏子孙的病态形成鲜明对比。如果说曾家第一代和第二代代表了旧的生活，那么第三代则代表了新旧交加的生活。围绕三代人设置了以下情节线索：

人物	基本事件	人物关系
第一代　曾皓	保住棺材	思懿，愫方，文清
第二代　文清	离家谋事复归，吞大烟自杀	愫方，思懿，文清
第二代　愫方	被逼婚，后出走	思懿，文清，瑞贞
第三代　曾霆	与妻子离婚	瑞贞，袁圆

在多条情节线索的组织上，《北京人》采取了各条线索互相缠绕、交叉式发展上升的策略。

在《北京人》中，思懿、文清、愫方的情感纠葛，曾霆与瑞贞、袁圆的纠葛，曾皓的棺材，以及文清辞行、对方讨债等，彼此之间也可以建立起因果关系，比如文清因为对方讨债而不得不出走，思懿对瑞贞和愫方的冷嘲热讽也让他难以再待在家里。可这样一来，反倒失于牵强而影响情感的表达，不如几条线索各自发展来得自然。

不过，这种自然发展，不同于《上海屋檐下》是不相干的几家人，也不同于《雷雨》中有主副线之分。因此剧中几条线索虽各自发展，却不完全独立，而是互相穿插在一起。比如第一幕的主要功能是介绍人物和人物有关的情节——文清要离家、愫方的婚事、曾皓的棺材、曾霆的婚姻等——编剧采用让人物一组一组依次出现的手法。就主要人物来说，先是思懿和文清，随后是曾霆和袁圆，随后是愫方、瑞贞，然后江泰和文彩，最后是曾皓。第二幕、三幕也延续了该手法，写了"抬棺材""文清离家""曾霆的婚事""愫方的婚事"的变化。"文清离家"是离而复回，"抬棺材"从第三幕开始激化，以棺材最终被抬走为结束。曾霆与瑞贞的关系在第二幕有所缓和，第三幕双方离婚。愫方的婚事在被袁任敢回绝后，第二幕思懿又打上了把愫方给文清做小的恶毒主意，第三幕是愫方像丫头一样服侍着思懿。

总之，与人物有关的情节线索贯穿在每一幕中，在每一幕中都有所发展。

三、多条情节线索的场面安排

1. 多线并列的结构多采用穿插式，不同线索以明场和暗场的方式交替轮流进行，各不干扰

其中一条线索在明场进行时，另一条线索则在暗场发生。不同线索之间界限分明，除了偶尔存在个别人物交叉外，保持着相对独立发展的趋势。比如《上海屋檐下》中，其中一户人家的故事在明场呈现时，其余各家也在暗场并行不悖地发展着。

2. 在主副线交织的结构中，一般按照主线冲突的程度来穿插，围绕主线的情节进展，将副线的内容巧妙地穿插镶嵌进去

在《雷雨》中，虽然人物众多头绪纷繁，有些原本简单的情节也因作者笔墨的回环变得复杂，但是整体上的情节结构还是非常清晰的。第一幕中，周萍移情别恋要到矿上去，繁漪为阻止他请来了鲁侍萍；第二幕中，鲁侍萍到来后与周朴园相认，决定带走四凤；第三幕中，周萍因此到鲁家去偷见四凤，被繁漪关窗，被鲁大海殴打；第四幕中，周萍逃回家中，四凤前来汇合，被繁漪阻拦，最终二人兄妹乱伦的秘密曝光，悲剧发生。

全剧每一幕只交代主线的相应进展，其余内容除了对背景的交代外，在自然的生活框架下，尽量延缓冲突的爆发，让各色人物上场。这些人物在各自目的与情感逻辑的作用下，为每幕的关键性事件做铺垫，阻碍或促进最终结果的发生。这种铺垫，既有气氛上的，也有情节上的，层层递进、环环相扣地将剧作导向最终的结局。

以第四幕为例，这一幕的设计旨在构造最后的大结局，必须把每一个人都聚集到周府来。编剧围绕不同人物，进行了繁复的铺垫。

首先从周朴园开始，写他叮嘱仆人汇钱、修电灯。汇钱是对前场与鲁侍萍相认的延续，而修电灯则是为四凤、周冲的惨死做情节铺设。周朴园觉得"屋子里一个人也没有"，深感孤独、不安，则是一种气氛上的铺垫。

接着，周冲登场，周朴园对其表现出慈父一样的关怀，关心其起居生活，并谈论生死的问题。这是为后文周冲的惨死做铺垫，以突出其去世给周朴园的打击。这一场面中，"生死"的讨论强化了不安紧张的氛围。

随后，周蘩漪登场。周朴园发觉其淋雨，蘩漪则谈起周萍的母亲。淋雨是对蘩漪跟踪周萍的延续，谈论周萍的母亲也是对过去线索的回顾。蘩漪的行为虽然对后续情节没有铺垫，但让不安的氛围更加强烈。

紧接着周萍到来并向父亲辞行。周朴园感到非常不安，他把这种不安表达了出来："我想以后——不该，再有什么风波。"这也是一个氛围上的铺垫。

蘩漪拒绝周萍送她上楼，周萍向蘩漪讨介绍信。蘩漪再次问起四凤的事，周萍的劝慰更让她愤恨。二人的争吵主要围绕四凤、周萍的母亲、蘩漪的病展开。这里继续强化了不安的氛围。

随后，鲁贵再次到来，敲诈蘩漪。蘩漪差点就从他口中得知鲁妈就是侍萍。这是一个假动作，如果蘩漪知道鲁妈的真实身份，那她或许就不会揭穿周萍和四凤的关系。这一场面让读者与观众紧绷的神经缓解一下，随后又变得紧张。

鲁大海来找四凤，他认为找到周萍才能找到四凤。经过和周萍的交流，他同意二人在一起。这里是对紧张氛围的继续舒缓，目的是为最后的奇峰迭起提供落差。

四凤来找周萍，二人打算离开。

此时侍萍找来，欲阻止，发现真相后决定让他们离开。自此，戏剧冲突逐步上升。

二人正要离开，繁漪出现。她先要周冲阻止二人，并把与周萍的关系告诉众人。戏剧冲突继续上升。

周朴园被惊动，误会之下要周萍认母，无意中揭开真相，悲剧发生。

这些人物动作中，有许多是迂回的，旨在让人物的到场变得自然，其实情节并没有得到推进。大部分通过回顾前情、交代人物关系，来为后续情节的发生蕴积氛围。

3. 在多线交叉的结构中，场面的联结情况更为复杂，但仍有一些基本规则可遵循

在《日出》中，由于要对比"有余者"和"不足者"，所以编剧主要通过人物的正邪、美丑、喜悲来调剂。

陈白露搭救小东西的篇幅并不多：

第一幕中，陈白露搭救了小东西，全用明场体现。

第二幕中，小东西失踪，仅通过黑三出现和方达生的寻找来体现，黑三掳走小东西的经过使用暗场。

第三幕中，明场呈现小东西如何被迫害致死。

第四幕中，陈白露死去。

剧本的重要内容，是将以陈白露串起的顾八奶奶、张乔治等人纸醉金迷的生活，与李石清、黄省三等中下级职员以及小东西、翠喜的生活形成对比。

在场面的组合上，在遵循总体情节走向的前提下，局部事件按因果逻辑、冲突逻辑来组织，整体上根据场面之间的苦与乐、悲与喜的对比关系来安排，以能够更鲜明反映人物矛盾处境的原则来联结，以期含蓄而隽永地表达作者的批判。比如第一幕中就存在以下场面的对比：

方达生与张乔治的对比。方达生试图唤起陈白露对理想生活的向往，而这时醉醺醺的张乔治却从卧室里出来。王福升又来告知错过的客人，陈白露从容应对。方达生对此深为痛心，读者也更清楚地看到陈白露深陷其中的处境。

陈白露与潘月亭联手吓走黑三、营救小东西这一场景，虽然由因果逻辑、冲突逻辑来联结，但这一场与前面相比，又有从意气消沉到"真痛快"的对比。

第二幕中，展示了陈白露与顾八奶奶、张乔治、胡四等人纸醉金迷的生活后，紧接着是李石清夫妇为了陪贵太太打牌而当掉衣物的生活；李石清因为巴结潘月亭升职，紧随其后的是黄省三被开除的悲苦。而李石清不仅不帮他，还百般奚落。

第三幕中，主要展示了翠喜、小东西所处的下等妓院。这一幕与第四幕形成对比，这一幕中小东西们的悲惨生活，与胡四等嫖客的淫乐形成对比。

第四幕中，陈白露继续周旋在顾八奶奶、张乔治、胡四之间，陪他们过纸醉金迷的生活；而另一面是李石清被潘月亭卸磨杀驴、孩子因无钱治病而濒临死亡。之后，潘月亭投机失败打算自杀，而顾八奶奶却大宴宾客。

全剧场面安排的基本原则是"苦"与"乐"的对比，串起两大组人物来体现"人道"如何"损不足"和"益有余"。局部情节上，如高等华人张乔治为猎狗吃不到干净牛肉的"痛苦"、顾八太太为失恋痛苦等反差，黑三的前倨后恭，李石清前后命运的跌宕，李石清对潘月亭的报复等，一定程度上也形成了对比。

《日出》要"用笔串起一些零碎"，因此以展览人物或社会生活面为主，并不适合讲一个完整集中的故事。在多线交叉的网状结构中，每条线上的情节如蜻蜓点水般点到为止，重要笔墨放在刻画人物上。又因为有多条线索，因此每条线索都不追求充分的发展，主要是围绕主题来选择场面，信笔由缰随物赋形。凡是他觉得能够充分体现"损不足以益有余"的，都尽笔写来，其余线索则略去。因此，写小东西被人追逃、到底逃不过被玩弄的命运，写黄省三自杀，写李石清的孩子无钱治病，写李石清的太太为了顾全丈夫混上上流社会的野心，即使无钱给孩子看病也要陪富贵太太们搓麻将，写李石清被潘月亭卸磨杀驴，写顾八奶奶春风得意，写金八操纵市场，写胡四欺负小东西……编剧靠着对社会惊人的洞察力，写就一幅"朱门酒肉臭、路有冻死骨"的破碎江山图。

《北京人》则有所不同。它是以人物情感纠葛为基本原则来联结场面的。

本剧整体的背景设定在八月节，过节有了让人物聚合在一起、碰撞的机会。每一幕在保证主要事件的基础上，充分展开了人物与人物之间因经济、感情发生的纠葛。比如思懿在棺材之事上与曾皓形成财产纠葛，而江泰和文彩也参与其中；愫方与文清是情感纠葛；曾霆、瑞贞、袁圆也有情感纠葛。此外，编剧从基于性格身份特点的行为衍生出了新的情节。比如，文清最爱赏鸽子就有陈奶妈送鸽子、袁圆照顾鸽子、鸽子飞走等情节；由文清抽大烟衍生出被父亲知道、吞大烟自杀等情节；由画画衍生出画被啃，愫方补画、还画等情节；由曾思懿的作威作福衍生出伤害一切人，包括自己的儿子……这些场面部分是正面展示的，如鸽子；有些只是由人物提到，如点烟灯等。事件线索一旦在前期建立，就会遵循发展逻辑，与相关人物发生联系。比如画在前面被老鼠咬，后期就会有愫方来补，由思懿来抢白……

这些看似随意发展的场面旨在深挖人性。编剧在谈到本剧创作时，曾经说道：

> 我在《北京人》中把人的这种复杂性挖了一挖。曾文清和思懿感情不好，简直是一对冤家。可是思懿又突然怀孕了。难道曾文清不爱愫方、不讨厌思懿吗？思懿却偏偏在曾文清要走时怀了孕。这就是人物，也是生活的复杂性。

> 剧中江泰对曾皓是憎恶的，对他轻蔑到了极点，可是当棺材要被抬出去的时候，江泰有个神来之笔，他要去朋友处借钱替曾皓还账，以便把棺材留下来。而他的老婆文彩说江泰一贯说话算数。其实江泰何曾说话算数过？奇怪的是曾皓还是真的相信了。

> 当棺材被抬走的时候，曾皓还想着江泰怎么还不来呢！剧中还有一段描写，曾皓的棺材被抬走时，碰到墙上了，曾皓非常着急，拼命

地喊："这是四川漆呀！"其实棺材早已是杜家的了，他竟然忘记了。①

由于场面极多且杂，为了保证剧情的有机性，不显得分散零乱，编剧采用了以下手段：

第一种做法，时时在对话中关联人物线索，显得经济凝练。比如"漆棺材"一事：

张　顺　（赔着笑脸）您瞅怎么办好，大奶奶？

曾思懿　（嘴唇一努）你叫他们在门房里等着去吧。

张　顺　可是他们说这账现在要付——

曾思懿　现在没有。

张　顺　他们说，（颇难为情地）他们说——

曾思懿　（眉头一皱）说什么？

张　顺　他们说漆棺材的时候，老太爷挑那个，选这个，非漆上
　　　　三五十道不可，现在福建漆也漆上了，寿材也进来了，（赔
　　　　笑）跟大奶奶要钱，钱就——

曾思懿　（狡黠地笑出声来）你叫他们跟老太爷要去呀，你告诉他们，
　　　　棺材并不是大奶奶睡的。他们要等不及，请他们把棺材抬走，
　　　　黑森森的棺材摆在家里，我还嫌晦气呢。

第二种做法，在人物登场前，总会先引起与此人物有关的话题。比如愫方第一次出场前，思懿讽刺让愫方重画一幅，接着愫方出场。曾皓第一次出场时，由张顺先上场提及漆棺材的要账，接着曾皓出场：

…………

曾思懿　（诉苦）我也算替你曾家生儿养女，辛苦了一场，我上上下下
　　　　对得起你们曾家的人！过了八月节，这八月节，我把这家交
　　　　给姑奶奶，明天我就进庙。（向卧室走）

【张顺由大客厅通前院的门急进。

───────────

① 曹禺：《和剧作家们谈读书和写作——在中青年话剧作者读书会上的讲话》，《剧本》1982
年第10期。

张　顺　（急促）大奶奶，那漆棺材的要账的伙计——

曾思懿　叫他们找老太爷！

张　顺　（狼狈）可他们非请大奶奶——

曾思懿　（眼一翻）跟他们说大奶奶死了，刚断了气！

　　　　【思进卧室。

曾文清　（望着卧室的门）

　　　　【张叹了一口气，由大客厅通前院门下。

曾文清　思懿！（推卧室门）开门！开门！你在干什么？

曾思懿　（气愤的口气）我在上吊！

曾文清　（敲门）你开门！开门！你心里在想着什么？你说呀，你打
　　　　算——（回头一望，低声）爹来了！

　　　　【果然是由书斋小门，瑞贞、愫方和陈奶妈簇拥着曾皓走
　　　　进来。

…………

　　第三种做法，是将原本属于不同人物的情节缠绕在一起，让线索之间
更紧密。比如将思懿挖苦愫方和骂瑞贞放到一起处理，指桑骂槐，也让后
续愫方安慰瑞贞有了合适理由；在愫方和文清谈话时必然安排思懿闯入：

　　　　【静默，天空鸽哨声。

曾文清　（费力地）谢谢你送给我的画。

愫　方　（低头不语）

曾文清　（慢慢由身上取出一张淡雅的信笺）昨天晚上我作了几首小东
　　　　西。（有些羞怯地走到她的面前）在，在这里。

愫　方　（接在手中）

曾文清　（温厚地）回头看吧。

愫　方　（望着他）一会儿，我不能送行了。

　　　　【思懿突由书斋小门上。

曾思懿　（惊讶）哟，你们在这儿。（对愫方）老爷子叫你呢。

愫　方　（仍然很大方地拿着那张纸）哦。（立刻走向书斋）

曾思懿　（瞥见她手上的诗笺，忽然眼珠一转）啊呀，地上还有一
　　　　张纸！

愫　方　（不觉得回头）啊？

曾文清　（惴惴然）哪儿？（忙在地上寻望）

曾思懿　（尖刻笑）哦，就一张！（望着愫方）原来在手上呢！

　　　　【外面曾老太爷的声音：（苍老地）"愫方哪！"

愫　方　唉！

　　　　【愫由书斋小门下。

曾思懿　（脸沉下来）你们又在我背后闹些什么把戏。

曾文清　（惶然）怎么——没有。

曾思懿　你刚才给她什么？

曾文清　（推诿）没有什么。

思懿与文清争吵时，也会安排愫方到场。这不仅出于从戏剧冲突上展示人物关系的考虑，气氛的调剂也是因素之一。用奶妈、袁圆加以调剂曾家的阴郁黯淡，用愫方的柔化解思懿、曾霆、瑞贞等刚性场面，用柱儿和袁圆的灵性调和曾霆的迂腐呆板等，这些都是常见做法。

此外，编剧也设置了一些激变的场面。比如要账的小商人突然闯进，比如文清因被发现抽大烟仓皇出走，以及最终杜家抬棺材等，保证了戏剧的基本节奏。

这种做法有效规避了线索杂乱的问题。首先，给每个人物都安排了浓墨重彩的重点场次，比如江泰在与袁任敢的对谈中畅论曾府众人。非此人物重点出场的场合，通过"幕外声"来加以描写（比如江泰骂张顺、砸东西），或借在场人物之口说出（比如愫方、曾皓的交代），从而保证了将笔墨集中于在场人物身上。其次，非主场人物的上下场多为穿插式的，留出了空间给场上的人物。最后，戏剧节奏的把控，让戏的最终发展有了一个清晰明确的指向——棺材被抬走，文清吞大烟自尽，代表曾家第一代和第

二代没有希望地死去了，而曾家年轻一代还有可能过上像人的生活。

戏剧作品中或多或少有一些情节，也必须有所变化。姚扣根教授指出：

> 20世纪有些戏剧创作，提倡"非情节"和"反情节"，事件无状态变化，无因果联系；人物无动机和行动，语言无理性逻辑；整部作品碎片化、无发展、无结尾。其实，这些"非情节"或"反情节"的叙事组合机制大多有赖于传统的情节概念，它们站在传统的情节建构基础上，尝试着否定和突破，这正是戏剧情节的辩证发展。[①]

诚哉斯言！即使是《等待戈多》这样的荒诞派作品，在叙事结构上也并不曾脱离三段式的叙事，人物状态和行动只是在隐喻意义上原地踏步，但在戏剧性意义上，还是有所进展的。那种误认为进行戏剧实验意味着抛弃情节、抛弃人物、任意组合的观点，实属一叶障目，只察其皮毛而不见其本质，是值得我们警惕和反思的。

练习题：

1. 请将曹禺剧作《日出》以陈白露命运转变为中心，改成一部单线结构的剧作，并观察对主题表达和人物塑造带来的影响。（列出提纲即可）

2. 请展开易卜生剧作《玩偶之家》中林丹太太的副线，并观察对主题表达和人物塑造带来的影响。（列出提纲即可）

[①] 姚扣根、陆军编著：《编剧学词典》，文汇出版社2017年版，第79页。

第五章　大型戏剧的情节选择

大型戏剧在表达内容上各有特色。有的属于冲突类型，比如《雷雨》《哈姆雷特》等作品；有的以抒情为主，比如《日出》《海鸥》；也有的重在表达哲理和观点，如《哥本哈根》《怀疑》。不同戏剧在选择情节、处理场面上各有不同。

第一节　以营造冲突为主的剧作类型

以营造冲突为主的剧作类型，强调情节的奇峰突起、戏剧情势的发现与突转以及人物行动之间的对抗。

一、不同寻常的初始建置，重视戏核对剧情的推动

重视冲突的戏剧类型，必须拥有一个情节跌宕起伏的好故事，拥有精巧的情节设计，往往开头即入戏，而结尾出乎人的意料，有着令人惊奇的艺术效果。这类剧作在故事开始后不久，人物即会陷入必须摆脱的困境中。然而，无论人物采取什么样的行为，其所要达成的目标看似唾手可得却又功败垂成。优秀的编剧往往会设置精巧的戏核，它相当于全剧的发动机，一旦启动，就会推动剧情朝前发展。

陆军教授这样分析过戏核：

> 什么是戏核？著名戏曲作家范钧宏认为：所谓戏核，就是剧情发展中的矛盾核心，关键所在，没有它，就不可能出现高潮。我的想法是，所谓核，便是有生长点、有生命力的东西。一颗桃核，埋在泥土

里，会长出一棵桃树来。一个戏核也要具备这样的能力，即在情节上要有延伸、派生、扩展的生命力，在冲突上要有抗衡、对峙、激化的爆发力，在反映生活的内涵上要有深邃、强悍、独特的穿透力。

如果用一句话来概括，那就是，戏核是支撑一部戏剧作品最重要的情节核，没有它，构不成一个戏；戏核也是区别此作品与彼作品的最重要的标志，没有它，就成不了"这一个"戏。①

陆军教授的作品也多属于富有巧思的类型。比如《瓜园曲》中，种瓜的田老大爱惜瓜种，不肯分享给他人，恰遇丰收季节急缺帮工。农科所的小伙子偏偏想要学到他的种瓜绝技，所以自背米袋假意"盗窃"，故意让对方抓到当劳力。在《浪漫的村庄》中，大学生村官想回城与女友团圆，可乡亲们不放他走，一个促狭鬼唆使他犯下点无伤大雅的生活错误，这样就可以被开除了。在《一夜生死恋》中，贪图享受的官员，为了娇妻提前归来，遇到抢险，必须隐姓埋名，也是一个巧妙的戏核。这样的戏核一建立，情节自然朝前推进，可谓事半而功倍。

在《奥赛罗》中，被视为野蛮人的摩尔人奥赛罗竟然赢得元老的女儿的芳心，可不幸的是，他误信奸计、怀疑妻子的贞节，在嫉妒驱使下亲手杀死了她。故事本身已经令人称奇，莎士比亚还运用了手绢的掉包计来营造冲突、增强情节的紧张度。在《爆玉米花》中，情侣杀手闯入导演布鲁斯家，是受到他宣扬暴力的电影的影响。杀手要求布鲁斯在全世界观众面前道歉，退回金像奖，不然就要大开杀戒。一个宣扬暴力的导演受到暴徒的威胁，始作俑者竟然成为受害者，这个戏核非常强悍，引起人们对艺术家社会责任的思考。

《俄狄浦斯王》中，读者的注意力被"谁是凶手"所牵引着，跟随着俄狄浦斯步步查找，结果却发现他自己正是杀死老国王的凶手，犯下了杀父娶母这样不可饶恕的罪孽。俄狄浦斯的遭遇堪称奇特，莫里哀的喜剧也常

---

① 陆军：《编剧理论与技法》，上海人民出版社 2017 年版，第 71 页。

有一个精巧的初始建置。《悭吝人》中，守财奴阿巴贡嗜财如命，逼着儿子迎娶有钱却年纪不轻的寡妇，自己又要娶儿子的心上人，还不许女儿谈情说爱。这样一来，儿女及其恋人势必不肯从命，于是女儿的情人乔装成佣人打入阿巴贡家中，瞒天过海与他的女儿幽会、商讨对付他的计策，而儿子也和情人串通捉弄他。这出戏中，阿巴贡六亲不认、乱点鸳鸯谱的行为就是戏核。《仲夏夜之梦》中，戏核就是仙王让小淘气浦克把"一见钟情"的花汁误滴到了拉山德眼中，造成原本与赫米娅山盟海誓的拉山德醒来后，疯狂地追求海伦娜的喜剧效果。

相比之下，弱冲突、重情感的类型，在戏核的选择上无需如此巧妙。比如《日出》中，方达生也只是希望能带竹筠离开，结束如今纸醉金迷的生活；《北京人》中，众人也只是要过一个再平常不过的"八月节"。

二、重视激变和情节的反转，追求故事的跌宕起伏

在重视冲突、情节的戏剧类型中，人物的命运跌宕起伏、充满变数，情节不断根据人物的行动向意料之外进展。

比如《威尼斯商人》中，安东尼奥向夏洛克借了三千块钱，约定如逾期不还则需割一磅肉来偿还。不料商船遇到海风逾期未至，安东尼奥愿意多还钱作为补偿，可夏洛克为了报仇坚决要求割肉，安东尼奥眼看性命不保。这时鲍西娅女扮男装、扮成法官为其辩护。她百般规劝，无奈夏洛克不听，鲍西娅只好准许他割肉。不过，在夏洛克自以为得逞时，她提出要严格按照约定上所写的，只能"割一磅肉"，不能有血，也不能够在重量上有任何差错，否则就要按威尼斯的法律，将夏洛克的所有财产充公。这样一来，情势陡转，安东尼奥反败为胜，作茧自缚的夏洛克自食其果。

为了造成情节紧张、悬念迭起的艺术效果，重视冲突型的戏剧倾向于选择富有戏剧性的紧张场面。试以陆军教授对莆仙戏《春草闯堂》的场次结构分析为例，来说明这个问题：

第一场：独居西安原籍的宰相小姐李半月，带领丫环春草、秋花，

到太华山烧香还愿，被吏部尚书之子吴独调戏，青年义士薛玫庭路见不平，打散歹徒，护送小姐回府。薛在归途中又遇吴独打死民女。薛一怒打死吴独，到西安府自首。

第二场：春草在街上听说案情，闯进公堂看审案。知府胡进害怕吴独之母、尚书夫人的威势，为了讨好上司，竟要杖毙薛玫庭。春草为救义士性命，迫于情势，只得冒认薛是相府姑爷。宰相比尚书还大，胡知府不敢轻举妄动，却又不信姑爷是真，要带上春草，当面去问小姐。

第三场：知府坐轿，春草步行，同往相府去问小姐。知府心急似箭，为的是弄清根底，才好决定偏袒何方。春草一味拖延，怕的是小姐顾体面不肯圆谎，坏了大事，必须在路上想好主意。如此一紧一慢，越催越磨蹭。知府为了赶路，下轿陪行，甚至还把轿子让给丫环，自己狼狈地随轿奔跑。他为了保住四品乌纱帽，彻底颠倒了长官和奴婢的位置。

第四场：春草将知府留在门外等候，自己先进相府向小姐细说原委。一层一层，引起小姐的紧张和同情。但最后说到替小姐认了个女婿，小姐无法忍受，要责打春草。春草、秋花竭力说服："姑爷二字无半两，英雄一命重于山。"正义战胜了礼法，小姐勉强答应，但又羞于做证。只好由秋花假装小姐，在珠帘之内回答知府，却又被知府识破。危急之中，小姐只得亲自出面，证实谎言。真是逼上梁山。

第五场：老相爷在京城连得两个莫名其妙的消息。一是吏部尚书来说：你的女婿打死了我的儿子。二是西安知府差人上书报喜：你的女婿打死人，我判他无罪。你可要庇护我。老相爷正纳闷，我哪里来的女婿？小姐带着春草进京来了。女儿向父亲哭诉在家乡受的委屈，春草替薛玫庭大进美言，二人争着承担私婚的责任。奸猾的老官僚不与女儿纠缠，假意应允，修书交付下书人，带回西安。

第六场：春草不放心，把下书人王守备请到"擅入者斩"的御笔楼，用许多礼物塞满他的双手。楼下传来脚步声，春草说相爷来了，王守备大惊，被春草推入后楼躲避，把招文袋忘在桌上。上楼的却是小姐，从招文袋内取出相爷的回书一看，原是叫胡知府砍下薛玫庭的首级，解京领赏。这个老家伙为了不得罪同僚，为了不辱没家声，竟然昧心弃义，下此毒手。春草帮助小姐想出办法，在回书上修改了两个字。"老夫不许他乘龙"的不许改成本许，"首付京都来领赏"的首付改成首府。意思全翻过来了。春草领出王守备，将招文袋挂在他头上，让他速返西安。

第七场：趋炎附势的胡知府照书行事，鼓乐喧天，亲送贵婿上京。薛玫庭越不承认，胡知府越称他是豪杰大丈夫，不倚仗相府权势。尚书夫人前来阻拦，出示吏部文书，叫他和凶犯同到大理寺受审。胡知府有宰相手谕在身，不予理睬。人马车驾，呼拥进京。①

本剧前五场戏中的每一场都是具有冲突的好戏，李半月被调戏遇到薛玫庭相救，本是好事，谁料吴独死性不改，又调戏民女，被薛玫庭打死。第二场中，薛玫庭要被杖毙，春草争执不得，急切之下，只得冒认姑爷。这也是一场具有冲突的好戏。至于说第三场"春草坐轿"，更是充分发挥了戏曲"歌舞演故事"的特色，展示了人物内心的冲突。陆军教授认为，该剧的每一场都是矛盾的发展激化，春草救薛玫庭，要过小姐关、知府关、宰相关。一浪高过一浪，曲折紧张，引人入胜。所有冲突最后系成一个大结：贵婿到了京城，宰相如何发落？剧中这一最大的危机，引发高潮的到来。

重视冲突和情节的类型中，人物要面临多个冲突，过完一关还有一关，每一关都至关重要；情节一波未平一波又起，让人物绝处逢生又功败垂成。在《罗密欧与朱丽叶》中，二人秘密成亲后，不料罗密欧杀死提伯尔特，朱丽叶被父母逼婚。朱丽叶佯死逃过成亲，本来二人可以团圆，但罗密欧接到朱丽叶已死的错误情报，伤心欲绝的他自杀殉情，死在朱丽叶的墓前。在《哈姆雷特》中，王子复仇的行为总是不能达成目标，最终虽如愿以偿，

---

① 陆军：《编剧理论与技法》，上海人民出版社 2017 年版，第 75 页。

自己也中毒身死。

此外，该类型的戏剧不仅在整体结构上选择具有冲突的、紧张激烈的事件，具体场次与场面的安排也从行动、冲突的对峙出发，写得富有悬念。比如《罗密欧与朱丽叶》中第一幕第一场写两家冲突时，依次写了两家仆人、亲友到主人大打出手的场面，遵循着冲突逐步上升的原则。该场面中，首先在对话中交代凯普莱特家的仆人表态，其见到蒙太古家的人就愤怒至极，无论男女都格杀勿论。第二个层次讲述仆人看到了蒙太古家的人，他们决定主动挑衅。第三个层次，他们对蒙太古家的人做出侮辱手势，对方也针锋相对，冲突一触即发。

重视冲突和情节的喜剧作品中，常设计巧妙的误会来丰富情节。话剧《假如我是真的》中，主人公李小璋的命运一波三折。他为了一张话剧票，临时冒充了高干张老的儿子张小理，用一瓶茅台骗过了赵团长。赵团长将他介绍给钱处长和孙局长，李小璋通过打给殡仪馆的电话，让二人相信自己住在跟干部子弟身份相配的高级宾馆，并且还让孙局长答应了帮朋友"李小璋"调回城。在孙局长家中，他遇到正在打扫卫生的女友，差点穿帮。孙局长表示这件事得找吴书记批条子才能办，在赵团长的怂恿下，假冒的张小理谎称"李小璋"曾救过张老的命。吴书记对张小理的身份产生了疑心，要打电话核实，不料先接到了张老的电话。电话中的张老爽快地安排钱大姐出国访问……直到张老亲自到来，才揭开了李小璋的真面目。

这部戏中，女友怀孕、必须马上结婚，而不回城老丈人就不答应结婚，是李小璋面临的困境，是他行动的动机。促进情节迅速朝前发展的，是"冒充高干子弟"这个戏核，李小璋成功利用官场中的潜规则，用一瓶假茅台、几个电话闯过一关又一关。

重视情节的剧作类型常使用反转的技巧。仍以《假如我是真的》为例，开始是一群观众等着看戏，李小璋也在赵团长等人的簇拥下来看戏，谁知戏还没开始，李小璋就被公安人员抓获——原来他是一个冒充中央首长儿子的骗子。出乎意料，又在情理之中，是反转成功的前提。如《爆玉米花》

中，女模特正跟导演卿卿我我，突然摸出一把手枪对准导演，导演大惊失色之际，女模特又放下枪，原来她只是开了一个玩笑。导演刚放下心来，女模特又花容失色：

布鲁克　布鲁斯——布鲁斯——我的上帝，布鲁斯，你的背后！

　　　　【布鲁斯回过头来看，当他看见韦恩时，吓得从沙发上摔了下来，他一边慌慌张张地爬起来，一边系裤子。

韦　恩　早上好，伙计们。

布鲁斯　你是谁？——布鲁克，你认识这个家伙？这是你的玩笑中的一部分？

布鲁克　我可不认识这个人，布鲁斯。

　　　　【在非常紧张的气氛中，韦恩注视着布鲁斯，然后走向他，枪口仍然对准布鲁克。紧紧地盯着布鲁斯，把脸凑近他。

韦　恩　我简直不敢相信。我他妈的简直不敢相信。我确确实实是在这儿，我确确实实见到了布鲁斯·德拉米特里。我无法形容，见到你对于我来说是多么高兴的事情。我花了很长的时间来计划这件事。斯考特，过来，打个招呼。哦，是的，这可真让人激动万分，先生。这可真是了不起。斯考特，抬抬你的屁股，赶快到这儿来！

　　　　【斯考特羞怯地上场，也和韦恩一样，挎着机枪。

斯考特　嗨。

　　　　【布鲁斯和布鲁克盯着她，什么话也说不出来。

原来导演家中闯入一对杀手情侣之所以来拜访他，是出于对他的仰慕——他的暴力色情的作品深刻影响了他们，他们今天入室杀人正是拜导演所赐。剧作主题的批判性也就由此而生。

三、强调外化冲突与动作

侧重于冲突、情节的类型多依赖于外部冲突。人物的冲突有性格冲突、心理冲突和意志冲突之分。本书认为，黑格尔提出的意志冲突是所有冲突的根源，性格冲突仍然附着在意志之上。因为在戏剧的规定情境中，人物必须有自己的行动目的，因而也就有了不同的意志动力，性格只是使得意志冲突变得更强烈而已。

在重视情节、冲突的剧作中，人物无不拥有强悍的意志。比如《麦克白》中麦克白篡位的欲望，以及《罗密欧与朱丽叶》中两人在一起的决心。

意志冲突与动作冲突和语言冲突不同，它是动作冲突和语言冲突发生的根源——因为人物的意志，导致了动作冲突和语言冲突。意志冲突与语言动作、肢体动作相比，是基于人物意志而做出的行为。

意志冲突是人物有意识的行为，这种行为会给实施者本人带来危险。比如莎士比亚的《哈姆雷特》中，哈姆雷特查明真相、立志复仇就是一种意识行为。意志冲突可以是人物与人物的冲突，也可以是人物与环境的冲突。比如《罗密欧与朱丽叶》中，两人并没有冲突，但双方家庭互为世仇，他们与这一外部环境产生了冲突，因此受到了重重阻碍。

意志冲突以人物动作为前提而非情节本身，因此要将其化为语言动作、肢体动作和心理动作体现出来。在重视情节的类型中，语言冲突和动作冲突是常见的冲突形式。

心理动作是一种引而不发的冲突，有时并未外化为语言和肢体冲突，但在对话之中，可以感觉到人物内心意志的冲突，以及对话双方之间的对峙关系。比如《雷雨》中，周繁漪向鲁四凤打听周萍近况的一段：

周繁漪　他昨天晚上什么时候回来的？

鲁四凤　（红脸）您想，我每天晚上总是回家睡觉，我怎么知道。

周繁漪　（不自主地，尖酸）哦，你每天晚上回家睡！（觉得失言）老爷回来，家里没有人会伺候他，你怎么天天要回家呢？

鲁四凤　太太，不是您吩咐过，叫我回去睡吗？

周繁漪　那时是老爷不在家。

鲁四凤　我怕老爷念经吃素，不喜欢我们伺候他，听说老爷一向是讨厌女人家的。

周繁漪　哦，（看四凤，想着自己的经历）嗯，（低语）难说得很。（忽而抬起头来，眼睛张开）这么说，他在这几天就走，究竟到什么地方去呢？

鲁四凤　（胆怯地）您说的是大少爷？

周繁漪　（斜着看四凤）嗯。

鲁四凤　我没听见。（嗫嘴地）他，他总是两三点钟回家，我早晨像是听见我父亲叨叨说下半夜跟他开的门来着。

周繁漪　他又喝醉了吗？

鲁四凤　我不清楚。——（想找一个新题目）太太，您吃药吧。

　　繁漪心里放不下周萍，想方设法地打听他的消息，又要在四凤面前保持主母的威严。而四凤担心被繁漪看破内情，竭力掩饰，以守为攻。二人的冲突是由心理动作造成的，是一种引而不发的冲突。

　　再如周朴园教育周萍一段，没有剑拔弩张，但暗流涌动：

周朴园　（擦着眼镜，看周围的家具）这间屋子的家具多半是你生母顶喜欢的东西。我从南边移到北边，搬了多少次家，总是不肯丢下的。（戴上眼镜，咳嗽一声）这屋子摆的样子，我愿意总是三十年前的老样子，这叫我的眼看着舒服一点。（踱到桌前，看桌上的相片）你的生母永远喜欢夏天把窗户关上的。

周　萍　（强笑着）不过，爸爸，纪念母亲也不必——

周朴园　（突然抬起头来）我听人说你现在做了一件很对不起自己的事情。

周　萍　（惊）什——什么？

周朴园　（低声走到萍的面前）你知道你现在做的事是对不起你的父亲吗？并且——（停）——对不起你的母亲吗？

周　萍　（失措）爸爸。

周朴园　（仁慈地，拿着萍的手）你是我的长子，我不愿意当着人谈这件事。(停，嘬一口气严厉地) 我听说我在外边的时候，你这两年来在家里很不规矩。

周　萍　（更惊恐）爸，没有的事，没有，没有。

周朴园　一个人敢做一件事就要当一件事。

周　萍　（失色）爸。

周朴园　公司的人说你总是在跳舞场里鬼混，尤其是这两三个月，喝酒，赌钱，整夜地不回家。

周　萍　哦，（吐出一口气）您说的是——

周朴园　这些事是真的吗?（半晌）说实话。

周　萍　真的，爸爸。（红了脸）

周朴园是真心为儿子花天酒地的行为感到痛心，抑或对乱伦之事有所耳闻而敲山震虎，编剧给了充分的解读空间。这段对话表面上并没有激烈对峙，人物的问答和反应却将内心的惊骇显露得淋漓尽致。

意志行为是一种人物基于心理活动发出的动作，有着清晰的人物目的。《青春禁忌游戏》中，瓦洛佳声称要帮助老师的母亲找好医生，老师表示无功不受禄，希望能帮他补习功课，瓦洛佳拒绝了：

叶莲娜　那我还能……另外帮上什么忙?

瓦洛佳　您多好笑啊，叶莲娜·谢尔盖耶夫娜。实际上我不需要您帮忙。可能看上去挺奇怪的，可我确实没有什么问题要您帮助解决。（嘲讽地）最起码，我没有解决不了的问题。

叶莲娜　不行，瓦洛佳，这样不行。我会难受的。

瓦洛佳　嗯，好吧，好吧! 如果您一定要为我做点儿什么的话，也许，我想请您费点儿心。说实话，是我的同学们有点儿事求您帮忙，和我没关系。谁让我们大家——怎么说呢，这么说吧，在学校里亲如兄弟。

叶莲娜　没问题! 我很高兴! 什么事都行! 我听听。

瓦洛佳　（微笑）真的是什么事都行? 您不害怕我从字面上理解? ……

179

叶莲娜·谢尔盖耶夫娜，我的朋友们——是一群光荣、优秀、善良的人，您同意吧？聪明、有天分、品行端正，可是我们有时不得不妥协……比方说，崇高的目标要求我们暂时地修改一下为人处世之道……您懂吗？在这种情况下，一定要从包容一切的观点来衡量我们。假如我们的行为为世俗所不齿的话，那么真正的人，因为他拥有更加自由、广阔的视野，是不会大惊小怪的，对吗？您——叶莲娜·谢尔盖耶夫娜，在我们看来，正好是这样的人。所以我们决定找您来解脱我们的苦难，坚信您能正确理解我们并真心帮助我们。您会帮我们吗？

瓦洛佳的这番话包含着陷阱，他用兄弟之情模糊了是与非，将老师拉拢为自己的同盟。看似善良仗义，其实是利益交换。意志冲突表面看来虽不激烈，但却是剧本中存在最广泛的一种冲突样式，切不可把冲突狭隘理解为明刀亮剑的模式。

与意志冲突相比，语言冲突是一种明面的交锋。它可以是针锋相对的，比如莫里哀的《吝啬鬼》中，阿巴贡逼婚一段：

爱丽丝　昂赛姆老爷？

阿巴贡　不错，是他，他是一个有经验的既谨慎又老成的人，年纪还没过五十，有的是家财，人人称道。

爱丽丝　（行了一个极尊敬的礼）对不起，爸爸，我还丝毫没有结婚的意思。

阿巴贡　（学他女儿也行了一个礼）我呢，我的女儿，我的宝贝，我偏要你结婚，对不起。

爱丽丝　我请您原谅，爸爸。

阿巴贡　我请您原谅，女儿。

爱丽丝　我对昂赛姆老爷，有很崇高的敬意，不过请您同意，我决不嫁他。

阿巴贡　我对您有很崇高的敬意；不过请您同意，就在今天晚上您必须嫁他。

爱丽丝　就在今天晚上？

阿巴贡　就在今天晚上。

爱丽丝　办不到，爸爸。

阿巴贡　一定办得到，女儿。

爱丽丝　不行。

阿巴贡　行。

爱丽丝　不行，一定不行。

阿巴贡　行，一定行。

爱丽丝　这件事您可没法子强迫我。

阿巴贡　这件事我一定有法子强迫你。

爱丽丝　我宁可自杀也不能嫁这样的丈夫。

阿巴贡　你自杀不了，你还得嫁他。你们瞧瞧，她狂妄到什么份儿上啦！做女儿的有这样跟父亲说话的吗？你们瞧见过吗？

爱丽丝　不过做父亲的有这样给女儿找婆家的吗？你们瞧见过吗？

阿巴贡　这门亲事一点褒贬都没有；我敢打赌谁都会赞成我挑中的人家的。

爱丽丝　我呢，我敢打赌，没有一个明白人会赞成这门亲事的。

　　此处阿巴贡要女儿嫁给一个老翁，爱丽丝表示反对。两个人语言上的交锋是各自意志的体现，爱丽丝宁可自杀也不嫁。

　　语言冲突也可以是绵里藏针的，比如《鬼魂奏鸣曲》中，老人和大学生叙旧时的一段话：

老　人　你大概常常听你家里人提到我的名字吧？

大学生　正是。

老　人　我敢说，他们讲到我时，准保是有点恶心？

　　【大学生没有作声。

老　人　啊，准是这样——我猜得出来！我敢肯定，家里人准会跟你讲起，是我害得你爸爸倾家荡产。干投机行当的傻瓜弄到倾家荡产时，照例要赌咒发誓说，是某某人害得他倾家荡产，其实他咒骂的那位老兄，只不过是没有上这傻瓜的当而已。（半晌）事情的真相是，你爸爸诈骗了我一万七千克朗——这笔款子在当时，正是我的全部存款。

大学生　真正奇怪，同样一桩事情，从两个人嘴里讲出来怎么会截然不同。

老　人　你认为我讲的不是真话？

大学生　我只能这样想。我爸爸一向不说假话。

老　人　说得对，说得对。谁都认为自己爸爸从来不说假话。可是，要知道我也是个爸爸；所以——

大学生　那么，你打算跟我讲什么呢？

老　人　你爸爸当时差点弄得一贫如洗，是我搭救了他。可他怎样报答我呢，是仇恨——刻骨地仇恨那个他该深深感激的人。你爸爸要他全家人提起我名字就感到恶心。

大学生　也许这只怪你的施舍使他感到丢脸，他才忘恩负义的，对吗？

老　人　亲爱的先生，世界上一切施舍行为，都使对方感到丢脸的。[①]

　　大学生和老人各怀鬼胎，又要维持表面的和气，因此不能如前一种那样唇枪舌剑，而是彬彬有礼地进行还击。

　　在语言冲突中，同样可以摆事实讲道理。再如《爆玉米花》中，导演在欲成好事之际，被女模特用枪指头，吓得魂飞魄散，后来发现对方只是演戏，顿时暴怒：

布鲁克　我是个演员，我想要演一个角色——这就是刚才咱们的赌注。

---

① 斯特林堡：《鬼魂奏鸣曲》，选自《西方悲剧导读》，符家钦译，文化艺术出版社 2011 年版，第297—326页。（后同）

布鲁斯　把你的枪收起来。

【布鲁克把枪放回手提包。

布鲁斯　（狂怒地）你这只发疯的母狗！

布鲁克　（快速地为自己辩解）你的电影使得观众既兴奋又害怕。而我刚才就是做到了让你既兴奋又害怕！是不是？你回答我，说实话！

布鲁斯　帕米拉·安德森让我感到兴奋，萨达姆·侯赛因让我害怕。可是，我他妈的是不会把他们中的任何一个放进我的片子里的——你让我吻你的脚！用枪口对着我！我得打电话报警！

布鲁克　我给你写了五十封信！五十封！你难道一封也没看见？你一封也没有打开看过？

布鲁斯　难道你还不知道有多少女演员和模特给我写信！我一封也没有见过。我有专门的工作人员来处理这事。

布鲁克　我想你也没有看过。所以我才决定这么干。

布鲁斯　这一切是你精心策划的？

布鲁克　是的。

布鲁斯　你他妈的真是疯了。我得报警。

布鲁克　我使得你兴奋，我使你害怕——公平一点吧，我做到了；你得给我一个机会。

语言的冲突中通常蕴含着丰富的肢体动作。如剧本《桑树坪纪事》中的这段对话：

【保娃媳妇背着一捆柴草，哼着秦腔从坡上走来。

保娃媳妇　（唱）盼星星那个盼月亮，

　　　　　　　只盼着深山出太阳。

　　　　　　　…………

【保娃穿上鞋刚想上前应话，躲在一边的许彩芳猛然脱下上衣，露出穿着小兜兜的上身，从后面一下捂住了保娃的嘴，保娃猝不及防一下被她抱住了就往窑洞门口拖。

保娃媳妇 （秦腔念白似的）保娃，你做啥呢啼？

【许彩芳见保娃媳妇，赶紧推开保娃。

许 彩 芳 （边从地上捡衣服，边装作嗔怪的样子）你看你性急的样
子，要想亲嘴也不找个地方……

保娃媳妇 ……

保 娃 （有口难辩）你，你看刚才不是她抱住了我，是我抱住了
她……不，不！是我抱住了她，不是她抱住了我……唉！

【保娃媳妇恶狠狠地盯着保娃和许彩芳，突然，她将一大捆
柴扔向保娃。

保娃媳妇 我不活哩！不活哩！你个没皮没脸的保娃，大白天里做这
号事！你说你和她清白，今天可叫我见着了。咱不活哩！

【保娃刚推开柴草捆站起来，一下又被他婆姨撞进了窑里。
起了蛮性的保娃操起一根巨大的擀面杖冲出窑来。

保 娃 好你个死婆娘，看我不打死了你！

保娃媳妇 你跟个骚货胡混，我不活了呀……

【保娃一把将保娃媳妇推进窑里去，窑里顿时传出一片打
闹声。

许 彩 芳 （幸灾乐祸地）打！往死里打！打死你媳妇我跟你过！

【突然，保娃拿着擀面杖冲了出来。

保 娃 你个骚货往我身上泼脏，看我不砸烂你毽的狗头！

许 彩 芳 （毫不畏惧地）你敢！只要你敢动我一下皮肉，我就到县上
去告你个糟蹋女人！

保 娃 你……

许 彩 芳 你婆姨也见着哩！牢里不让你蹲上三年才怪呢！我跟你无
冤无仇，你几回帮着我大和仓娃收拾我，今天也叫你去尝

尝害人的滋味儿，看你们还敢欺负人不！

【哑口无言的保娃愣了半天，一扭身钻回了窑里。

上述冲突的每一个回合，都由丰富的肢体动作构成。比如冲突的第一个回合中，核心动作是二人吵架，由许彩芳脱衣服引起激化；冲突的第二个回合，由斗嘴升级为保娃和媳妇打架，核心动作是进窑里；第三个回合，保娃则拿起擀面杖冲了出来。一般来说，人物产生意志冲突后会由语言交锋上升到肢体动作。比如下例：

克拉杰兹内　不要！不要……（稍停）阿里别尔特！儿子！你看见了吗，这个人侮辱你的父亲。他认为他，也就是我一个钱也不值。我是抱着最良好的愿望来的，希望我们个人之间的接触有助于我们找到共同语言；也就是说，建立共同的基础。可是你看到了，我是白费心思了。你知道我为什么到这个家里来吗？

阿里别尔特　我知道，爸爸。

克拉杰兹内　他让我在全区丢了脸。他……甚至于在已经定了的情况下，任何一个头脑清醒的人都会努力妥善解决问题的时候，他还是企图咬我一口。

阿里别尔特　爸爸，你来得有一点不是时候。也就是，我是说……你来的时候，我们正在做尼古莱·瓦西里耶维奇的工作。

杰密奇金　看见了吗——原来是您来得不是时候。

克拉杰兹内　那么，我就按时走。（对阿里别尔特）咱们走。

阿里别尔特　可是奥丽娅怎么办？其他的一些事情……怎么办？

克拉杰兹内　你肯定这是你的孩子吗？

杰密奇金　真是厚颜无耻。您听着，您现在不是在您的工作单位里，也不是在自己的家里。请您注意礼貌。

奥丽娅　爸爸，你侮辱了斯捷潘·斯捷潘诺维奇。

杰密奇金　他呢？他卑鄙地怀疑你。他没有侮辱你吗？他向我提出了卑鄙的要求，他没有侮辱我吗？他对学校的这种恩赐不侮辱学校吗？

克谢妮娅　还不住口！

杰密奇金　我不会住口的，你们都是些无耻的人。你们有理想吗？你们的理想是什么？你们只关心你们自己。（对克谢妮娅）你在生活里有什么要求呢？！波兰式家具，衣服，瓶瓶罐罐，庸人心目中的那一套表面安宁舒适的生活方式。（对奥丽娅）你有什么要求呢？你需要找一个脖子比你父亲更硬一点的人。要捞啊捞啊捞！你有没有自尊心呢？没有。（对阿里别尔特）你有什么要求呢？你要的是小轿车和诸如此类的东西，而且越多越好。（对克拉杰兹内）最后要问您，您对生活有什么要求呢？

【大家争先恐后地叫嚷。

奥丽娅　他疯了！

阿里别尔特　制止他！

克谢妮娅　不许你说斯捷潘·斯捷潘诺维奇！

克拉杰兹内　（稍停之后）让他说吧！！

杰密奇金　你需要一群拍马屁的人围着您团团转……

【顷刻之间，怒气冲天的克谢妮娅·鲍丽索芙娜拿起手边一个教学用的大地球仪，朝他头上打去。杰密奇金倒下。[1]

　　中学地理老师杰密奇金因不肯为权贵者的儿子通融考试，触怒了妻子和女儿，杰密奇金还当着权贵的面"大放厥词"，气急之下，妻子动手打了他。这就是由语言动作上升为肢体动作的体现。

　　当然，重视情节冲突不代表忽略情感和思想。比如《爆玉米花》虽然

---

[1]　阿·格·伊瓦先科：《非此勿了》，选自《俄罗斯现代剧作选》，沙金译，文化艺术出版社2009年版，第67—120页。（后同）

采用了情节剧的外壳，里面也不无凶杀、暴力、色情的成分，但它希望表达的主题却是严肃的，该剧最后的陈词是极具分量的理性思考：

布 鲁 斯 （导演） 布鲁斯·德拉米特里在韦恩的血腥电视节目中幸免于难，但是他的事业却从此一蹶不振。他现在在法国拍摄一些使人厌倦的愤世嫉俗的片子。他写了一本书，讲述了那天夜里，韦恩和斯考特是如何进入了他的生活的，书名是《我没有责任》。

布 鲁 克 （女演员） 布鲁克因为伤势过重而死。她的父母声称，由于布鲁斯同意跟韦恩进行辩论而延误了对布鲁克的救治，而及时救治也许就能够挽救她的性命。他们现在把布鲁斯·德拉米特里告上了法庭。

科 思 敦 （电视台记者） 比尔和科思敦在警察的突然袭击中死去，他们的家庭起诉了电视公司，因为他们没有很好地保护自己的员工。

比　　尔 （记者） 他们同时还起诉了警方，声称如果他们早一些介入的话，就不会有这场悲剧。

科 思 敦 在向另一个法庭提起的控状中，他们说，如果当时警方不介入的话，就不会有这场悲剧。

维尔维特 （布鲁斯女儿） 维尔维特也在警方和杀手的枪战中被打死。在有史以来最大的一次索赔中，她的外祖父和外祖母指控所有看电视的人们没有及时地关上他们的电视机。

卡　　尔 （制片人） 那些没有关上电视机的人们经受了极大的压力和心灵的拷问。这种可怕的道德上的两难境地完全是因为电视媒体公司给他们提供的这个机会导致的结果。现在他们组成了许多行动集团，共同起诉电视媒体公司，要求赔偿他们精神上和心灵上的损失。

法　　拉 （布鲁斯前妻） 电视媒体公司声称在最终的分析中，是政

府误导人们崇尚性和暴力的，政府应当对此负责。他们已
经向华盛顿政府提出了索赔请求。

韦　　恩（情侣杀手男）　韦恩·哈德森在和警方的枪战中被打死。
他的父母向社会服务部提出起诉，他们说，由于在韦恩小
时候，社会服务部忽视了对他的教育，因此，对他后来的
犯罪负有不可推卸的责任。斯考特的父母也起诉公共服务
部，他们说因为公共服务部的早期介入才导致斯考特走上
了后来的犯罪道路。

斯　考　特（情侣杀手女）　斯考特在枪战中侥幸逃过了一劫，最终被
送到了一个安全的精神病医院，在那里，她彻底皈依了宗
教。她觉得伟大的上帝为了一个目的掌握着人世间的一切，
而且从长远的角度来看，上帝对一切负责。

布　鲁　斯　迄今为止，没有任何人声称对此事负责。

　　这里的人物陈辞，是摆脱了人物立场后对人物命运的客观描述，是多
重观点的交织：艺术家到底应不应该为社会上暴力色情的弥漫负责？他们
是不是想写什么就写什么？如果艺术家需要负责，那应该在何等程度上负
责？如何恰到好处地界定这一责任、由哪个部门来行使界定的权力，又该
用什么力量来防止该部门干涉创作自由——这些问题没有标准答案，解
决途径在社会不断的反思和调整中，在每个人对自身自由和义务的审
视中。

第二节　以抒发情感为主的剧作类型

　　情感类型的戏剧作品是以抒发情感为主。这种作品中有事件，也包含
哲理，从整体上看，情感的意蕴溢出了事件，而哲理也由作者笔下人物的
爱憎间接地反映出来。这与直截了当地演绎理论、剖析社会议题的话剧作
品有所不同。

一、从人物的情感逻辑选择情节，通过情节来深化人物情感

在人物情感逻辑、心理逻辑基础上选择事件和情节，最重要的就是从人物出发。在此引用曹禺在《北京人》创作谈中的一段话，来说明认识人物的重要性：

> 我说还是从人物那里来的。一切戏剧都离不开人，离不开人的心理和行为。这个戏中的人物在生活中都有影子，如曾皓，我就见过一个很有学问的名教授，和一个青年女子有某种感情上的来往，实际上是剥削别人的感情。我对此深有所感。我从他的灵魂深处构思出了曾皓。他的故事并不长，也不热闹。同时我也见过，一些年龄大还没有嫁出去的女孩子寄居在姨父家里，她们当然不像愫方那样，但有几分相似。曾皓的家也有出处，我考清华大学之前，寄居在一个姓于的大家里，他的房子很多，一个套院一个套院的。他承继了祖父的家产，曾经很有钱，当时已经败落了。不过他还有包车，偶尔也上馆子吃饭。到了晚上，他家的少爷、小姐们抽鸦片、赌博。他们把家中贵重的古董都拿出去变卖，这给我的印象很深。这些少爷中就有曾文清的影子，他懒得要死，整天没有事做，不过没有曾文清那么风雅。我还有一个活的曾文清的影子，就是我的哥哥。他也抽鸦片，没有曾文清儒雅。我父亲的脾气很暴躁，有一次一脚把我哥哥的腿踢断了。我哥哥就出走，从天津到哈尔滨，过了一个冬天，他又回来了，但不敢进家。后来母亲托人把他弄回来。他回家后，我的父亲不和他说话。有一天我父亲在楼下看见我哥哥在抽鸦片，他向我哥哥跪了下来，对他说："我是你的儿子，你是我的父亲，我求你再也别抽鸦片了。"我父亲把这件事情告诉我，给我留下很深的印象。《北京人》中写曾皓跪下来求曾文清不要抽鸦片，就是根据这样一件真事构思的。

这说明许多情节并不是根据人物性格严格推理出来的，而是生活印象的所得。作者跟这些人物生活过，对他们的行为、造成行为的心理逻辑也

有更深刻的理解。他进而说明：

> "我写《北京人》的时候，感到剧中人物个性的魅力，使你着迷，使你非按照人物的性格逻辑写下去不可。当人物在你写着写着忽然活起来以后，他们就会按照逻辑活动起来，比你想的复杂得多，有趣得多。有的使你不得不推翻你原来的写法。这是什么逻辑？也许是写作的逻辑、想像的逻辑？或者是最深的生活逻辑渗透在里头。我也讲不清楚。真是可以意会不可以言传啊！"[①]

所谓的性格逻辑，其实也是人物的心理逻辑。人物真正建立了自己的心理逻辑之后，简单的、常见的情节也会变得复杂和生动，这种复杂和生动是超出技巧之外的。

> "只要你真正地生活了，对人、对生活有真切的感受，把人写透、写深，在艺术形象中自然就蕴藏着思想性。思想性是个活的东西，如同生命和灵魂在人体内一样。凡是活人都有灵魂，艺术形象都含有一定的思想性。"[②]

比如愫方忍辱负重、柔中带刚的情感逻辑的建立，决定了她在不同场合、情境下都会遵循这一原则并加以变化，衍生出丰富的动作。在文清走后，愫芳心甘情愿地侍候思懿，乃是出于爱屋及乌；文清离家归来后，因为失望，交还了替他保管的东西；跟瑞贞出走时，突然留下来看望曾皓最后一眼，也是借机表达对文清的不舍。人物情感逻辑理顺后，情节相应地按情感而非事件的因果关系来组织。比如，思懿和文清，曾霆与瑞贞之间，都有因为新人物、新事件引起的变化。在文清和思懿之间，引起二人关系变化的是愫方。在曾霆和瑞贞之间，是袁圆的出现引起二人关系的变化。作为重情感的类型，《北京人》在情节安排上，不强调新人物出现之后引发的冲突，反而强调人物的出现如何引起情感的变化、深化和升华，因此在人物关系上，

[①] 曹禺：《和剧作家们谈读书和写作——在中青年话剧作者读书会上的讲话》，《剧本》1982年第 10 期。

[②] 曹禺：《和剧作家们谈读书和写作——在中青年话剧作者读书会上的讲话》，《剧本》1982年第 10 期。

其中二人在场时，必然会安排能够造成感情变化的第三方上场。重情感的剧作也不一定按照事件的发展先后来安排人物上下场。比如袁圆是以和曾霆泼水作为第一次出场，瑞贞的出场反在其后。因为这样可以让思懿挖苦瑞贞，更好地体现"不像人"的生活给人物内心带来的痛苦和压力。

《樱桃园》是另一个重情感轻冲突的典型例子。女地主善良、软弱、有修养，却没有面对生活的勇气；没有吃过苦，又喜欢花天酒地的生活。这必然意味着，在面临樱桃园被夺走的困境时，她不会奋起反抗，不会四处借钱，在樱桃园被罗巴辛买下后，甚至也没有表现任何的不快。从这个人物情感逻辑上派生出的就是她大手大脚，意志薄弱，花天酒地的人物性格。契诃夫写她为面首扰得心神不安，写她施舍乞丐、无法拒绝贪婪的邻居，写她把希望寄托在不靠谱的索林身上，写她一直回避樱桃园的问题，写她在被拍卖的当天举行舞会——这个舞会也不是泛泛地写欢乐，而是借乐景写悲情，在众人今不如昔的哀叹中，体现女地主的忧心忡忡——她只是借此来排遣失意，驱散她不想提起的伤心事。上述行为都是人物心理逻辑的精准诠释。

因此，《樱桃园》没有围绕"樱桃园的去留"设置情节，没有写女地主与新兴地主罗巴辛的斗法，而把重点放在以女地主为中心的不同人物情感逻辑的展示上，这其中有虚荣的法国老师、贪婪的邻居、生性轻浮的女仆和浮夸虚荣的男仆，这些人物充满了及时行乐的漂泊感和对未来的无力感，共同构成了女地主的生活背景。因此，我们在构思此种类型的剧本时，也应该围绕人物建立在生活逻辑上的情感逻辑展开，从中去发现人物和情节。如果没有遵从这个规则，像情节式结构那样追求行动的对峙、让人物陷入困境，或者引起更激烈的冲突，那是得不偿失的。

《北京人》线索纷繁，曾皓发现文清抽大烟中风、文清吞大烟自杀、杜家抢棺材等情节，确实有激变的因素，而剧情发生的固定空间"小花厅"，也给激变提供了空间，具有成为像《雷雨》那样情节迅速发展的佳构剧的基础。然而，编剧却反其道而行之，刻意打散这种佳构的联系。曾家三代像周府两代人一样，各有各自不同的命运结局。周氏父子周朴园、周萍、周冲、鲁大海等的命运服务于编剧要展现的"原罪"创作观，以强纠葛的方式将他们捆绑在一起（比如鲁大海为了工人罢工的事情找周朴园，周萍为了报复父亲而乱伦），《北京人》却不追求这种强纠结，甚至有意淡化、解绑，三代人的命运之间更多是对比、观照，而不是罪孽相承。

如果是重情节重动作，《北京人》必将围绕曾皓的存折财产展开，并以曾皓的棺材被抬走作为最高潮。那么在交代和铺垫当中，陈奶妈没有必要存在，瑞贞可能也没必要存在。江泰夫妇可以作为曾皓的帮助者来在情节上发挥作用，而曾思懿会利用江泰夫妇寄食娘家的事实，胁迫曾皓卖棺材。江泰出于义愤要出面借钱，但其实于事无补。当江泰失败后，曾皓会寄希望于儿子的发达，以儿子到哪里去做官，来吓退对方。全剧现有的情节中，存在着按照因果逻辑层层推进的可能，可以重新编织一个重冲突、重情节的结构。

编剧出于为一个没落家族写一曲挽歌的目的，选择了围绕人物情感的深化来选取情节。从结构的戏剧性来说，江泰自告奋勇去找人求助的情节应该发生在第二幕，然而编剧却安排在了第三幕的第一场，目的是给第二幕充足的时间写人物、写情感，不让杜家抬棺材这件事喧宾夺主。编剧写陈奶妈对今日长不大的文清的心疼，写思懿对文清的冷嘲热讽，写文清面对愫方的"脉脉此情难诉"，写文清失败从外归来的难堪，写愫方对鸽子和字画的怜爱，写瑞贞被思懿斥骂的不堪，写文彩丈夫不争气的苦楚……再加上陈奶妈、袁任敢、袁圆的衬托，已经展现了这个大家族的衰败，几乎无可挽回。

契诃夫的话剧《海鸥》也刻意规避外在动作而强化了人物内心的情感。比如特里波列夫、妮娜和特里果林的三角恋爱，或许在莫里哀、莎士比亚的手中可以变出无穷花样，契诃夫则选择把戏剧性冲突的情节放到幕后，把能体现人物欲说还休苍凉感的情节放在了幕前。比如妮娜和特里果林又都重新回到庄园，在有些编剧笔下，这是多么好的指责负心人的机会，或者让特里波列夫有了新的"发现和突转"，继而引发歇斯底里的好戏。但是契诃夫没有这样做，他只是让妮娜倾诉自己故地重游、故人重逢的情感：

妮　　娜　你为什么说你吻我走过的土地呢？你应该杀掉我。（倚在桌子上）我可真疲倦呀。休息休息……我多么需要休息休息呀！（抬起头来）我是一只海鸥……不，我说错了……是一个演员。不，是一只海鸥！（听见阿尔卡基娜和特里果林的笑声，她静听了一下，向左门跑去，扒着锁眼看）他也在这儿啦……（向特里波列夫走回来）好，好……这没关系，他不相信演戏，他总是嘲笑我的梦想，于是我自己也就一点一点地不相信它了，结果我失去了勇气……除此以外，再加上爱情，嫉妒，对孩子日夜提心吊胆……我就变得庸俗、浅薄了，我的戏也演得坏极了……我不知道这两只手往哪儿放，我不知道怎样在舞台上站，我的声音也由不得我自己做主，你可不知道，一个人明知自己演得很坏，那是怎样一种感觉啊。我是一只海鸥。不，我说错了……你还记得你打死过一只海鸥吗？一个人偶然走来，看见了它，因为无事可做，就毁灭了它……这是一篇短篇小说的题材啊……不，我要说的不是这个……（用手摸自己的上额）刚才我谈到什么？……啊，对了，谈到演戏。现在我可不是那样了……我是一个真正的演员了，我在演戏的时候，感到一种巨大的快乐，我兴奋，我陶醉，我觉得自己伟大。自从我来到这里以后，在我这些天漫长的散步中，我思想着、思想着，于是感到自己的精神力量一天比一天坚强了……现在，我可知道了，我可懂得了，科斯佳，在我们这种职业里——不论是在舞台上演戏，或者是写作——主要的不是光荣，也不是名声，也不是我所梦想过的那些东西，而是要有耐心。要懂得背起十字架来，要有信心。我有信心，所以我就不那么痛苦了，而每当我一想到我的使命，我就不再害怕生活了。

编剧没有让妮娜和特里果林面对面相遇，却让妮娜在倾诉的时候，听到阿尔卡基娜和特里果林的笑声。这种笑声对妮娜来说是嘲讽、是往伤口上撒盐。妮娜听到笑声时的苦笑，也是其性格成长的体现，她不再是为特里果林神魂颠倒的幼稚少女，而是甘愿毁灭自我的艺术殉道者。她期望的艺术与特里波列夫的创作一样，都要人背着十字架前行，而不是洋洋得意地躺在名利的功劳簿上。只有这样，才能创造出伟大的作品，成为一个了不起的艺术家。当然，在厚颜无耻的特里果林看来，正是自己对妮娜的始乱终弃成就了她。

《海鸥》中，幕后的一声枪响，也是抒情式作品在选取情节上的典范。前文中提到的苏联话剧《破旧的别墅》，其基本情节是靠"枪的归属"来推动的。当"枪"在"他"手中时，女特务"她"只能发扬女性魅力、示弱、撒娇；可一旦"枪"到了"她"手中，"她"就变得颐指气使、充满威胁。男主人公和女间谍，为了一把枪而斗法，动作与反动作让人眼花缭乱。他们想尽花招，核心目的都是把枪夺过来，控制住对方，明场上的"枪"是不可缺少的道具。《海鸥》中，"枪响"是在暗场发生的，明场发生的，只是女地主在喝茶闲聊：

多　尔　恩　（想用力推开左门）这真奇怪……门好像锁上了……（上场，把椅子放回原处）简直成了障碍赛跑了。

【阿尔卡基娜、波琳娜·安德烈耶夫娜上，后边跟着上来的是玛莎和雅科夫——拿着些酒瓶子；再后边，是沙姆拉耶夫和特里果林。

阿尔卡基娜　给鲍里斯·阿列克塞耶维奇把红葡萄酒和啤酒放在这桌子上。我们来一边玩着一边喝着。都坐下吧，大家。

波琳娜·安德烈耶夫娜　（向雅科夫）把茶一块儿端上来。（点起蜡烛，坐在牌桌旁边）

沙姆拉耶夫　（领着特里果林向立橱走去）我刚才跟你说的那个东西就在这儿啦……（从橱里取出那只填了草的海鸥）这是你吩咐我们做的。

特里果林　（注视着那只海鸥）我不记得了！（思索）不，我不记得了！

【后台，右方一声枪响：大家都吓得跳起来。

阿尔卡基娜　（大惊）怎么回事？

多　尔　恩　没什么。一定是我药箱子里什么东西爆了。不要慌。（由右门下，跟着就回来）我说得一点也没错。我的一瓶乙醚刚刚炸了。（低唱）"终于，我又见到你了，迷人的女人……"

阿尔卡基娜　（在牌桌旁坐下去）可把我吓坏了！这叫我想起了那一回，他（两手蒙上脸）那种样子叫我的眼睛都发黑啊。

多　尔　恩　（翻着杂志，向特里果林）大约两个月以前，这份杂志上发表过一篇文章……

　　我们可以设想将特里波列夫的自杀放到明场，聚焦于母亲和朋友如何乞求他放下枪，如何从他手中设计夺走枪、卸下子弹，而他又是以何种办法藏起了另一把枪，或者用别的方式仍然实现了自杀的任务。这样一来，场上的动作或许变丰富了，但是悲怆感却远远不如喝着茶时听到的那声枪响。全剧到此结束，但震撼的余波还在读者心里回荡。

二、重视人物心理动作的刻画与情感的升华

　　品特的作品是强调人物内心动作性的典范。比如《背叛》第二幕第五场中，艾玛终于向丈夫坦白了与杰瑞的私情，这场戏体现了内心动作的丰富层次。这段情节发生于夫妇二人到威尼斯度假时。罗伯特先是问艾玛看的什么书，二人讨论这本书：

【艾玛靠在床上看书，罗伯特站在窗前望着外面。她抬头看了一眼他，然后又回到书本上去。

…………

罗伯特　是一本什么书？

艾　玛　是一本新书，作者的名字叫斯宾克斯。

罗伯特　噢，是这本书。杰瑞曾经和我说起过的。

艾　玛　杰瑞？他跟你说起过吗？

罗伯特　他是上星期和我一起吃午餐的时候说起这本书的。

艾　玛　真的？他喜欢这本书吗？

罗伯特　斯宾克斯是杰瑞的人。是杰瑞发现了他。

艾　玛　哦，那我倒不知道。

罗伯特　这本书我并没有向他约稿。（停顿）你觉得写得不错，对吗？

艾　玛　对，我认为写得不错，我看得正来劲儿呢。

罗伯特　杰瑞也认为写得不错。哪天你应该和我们俩一起共进午餐，
　　　　这样就可以好好地聊一聊这本书了。

艾　玛　有那必要吗？（停顿）它还不至于好到那个地步。

罗伯特　你是说，他还没好到值得你跟杰瑞和我坐在一起共进午餐，
　　　　一起谈论谈论它吗？

艾　玛　你在说些什么呀！

罗伯特　我一定得再看它一遍，现在都已经出了硬封面的精装本了。

艾　玛　你要再看一遍吗？

罗伯特　杰瑞曾经想要让我来出版这本书的。

艾　玛　哦，真的？

罗伯特　啊，这很自然嘛。不过，让我给拒绝了。

艾　玛　为什么？

罗伯特　呃……说真的，那样的主题没有什么好多谈的，对吗？

艾　玛　你认为这本书的主题是什么？

罗伯特　背叛。

艾　玛　不，这本书的主题说的并不是这个。

罗伯特　不是吗？那它说的是什么呢？

艾　玛　我还没有看完呢，等我看完会告诉你的。

从罗伯特和艾玛的对话里，可以推断二人的内心动作。罗伯特对二人关系有所猜疑，艾玛并未察觉他的疑虑。因此，当罗伯特表示要和二人一起进餐时，艾玛就表现出回避的心理——因为那会让她很尴尬。而罗伯特有意地一再挑起她的这种尴尬。

紧接着，罗伯特提到了杰瑞写给艾玛的信。这段对话表面上不动声色，实际上暗潮涌动：

罗伯特　那好，可别忘了。（停顿）当然，也许是我把它和另外一本书搞错了。（沉默）顺便说一下，昨天我到美国运通公司去了一下。（她抬起头，看着他）

艾　玛　哦。

罗伯特　我上那儿去兑换了几张旅行支票。你知道吗，那儿的汇率要比旅馆里高得多。

艾　玛　哦，那你换了吗？

罗伯特　当然换了。正好，那有封信是给你的。他们问我是不是和你有亲戚关系，我说是的。于是他们就问我是否要把这信带回去。他们要把它给我，但我对他们说，不，还是留在那儿吧。你去取了吗？

艾　玛　取了。

罗伯特　我想你大概是昨晚出去买东西的时候顺便去取的吧？

艾　玛　对。

罗伯特　噢，很好。我很高兴你收到了它。（停顿）说实话，当他们建议我把你的信带走的时候，我感到很吃惊。这在英国是不可能发生的事情，而这些意大利人……居然就这么随意马虎。我指的是，虽然你我都有着同样的姓氏，可并不等于就是夫妻啊。这些可笑的地中海人居然凭想象就以为我们俩是夫妻。我们有可能是，但其实在很大程度上也许更像是毫不搭界的陌生人。假如我，这个被他们可笑地臆断为是你丈夫的人拿走了这封信，假如这个号称自己是你丈夫，而事实上只是一个完全不搭界的陌生人，出于一种无聊的好奇把信给拆了，看过以后就往运河里一扔，这样一来，你就永远不可能收到它了。这样，就剥夺了你拆看私人信件的合法权利。而所有的这一切都是由威尼斯人稀里马哈漫不经心的习惯造成的。我真想写信给威尼斯总督投诉一下这件事儿。我之所以没有拿走这封信，没有把它给你顺便捎回来，是因为我怕我会很容易地成为那个拆信的陌生人。（停顿）当然喽，他们并不知道我就是你的丈夫，而且也无从知道。

原来这封信正是杰瑞写来的，这样的情形自然会引起罗伯特的怀疑。可罗伯特却仿佛把话题引开了，转而谈起去陶切洛的事情。因为那是二人蜜月旅行之地，这代表了罗伯特对二人甜蜜过去的回忆，当然也代表他对艾玛的谴责：

罗伯特　你盼望着去陶切洛吗？（停顿）陶切洛我们去过几回了？两回吧。记得我第一次带你到那儿去的时候，你就很喜欢，几乎都快要爱上它了。那好像是在十年前，对吗？大约是在……我们俩结婚后的第六个月吧。对，你还记得吗？我怀疑明天你是否还会那样的喜欢那个地方。（停顿）你认为杰瑞信写得怎么样？（艾玛短促地笑了笑）你在发抖，你觉得冷吗？

艾　玛　不。

罗伯特　有一次他曾经给我写了一封很长的信，是有关英格兰作家福特·麦德克斯·福特的。说起来，我也曾给他写过。也是一封很长的信……噢，对了，好像是一封有关诗人叶芝的内容。那时候我们俩都是诗歌杂志的编辑。他在剑桥，我在牛津。这个你知道吗？那个时候我们俩都是前途光明、充满朝气的年轻人。也是非常要好的朋友。噢，当然喽，我们现在仍然是很要好的朋友。那都是在我遇到你之前，也是在他遇到你之前很久的事情。我一直试图去回忆我是在什么时候把他介绍给你的。可我就是想不起来了。我想肯定是我把他介绍给你的。对。就是这么回事儿。但那是在什么时候呢？你能想得起来吗？

艾　玛　想不起来。

罗伯特　你不记得了。

艾　玛　不记得了。

罗伯特　多奇怪啊。（停顿）他不是我们结婚时的男傧相吗？

艾　玛　你知道他是的。

罗伯特　啊，对了，也许我就是在那个时候把他介绍给你的。（停顿）在他的信里有没有给我的口信？（停顿）我指的是有没有关于生意和出版界方面的消息？他有没有发掘出什么新的有独创性的天才来？杰瑞这家伙，在发掘新人这方面他还是很有天才的。

艾　玛　没有给你的口信。

罗伯特　没有？就连一句问候我的话也没有？（沉默）

艾　玛　我们是情人。

艾玛面对罗伯特的步步紧逼，从"想不起来"、"不记得"到"你知道他是的"，不再是回避，而是一种咄咄逼人的还击。

在《北京人》中，编剧将若干事交织在一起，有些是片段，有些只是三两句话。有些原本完整的戏，却在中间加上另外一条线索，比如画被咬破、补画、赠诗的情节本可连在一起，然而编剧有意断开，刻意规避冲突单线的上升，夹入了江泰骂人、袁圆与曾霆嬉闹、思懿指桑骂槐数落瑞贞、文清送鸽子给袁圆等场面，其用意是希望读者把注意力放在人物的情感上。又比如，"文清送鸽子"这一事件，不是动作的接受与拒绝，也不是因为思懿的逼迫而暂时将鸽子寄存的权宜之计，而是从情感上引发的心理动作：

【蓦然由大客厅通前院的门兴高采烈地跑进来袁圆。

袁　圆　（连喊）曾伯伯，曾伯伯！

曾文清　（转身笑着）什么？

袁　圆　　小柱儿说他奶奶送给你一对顶好看的鸽子。

曾文清　（指那笼子里的鸽子）在那里。

袁　圆　　（提起来）咦，怎么就剩下一个啦？

曾文清　（哀痛）那个在半路上飞了。

袁　圆　　（赞美地指着笼里的鸽子，天真地）这个有名字不？

曾文清　（缓缓点头）有。

袁　圆　　（恳切地）叫什么？

曾文清　（沉静地）它，它叫"孤独"。

袁　圆　　真好看！（撒娇似的哀求着）曾伯伯，你送给我？

曾文清　好。

袁　圆　　（大喜）谢谢你！你真是个好伯伯！（提着鸽笼跳起就跑）小柱
　　　　　儿！小柱儿！

　　　　　【袁圆一路喊着由大客厅通前院的门走出去。

　　　　　【静默，天空鸽哨声。

　　这一段深得中国传统叙事"借物寓志"的妙处，曾文清真正想送鸽子
的人是愫方，碍于彼此身份不便相送，故而转送给袁圆，鸽子的失群也象
征自己与愫方心灵的寂寞孤单。

　　情感的升华也是强化抒情的重要手段。比如第二幕开头陈奶妈与文清
聊愫方的婚事，文清的苦痛难以言表，借曾霆念书表达出来：

　　　　　【小柱儿一磕头突由微盹中醒来，打一个呵欠，嘴里不知说了
　　　　　句什么话，又昏昏忽忽地打起盹。

陈奶妈　（铰着小柱儿的指甲）唉，我也该回家的。（指小柱儿）他妈还
　　　　　在盼着我们今天晚上回去呢。（小柱儿头又往前一磕，她扶住
　　　　　他说）别动，我的肉，小心奶奶铰着你！（怜爱地）唉，这孩
　　　　　子也是真累乏了，走了一早晨又跟着这位袁小姐玩了一天，乡
　　　　　下的孩子不比城里的孩子，饿了就吃，累了就睡，真不像——
　　　　　（望着书斋内的霆儿，怜惜地，低声）孙少爷，孙少爷！

曾　霆　（一直在低诵）"……嗟夫，草木无情，有时飘零，人为动物，唯物之灵，百忧感其心，万事劳其形，有动乎中，必摇其精。而况思其力之所不及，忧其智之所不能。……"

…………

陈奶妈　（又是生气又是爱）好，你就一晚上别睡。（对清）真是乡下孩子进城，什么都新鲜。你看他就舍不得睡觉。

【小柱儿由口袋里取出一块花生糖放在嘴里，不觉又把身旁那个"括打嘴"抱起来看。

陈奶妈　唉，这个八月节晚上，又没有月亮。——怎么回子事？大奶奶又不肯出来。（叫）大奶奶！（对清）她这阵子在屋里干什么？（立起）大奶奶，大奶奶！

曾文清　别，别叫她。

陈奶妈　清少爷，那，那你就进去吧。

曾文清　（摇头，哀伤地独自吟起陆游的《钗头凤》）"……东风恶，欢情薄，一怀愁绪，几年离索。错，错，错！……"

陈奶妈　（叹一口气）哎，这也是冤孽，清少爷，你是前生欠了大奶奶的债，今生该她来磨你。

…………

高深的文学修养让他把离情别绪体会表达得明明白白，然而沉湎于古典诗词又让他失去改变现状的能力。

现代派的作品常有意摒弃外部动作，将其转化为心理动作。高行健的《绝对信号》中，人物之间许多重要冲突是借助内心动作展示的。比如蜜蜂和黑子内心的话：

【小号拿信号灯走到车门口，等着会车，列车交会时快速的节奏和巨大的轰响，蜜蜂凝视着黑子。一束白光照着蜜蜂的脸，列车交会的声音突然减弱，蜜蜂急速的心跳声越来越响。以下是他们俩的心声，演员在表演时应使注意力高度集中，同时用眼神说话，对话可以用气声，以区别这以前的表演。

蜜　蜂　（内心的话）黑子，你怎么啦？你不高兴见到我？（这束白光又移到黑子的脸上，黑子躲避蜜蜂的目光。黑子强劲的心跳声）

黑　子　（内心的话）你来得真不是时候，（立刻又柔情地）蜜蜂……

【两人都在白色的光圈中，互相凝视，两颗心"怦怦"跳动的巨大的声音。

蜜　蜂　（内心的话）你为什么不说话？

黑　子　（内心的话）不要问！（爆发地）啊，蜜蜂，什么也别问，就这么看着我！

蜜　蜂　（内心的话，闭上眼睛）你想我吗？

黑　子　（内心的话，点头）想。

蜜　蜂　（内心的话，缓缓睁开眼睛）我也是，想极了，没有一天不想，每时每刻……

黑　子　（内心的话）真想拥抱你。

蜜　蜂　（内心的话）别这样，对我说点什么吧！

黑　子　（内心的话）真想你！

蜜　蜂　（内心的话）朝我笑一笑。

黑　子　（内心的话，转过脸）真捉弄人，这就是我的命。

蜜　蜂　（内心的话，祈求地）你笑一笑！

黑　子　（内心的话，望着她）我笑不起来。

蜜　蜂　（内心的话）你一丝笑容也没有……

黑　子　（内心的话）蜜蜂……（不自然地苦笑）

【蜜蜂忍受不了，把头扭过去，白色的光圈跟着消逝。交会的列车驶过，心跳声也骤然消失，两人恢复常态，依然坐着，谁也不望着谁，列车行驶的节奏声比这之前行车节奏多了一个停顿，即半拍的休止。①

---

① 高行健：《绝对信号》，选自《高行健作品集　绝对信号》，漓江出版社 2000 年版，第 1—72 页。（后同）

在车长和小号相继发现黑子的预谋而劝阻无效时，黑子的心理幻觉上出现了蜜蜂的形象：

> 【黑子立刻紧张地回头张望。他背后出现蜜蜂的幻影，轻盈得
> 像个梦。蜜蜂诧异地望着黑子，同他保持着一段距离。

黑　子　别嚷嚷，人会听见！啊，蜜蜂，你偏赶这时候来……（用手
　　　　想拂开她的幻影）你走！（对小号轻声地）别当着她的面！

小　号　（冲着蜜蜂大叫）他是贼！（黑子像被雷劈了一样，钉住了。
　　　　蜜蜂双手紧紧捂住耳朵）

黑　子　（压低声音，对蜜蜂）别信他的。（立刻转身对小号。急切地）
　　　　你还让不让人活？小号。

小　号　（对蜜蜂）你知道他要干什么？他到我车上来作案的，他是
　　　　贼！你怎么爱上个贼？他会毁了你，你怎么这样傻？他是
　　　　贼呀！

黑　子　（大声辩解）我不是贼——老天对我太不公平了，我凭什么就
　　　　得让出我的权利？我要的是生活的权利，爱的权利！（进逼）

小　号　（后退，指着他喊）贼！贼！抓住他！

黑　子　（追过去）再喊，我宰了你！

> 【小号后退着，消失在光圈之外。蜜蜂也后退着，痛苦得不能
> 自已，一副似笑非笑的面孔。

黑　子　（在白色的追光下向蜜蜂追去）别这样看着我，这都是为了
　　　　你，为我们今后的生活，你别走，听我说，听我说下去……

> 【蜜蜂双手掩面，无声地哭泣，躲避着黑子，像躲避瘟神一
> 样，消逝在黑暗中。黑子一个人孤零零地待在渐渐暗下去的
> 光圈中。光圈消失。列车出了隧道，转为缓慢的、单调的、
> 带切分的行车节奏。昏黄的光线下，众人仍然坐着，随着行
> 车的节奏，似乎带着睡意摇晃着。

这里小号向蜜蜂揭发黑子帮助车匪，并不是真实发生的情节。表面上

看，这只是人物的所思所想，不是与人物的现实交流，但这种心理上的交流比现实的交流还要真实有效，而且更具有艺术性。这一系列的内心交流，对于黑子改邪归正拒绝车匪起到了关键作用，对观众和读者也有强烈的感染力。林伟翰在评价《绝对信号》时，认为：

> 剧作家表现的方式明显存在叙事化倾向。此剧更多是关于人物的内心世界，而非呈现客观事件发展及其人物处境。人物的回忆和想象虽然还是透过对白完成，但这里的对白不是用来表现"此时此刻"的情景，而是人物想象中叙事出来的结果，剧作家在写作人物的回忆与想象的本身就已经是叙事的思维模式，这些对白实际是人物主观的意识流动下的产物，而非传统戏剧中人际互动关系的展现。[①]

《绝对信号》中人物的内心世界不是对外部发生事件的感想，而是自己的想象和欲望的表达，体现了人物的意识也即内心的动作。林兆华作为导演，直觉感到剧本中蕴含的叙事化倾向，因此导表演的重点并不放在外部形体动作上，而是选择在对白中呈现人物动作的高超手法。

三、重视细节和意象的贯连

情感类的戏剧作品重视意象的复现，不仅仅是对细节的打磨，而且蕴含特殊情感意义。借助意象给人物、读者会心一击，让其迸发出情感的共鸣。在《北京人》中，我们能够看到许多这样的例子：

曾文清 （一直皱着眉头，忍耐地听着，翻着，突然由书桌抽屉里抖出一幅尚未装裱的山水画，急得脸通红）你看，你看，这是谁做的事？

【果然那幅山水的边缘被什么动物啮成犬牙的形状，正中竟然咬破一个掌大的洞。

曾思懿 （放下杯子）怎么？

---

① 林伟翰：《"怎么说""说什么""说是什么"——大陆当代剧场导演林兆华的导表演美学》，参见林兆华：《导演小人书·看戏》，作家出版社2014年版，第289页。

曾文清　（抖动那幅山水）你看，你看啊！

曾思懿　（幸灾乐祸，淡淡地）这别是我们姑老爷干的吧？

曾文清　（回到桌前，又查视那抽屉）这是耗子！这是耗子！（走近思，忍不住挥起那幅画）

　　　　我早就说过，房子老，耗子多，要买点耗子药，你总是不肯。

曾思懿　老爷子，买过了。（嘲弄）现在的耗子跟从前不一样，鬼得多。放了耗子药，它就不吃，专找人心疼的东西祸害。

曾文清　（伤心）这幅画就算完了。

曾思懿　（刻薄尖酸）这有什么稀奇，叫愫小姐再画一张不结了吗？

曾文清　（捺不下，大声）你——（突然想起和她解释也是枉然，一种麻木的失望之感，又蠕蠕爬上心头。他默默端详那张已经破碎的山水，木然坐下，低头沉重地）这是我画的。

　　看到画被老鼠咬坏，一向懦弱的文清竟然敢指责思懿。思懿对画被咬的反应是幸灾乐祸，这说明她清楚地知道什么是丈夫的痛处。思懿的冷酷令读者更加同情文清的处境。愫方看到画后，激发了人物心灵上另一次碰撞：

愫　方　（安详地）姨父早起来了。（望见地上那张破碎的山水，弯身拾起）这不是表哥画的那张画？

曾思懿　（又叨叨起来）是呀，就因为这张画叫耗子咬了，他老人家跟我闹了一早上啦。

愫　方　（衷心的喜意）不要紧，我拿进去给表哥补补。

曾文清　（谦笑）算了吧，值不得。

曾思懿　（似笑非笑对文眄视一下）不，叫愫妹妹补吧。（对愫）你们两位一向是一唱一和的，临走了，也该留点纪念。

愫　方　（听出她的语气，不知放下好，不放下好，嗫嚅）那我，我——

曾文清　（过来解围）还是请愫妹妹动动手补补吧，怪可惜的。

此后这画又经常出现，愫方补好画临别前送给了文清，而文清离家后复返，形容潦倒，胳臂下面夹着的仍是这幅画。愫方在对文清彻底绝望、准备离开这所老宅院时，交出了柜子的钥匙，而柜中珍藏的是文清的字画。此处的画也成为传情达意的意象之物。愫方与思懿对文清心爱之物的态度截然不同，谁是文清知音不言而喻。

在《北京人》中，一些情节的存在与维系整个戏剧张力的"棺材事件"关系并不大，但是它们的作用在于把人物内心的苦闷揭示出来。如果去除相关细节，人物的情感就会大打折扣。比如文清抽鸦片与离家复归，鸦片是为了驱散烦闷，而离家复归则是为了突出对愫方的打击。曾霆、瑞贞、袁圆三人的戏份设置，也是为了强化这对青年面对新事物始而畏惧终而走出樊笼的欣喜。至于思懿怀孕，与其说是为了让情节的逻辑圆满，不如说是为了给人性狠狠记上一笔，更加刺痛愫方的心，促使她的出走，加速这个大家庭的毁灭。

鸽子不仅仅是文清、愫方被困笼中的象征，也是传情达意的重要道具。陈奶妈将鸽子送来的时候是欢乐的，文清在出走前夕，将鸽子送给了袁圆。他对愫方讲：

曾文清 （恻然）可怜，愫方，我不敢想，我简直不敢再想你以后的日
　　　　子怎么过。你就像那只鸽子似的，孤孤单单地困在笼子里，
　　　　等，等，等到有一天——

愫　方 （摇头）不，不要说了！

曾文清 （伤心）为什么，为什么我们要东一个、西一个苦苦地这么活
　　　　着？为什么我们不能长两个翅膀，一块儿飞出去呢？（摇着
　　　　头）啊，我真是不甘心哪！

文清出走后，愫方照顾鸽子，以此表达着对文清的关心：

【小柱儿的声音："愫小姐叫我帮她喂鸽子呢。"

陈奶妈 （一面向大客厅走，一面唠叨）唉，愫小姐也是孤零零的可
　　　　怜！可也白糟蹋粮食，这时候这鸽子还喂个什么劲儿！

【陈由大客厅门走出。

曾文彩　（一半对着陈奶妈说，一半是自语，喟然）喂也是看在那爱鸽子的人！

　　　　　【外面又一阵乌鸦噪，她打了一个寒颤，正拿起她的织物——

…………

她睹物思人，在鸽子身上寄托了自己的感情：

　　　　　【天更暗了。外面一两声雁叫，凄凉而寂寞地掠过这深秋渐晚的天空。

愫　　方　（轻轻叹息了一声，显出一点疲乏的样子。忽然看见桌上那只鸽笼，不觉伸手把它举起，凝望着那里面的白鸽……那个名叫"孤独"的鸽子——眼前似乎浮起一层湿润的忧愁，却又爱抚地对那鸽子微微露出一丝凄然的笑容……）

文清出走后还家时：

愫　　方　（又低下头）

曾文清　愫方！

愫　　方　（不觉又痛苦地望着笼里的鸽子）

曾文清　（没有话说，凄凉地）这，这只鸽子还在家里。

愫　　方　（点头，沉痛地）嗯，因为它已经不会飞了！

曾文清　（愣一愣）我——（忽然明白，掩面抽咽）

愫　　方　（声音颤抖地）不，不——

这只鸽子贯穿多个场面，成为表达情感的有机部分。

第三节　以表达观点为主的剧作类型

以表达观点为主的剧作类型，在使用冲突、情节手法上与前述类型并无不同，其主要区别在于主题的挖掘和深化上。

一、主题与人物的选择

哲理类型的戏剧作品，重点不是讲述一个故事、表达一种情绪，而是对一个主题的探讨和书写，重在阐述主题的意义与内涵。这类作品通常是围绕社会议题的观点展示，或者是对终极哲学命题的探讨。前者是一些严肃的现实主义作品，后者则多是非现实主义的类型。

比如在《怀疑》一剧中，编剧围绕"怀疑"进行多重解读，充分地"怀疑"，让"怀疑"变得"令人怀疑"，"令人怀疑"又变得"可疑"。首先，是阿洛西斯修女对神父弗林的"怀疑"，这自然有许多证据，弗林跟女生保持距离，却跟男生非常亲密，甚至邀请男生到自己宿舍而这些与他接触过的男生有自残行为。阿洛西斯进而了解到，弗林神父成了新来的唐纳·穆勒的保护人，且神父曾单独带着男孩回过寓所。这再次加重了她的怀疑。

但是，阿洛西斯对神父的"怀疑"也可能是偏见，因为双方在很多方面意见不合：弗林神父主张让学生亲近世俗，阿洛西斯则主张教会学校就应严守教规，与世俗学校区分开来。针对阿洛西斯的怀疑，弗林神父解释唐纳·穆勒从自己宿舍出来满身酒气的原因，是后者偷喝了祭坛上的酒，而自己是为了保护他。弗林神父的平易近人与阿洛西斯的偏执古怪形成鲜明对比，以至于年轻的修女詹姆斯宁愿相信神父是个好人。这样一来，阿洛西斯从"怀疑"反倒成了"被怀疑"的对象。

关于社会议题的探讨往往没有标准答案，剧作只是提出问题供人思考。"怀疑"不仅适用于修道院内是否发生了性骚扰，更是人类普遍的一种怀疑。它到底是一种疑神疑鬼，应该消灭于萌芽状态，还是应该本着探究精神，进行充分的调查和取证？这种取证是否有偏见，是否值得相信？然而如果放弃这一过程，或者任由它走向偏见，那又是何等的危险。人类如何恰当地怀疑那些看似不可怀疑之物……

对人生终极问题的思考，也是哲理型戏剧的重要内容。比如英国戏剧理论家马丁·艾斯林认为：

《等待戈多》这个戏表达了一种想法：我们被推进这个世界，但不知为了什么。人不可能知道自己为什么来到这个世界。但又不能不想，我们既然来了，就要有所企盼。在等待的一天中就奔波忙碌，希望在这一天结束前揭开生存的秘密。人也许意识到人生是没有答案的，这样一来人可能会更自由。人在等待过程中要为自己的等待寻找理由，没理由也要制造理由，这就是生存的含义。①

两个流浪汉日复一日的等待，是对人生意义的寻找；日复一日的落空，又是对意义寻求的否定。人的生存意义和价值，是有关终极命题的思考。与现实主义作品关注社会议题比如社会不公、抨击丑恶不同，非现实主义的作品总是在一些宏大抽象命题中流连忘返。比如《武陵人》中，编剧张晓风回答了"什么是幸福、什么是有价值、有意义的人生"这一问题，霍普特曼在《沉钟》中探讨了"艺术创作的出路"这一根本性问题，表现主义戏剧《鬼魂奏鸣曲》意在讽刺资产阶级的表里不一、道德沦丧，这其实也是对人性的普遍批判。《怀疑》中编剧强调的"怀疑"是多元、多方位的，既是剧中年长修女对弗林神父的"怀疑"，也指詹姆斯修女对弗洛西斯修女的指控是否属实的怀疑，"怀疑"是互逆的、是自省式的，读者也会对修女和神父同时产生怀疑。怀疑看起来破坏了稳定，挑起了争端，但在暗流涌动、思想多元社会中，"怀疑"或许是必须坚守的原则。

重哲理表达的剧作在人物选择上，也不同于现实主义的剧本。它们的人物紧密结合主题，不追求贯穿情节始终，视主题需要灵活安排。在现实主义风格剧作中，会精心配置对比性的人物，以实现主题的表达。比如《一个死者对生者的访问》中，作者设置了小市民、官僚、报社记者、戴有色眼镜的管理者、红领巾等不同人物，这些人物都是某一特定群体的代表，他们的态度就代表了这一类人对肖肖见义勇为的态度：

肖肖单位的领导，对他印象不佳，因为他喜欢打扮，和女孩子接触多，

---

① 张健鹏等编：《西方文学经典名著导读》，中国妇女出版社 2009 年版，第 303 页。

很不严肃。所以，他认为那极有可能是流氓斗殴而非见义勇为。

某处长和他的女儿不想让别人知道自己是去送礼的，想维护清廉正派的形象，因此他不承认自己被偷了钱包，不承认肖肖挺身而出是为了帮助他。

柳风作为报社记者，理应承担弘扬正义的作用，但他在歹徒的凶器面前退缩了。尽管他积极地为给肖肖申报见义勇为称号奔走，却难以消除道德上的污迹，内心陷于深深的自责中。

此外，还有普通市民赵长天，他崇拜除暴安良的英雄，可在需要他站出来的时候，他不但没有挺身而出，反而助威喝彩、添油加醋，成了看热闹的人……

作者对明哲保身、精致利己的批判就在形形色色的人物和他们的生命轨迹中建立起来了。

《怀疑》中为突出主题，刻意设定了对比鲜明的几类人物：敏锐严厉的弗洛西斯修女，天真单纯的詹姆斯修女，平易近人的弗林神父，以及被怀疑受过骚扰的黑人男孩的母亲。以黑人男孩的母亲为例，她宁可孩子受到性骚扰，也不愿意指证神父，因为那可能会让孩子丧失学习机会，进而失去阶层攀升的机会。这显然是根据主题刻意推理出来的几类人物。

布莱希特的史诗剧是戏剧哲理化的典范。一般母亲厌恶战争、远离战争，《大胆妈妈和她的孩子们》中的"妈妈"却狂热地追赶军队的辎重车。一般母亲看来，战争是凶残的、罪恶的，大胆妈妈却认为战争是买卖，鲜血成河才能带来财源滚滚。为了在战争中获得微不足道的利润，她非常精明地讨价还价，随时改变立场也不在话下。她最担心的是战争会停止，哪怕战争吞噬了她的孩子。这显然不是我们常见的典型人物，而是一架战争机器或被战争异化了的工具，是无力挣扎反抗，只能默默忍受的无辜百姓的象征。

在非现实主义风格的剧作中，用抽象的分类来命名人物是常见做法。比如《鬼魂奏鸣曲》中，除了两个跟班本特林、约翰逊用人名外，其他的老人、大学生、姑娘、上校、木乃伊等，或者根据人物身份，或者根据人物年龄，或者根据人物性格特征来命名。再如《武陵人》中的白衣黄道真、黑衣黄道真、大楞子，以及用《百家姓》中"赵钱孙李"来指代的捕鱼四人组，《从清晨到午夜》中以职业命名的"出纳员""阔太太""胖绅士"等。这些剧中人物的命名方式抽离了人物的个性，提取的是特定人群普遍的共性。老人一般代表德高望重，这里的老人却阴险狡诈。"上校"犯过欺诈的罪行，"姑娘"代表青春其实行将就木，大学生本应雄心壮志，可他已经看透人生险恶而灰心丧气。木乃伊名副其实，全剧中只有它能够战胜老人这些都是根据主题的"外表金灿内部朽烂"派生出来的人物特征，并非是从生活中提取的典型形象。《武陵人》中的白衣黄道真、黄道真、黑衣黄道真，从命名上看就显示出超我、自我、本我的区别，这也是从主题"灵与肉"的选择为依据幻化出来的。"赵钱孙李"作为《百家姓》的第一句，代表着在尘世中苦苦挣扎的芸芸众生；大楞子一听就是头脑简单的人物类型。这种命名方式已经一定程度上揭示了主题：

黑衣人　所以我只挑个容易的问题问你呀！我问你"活着图什么"，因为你好端端地活了二十年，你虽然没想生出来，却偶然生出来了，你虽然不想死，却不得不去死。但活着，至少是你自己同意的，或者说，至少是你不反对而默许的。

黄道真　不，不是的，老实说，我虽不反对活着，可是决不会因此就聪明起来。聪明人才知道活着的意义。而我，活着就只是活着，我不耐烦去想那么多答案。

黑衣人　那么，让我来告诉你答案。

黄道真　请便。

黑衣人　这回答非常简单，小孩子也能分辨。人活着就该高兴，不高兴就不对劲，人活着就该享福，不享福就叫糊涂。圣贤才去想忠孝节义，小百姓只想发财娶妻，傻瓜才拼命立功立言，小百姓只想柴米油盐。

黄道真　可是有的人宁可铁马金戈以卫社稷。

黑衣人　别上当，傻瓜，他只是在下本儿，等着将来享大福。

向往精神追求的人们鄙视吃喝玩乐的生活，认为那是一种堕落的幸福，赵钱孙李则坚持利益至上的原则，桃花源中的众生则无需思考这个问题，因为他们将永远美好下去、永远幸福下去，俗世的战乱不会影响到他们，而他们也不会有任何烦恼。可在黄道真看来，这绝不是幸福，更不是人生的价值。

二、情节的选择与改造

哲理类戏剧的情节同样是根据主题演绎出来的，带有鲜明的理念印记，不能用生活的逻辑去衡量情节的真实性。

在哲理类型戏剧中，常常对情节进行必要的加工，使之更鲜明地体现出本剧的主题。这不仅体现在情节的挑选上，也体现在对情节的改造上。首先挑选能够体现主题的情节。比如"大胆妈妈"宁可儿子被枪决，任凭儿子尸体被扔荒郊，也不肯公开母子关系。再如《怀疑》中，为突出"怀疑"的两面性，让关于"怀疑"的反转顺利实现，并没有把所有情节呈现在剧作中，比如并没有正面呈现弗林神父与男生的交往，关于男生在他宿舍喝醉，以及他邀请男生到宿舍里，都是借他人之口说出的。由于是他人所述，事情的真伪也有待分辨，"怀疑"也就有了空间。是否"怀疑"取决于接收到了什么信息，阿洛西斯修女一开始的"怀疑"确有证据，是因为弗林神父对男孩的热情：

【詹姆斯修女指着在舞台之外，花园另一头的神父寓所。

阿洛西斯　同弗林神父在一起。

詹　姆　斯　是的。他在给他们讲话。

阿洛西斯　说什么呢？

詹　姆　斯　如何做一个男人？

阿洛西斯　行啊，如果允许修女去神父寓所的话，我倒很有兴趣去听。
　　　　　　我不知道如何做一个男人。我想了解它的含义。你给女生讲过如何做一个女人吗？

詹 姆 斯　没有。我没那资格。

阿洛西斯　为什么没有？

詹 姆 斯　我只是觉得我没有。我从最初宣誓起……之前……从最初起。

阿洛西斯　我们修道会的圣母塞顿，在她宣誓前曾结过婚，生过五个孩子。

…………

阿洛西斯　当你一旦穿上教服，世俗生活的门就对你永远关闭了。我丈夫死在抵抗希特勒的战争中。

詹 姆 斯　噢！原谅我，阿洛西斯修女。

阿洛西斯　可是我和你一样，我并不自信我能够向那些窃窃笑语的女孩子们谈如何做一个女人。我不常来这个花园。为什么？四十英尺的距离。修女院在这边，神父寓所在那边。我们的间隔可以说是大西洋。我过去常来这儿漫步，主持神父本尼迪克特也无数次地在这儿静坐沉思，但是即便神父们不在场我们也从不越过这条小径。尽管他已经七十九岁了。

　　世俗事务与宗教事务泾渭分明，一个神父只能与男孩们讨论宗教的问题，他对于世俗事务并不在行，讨论事务对神父来说也不合适。更招疑的是，班里挨揍的男生受到了弗林神父的特别照顾，神父把他带进寓所，而这学生出现在课堂时像是受到了惊吓……编剧通过这些事件暗示了弗林神父的可疑。在剧本的稍后部分，事态则朝相反方向发展：

　　【詹姆斯修女望着神父寓所。

詹 姆 斯　男生们从神父寓所出来了，他们显得很快乐。

阿洛西斯　他们一副自得的样子，像是有什么秘密。

詹 姆 斯　他出来了。

阿洛西斯　如果我能够的话，詹姆斯修女，我宁愿选择生活在单纯之中。但只有在一个没有邪恶的世界中，单纯才是明智的。情况的出现使我们只能面对邪恶并采取行动。

詹 姆 斯　我得把男生们带回楼上教室了。

阿洛西斯　那就去吧，带他们回去。我会再同你谈。

【风呼啸着。阿洛西斯修女将头巾裹紧了自己匆匆离去。稍过片刻，詹姆斯修女也走了。

在与弗林神父的短兵相接中，编剧逐渐呈现一个通达亲民、谈笑风生、让人们放松的神父。而阿洛西斯变得越来越不近人情，失去了生活的欢乐。对于阿洛西斯的任何怀疑，弗林神父都有事实予以反驳：

詹 姆 斯　我的确闻到他口中的酒气。

阿洛西斯　为什么呢？

弗　　林　你可以放过这事吗？

阿洛西斯　不行。

弗　　林　看来这别无选择了。

詹 姆 斯　不着急，神父。你要再来点茶吗？

弗　　林　你本该放过这事的。

阿洛西斯　绝不可能。

弗　　林　他上星期二担任圣坛侍童。弥撒之后麦克金先生抓到他在圣器室里偷喝祭酒。我发现后，把他叫来。他痛哭流涕求我不要撤去他的圣坛侍童。我起了恻隐之心，答应他如果没有别人发现，我将让他继续担任。

詹姆斯态度的转变，教会给弗林神父出具的证明，男孩的母亲否认指控的事实，使情节变得扑朔迷离。不过，这并不能说明弗林神父的清白。穆勒太太拒绝承认有可能是利益驱使，教会出具清白证明可能是掩盖丑闻……最终，神父到底有没有性骚扰变成了无解之谜，但是针对"怀疑"的多方位思考却建立起来了。

除了上述贴近生活、现实主义风格的戏剧外，浪漫主义戏剧、表现主义戏剧、象征主义戏剧等在情节选择上更富有想象力。

《武陵人》中，黄道真面临的冲突来自内心，他的脑海里有白衣黄道真和黑衣黄道真在不断辩论，一个让他抓住现实利益，一个让他致力于精神追求。编剧为了让他在两者之间做出勇敢取舍，设置了让他亲身体验一下无边幸福的情节。来到桃花源之后，黄道真面临的仍是俗世宿命，娶一个美貌贤惠的女子过上无忧无虑的生活。面对这种生活的诱惑，黄道真选择驾起小船回到武陵，因为只有懂得忧伤才算是真正活过。

霍普特曼的象征主义戏剧《沉钟》意在表现艺术只有贴近自然才是和谐和美的主题，强调打破教会对艺术的教条束缚。为了契合该主题，替教会铸钟的海因里希十分苦恼，只有遇到象征自然的魔女才迸发出惊人的创造力。编剧因而写了一个海因里希与魔女恋爱的故事，他爱上了魔女，又对牧师所代表的教会和妻子代表的家庭有负罪感，他就在两者之间摇摆不定，最终毁了自己。

再如斯特林堡的作品《鬼魂奏鸣曲》中，死尸、亡魂和活人同时登场，创造了令人骇然的情节：

大学生　她不是每天也给你们做饭吗？

姑　娘　呀，做是在做。她每天的确给我们做好几道菜，可是这些菜里没有一点养分。她给我们做的肉，是把肉烧到只剩下筋和水，她自己却净喝肉汁。你要她烤肉，她就把肉烤到滋味全无；她喝肉汁和血。只要经她的手做的东西，一定干枯得要命，好像什么东西一经她过目，就能把水分抽干。她喝咖啡，只给我们剩下咖啡渣，她把瓶里酒喝干，再给我们换上一满瓶水——

大学生　快把她赶出你们的家门！

姑　娘　我们办不到。

大学生　为什么办不到？

姑　娘　我不知道。她不走。谁也不敢管她。她已经把我们弄得精疲
　　　　　力竭了。

大学生　我打发她走行吗？

姑　娘　不成。这是命中注定的事。她得跟我们过一辈子。她每次来
　　　　　问我吃什么菜。我对她讲了。然后她就偏不照我说的做。到
　　　　　最后，总是她占上风。

"厨娘喝肉汁和血"，拥有奇特的抽干一切水分的魔力，是人们互相鱼肉、倾轧的形象写照，正如本剧所说的："人间是一个罪孽深重、痛苦无穷的世界，在这里找不到贞洁的姑娘，找不到体面和忠诚，这类崇高美德只能到童话世界里去寻找。人与人的关系，不是你喝干我的血，就是我掐断你的咽喉。"

除了情节的选择外，重哲理观点表达的剧作在情节处理上也有自身的特点。在一些现实主义的作品中，情节虽以一定动作为基础，但并不会按照常规的现实主义套路去刻画，也没有动作与反动作的激烈交锋，只是根据主题进行相应的变形，以突出其哲理意味。比如《一个死者对生者的访问》中处长给领导送礼，以及小市民看热闹等，均根据抨击利己风气的主题进行了相应的改造，突出其讽刺意味。"处长送礼"并未真正送出，因为要送的对象已经重病在身，没有送的价值；"看热闹的小市民"在看的时候，已经忘记自己不久前是如何迫切需要别人帮助。

除了情节选择和人物设置外，重哲理的戏剧类型倾向于选择能够直接展开关于主题辩论的场面。比如《自选题》中，优等生玛丽卡在考试中揭露学校弄虚作假，影响了学校的声誉进而影响了家长的利益。承担教书育人使命的老师，身为社会良心的作家爸爸，学生家长和学生都展开了对她的劝说。编剧于其中选择了主人公与众人展开辩论的场面，雄辩地表达了主题：

盖洛瓦尼　玛丽卡，孩子，生活是复杂的，不可能限制在严格的范围
　　　　　　内。等你成年了就明白了。

玛 丽 卡　团组织吸收我们入团的时候就说过"你们已经是成年人
　　　　　了"。有一位老人勉励我们说："孩子们，我们在你们这个
　　　　　年龄推翻了专制制度。"

盖洛瓦尼　玛丽卡，我也曾经是个年轻人……

玛 丽 卡　是不是也同我想的一样？

盖洛瓦尼　可能，不记得了。

玛 丽 卡　不记得了？爸爸，你这一辈子有没有遇到过令人苦恼的
　　　　　事情？

盖洛瓦尼　经常遇到。

玛 丽 卡　可是我一点也不知道。

盖洛瓦尼　男人在这种时刻往往沉默。

玛 丽 卡　但是，我还是应该感觉到你是难过的……告诉我你有没有
　　　　　做过违背良心的事情。

盖洛瓦尼　这要看怎么样才算违背良心。

玛 丽 卡　你有没有背叛过自己的信念？

盖洛瓦尼　你这话说得太严重了，用词太严酷。除了背叛还有让步……

玛 丽 卡　和妥协？

盖洛瓦尼　和妥协。你要知道，妥协并不是背叛。

玛 丽 卡　请你原谅我提这样的问题。

盖洛瓦尼　我明白你的意思，我可以告诉你，人与人的关系是复杂的。
　　　　　也许有的人认为我是个幸运儿，但是在我前进的道路上并
　　　　　没有撒满玫瑰花。我或许做过一些让步和妥协，但是，我
　　　　　这样做是为了家庭，为了你，并且在某种程度上是出于自
　　　　　尊心，我并不是没有虚荣心的，而最主要的是因为怕别人
　　　　　觉得我可笑。

玛 丽 卡　你认为我现在可笑吗？

盖洛瓦尼　恐怕是这样，亲爱的。上了年纪的人都是老生常谈，我也

不可能给你讲什么新的东西——自行车已经发明了，生活毕竟是生活，地球毕竟是地球。我们生活在地球上，而不是在宇宙空间里，此时此刻你的母亲正坐在校长办公室里看你写的作文，并替你请求她原谅，而且答应拿一张医生的证明来，以便你能重写一篇作文，谈谈你献身于医学、救死扶伤的理想。

这是关于世界观和价值观的探讨与较量，全剧的主题就在这样的辩论中逐步明晰、深化。

在《青鸟》中，梅特林克也多次让人物深入浅出地探讨生死的终极命题。比如在"思念之土"中，二人见到去世的爷爷和奶奶，不乏关于生死、时间之类宏大终极命题的探讨：

蒂蒂尔的爷爷　是呀，我们睡得很香，就等着活着的人想念我们，把我们唤醒……啊！生命结束以后，睡着可是好事……不过，常常醒过来也很快活……

蒂　蒂　尔　那末，你们并没有真死？……

蒂蒂尔的爷爷　（跳起来）你说什么？……他说什么来着？……他用的词儿，我们都听不懂了……这是一个新词儿，还是一种新发明？……

蒂　蒂　尔　是说"死"这个词儿吗？……

蒂蒂尔的爷爷　对；就是这个词儿……这个词儿什么意思？……

蒂　蒂　尔　就是说，不再活着……

蒂蒂尔的爷爷　世上的人，他们多蠢呀！……

蒂　蒂　尔　这儿好吗？……

蒂蒂尔的爷爷　好呀；不坏，不坏；甚至还能祈祷……

蒂　蒂　尔　爸爸对我说过，不需要再祈祷了……

蒂蒂尔的爷爷　要祈祷的，要祈祷的……祈祷就是思念……

蒂蒂尔的奶奶　是呀，是呀，只要你们常来看看我们，那就什么都好了……

············

| 蒂　蒂　尔 | 噢！他们脸色多好，胖乎乎地焕发出光彩！……脸上红彤彤的！…看样子营养很好…… |
| 蒂蒂尔的奶奶 | 他们不在世以后，身体都好极了……没有什么可担心的，从来不会生病，再没有什么不安…… |

【屋里的挂钟敲了八下。

蒂蒂尔的奶奶	（惊讶）怎么回事？……
蒂蒂尔的爷爷	说实话，我不知道……大概是挂钟响吧……
蒂蒂尔的奶奶	这不可能……这钟从来不报时……
蒂蒂尔的爷爷	因为我们再也想不到时间……有谁想到时间了吧？……
蒂　蒂　尔	是的，是我想起了……现在几点钟？……
蒂蒂尔的爷爷	说实话，我再也不知道时间……我已经没有这个习惯……挂钟响了八下，大概人间就叫作八点钟吧。

三、围绕主题选择象征之物

哲理性戏剧中，人物所处的环境带有特殊的象征之义，它们看上去是日常的，与生活中别无二致。比如《等待戈多》中，等待是日常生活中的常见动作，但却发生在一个荒诞的情境之下，人物等待的目的也不知为何。那棵孤零零的、全剧中只长出两片绿叶的树，显然不能简单地当成现实主义中的植物来理解，也不能简单将其等同于一个地点。高行健的《车站》中，写了一群人在车站等车的故事。这个故事同样将人们"等车"的日常动作放置在汽车或迟迟不来，或呼啸而过的情境中。无论是等待的那棵树，还是呼啸而过的列车，都有了一定的象征之义。前者代表日复一日没有变化的生活，后者象征人们由于怠于行动、耽于空谈、畏于多疑而错过的机遇。

有时编剧也对环境进行改造，精心选择与创作象征之物来书写一个隐喻性的世界。象征主义、表现主义、荒诞主义等类的戏剧作品的艺术魅力关键，就是发现和寻找阐发主题、氛围的特殊情境。

霍普特曼在《沉钟》中，为主人公海恩里希设置了三重世界，一重是罗登德林（林中女妖）代表的灵性自然的仙界，这个世界中人的精神面貌焕然一新，人性与自然和谐地融为一体。第二重是水妖尼克尔曼代表，象征着泯灭知识、陷入蒙昧的妖的世界，是一种纯粹野性的蛮荒世界。这个世界里不需要创造性，不需要美和光明。第三重是妻子玛格达、牧师、教师、理发师代表的世俗世界，该世界是由清规戒律和各种现实利益构成的。海因里希在三个世界里的摇摆、辗转，象征着他内心的挣扎和不安——在与林中女妖相处时，他总是想到家中妻子玛格达，而在世俗的家中，他又怀念着林中女妖。"挂在隔绝人世的自由高空"的"山顶之钟"，是他崇高而不可攀的理想，"沉钟"意味着理想的破灭、追求的失败，最终人性重归于蒙昧。

再以梅特林克的《青鸟》为例，整部剧作讲述了蒂蒂尔兄妹寻找青鸟的奇遇。"青鸟"本身就是象征之物，代表光明和幸福。为了让兄妹俩更深刻地体会何为幸福，仙女将一些无生命之物及狗和猫幻化成人形，这些事物都具有一定的象征意义：

> 【他们说话的当儿，仙术继续显现，更臻完美。四磅面包的灵魂个个像好好先生，穿着面包焦黄皮色的紧身衣，撒满面粉，慌慌张张地从大面包箱里溜出来，围着桌子欢跳；火从炉灶走出，穿着硫黄朱红色紧身衣，笑成一团，紧追着面包。

蒂蒂尔　这些淘气的家伙都是些什么人？……

仙　女　不要紧的；这是四磅面包的灵魂，在大面包箱里挤得够受，想趁真相显形的机会出来轻快一下……

蒂蒂尔　那个气味难闻的红大汉呢？……

仙　女　嘘！……放轻声点，这是火……他脾气很坏。

【仙术仍在继续显现，蜷伏在衣柜脚下的狗和牝猫，同时发出一声大叫，旋即消失于暗坑，原地于是出现两个人，其中一个戴着猛犬的假面具，另一个戴着猫的面具。人身狗面的小个男人——以后就称为狗——马上奔向蒂蒂尔，使劲拥抱他，气急败坏地同他亲热，发出很大的响声，而那人身猫面的小个女人——以后就简称为猫——先理理头发，洗洗双手，捋捋胡子，然后走近米蒂尔。

狗　　（吠叫，蹦跳，乱撞着东西，令人讨厌）我的小神仙！……早晨好！早晨好！我的小神仙！……终于有这么一天可以说说话了！我有多少话儿要对你说呀！……以前我吠叫摇尾都不管事！……你不懂我的意思！……可是现在呢！……早晨好！早晨好！……我爱你！……我爱你！……你要我耍把戏吗？……你要我用后腿直立吗？……你要我用前掌走路呢还是要我在钢丝上跳舞？……

蒂蒂尔　（对仙女）这位狗头先生是怎么回事？……

仙　女　你没有看出来吗？……这是你释放出来的蒂洛的灵魂……

猫　　（走近米蒂尔，彬彬有礼，举止合度地向她伸出手去）早晨好，小姐……今儿早上您真漂亮！……

米蒂尔　早晨好，太太……（对仙女）这是谁？……

仙　女　这很容易看出来嘛；向你伸出手来的就是蒂莱特的灵魂……

在这样的环境中，由不同事物幻化来的角色拥有了鲜明的性格特征，比如猫的狡诈、狗的忠诚、面包的贪婪、光的正义等，具有了寓言的指向性。青鸟所代表的追求正义、诚实劳动，与光明和美在一起，摒弃俗不可耐的金钱、尔虞我诈，就在这些事物本身的形象中得到了鲜明和生动的体现。

幸福与地位、金钱无关，人们往往生活在幸福中而不自知。梅特林克为了说明这个浅显的问题，设置了兄妹两个在"思念之土"、"夜之宫"中寻找青鸟失败，并在墓地中看到了庸俗虚幻的幸福这一情节。他们险些丧生于"最肥胖的幸福""一无所知幸福""毫不理解幸福"之中，幸亏有光的帮助，才看到这些幸福不过是破裂的虚幻气泡。

《武陵人》中，黑衣黄道真、白衣黄道真代表物化与理想化的人生态度，武陵与桃花源是幸福与苦难世界的象征。在武陵，人要经历苦难、嫉妒，在桃花源，人人无忧无虑：

黄道真　我曾经抱怨那个叫作武陵的地方，

但这里又如何呢？

每一家人都在吃晚饭了，每一个烟囱都在冒烟了。

温柔的灯光一盏一盏点亮起来了。但这究竟是不是幸福呢？

这里究竟是一个怎样的地方？

他们讥笑我们的光荣，他们摔碎我们的皇冠，

武陵的一切他们全否定了，可是桃源呢？他们又能有什么？

谁能告诉我，这个幸福了六百年的地方，在今天，是否能给我幸福，

而如果它给我幸福，

我将享受这些幸福，还是忍受这些幸福，

上天啊，你究竟告不告诉我，你究竟知不知道我的名字？你究竟负不负我的责任？

【仰天而问，群星寂然，星光渐渐更灿烂，大地渐渐更黑沉，幕似乎也在不知何以自处的情形下落了下来。

这与姑娘对他的反诘互为呼应：

【以下用雅乐。

桃　花　黄道真，黄道真，你这条溪流，究竟什么地方才是你旅行的终站？是什么样的力量叫你跟着桃花走？是什么样的眼睛叫你看见那狭小的洞？黄道真，黄道真，我不知道为什么我会喜欢你，为什么我着迷于你忧伤的额头，以及你的被痛苦煎熬的眼睛；我被你的痛苦弄醉了，像一个初尝烈酒的人。我

从不知痛苦为何物，

我们安安稳稳地过了一百年，我们安安稳稳地过了二百年，

我们安安稳稳地过了三百年，我们安安稳稳地过了四百、

五百、六百年；

六百年的快乐使我疲倦，六百年的幸福使我厌烦，

我恋慕你的忧伤，恋慕你懂得忧伤的心。

黄道真的思考和选择正照应了剧作主题。武陵与桃花源就不再是两个空间上的地名，而是幸福与痛苦、蒙昧与清醒的分野。

需要注意的是，哲理性戏剧，也要有基本的戏剧情节，人物要有一定的行动。比如《沉钟》中，海因里希被林中女妖搭救后，被牧师强行分开，尔后又追随女妖而去，又因忏悔回归家庭。《鬼魂奏鸣曲》中，作为"发动机"的"老人"希望搭救自己的私生女，才有了与上校谈判、被木乃伊关进壁橱等一系列情节。只是编剧写作的重点不在情节而在哲理。比如《鬼魂奏鸣曲》中，借用老人让女儿与大学生结婚的基本线索，借人物之口"剥洋葱"式地交代了光鲜之下的丑闻。第一场中老人看上去正直善良，对房子里的诸人大加鞭挞，在第二场中借本特森和上校之口，证明老人是个道德败坏的伪君子，在第三场中我们又知道上校夫妇早就貌合神离，这间屋子里弥漫着死亡的味道。

哲理型的戏剧要用到人物，但并不以刻画人物为重，否则可能会削弱哲理的表达。仍以话剧《怀疑》为例，如果是写人物受到的怀疑和猜测，那么只能围绕男神父去写，这样就是一个反诬陷、反压迫的故事，与《萨勒姆女巫》异曲同工，但"怀疑"本身"可疑"的思辨性也随之消失，因为所有事件都可以清清楚楚呈现在观众面前，所谓的怀疑，只是某个人物一叶障目的怀疑，而不是事件真正的扑朔迷离。因此，从年长修女的角度出发，这并不是一个关于命运的情节故事，而是对美国教会学校中存在的丑恶现象的一种猜想，一种质疑，一种教会是否会为掩盖丑闻而姑息养

奸的猜测。这与其说是一个关于人物命运的故事，不如说是关于怀疑的故事。

当然，与偏重冲突的戏剧类型也有抒情和哲理一致的是，偏重哲理型的戏剧并不排斥冲突。

弗　　林　不，阿洛西斯修女。你我之间需要谈一下。（他冲进办公室把门砰的一声关上。两人脸对着脸）你必须停止这种反对我的动作！

阿洛西斯　任何时间你都可以让它停止。

弗　　林　怎样？

阿洛西斯　供认并辞职。

弗　　林　你企图摧毁我的名誉！但这样做的后果是你被撤职，而不是我！

阿洛西斯　你在这学校里干什么？

弗　　林　我在努力地帮助学生。

阿洛西斯　说得明确些，作为神父你究竟在做什么？

弗　　林　你想一手遮天阻碍这个学校和教区的进步。

阿洛西斯　我阻碍了什么？

弗　　林　教育的进步和教会的人性。

阿洛西斯　你休想转移我的目标，弗林神父。现在追究的不是我的行为，而是你的行为。

弗　　林　这是毫无根据的怀疑。

阿洛西斯　完全正确，我就是怀疑。

弗　　林　你知道吗，我对这始终不解的是你为什么怀疑我？我做了什么？

阿洛西斯　你让那孩子喝酒，然后把责任推给他。

弗　　林　这完全是胡说！你同马克金先生谈过吗？

阿洛西斯　马克金只看到孩子喝酒。他不清楚孩子是怎样弄到酒的。

弗　　林　他母亲没再说什么吗？

阿洛西斯　没有。

弗　　林　这就很清楚了。什么也没有。

阿洛西斯　我不相信。

弗　　林　你不相信，那就问这孩子！

阿洛西斯　不，他会庇护你。他一直在庇护你。

弗　　林　噢，他为什么这样做呢？

阿洛西斯　因为你引诱了他。

弗　　林　你这是神经病！在你脑子里，我给他酒喝然后诱惑他。不
　　　　　管我说什么都没用。

阿洛西斯　就是这样。

弗　　林　如果我讲得不对你可以提出。实际上，这跟偷喝祭酒没有
　　　　　关系。在这事发生之前你早已对我有了成见！是你让詹姆
　　　　　斯修女时时盯着我，对不对？

阿洛西斯　这是事实。

弗　　林　那你承认了！

阿洛西斯　当然承认。

因为阿洛西斯心目中已经有了"怀疑"，所以弗林神父无论做什么都是
可疑有罪的。这种有罪推定的做法，正是弗林神父所反对的。阿洛西斯则
认为，孩子喝了酒这无可置疑，孩子也确实和弗林走得很近，所以，她不
会被人权宪章、社会公约绑架，也不怕落个偏执独断的名声，她坚信眼睛
看到的、耳朵听到的。双方讨论的不是"有没有引诱，谁给谁酒喝"的具
体问题，而是关于如何看待世界，如何坚守原则，如何与人相处的哲理性
思辨。

在每一部作品中都具有冲突、情感和哲理观点，三者是不可分割的。
本章将作品分为冲突型、情感型和观点型三种，其目的在于让创作者注意

到不同类型、风格的戏剧作品，拥有更开阔的艺术视野和更充分的创作准备。

此外，一切作品都是作者对现实的思考，表现主义、荒诞主义、象征主义作品也不例外。比如霍普特曼创作《沉钟》时，正面临《弗罗里安·盖耶尔》从现实主义到象征主义转型的失败，男主人公"海因里希"的铸钟困境与此类似——想要写一部灵性自然的作品，却要么带有沉重的世俗肉身，要么堕入完的自然主义，要么由于脱离现实显得缥缈虚无——如何把握世俗与自然的平衡，这是每一个有追求的作者不得不面对的问题，霍普特曼也不例外。另外，写作此剧时霍普特曼的婚姻生活也面临解体——他爱上年轻的小提琴演奏家玛格丽特·玛夏克，以致妻子几度带孩子出走，最终家庭破裂——这与作品中海因里希的遭遇也如出一辙。

练习题：

1. 请以"打扑克牌"为创意，分别设计三个构思，一个以营造冲突为主，一个以抒发情感为主，一个以表达观点为主。

2. 请将贝克特剧作《等待戈多》改编为一个重冲突或重情感的作品，思考给主题、人物带来哪些改变、需要增加哪些情节。（列出提纲即可）

第六章　大型戏剧的对话风格

戏剧对话是戏剧文本的主要内容。除了戏剧对话之外，一个完整的戏剧文本还应该包括舞台提示、动作提示等部分。本章的内容主要围绕戏剧对话的技巧、功能和风格展开。

第一节　对话的技巧：讲述、动作带出事件、纯动作式

戏剧的对话一般讲究悬念、张力，编剧会采用一些特殊的技巧来突出戏剧性，让对话变得引人入胜、富有张力。然而，这并不意味着技巧的滥用，而是可以视具体情况来适度灵活地使用技巧。

一、平实的、直白朴素的讲述

这种对话样式，系指将对话内容按照事件、人物情感、论辩逻辑的类别简要地加工后直截了当地进行交流，风格上与日常人们的对话较为接近。比如《哈姆雷特》的这一段：

哈姆雷特　不错，不错，朋友们；可是这件事情很使我迷惑。你们今晚仍旧要去守望吗？

哈姆雷特　你们说它穿着甲胄吗？

哈姆雷特　从头到脚？

哈姆雷特　那么你们没有看见它的脸吗？

霍　雷　肖　啊，看见的，殿下；它的脸甲是掀起的。

哈姆雷特　怎么，它瞧上去像在发怒吗？

霍　雷　肖　它的脸上悲哀多于愤怒。

哈姆雷特　它的脸色是惨白的还是红红的？

霍　雷　肖　非常惨白。

哈姆雷特　它把眼睛注视着你吗？

霍　雷　肖　它直盯着我瞧。

哈姆雷特　我希望我也在那边。

霍　雷　肖　那一定会使您骇愕万分。

哈姆雷特　多半会的，多半会的。它停留得长久吗？

霍　雷　肖　大概有一个人用不快不慢的速度从一数到一百的那段时间。

霍　雷　肖　我看见它的时候，不过是这么久。

哈姆雷特　它的胡须是斑白的吗？

霍　雷　肖　是的，正像我在它生前看见的那样，乌黑的胡须里略有几
　　　　　　根变成白色。

哈姆雷特　我今晚也要守夜去；也许它还会出来。

这一段对话中，"遇见国王鬼魂"这一信息非常重要，本身就具有张力，因此对话形式上的处理较为朴素。

再如戏剧中常见的交代前史，有时采用简单的"你说我听"的模式，显得简明扼要。比如《玩偶之家》这种：

林丹太太　你是不是永远不打算告诉他？

娜　　拉　（若有所思，半笑半不笑的）唔，也许有一天会告诉他，到
　　　　　　好多好多年之后，到我不像现在这么——这么漂亮的时候。
　　　　　　你别笑！我的意思是说等托伐不像现在这么爱我，不像现
　　　　　　在这么喜欢看我跳舞、化装演戏的时候。到那时候我手里
　　　　　　留着点东西也许稳当些。（把话打住）喔，没有的事，没有
　　　　　　的事！那种日子永远不会来。克立斯替纳，你听了我的秘
　　　　　　密事觉得怎么样？现在你还能说我什么事都不会办吗？你
　　　　　　要知道我的心血费得很不少。按时准期付款不是开玩笑。

克立斯替纳，你要知道商业场中有什么分期交款、按季付息一大些名目都是不容易对付的。因此我就只能东拼西凑到处想办法。家用里头省不出多少钱，因为我当然不能让托伐过日子受委屈。我也不能让孩子们穿得太不像样，凡是孩子们的钱我都花在孩子们身上，这些小宝贝！

林丹太太　可怜的娜拉，你只好拿自己的生活费贴补家用。

娜　　拉　那还用说。反正这件事是我一个人在筹划。每逢托伐给我钱叫我买衣服什么的时候，我老是顶多花一半，买东西老是挑最简单最便宜的。幸亏我穿戴什么都好看，托伐从来没疑惑过。可是，克立斯替纳，我心里时常很难过，因为衣服穿得好是桩痛快事，你说对不对？

林丹太太　一点儿都不错。

娜　　拉　除了那个，我还用别的法子去弄钱。去年冬天运气好，弄到了好些抄写的工作。我每天晚上躲在屋子里一直抄到后半夜。喔，有时候我实在累得不得了。可是能这么做事挣钱，心里很痛快。我几乎觉得自己像一个男人。

　　这段对话中，林丹太太的话语用于引发娜拉的讲述。编剧这里并没有采用逼问、盘问等方式，也没有特殊的妙计来诱惑对方讲出。娜拉自己的话语除了加入一些感情色彩外，整体上是平实、理性的。再如下例：

传　　她自杀了。这件事最惨痛的地方你们感觉不到，因为你们没有亲眼看见。我记得多少，告诉你多少。

　　她发了疯，穿过门廊，双手抓着头发，直向她的新床跑去；她进了卧房，砰地关上门，呼唤那早已死的拉伊俄斯的名字，想念她早年生的儿子，说拉伊俄斯死在他手中，留下做母亲的给他的儿子生一些不幸的儿女。她为她的床榻而悲叹，她多么不幸，在那上面生了两种人，给丈夫生丈夫，给儿子生儿女。她后来是怎样死的，我就不知道了；因为俄狄浦斯大喊大叫冲进宫去，我们没法看完她的悲剧，而转眼望着他横冲直撞。他跑来跑去，叫我们给他一把剑，还问哪里去找他的妻子，又说不是妻子，是母亲，他和他儿女共有的母亲。他在疯狂中得到了一位天神的指点；因为我们这些靠近他的人都没有给他指路。好像有谁在引导，他大叫一声，朝着那双扇门冲去，把弄弯了的门杠从承孔里一下推开，冲进了卧房。

我们随即看见王后在里面吊着，脖子缠在那摆动的绳上。国王看见了，发出可怕的喊声，多么可怜！他随即解开那活套。等那不幸的人躺在地上时，我们就看见那可怕的景象：国王从她袍子上摘下两只她佩戴着的金别针，举起来朝着自己的眼珠刺去，并且这样嚷道："你们再也看不见我所受的灾难，我所造的罪恶了！你们看够了你们不应当看的人，不认识我想认识的人；你们从此黑暗无光！"

他这样悲叹的时候，屡次举起金别针朝着眼睛狠狠刺去；每刺一下，那血红的眼珠里流出的血便打湿了他的胡子，那血不是一滴滴地滴，而是许多黑的血点，雹子般一齐降下。这场祸事是两个人惹出来的，不止一人受难，而是夫妻共同受难。他们旧时代的幸福在从前倒是真正的幸福；但如今，悲哀，毁灭，死亡，耻辱和一切有名称的灾难都落到他们身上了。

歌队长　现在那不幸的人的痛苦是不是已经缓和一点了？

传　　他大声叫人把宫门打开，让全体忒拜人看看他父亲的凶手，他母亲的——我不便说那不干净的话；他愿出外流亡，不愿留下，免得这个家在他的诅咒之下有了灾祸。可是他没有力气，没有人带领；那样的苦恼不是人所能忍受的。他会给你看的；现在宫门打开了，你立刻可以看见那样一个景象，即使是不喜欢看的人也会发生怜悯之情的。

简单地讲述交代的对话类型也要有层次。比如下例：

愫　方　（恳求似的）瑞贞，不要管吧！我第一次这么高兴哪。（走近瑞放着小箱子的桌旁）瑞贞，这一箱小孩子的衣服你还是带出去。（哀悯地）在外面还是尽量帮助人吧！把好的送给人家，坏的留给自己。什么可怜的人我们都要帮助，我们不是单靠吃米活着的啊！（打开那箱子）这些小衣服你用不着，就送给那些没有衣服的小孩子们穿吧。（忽然由里面抖出一件雪白的小毛线斗篷）你看这件斗篷好看吧？

曾瑞贞　好，真好看。

愫　方　（得意地又取出一顶小白帽子）这个好玩吧？

曾瑞贞　嗯，真好玩！

愫　方　（欣喜地又取出一件黄绸子小衣服）这件呢？

曾瑞贞　（也高起兴来，不觉拍手）这才真美哪！

愫　方　（更快乐起来，她的脸因而更显出美丽而温和的光彩）不，这不算好的，还有一件。（忍不住笑，低头朝箱子里）

　　　　【凄凉的号声，仍不断地传来，这时通大客厅的门缓缓推开，暮色昏暗里显出曾文清。他更苍白瘦弱，穿一件旧的夹袍，臂里挟着那轴画，神色惨沮，疲惫，低着头踽踽地踱进来。

　　　　【愫方背向他，正高兴地低头取东西。瑞贞面朝着那扇门——

曾瑞贞　（一眼看见，像中了梦魇似的，喊不出声来）啊，这——

愫　方　（压不下的欢喜，两手举出一个非常美丽的大洋娃娃，金黄色的头发，穿着粉红色的纱衣服，她满脸是笑，期待她望着瑞）你看！（突然看见瑞贞的苍白紧张的脸，颤抖地）谁？

曾瑞贞　（呆望，低声）我看，天，天塌了！（突然回身，盖上自己的脸）

愫　方　（回头望见文清，文清正停顿着，仿佛看不大清楚似的向她们这边望）啊！

一开始是小白斗篷、帽子、黄绸子小衣服这些普通之物，再之后是美丽的洋娃娃，气氛非常热烈，紧接着气氛一转，是曾文清的失败返家。

二、事件 + 动作的对话

这类对话与第一类对话同样以交代事件为主，但不同的是，这类对话将反转、延宕等技巧紧紧地依附于事件之中，在动作中使读者对事件留下深刻的印象，而不是生硬的记忆。

这种对话也较为干脆利落，有话则长，无话则短。比如陆军教授《浪漫的村庄》中的这段对话：

【中午时分。

【石塘村村口。

【村民们在大型玻璃花房里整理着各种名贵鲜花。

村民甲　哎哎哎，山龙！你快来看，这枝"凤凰蝴蝶兰"的颜色真好看。

村民乙　哟！真的，花苞这么大！张助理说这花很名贵的，一枝就要七八十元，到春节里一盆花要卖上千元哪！

村民丙　这个我知道的，城里人逢年过节，家里放一盆蝴蝶兰，是一种档次。

【翠花上。

村民甲　是呀，你们看我手里的订单最多的就是蝴蝶兰！

翠　花　真要好好谢谢张助理，他教大家种花，养花，卖花，村民们都发了财。

村民甲　是翠花来了，你找我？

翠　花　我来找阿塔，老会计，你看见他了吗？

村民甲　啊呀翠花，我才五十出头一点点的，按照现在的"行情"是属于年富力强的中青年大龄青年，你怎么也一口一个叫我老会计啊!

翠　花　你头发都白了，还不老?

村民甲　那是祖传的，我出娘胎时头上的胎毛就有几根是白的。哎，翠花，你到底有什么事找阿塔? 阿塔这个人嘴上没毛，办事不牢，你找我就可以了。大家都知道你一个人过日子，我也一个人过日子，我们两个人可以互相帮助，互相……

翠　花　(打断)谢谢，我没什么事找你。(下)

【村民甲依依不舍，欲追。

村民乙　老会计，人家翠花与阿塔正在"拍拖"，你不要去第三者插足噢。

村民甲　什么第三者，我是第三世界。

【村民丁边打手机边上。

村民丁　老会计，快点! 外贸公司订的八百盆花到现在也没有送到，人家五六个电话打过来了。

村民甲　你看，建国他们不是正在装车吗! 快了快了。他们昨天晚上订的货，叫我们怎么来得及调度啊?

村民丁　来不及，来不及，你怎么老是来不及? 人家张助理老早就用电脑了，你还在用这个破算盘。

村民甲　我怎么能和张助理比呢。

村民乙　哎，你们知道吗，听说张助理马上要回城里去了。

村民甲　是呀，张助理到我们村快两年了，按规矩他是要回去了。

【众村民反应强烈:"我们不能让张助理走啊!"

"一定要想办法把他留下来!"①

这段对话非常简洁明了，主要内容是传递出大家对大学生村长助理张新民衷心的拥护。为了使这个枯燥的信息变得有趣，作者加入了翠花和村

---

① 陆军:《浪漫的村庄》，选自《陆军文集(第三卷)》，江苏文艺出版社2005年版，第179—262页。(后同)

民甲的插科打诨，营造出一些喜剧的效果，但是"夸蝴蝶兰"指向张助理，"催发货"也是指向张助理，编剧写作的重点是交代事件而不是描写动作。

三、动作＋事件型的对话

如果说事件＋动作型的对话中，动作潜藏于事件之下而难以分辨的话，那么动作＋事件型则将动作显露在事件之外。这种对话中常充分依赖延宕、反转、悬念等技巧，让简单的事件一波三折，使对话变得跌宕起伏。

这种对话一般附着于动作和冲突，由人物的戏剧动作和目的引发，视情况有喜剧和悲剧风格的不同：

【一女子入——我们也不知道她的名字，就叫她做女乙吧——女乙走进光区，站在男甲前面，面对观众席，漫无目的地游目四顾，从手袋取出一面小镜子，对镜整妆。

【男甲的注意力被女乙吸引，目光从报纸移至女乙的背上，仿佛在欣赏一件艺术品。

【男甲正看得出神，女乙不经意地一转头，男甲立刻低下头来看报纸，仿佛眼前的女人是不存在的。如是者两三次之后，女乙终于忍无可忍，转身面对男甲。

女　乙　你干什么呀?!

男　甲　你说什么?

女　乙　你还在装蒜! 你刚才在看什么呀?

男　甲　我看什么?! 我看什么关你什么事?

女　乙　没错，你看什么都不关我的事。但是你在我背后偷看我就关我的事了!

男　甲　我偷看你?! 你有没有搞错呀? 这里的风景那么美丽……青的山，绿的水，蓝的天，黄的地，还有那么大一叠报纸，我有那么多好东西不看，看你? 你以为我真的是有眼无珠吗?

【女乙一时之间不知如何回答。

234

男　甲　（若无其事地低头继续看报）真是莫名其妙！

　　　　【女乙不以为然地转身，背对男甲，想了一想，再次取出镜子，如前一样照镜。

　　　　【男甲又忍不住抬头看女乙。

女　乙　（出其不意地转身）还不给我找到你！这次人赃并获，你还可以抵赖？

男　甲　喂……小姐，你不要含血喷人好不好。什么叫"人赃并获"呀？我偷了什么呀？

女　乙　你偷窥！偷窥就是色情狂！变态！你明白了没？还在装什么蒜？

男　甲　你真的是愈讲愈过分！明明是你走过来，站在我的前面，我不怪你挡着我的风水就算了，还反过来诽谤"偷窥"？！

女　乙　你没有征求我的同意，在我背后紧紧地盯着我，这不是偷窥是什么？！

男　甲　你说什么？"征求"你的同意？！小姐，请你搞清楚，这里是公园，不是公厕呀！

女　乙　对于一个色狼来讲，公园和公厕都是一样的。

男　甲　（站起）你还骂我是色狼！

女　乙　（后退一步）我没有说你，是你自己承认的！

　　　　【男甲一步一步逼近女乙；女乙一步一步后退；两人围着长椅走了一圈；女乙一时紧张，跌坐在长椅上。

女　乙　（双手护在胸前）你想干什么？

男　甲　这个问题应该由我来问你才对。你到底想要怎么样？

女　乙　我……我想坐下来，什么怎么样？

男　甲　你现在已经坐下来了，满意了没有呀？

女　甲　（故作镇静）不错呀。

　　　　【男甲默默地看着女乙。

【女乙干咳几声。

利用反转、强弱转化等来完成一个动作，与前文所述的停留在交代一个信息、描述一个事件有所不同。在完成动作的前提之下，交代事件的起承转合——不是孤立地、静止地讲述自己看到了何人、知晓了何事，而是告诉观众事件是怎么发展的：在这个女子指控男子性骚扰的事件中，男子先被女子吸引，女子发现后予以斥责，男子拒不承认，女子找到铁证，男子理屈词穷之后耍起无赖……这也是一个从语言冲突到肢体动作冲突的例子。

这种由动作带出事件的做法，在现实主义戏剧、浪漫主义戏剧、表现主义、象征主义戏剧中都通用。比如《青鸟》中两个孩子趴在窗户上看别人家过节的场景：

【开百叶窗。一道强烈的亮光射进屋里。两个孩子贪婪地往外看着。

蒂蒂尔　都看见了！……

米蒂尔　（在凳子上只占到一丁点儿地方）我看不见……

蒂蒂尔　下雪了！……瞧，有两辆六匹马拉的车！……

米蒂尔　车里走出十二个小男孩！……

蒂蒂尔　你真傻！……这是小姑娘……

米蒂尔　他们都穿长裤……

蒂蒂尔　你还真行……别这样推我呀！……

米蒂尔　我碰都没有碰你。

蒂蒂尔　（一个人把凳子全占了）你把地方全占了……

米蒂尔　可我一点地方也没了！……

蒂蒂尔　别说了，我看见树了！……

米蒂尔　什么树？……

蒂蒂尔　圣诞树呀！……你就瞧着墙壁！……

米蒂尔　我没有地方，只瞧得见墙壁……

蒂蒂尔　（让给他一丁点儿地方）好了，你地方够了吧？……这是最好的位置吧？……多亮呀！多亮呀！……

两个孩子在你争我抢中，交代了富人家过圣诞的盛况，这与梅特林克《盲人》等作品中，通过平铺直叙的方式，多人共叙场景是截然不同的。

四、炫技式的对话

这种对话往往出现在信息本身并不重要，本可简单予以交代，然而编剧通过对话双方强弱对比和转换，将对话迂回萦绕，让冲突富有多个层次，更深刻地塑造了人物，强化了戏剧情势，也丰富了主题。

如果说在事件＋动作型中，事件的交代仍然比动作更重要一点，那么在炫技式的对话中刻画动作、通过动作来塑造人物则成为关键。比如《原野》中的这段：

【塘里青蛙又叫了几声，来了一阵风，远远传来野鸡的鸣声。

焦花氏　（忽然拉起男人的手）我问你，大星，你疼我不疼我？

焦大星　（仰着头）什么？

焦花氏　（坐在他身旁）你疼我不疼我？

焦大星　（羞涩地）我——我自然疼你。

焦花氏　（贴近一些）那么，我问你一句话，我说完了你就得告诉我。别含糊！

焦大星　可是你问——问什么话？

焦花氏　你先别管，你到底疼我不？你说不说？

焦大星　（摇摇头）好，好，我说。

焦花氏　（指着男人的脸）一是一，二是二，我问出口，你就得说，别犹疑！

焦大星　（急于知道）好，你快说吧。①

这里的动作与对话是为了建立悬念。焦花氏先向焦大星示好，以女性

---

① 曹禺：《原野》，选自《中国话剧百年剧作选　第3卷　20世纪30年代　2》，中国对外翻译出版公司2007年版，第1—146页。（后同）

魅力获得其肯定的答案，将焦大星置于一个被动的境地，必须回答自己的问题。

　　焦花氏　要是我掉在河里，——

　　焦大星　嗯。

　　焦花氏　你妈也掉在河里，——

　　焦大星　（渐明白）哦。

　　焦花氏　你在河边上，你先救哪一个？

　　焦大星　（窘迫）我——我先救哪一个？

　　焦花氏　（眼直盯着他）嗯，你先救哪一个，是你妈，还是我？

　　焦大星　我……我——（抬头望望她）

　　这里焦花氏没有一口气直接提出自己的问题，在她问话的过程中夹杂着焦大星的认知过程，体现了焦大星由疑惑到明白，再到觉得问题不好回答的心理变化。这段对话不仅仅是外部动作，更体现了表现主义戏剧重视心理动作的特点。对焦花氏的刻画是通过威逼利诱的外部动作，而对焦大星的刻画则是通过心理动作，表现了焦大星惑于焦花氏的邪魅，从抗拒到屈服再到忏悔的变化过程。焦大星的外在行为——由不同意诅咒母亲再到同意诅咒母亲——发生的根源，在于焦花氏步步紧逼下，内心情感天平发生了倾斜。

　　焦花氏　（迫不及待着）嗯？快说，是你妈？还是我？

　　焦大星　（急了）可——可哪会有这样的事？

　　焦花氏　我知道是没有。（固执地）可要是有呢，要是有，你怎么办？

　　焦大星　（苦笑）这——这不会的。

　　焦花氏　你，你别含糊，我问你要真有这样的事呢？

　　焦大星　要真有这样的事，（望望女人）那——那——

　　焦花氏　那你怎么样？

　　焦大星　（直快地）那我两个都救，（笑着）我（手势）我左手拉着妈，
　　　　　　我右手拉着你。

这是第一个回合冲突的解决，也是焦大星自明白问题之后，对焦花氏问题作出的回答。他回避了先救谁的问题，选择了一个都救的两全之计。这自然不能让焦花氏满意，于是进入第二个回合：

焦花氏　不，不成。我说只能救一个。那你救谁？（魅惑地）是我，还是你妈？

焦大星　（无奈）那我……那我……

焦花氏　（激怒地）你当然是救你妈，不救我。

焦大星　（老实地）不是不救你，不过妈是个——

焦花氏　（想不到）瞎子！对不对？

焦大星　（乞怜地望着她）嗯。瞎了眼自然得先救。

焦花氏　（噘起嘴）对了，好极了，你去吧！（怨而恨地）你眼看着我淹死，你都不救我，你都不救我！好！好！

焦大星　（解释）可你并没有掉在河里——

焦花氏　（索性诉起委屈）好，你要我死，（气愤地）你跟你妈一样，都盼我立刻死了，好称心，你好娶第三个老婆。你情愿淹死我，不救我。

焦大星　（分辩地）可我并没有说不救你。

焦花氏　（紧问他）那么，你先救谁？

焦大星　（问题又来了）我——我先——我先——

焦花氏　（逼迫）你再说晚了，我们俩就完了。

焦大星　（冒出嘴）我——我救你。

焦花氏　（改正他）你先救我。

焦大星　（机械地）我先救你！

焦花氏　（眼里闪出胜利的光）你先救我！（追着，改了口）救我一个？

焦大星　（糊涂地）嗯。

焦花氏　（说得更清楚些）你"只"救我一个——

焦大星　（顺嘴说）嗯。

焦花氏　你"只"救我一个，不救她。

焦大星　可是，金子，那——那——

焦花氏　（逼得紧）你说了，你只救我一个，你不救她。

　　焦花氏再次强调和明确自己的问题——婆媳二人只能救一个。焦大星选择了先救眼瞎的焦母。这引起了焦花氏的不满，她上纲上线引申为焦大星存心置自己于死地，这里焦大星针对焦花氏的问题进行辩解，"你并没有掉河里""我没有说不救你"，借着焦大星辩解的时机，二人交锋进入了第三个回合：

焦大星　（气愤地立起）你为什么要淹死我妈呢？

焦花氏　谁淹死她？你妈不是好好在家里？

焦大星　（忍不下）那你为什么老逼我说这些不好听的话呢？

焦花氏　（反抗地）嗯，我听着痛快，我听着痛快！你说，你说给
　　　　我听。

焦大星　可是说什么？

焦花氏　你说"淹死她"！

焦大星　（故意避开）谁呀？

焦花氏　你说"淹死我妈"！

焦大星　（惊骇望着她）什么，淹死——？

焦花氏　（期待得紧）你说呀，你说了我才疼你，爱你。（诱惑地）你
　　　　说了，你要干什么，我就干什么。你看，我先给你一个。（贴
　　　　着星的脸，热热地亲了一下）香不香？

焦大星　（呆望着她）你——嗯！

焦花氏　你说不说！来！（拉着星）你坐下！（把他推在大包袱上）你
　　　　说呀！你说淹死她！淹死我妈！

焦大星　（傻气地）我说，我不说！

焦花氏　（没想到）什么！（想翻脸，然而——笑下来，柔顺地）好，
　　　　好，不说就不说吧！（忽然孩子似的语调）大星，你疼我不疼
　　　　我？（随着坐在大星的膝上，紧紧抱着他的颈脖，脸贴脸，偎

过来擦过去）大星，你疼我不疼我？你爱我不爱？

焦大星　（想躲开她，但为她紧紧抱住）你别——你别这样，有——有人看见。（四面望）

焦花氏　我不怕。我跟我老头子要怎么着就怎么着。谁敢拦我？大星，我俊不俊？我美不美？

焦大星　（不觉注视她）俊！——美！

焦花氏　（蛇似的手抚摸他的脸、心和头发）你走了，你想我不想我？你要我不要我？

焦大星　（不自主地紧紧握着她的手）要！

焦花氏　（更魅惑地）你舍得我不舍得我？

焦大星　（舔舔自己的嘴唇，低哑地）我——不——舍——得。（忽然翻过身，将花氏抱住，再把她——，喘着）我——

焦花氏　（倏地用力推开他，笑着竖起了眉眼，慢慢地）你不舍得，你为什么不说？

焦大星　（昏眩）说——说什么？

焦花氏　（泄恨地）你说淹死她，淹死我妈。

　　【一阵野风，吹得电线杆呜呜地响。

焦花氏　你说了我就让你。

焦大星　（喘着）好，就——就淹死她，（几乎是抽咽）就淹、淹死我——

第三个回合中，在焦花氏的女性魅惑下，焦大星终于说出"淹死她"这样大逆不道的话。

这段长达一千七百字的文字所传达出的信息，即通过焦花氏威逼利诱让焦大星说出淹死母亲的情节，体现焦花氏对焦母的仇恨和焦大星的软弱。这个情节原本可以简单地写为：

焦花氏　如果我跟你妈先掉井里，你先救她还是先救我？

焦大星　当然是两个一起救，一只手拉着你，一只手拉着他。

焦花氏　不行，我说的是先救谁！

焦大星　我——先救我妈，她是瞎的。

焦大花　那你是想让我淹死，你不爱我！

焦大星　不，我不是这个意思。

焦大花　你不说"淹死我妈"，我就不跟你好了。你晚上别跟我睡觉，
　　　　白天别想亲我——我，我离开这儿，我不在这儿待着了！

焦大星　好好，我听你的，就淹死我妈，不……

　　但是两相比较，前者的艺术水平显然要高出很多，因为它不仅仅是轻
描淡写地展示人物、情节，而是体现了表现主义意识戏剧透过表面动作揭
示人物灵魂深处的特点，强化了焦花氏狠毒与魅惑并存的性格基调。焦花
氏对焦母的恨除了婆媳之间天生的敌意，也包含了女性之间的敌视，她利
用女性魅力，用欲望挑唆得焦大星意乱情迷，这是一个女性对男性的挑战，
也是标准的女性对女性宣战的方式，杀死焦母并无理性可言，是一种在极
度压制下原始生命力的爆发。这里面蕴含着柏格森直觉主义和弗洛伊德精
神分析心理学的学说理论，使得作品超脱了家庭伦理剧的俗套，成为不可
多得的艺术精品，焦花氏、焦母、焦大星的形象也深入人心。

第二节　对话的功能：传递信息、抒发情感、表达观点

　　语言的功能有三种，一为传递信息、交代事件，二为表达情感、意象，
三为表达观点。因为三者功能侧重的不同，语言的风格也就有了变化。当
然，无论是现实主义、浪漫主义，抑或表现主义、荒诞主义、象征主义的
戏剧类型，其语言均可具备以上功能，只是在风格上各不相同。

一、以传递信息、交代事件为主，使用的语言清晰、完整、准确

焦巴辛　我本来有几句叫你们听着又高兴又有趣的话，很想跟你们
　　　　说说的。（看一眼自己的表）可是我就得走，没有时间多谈
　　　　了……那就这么着吧，我就用三言两语把它说一说吧。你一

定早已知道了，你的樱桃园就要被扣押，在八月二十二日拍卖了。可是，我的亲爱的太太，你不用着急，尽管安安稳稳睡你的觉好了；有办法……我向你建议这么一个计划。仔细听我说！你这片地产离城里才二十里，附近又刚刚修好了一条铁路；只要你肯把这座樱桃园和沿着河边的那一块地皮，划分成为若干建筑地段，分租给人家去盖别墅，那么，你每年至少有两万五千卢布的入款。

加耶夫　对不起，你谈的都是些废话。

柳鲍芙·安德烈耶夫娜　我不大懂你的意思，叶尔莫拉伊·阿列克塞耶维奇。

罗巴辛　每亩地，你可以每年至少向租户收二十五个卢布的租金，如果你马上就把这个办法宣布出去，我敢跟你打个随便什么赌，到不了秋天，你手里就连一段地皮都不剩，统统叫人给抢着租光了。一句话，我恭喜你；那你可就有了救星了。这是块头等的好地势，旁边又是一道挺深的河。可是，你当然得把这儿先整顿整顿，稍微清除干净些……比如说吧，所有这些旧房子，就都得拆除了。连这座房子也在内，反正它也没有什么用处了；还有，也得把这座樱桃园的树木都砍掉……

柳鲍芙·安德烈耶夫娜　把樱桃园的树木都砍掉！对不起，这你简直一点也不懂。如果说全省之内，还有一样唯一值得注意、甚至是出色的东西的话，那就得算是我们这座樱桃园了……①

　　罗巴辛简明扼要地告诉了柳鲍芙保住樱桃园的办法——把园子租出去。他的话语风格平实，没有过多的藻饰，就事论事，既没有多余的抒情，也没有哲理性的象征。

　　再如《假如我是真的》中，赵团长探听张小理的父亲是谁，出于讨好

---

① 契诃夫：《樱桃园》，选自《樱桃园》，焦菊隐译，江西教育出版社 2016 年版，第 353—435 页。（后同）

巴结，告诉了他以下信息：

赵团长　这样一说，你爸爸不但是马部长的老上级，跟我们吴书记也比较熟。

张小理　吴书记？

赵团长　你不知道？市委吴书记。

张小理　哦，市委的吴书记，我听我爸爸说过。

赵团长　我听吴书记的爱人钱大姐说，五三年的夏天，吴书记到北京开会，到你们家看望过你爸爸。那时候你还在吃奶吧？吴书记还送给你爸爸一盆名贵的仙人掌。你爸爸看吴书记抽烟抽得凶，就送了他两条"三五牌"香烟。钱大姐说，吴书记跟你爸爸二十多年没见了。对了，我马上去告诉钱大姐，她要是知道是你来了，一定会高兴的。你等等。

【赵团长从通往后台的门下。

之后张小理上前将计就计，借助先前打听到的细节，"唬"住了钱处长和孙局长：

【钱处长和孙局长上。

【张小理大大方方地迎上前去。

张小理　钱阿姨！

钱处长　（一愣）你……

张小理　我是马部长介绍来看戏的。

钱处长　哦，听说了，听说了。赵团长呢？

张小理　赵阿姨说是去找你了。

钱处长　坐吧，坐吧！

张小理　吴伯伯好吗？

钱处长　还不错。

张小理　抽烟还抽得那么凶吗？

钱处长　（奇怪地）小鬼，你怎么知道的？

张小理　我听我爸爸说的，我爸爸已经把烟戒了。他说，叫吴伯伯也
　　　　少抽点。

钱处长　（困惑地）你爸爸？哦，你爸爸好吗？

张小理　好。就是工作太忙，也没空养花了。不过，吴伯伯五三年到
　　　　北京开会的时候，送给我爸爸的那盆名贵的仙人掌，他倒一
　　　　直很喜欢。

钱处长　（惊喜万分）啊，你原来是……哎呀呀，你怎么不早说哩！怪
　　　　不得连吴书记抽烟抽得凶你都知道！

　　　　【孙局长询问地向钱处长凑过身去，钱处长向孙局长耳语。

孙局长　（大吃一惊）哦？

　　　　【孙局长连忙端坐在一旁。

钱处长　太好了，太好了！来来来，过来过来！（将张小理拉到自己身
　　　　旁坐下）你是老几了！

张小理　五三年吴伯伯到北京的时候，我还在吃奶哩。

钱处长　哦，那你是老五了！

张小理　对，对，我是老五。

钱处长　小鬼，你叫什么名字？

张小理　叫张小理，大小的小，理想的理，您随便叫好了，叫我的姓，
　　　　就叫小张；叫我的名字，叫小理也可以。

　　这整段对话也很平实，几乎与日常生活中的语言无异，充其量是根据
动作性进行了梳理。有的对话则更注重表达观点和发表对社会现实的批评，
比如《一个死者对生者的访问》中：

　　　　【唐恬恬背着吉他，手提一网袋食物走来。寻找，敲门。亮亮
　　　　摸索着走了过去。

亮　亮　（走到门边，隔门询问）谁呀？

唐恬恬　（在门外，高声）我找郝处长。

亮　亮　（将门开一条小缝）你有什么事？

唐恬恬　（在门外）公事。

亮　亮　（在门内）公事？明天你去局里办公室找他吧。

郝处长　亮亮，这不好，快让人家进来！要不然，传出去，人家会以
　　　　为爸爸官气十足，影响不好。

亮　亮　在家还要办公，你太累了……

郝处长　（穿好衣服，戴上面具，对门外唐恬恬）快进来，进来！
　　　　请进！

　　　　【唐恬恬进门。亮亮将门关好。

唐恬恬　处长大人好难见啊！不多打扰，只谈十分钟！

郝处长　（抱歉地）请别介意。我女儿这几天一直生病，心情不太好。
　　　　坐吧，请坐。

　　　　【唐恬恬打量着静静地坐在一边的亮亮——她们俩穿着一模一
　　　　样的"青春风帆"型衣裙。

郝处长　（辨识）唔，你是……

　　　　【唐恬恬递上一张名片。

郝处长　啊，你是唐恬恬……见过，见过。

唐恬恬　处长好记性。

郝处长　你找我有事？

唐恬恬　无事不登三宝殿。听说是你们下令，把我们"恬恬时装表演
　　　　歌会"和展销活动给停了；而且，还通知歌厅不租给场子？

郝处长　唔，这个问题比较复杂，涉及许多方面。商业部门领导考虑，
　　　　一是你们在国营商店门口搞展销，唱对台戏，抢了国营生意，
　　　　弄得他们经理很狼狈。

唐恬恬　竞争嘛，早晚是要大鱼吃小鱼的，哪有小鱼吃大鱼的？实力
　　　　雄厚的国营商店，还没明白过来就是了。那么请问二呢？

郝处长　（斟酌着字句）二是……你们表演的和展销的那些时装，是不
　　　　是有点……有点那个……精神污染"奇装异服"了。我没这

246

个意思，领导也没这样讲。

编剧设计这段对话有两个目的，一个是塑造圆滑、懒政的郝处长人物形象，另一个是展示在社会上颇有市场的观点——对民营经营的压制和反对是必要且正当的。在编剧看来，这两个目的的重要性要远超"唐恬恬说服郝处长给歌厅提供场地"的行动。

二、描述事件的同时，在字里行间增加情感

比如《俄狄浦斯王》中的这段：

【祭司携一群乞援人自观众右方上，

俄狄浦斯偕众侍从自宫中上。

俄　孩儿们，老卡德摩斯的现代儿孙，城里正弥漫着香烟，到处是求生的歌声和苦痛的呻吟，你们为什么坐在我面前，捧着这些缠羊毛的树枝？孩儿们，我不该听旁人传报，我，人人知道的俄狄浦斯，亲自出来了。（向祭司）老人家，你说吧，你年高德劭，正应当替他们说话。你们有什么心事，为什么坐在这里？你们有什么忧虑，有什么心愿？我愿意尽力帮助你们，我要是不怜悯你们这样的乞援人，未免太狠心了。

祭　啊，俄狄浦斯，我邦的君主，请看这些坐在你祭坛前的人都是怎样的年纪：有的还不会高飞；有的是祭司，像身为宙斯祭司的我，已经老态龙钟；还有的是青壮年。其余的人也捧着缠羊毛的树枝坐在市场里，帕拉斯的神庙前，伊斯墨诺斯庙上的神托所的火灰旁边。因为这城邦，像你亲眼看见的，正在血红的波浪里颠簸着，抬不起头来；田间的麦穗枯萎了，牧场上的牛瘟死了，妇人流产了；最可恨的带火的瘟神降临到这城邦，使卡德摩斯的家园变为一片荒凉，幽暗的冥土里倒充满了悲叹和哭声。

我和这些孩子并不是把你看作天神，才坐在这祭坛前求你，

我们是把你当作天灾和人生祸患的救星；你曾经来到卡德摩斯的城邦，豁免了我们献给那残忍的歌女的捐税；这件事你事先并没有听我们解释过，也没有向人请教过；人人都说，并且相信，你靠天神的帮助救了我们。

现在，俄狄浦斯，全能的主上，我们全体乞援人求你，或是靠天神的指点，或是靠凡人的力量，为我们找出一条生路。在我看来，凡是富有经验的人，他们的主见一定是很有用处的。

啊，最高贵的人，快拯救我们的城邦！保住你的名声！为了你先前的一片好心，这地方把你叫做救星；将来我们想起你的统治，别让我们留下这样的记忆：你先前把我们救了，后来又让我们跌倒。快拯救这城邦，使它稳定下来。

前一类语言简单朴素，这里则增加了"求生的歌声和苦痛的呻吟"，"血红的波浪"以及排比、比拟、夸张、对仗等语言形式，突出了字里行间的情感色彩。有些语言没有明确的动作目的，直抒胸臆的成分脱离了正常生活语言的范畴。比如《商鞅》中"天要你死，我要你活""你要为人上之人"等指向鲜明的语句，对于主题的表达有重要作用。还有一些语言风格倾向于含蓄，通过欲言又止的方式，将人物情感洪流加以收束。比如《桑树坪纪事》中许彩芳与榆娃的一段对话：

许彩芳　小麦客，你看我干啥？

榆　娃　（猛地收回神）没，没啥……

许彩芳　小麦客，噢，榆娃，你多大了？

榆　娃　二十。

许彩芳　噢，那你家在哪搭住着呢？

榆　娃　平凉。

许彩芳　（若有所思地）平——凉……（忽然地）你们那搭有山没有？

榆　娃　没有山，我们那搭一马平川跑死马哩！

许彩芳　（无限向往地）真的？

【许彩芳走到井边摆弄着井绳。

许彩芳　你有家吗?

榆　娃　(未思索地)有哩。

许彩芳　(意外地)啥?你有家了?

榆　娃　啊,咱家有大有妈、弟弟妹妹……(突然悟过来了)你,你
　　　　说的是个啥家呀?

许彩芳　我是说……你自己的……

【榆娃默默地摇了摇头。

许彩芳　那你咋不成个自己的家呢?

榆　娃　咱家穷,我妈眼睛又瞎哩……

借景抒情,托物寓志,也是一种令情感表达较为克制、富有张力的做法。这种做法颇得中国古典叙事之妙。比如下例:

【远处算命瞎子悠缓的铜钲声。

【一两句遥遥市街上的"酸梅的汤儿来……"

愫　方　(伫立发痴,蓦然坐在一张孤零零的矮凳上嘤嘤隐泣起来)

【微风吹来,吹动着墙上挂的画。

【外面圆儿的声音:(放着风筝,拍手喊)飞呀,飞呀,向上
　　　　飞呀!

【陈奶妈带着小柱儿由大花厅通前院的门走进来。小柱儿目
　　　　不转睛地回头望着半空中的纸鸢,阳光迎面射着一张通红的
　　　　圆脸。

陈奶妈　愫小姐!

小柱儿　(情不自禁,拍手)奶奶,金鱼上天了!金鱼上天了!(指着天
　　　　外的天空惋惜大叫)哎呀,金鱼又从天上摔下来了。金鱼——

陈奶妈　(望见愫方独自在哭,回首低声)别嚷嚷,你出去看去吧!

【小柱儿喜出望外,三脚两步走出去。陈奶妈悄悄走到愫方
　　　　面前。

陈奶妈 （缓缓地）愫小姐，你怎么啦？

愫　方 （低头）我，我——（又低声抽咽）

【半晌。

陈奶妈 （叹了一口气，怜惜地把手放在她微微在抽动着的肩上）愫小
　　　　姐，别哭了，我走了大半年了，怎么我回来您还是在哭呀？

愫　方 （抬头）我真是想大哭一场，奶妈，这样活着，是干什么呀！
　　　　（扑在桌上哭起来）

此类对话中的情感各不相同。有离别之情，有愤慨之情，但无一例外都要求感情真挚、动人、符合人物性格和剧情设定，是一种自然而然的抒发，不能够为情而情、造作矫饰。《商鞅》一剧中，姬娘是一个可以为商鞅向导的人，她向商鞅播下了"不能为人下之人、要做出一番功绩"的思想种子，也是商鞅最信任的人。在全剧的末尾，她面对秦军的重重追击围阻，依然骄傲地伴随着商鞅左冲右突，因此她的语言风格是激情澎湃的。愫方之所以发出"这样活着，是干什么呀"的心声，是因为她在曾思懿的冷嘲热讽下忍辱负重地活着，而心爱的男人配不上她的爱情，又目睹了下一辈没有前途的悲惨生活。两者一外露一含蓄，但情感同样深厚充沛。

三、理性的争辩和议论

一般来说，戏剧对话忌议论、忌争辩，但也并非完全如此。在哲理化风格的剧作中，争辩、议论反倒成为一种特色。这种对话可以是纯知识性的对话，比如《哥本哈根》中对原子弹爆炸原理的解释：

波　尔　广岛炸弹的数量为……

海森堡　50公斤。

波　尔　这就是你给出的数量？50公斤？

海森堡　我说大约是一吨。

波　尔　大约一吨？1000公斤？

海森堡　我相信最终我开始明白了。

海森堡　这是我唯一的差错。

波　尔　你高估了 20 倍。

海森堡　唯一的错处。

波　尔　但是，海森堡，你的数学，你的数学！它们怎么会差那么多？

海森堡　差得不多，就在我计算了扩散率后，我得出的答案就差不多了。

波　尔　就在你计算后？

海森堡　一星期后，我给大家做了个学术报告。记录中有，查一下！

波　尔　你是说……你以前没计算过？你没做过扩散率公式？

海森堡　没必要。

波　尔　没必要？

海森堡　计算已经做过了。

波　尔　谁做的？

海森堡　1939 年佩林和弗吕格做的。

波　尔　佩林和弗吕格？但是，亲爱的海森堡，那个计算是天然的铀。惠勒和我发现只有 235 才产生裂变。

海森堡　你们的重要论文，我们一切研究的基础。

波　尔　你需要计算纯 235 的量。

海森堡　显然是的。

波　尔　你没有做？

海森堡　我没有。

波　尔　这就是你为何如此确信没有钚，你无法成功。因为在整个战争期间你一直以为临界量不是几公斤 235，而是一吨，或更多。而产生一吨 235 在任何可能的时间内……

海森堡　大概需要两亿个分离器，那是无法想象的。

波　尔　如果你意识到你只需要生产几公斤……

海森堡　就是生产一公斤的话也需要20万个分离器。

波　尔　但两亿是一回事，20万是另一回事。你或许会考虑20万的
　　　　选择。①

这里是对原子弹制造历史的一次回顾，没有多余的动作和词汇的藻饰，是一种关于某类知识的说明和演绎。当然，这种说明和演绎也要尽量形象化、动作化，从而服务于一定创作目的，而非纯粹客观地宣读一篇论文或者阐述一个公式。比如这里的相互辩驳中，塑造了两个在专业领域造诣深厚的物理学家形象，既能体现二人的亲密无间，也是对后续二人命运走向的铺垫。

对话的议论功能也呈现为对社会现象的指斥和评价。这种议论往往包含激情，如同写议论文，包含有论证过程、论据和论点，揭示了容易被人们忽略的深刻道理。比如《爆玉米花》中，关于艺术是否应当承担社会责任的辩论：

布鲁斯　没有人逼着你干任何事情，不是警察，不是强盗，当然也
　　　　不是任何见鬼的电影！

韦　恩　布鲁斯，我明白你要说些什么，但是你是在歪曲这个辩论。

布鲁斯　不，我没有。

韦　恩　是的，你在歪曲这个辩论。

布鲁斯　我讨厌这个辩论！让他按你的计划说，韦恩！让他念你挑
　　　　出来的那些报纸。

韦　恩　这里没有任何特别的事情，我是从一般的普通的角度来
　　　　说的。

布鲁斯　一般的、普通的角度！那么，这就非常方便了，是不是？
　　　　（对镜头）你们大家都听到了他说的！（对韦恩）包括了所
　　　　有可能发生的事情，是吗？你们干错了事情，而你们认为，

---

① 迈克·弗雷恩：《哥本哈根》，选自《安魂曲　外国剧本卷》，胡开奇译，上海百家出版社2008年版，第289—353页。（后同）

一般地、普通地来说，应该有其他什么人来为你们承担责任。我！整个社会！谁会在乎？只要不是你们自己，就没有任何关系。我以前在什么地方听到过这种说法？也许所有的失败者都会发出这种谬论，我可从来没有听到任何成功的人把自己的成功归功于社会的！真是可笑！

韦　　恩　告诉我，布鲁斯，我一直想知道，当你在拍电影的时候，你是不是非常的激动兴奋？

布　鲁　斯　这是一个很简单幼稚的问题。

韦　　恩　我得承认，你的电影让我感到热血沸腾——我四下打量电影院，我可以看出其他人也都非常亢奋。他们的手都在发痒，恨不得立刻能够拔出手枪，啪、啪、啪地扫射个痛快。当然他们没有这样做，不过我可以看见他们都在舔自己的嘴唇。这种感觉真是爽极了，你把杀人变成了一件非常酷的事情。

布　鲁　斯　不，韦恩，你错了，我是把去电影院变成了一件非常酷的事情。

韦　　恩　没错！我是在说一种（他读报纸）"崇尚和信奉暴力"的文化。我们每时每刻都生活在这种文化里，我们都在呼吸着充满这种文化的空气。这一切不仅仅是那些从事犯罪的人创造的。

布　鲁　斯　可罪行只是那些犯罪分子干的！实施暴力的人造成了一个暴力的社会。是他们干的，不是我，也不是其他什么人。他们才应该被谴责。你们应该被谴责，仅仅是你们！

斯　考　特　你真的那么肯定，大导演先生？

维尔维特　是啊，你就那么肯定，爸爸？

斯　考　特　你真的那么肯定，当你把那些充满性、暴力、杀人抢劫的东西拍在你的胶片上的时候，你就那么肯定，它们不会被塞进人们的脑子里？

布鲁斯　我不知道！我不知道应该怎么来回答这个问题！我不能，也不会去猜测那些疯狂的罪犯会作出什么样的反应！难道《哈姆雷特》会纵容鼓励人们去做一个杀害君王的叛逆者？难道《俄狄浦斯》会教唆人们去跟自己的母亲睡觉？

斯考特　（吃惊地）这不是我们要谈的事情！

布鲁斯　汽车会撞死人，难道你会去禁止汽车？酗酒会致人死亡，难道我就应该去控告杰克·丹尼尔斯酒吗？也许不会吧？不过，咱们还是把它给禁了吧。接下来，咱们就可以以谋杀的罪名把电影导演们投进监狱，而那些杀人犯则可以到电视上向人们控诉，好莱坞是如何使他们走上犯罪道路的！

这段对话针对暴力、色情的艺术作品，尤其是大众媒介作品对社会的负面影响，具有深刻的现实意义，与故事情节相比，另有一番能唤起读者共鸣的魅力。

思辨性的对话还可以是对人们所熟悉的生活道理的讲述。比如《哈姆雷特》中波洛涅斯对儿子的忠告：

波洛涅斯　还在这儿，莱蒂斯！上船去，上船去，真好意思！风息在帆顶上，人家都在等你哩。好，我为你祝福！还有几句教训，希望你铭刻在记忆之中：不要想到什么就说什么，凡事必须三思而行。对人要和气，可是不要过分狎昵。相知有素的朋友，应该用钢圈箍在你的灵魂上，可是不要对每一个泛泛的新知滥施你的交情。留心避免和人家争吵；可是万一争端已起，就应该让对方知道你不是可以轻侮的。倾听每一个人的意见，可是只对极少数人发表你自己的意见；接纳每一个人的批评，可是保留你自己的判断。尽你的财力购置贵重的衣服，可是不要炫新立异，必须富丽而不浮艳，因为服装往往可以表现人格；法国的名流要人，在这一点上是特别注重的。不要向人告贷，也不要借钱给人，因为债款放了出去，往往不但丢了本钱，而且还失去了朋友；向人告贷的结果容易养成因循懒惰的习惯。尤其要紧的，你必须对你自己忠实；正像有了白昼才有黑夜一样，对自己忠实，才不会对别人欺诈。再会；让我的祝福使你记住这一番话！

这里对为人处世准则的描述，符合父亲送别儿子的情境，刻画了波洛涅斯老奸巨猾、工于心计的特点，因此并没有流于剧情之外。

本书只是列举了一部分，或许还有更多可能。思辨色彩的对话看似缺乏戏剧性和情感色彩，容易枯燥乏味，但从整个作品的立意和艺术高度来讲，剧作不能只流于情节化，或者只用于抒发寻常的情感。对人生观、价值观的评价，对社会现象的思考，将极大有助于提升作品的思想深度。

第三节　对话的指向：日常化、修辞化与反幻觉

戏剧中的故事、主题和人物塑造最终需要通过对话来体现，如果说基本构思是剧本的输入，那么对话就是最终的输出。目前关于戏剧的语言存在一个看法，认为剧本的对话就是人们生活中的语言，不需要太多的修养和底蕴，只要像人说话一样就可以了——这种看法其实是失之偏颇的。

戏剧作为一种艺术品类，戏剧剧本作为一种文学样式，必然在语言上有所讲究。戏剧剧作的语言风格，按照其表达风格来看，可以分为生活化的、修辞化的与反幻觉的三种模式，每一种都有自身的表达特质和表达优势。生活化是幻觉的，模仿日常生活语言，而修辞化是在日常语言基础上的踵事增华，反幻觉则是将幻觉化的语言置于反幻觉的情境之下，催生出文字的言外之意。

一、日常化是一种幻觉式的语言风格

日常化的语言是在戏剧动作的前提之下，模拟生活中人们的语言，尽量满足幻觉的需要，其优点是明白易懂、贴近生活。

有时也会断断续续、表达不完整等，呈现出日常对话的真实样态。比如：

鲁大海　凤儿！

鲁四凤　哥哥！

鲁　贵　（向四凤）你说呀，装什么哑巴。

鲁四凤　（看大海，有意义地开话头）哥哥！

鲁　贵　（不顾地）你哥哥来也得说呀。

鲁大海　怎么回事？

鲁　贵　（看一看大海，又回头）你先别管。

鲁四凤　哥哥，没什么要紧的事。（向鲁贵）好吧，爸，我们回头商量，好吧？

鲁　贵　（了解地）回头商量？（肯定一下，再盯四凤一眼）那么，就这么办。（回头看大海傲慢地）咦，你怎么随随便便跑进来啦？

鲁大海　（简单地）在门房等了半天，一个人也不理我，我就进来啦。

鲁　贵　大海，你究竟是矿上打粗的工人，连一点大公馆的规矩也不懂。

鲁四凤　人家不是周家的底下人。

鲁　贵　（很有理由地）他在矿上吃的也是周家的饭哪。

鲁大海　（冷冷地）他在哪儿？

鲁　贵　（故意地）他，谁是他？

鲁大海　董事长。

鲁　贵　（教训的样子）老爷就是老爷，什么董事长，上我们这儿就得叫老爷。

鲁大海　好，你跟我问他一声，说矿上有个工人代表要见见他。

鲁　贵　我看，你先回家去。（有把握地）矿上的事有你爸爸在这儿替
　　　　你张罗。回头跟你妈、妹妹聚两天，等你妈去，你回到矿上，
　　　　事情还是有的。

上述对话多用短句，力求口语化。当人物情绪激动时，也会符合生活情境地侃侃而谈，头头是道。比如陆军教授的《浪漫的村庄》中的这段文本：

张新民　好！乡亲们，告诉大家一个好消息！区委区政府已作出决定：
　　　　我们村的村民全部农转非，并入方松街道。这里要建设现代
　　　　城市生态园，我们这个花卉之村将变成新城区绿化带，从今
　　　　以后，乡亲们种花养花不卖花，人人都可以成为新城区的园
　　　　艺工人！

高村长　张助理的意思就是说，我们既可以享受城里人的待遇，又能
　　　　够保住我们手里的金饭碗，大家担心的后顾之忧可以彻底解
　　　　决了！大家说好不好、开心不开心啊？

【众欢呼。

范喜良　（大声喝住）你们吵什么吵，我一点也不开心！

高村长　那么好的事，为什么不开心啊？

范喜良　我的新楼房今天开工，这样一来，我的房子不能造了，还开
　　　　心什么啊？

高村长　好你个范喜良，早就跟你说过，我们村的土地都已划入新城
　　　　区了，任何人都不能盖房子，你怎么趁我和张助理不在，自
　　　　说自话动起手来了？

范喜良　啊呀，高村长，你又不是不知道，我这块宅基地上造房子的
　　　　报告五年前就批下来了！

高村长　那五年前你为什么不造？

范喜良　那时候不是没有钱嘛！自从张助理来了，教会了我们种花的

技术，才有了点钱，这也算是个家庭五年计划嘛！

高村长　不行！房子不能造就是不能造。我告诉你，将来这里是一片绿地，你的房子造在这里像日本人的炮楼一样，算什么名堂？

范喜良　啊，你说我的房子是炮楼，那你……你……就是日本人的猪头小队长。

高村长　你说什么啊你？我是猪头小队长，你就是汉奸！

范喜良　你就是猪头小队长！

【高村长大怒，与范喜良扭成一团，众齐上前奋力劝开两人。

口语化并不意味着语言平直浅薄，它同样需要具备较高的语言技巧。比如前一种对话虽前言不搭后语，却积蓄着一种力量和愤怒，是一种富有张力的诗意语言；而后一种个性鲜明，口语化同时又措辞精准、风格凝练，虽然诗意不足，但幽默风趣让读者忍俊不禁。

有时在人物看似寻常的对话中也蕴含深意。比如《狗儿爷涅槃》中反复提到的"烧门楼"：

狗儿爷　（猛回头，始惊愕，继平缓地）是你？

祁永年　是我。

狗儿爷　你不是人。

祁永年　……不是人。

狗儿爷　你是鬼。

祁永年　……是鬼。

狗儿爷　你来干什么？

祁永年　因为你想我。

狗儿爷　我想你干吗？

祁永年　因为……你闷得慌。到了咱这岁数，想谁来谁就来。（指门楼）就这么烧了？

狗儿爷　烧。

祁永年　放火可是犯法。

狗儿爷　我烧我儿子!

祁永年　还有我闺女一半儿呢。

狗儿爷　一块儿烧!

祁永年　烧了，烧了，你"了"啦? 哈哈!

狗儿爷　你笑什么?

祁永年　我笑你。

狗儿爷　笑我啥?

祁永年　笑你不如我。

狗儿爷　（蔑视地）我会不如你，嗯? 我会不如你?

狗儿爷九死一生换来门楼，将其视若珍宝，烧门楼代表着亲手毁掉过去奋斗的成果，代表着他对曾经执着于通过种地来光宗耀祖的彻底否定，狗儿爷从地主手中夺走了田地，而今又要毁弃，这一行为背后的历史原因令人深思。

二、修辞化倾向

在修辞化倾向的语言风格中，整体剧情仍是幻觉的，但在语言表达上，刻意追求修辞效果，注重文字形式上的韵律与气势。换言之，在日常生活中人们不会这样说话和表达，在剧中或是激情使然下发出的慷慨之辞，或者根本就是作者的语言表达习惯，无论写景、叙事、抒情，都追求与众不同的修辞效果。比如《大将军寇流兰》中的这一段:

马 歇 斯　谁要是对你们温语相加，他也会恭维他心里所痛恨的人了。
　　　　　你们究竟要什么，你们这些恶狗? 你们既不喜欢和平，又
　　　　　不喜欢战争; 战争会使你们害怕，和平又使你们妄自尊大。
　　　　　谁要是信任你们，他将会发现他所寻找的狮子不过是一群
　　　　　野兔，他所寻找的狐狸不过是一群鹅; 你们比冰上的炭火、
　　　　　阳光中的雹点更不可靠。你们的美德是尊敬那犯罪的囚徒，

咒诅那执法的刑官。谁立下了功德，就应该受你们的憎恨；你们的欢心就像病人的口味，只爱吃那些足以加重他的病症的食物。谁要是信赖着你们的欢心，就等于用铅造的鳍游泳，用灯芯草去砍伐橡树。该死的东西！相信你们？你们每一分钟都要变换一个心，你们会称颂你们刚才所痛恨的人，唾骂你们刚才所赞美的人。你们在城里到处鼓噪，攻击尊贵的元老院，究竟是怎么一回事？倘使没有他们帮助神明把你们约束住了，使你们有一点畏惧，你们早就彼此相食了。他们究竟是什么目的？

米尼涅斯　他们要求照他们所索取的数量给他们谷物；他们说这城里藏着很多的谷物。

马　歇　斯　该死的东西！他们说！他们只会坐在火炉旁边，假充知道议会里所干的事；谁将要升起，谁正在得势，谁将要没落；宣布他们猜想中的婚姻；党同伐异，凡是他们所赞成的一方面，就夸赞它的强大；凡是他们所反对的一方面，就放在他们的破鞋子底下踹踏。他们说有很多的谷！要是那些贵族们愿意放下他们的慈悲，让我运用我的剑，我要尽我的枪尖所能挑到，把几千个这样的奴才杀死了堆成一座高高的尸山。

米尼涅斯　不，这些人差不多已经完全悔悟了；因为他们虽然行事十分鲁莽，然而他们都是非常怯懦的。可是请问，还有那一群怎么说？

马　歇　斯　他们已经解散了，该死的东西！他们说他们肚子饿；叹息出一些陈腐的老话：什么饥饿可以摧毁石墙；什么狗也要吃东西；什么肉是供口腹享受的；什么天神降下五谷，不是单为富人。用这种陈词滥调，倾吐他们的不平；他们的申诉是接受了，他们的请愿也得到了准许——一个奇怪的请愿，最慷慨的人听见了也会伤心，最大胆的人瞧见了也会失色——于是他们抛掷他们的帽子，高声欢呼，好像赌赛谁可以把他的帽子挂到月亮的钩上去似的。

米尼涅斯　准许了他们什么请愿？

马　歇　斯　由他们自己选出五个护民官，保护他们下贱的智慧：一个是裘涅斯·勃鲁托斯，一个是西西涅斯·维鲁特斯，还有那几个我不知道——哼！如果是我的话，就让这些乌合之众把城头上的天拆毁了，也决不答应他们；这样会使他们渐渐扩展势力，引起更大的叛乱。[1]

在这段对话中，马歇斯的对话虽然增加了许多修饰词，使用了许多比喻、排比的句式，但整体上指意是清晰的。他对普通民众的胆小、贪婪表示了极大的厌恶，所谓的民主有时不过是无能者的暴政。这番议论令人耳目一新，极富启发性，而规整的句式、丰富的比喻增强了对话的气势。

再如莫里哀的《悭吝人》中的一段对话，爱丽丝向恋人瓦莱尔表达女性在自由爱恋上面临的世俗压力：

【瓦莱尔，爱丽丝。

瓦莱尔　怎么回事？亲爱的爱丽丝！自从承你的美意，把你的终身许我以后，你却无缘无故地忧郁起来了！唉！我正在快乐的时候，你却在唉声叹气！告诉我，莫非你后悔不该赐给我这种幸福？莫非咱们的誓约是我那热烈的爱情逼出来的，所以你现在有点后悔了？

爱丽丝　不，瓦莱尔，我为你所做的一切，没有什么可后悔的。我那样做是因为有一种十分甜美的力量在推动着我，如果叫我希望这些事情不发生，我还没这样的勇气呢；不过，老实对你说，我担心的是将来的结果；我原不该那样爱你，我害怕爱

---

[1] 莎士比亚：《科里奥兰纳斯》，选自《莎士比亚悲剧集 3》，朱生豪译，北方文艺出版社 2019 年版，第 197—314 页。（后同）

你爱得过分了。

瓦莱尔　爱丽丝，你对我好，这有什么可怕的呢？

爱丽丝　唉！可怕的事情可多着呢，譬如：父亲的暴怒、家庭的责备、
社会的指摘，哪样不可怕呀！但最可怕的还是，瓦莱尔呀，
怕你变心，当我们女孩子纯洁的爱情表现得过于热烈的时候，
你们男子往往用一种残忍的冷淡态度来对待我们，这实在叫
我万分害怕。

这种语言并非生活化的语言，而是按照文学的要求对语言增加的藻饰。
这与古典主义时期人们的欣赏习惯有关，也许是莫里哀对当时欣赏习惯的
反讽，在今天看来，这种语言未免有些修饰过度，人物显得有些矫揉造作。
而当莫里哀在写到阿巴贡时，语言则自然得多了：

阿　巴　贡　怎么，你这个该死的东西，甘心走这种万恶的绝路的就
是你？

克雷央特　怎么，我的父亲！干这种丢脸事情的就是您？

阿　巴　贡　借这种违法的债来败家的就是你？

克雷央特　想用这种罪恶滔天的高利贷来发财的就是您？

阿　巴　贡　干了这种事之后，你还敢站在我的面前？

克雷央特　干了这种事之后，您还有脸见人？

这里使用了重复、回环、反语等修辞手法，展示了剧作家天才的一面。
再如莫里哀的《小丑吃醋记》中博士夸耀自己廉洁清正的一段：

博　士　（在屁股后面撩起他的袍子）你拿我当成什么人了？一个见钱
忘命、见利忘义、唯利是图之辈？我的朋友，你要知道，你
就是给我一个装满了皮司陶的口袋，这个口袋搁在一个考究
的匣子里，这个匣子放在一个值钱的套子里，这个套子放在
一个奇异的盒子里，这个盒子放在一个珍贵的柜子里，这个
柜子放在一间豪华的屋子里，这间屋子盖在一套称心的房间
里，这套房间又在一座特大的庄园里，这座庄园又在一座无

比的砦堡里，这座砦堡又在一个著名的城市里，这个城市又在一个肥沃的岛上，这个岛又在一个富裕的省份，这个省份又在一个昌盛的王国里，这个王国又在整个世界中；你就是把世界给我，这里有昌盛的王国，这里有富裕的省份，这里有肥沃的岛，这里有著名的城市，这里有无比的砦堡，这里有特大的庄园，这里有称心的房间，这里有豪华的屋子，这里有珍贵的柜子，这里有奇异的盒子，这里有值钱的套子，这里有考究的匣子，里面放着装满皮司陶的口袋，我对你的钱，连你本人，全不放在心上，就像这个一样。

此处对话用了递进、排比等手法，在忍俊不禁的效果之外，也体现出博士夸夸其谈、不学无术的性格特征。

再如《武陵人》中，编剧在情节设计上虽然简单，但在语言运用上颇为讲究：

樵　子　你看，在山上，草绿得不一样了，起先是浅浅的，好像绿得不太好意思似的，后来就一大蓬一大蓬，理直气壮地壮着胆子绿起来了，然后就一不做二不休地绿得满山满谷。树也不一样了，你好像可以听见树醒了，咕嘟咕嘟地在喝地底下的泉水，（忽然活泼起来，忘了背上的重量）喝完了就伸伸懒腰，（比画）往这边这么伸，就长出一根新枝子，往那边那么一伸，又长出新枝子。新枝子们一天一个样子，害得我老是走迷路。

黄道真　可是，你不知道，在水边，春天比山上来得还早，起先是化冰，化得嗞嗞喀喀的，那些冰都你争我夺的来不及地溶，溶得条河像一张琴似的。后来，水就愈来愈暖和了，有时候你把手伸进去，（伸手入河）觉得水暖和得像你的血一样，你觉得整个一条河都是你的血，又年轻又快活，你觉得你的血（指远方）流到天涯海角去了，流到洪荒的宇宙里去了，你跟天地变成一个了!

上述对话中拟人、排比、想象等手法的运用属于偏雅化的修辞，而追求俗化的修辞中，重视方言、俗语的运用，也是一种富有文学性的语言风格。比如《狗儿爷涅槃》中狗儿爷的一段独白：

狗儿爷　怎么着，这庄稼不该收？熟掉地的粮食，眼瞅着不收，阎王爷都不饶你。——哈，好喜人儿的高粱！好长势，好品种，（指点）"歪脖黄""打锣槌""凤凰窝""熙老婆儿翻白眼"，嘿，穗头挺大，秧不高——"母猪蹄脚"。来吧，挑进篮儿里就是菜……呸！小家子气，高粱原本是贱粮，吃多了拉不出屎来，还是这"金皇后"老玉米……哟，芝麻！张开嘴儿的芝麻，坐角低，秸秆高，一水儿的"霸王鞭"，老祁家的，好长的地头；足有五百方，我给他扛活的时候，半天锄不了一遭地。姓祁的跑了，谁的，你狗儿爷的，来吧!（砍芝麻）真他妈过瘾……砍完了芝麻刨花生，还有黍子呢，过年好吃黏饽饽……（炮声）"你个财黑子，连老婆孩子都不要了!"媳妇抱孩子跑的时候这么骂我。阎王爷不收就能活着回来，要收你，一个炮弹下来，我不去炸死俩，我去了饶一个。孩儿他妈呃，你要是福大命大活着回来，我的小乖乖，你就喝香油吧!（砍着，念着）舍不得孩子——套不住狼，舍不得媳妇——逮不住和尚，舍不得孩子……（渐向舞台深处）

需要注意的是，这里的语言是一种用修辞改造过的生活化语言，只是一种模拟的、伪装的真实，人物的每一句对话都是精挑细选的。口语、方言、歇后语等的使用使得作品具有较高的欣赏价值。

三、反幻觉的语言

反幻觉语言使戏剧语言远离生活化，呈现出一种陌生化的风格，它与修辞化语言有着本质的区别，是通过消解语言的功能来达到陌生化的效果。

换言之，传统戏剧中追求语言表达清晰，事件交代错落有致，人物意图的明确，这种语言则反其道而行之，呈现出一种过于简约的、模糊化的样貌，打破语言的常规使用规则和语境，直至解构语言。先锋戏剧和荒诞派戏剧中常用到这种语言风格。

1. 极简语言风格下的表意弱化

语言本是用于清晰表意的，但在反幻觉的语言策略下，语言的表达不再清晰，语义模棱两可，让读者不知所云。也可以理解为，当剧情本身被消减后，读者如释重负，能够将更多个人意识灌入其中。比如《等待戈多》中：

爱斯特拉冈　美丽的地方。（他转身走到台前方，停住脚步，脸朝观众）妙极了的景色。（他转向弗拉季米尔）咱们走吧。

弗拉季米尔　咱们不能。

爱斯特拉冈　咱们在等待戈多。

爱斯特拉冈　啊！（略停）你肯定是这儿吗？

弗拉季米尔　什么？

爱斯特拉冈　我们等的地方。

弗拉季米尔　他说在树旁边。（他们望着树）你还看见别的树吗？

爱斯特拉冈　这是什么树？

弗拉季米尔　我不知道。一棵柳树。

爱斯特拉冈　树叶呢？

弗拉季米尔　准是棵枯树。

爱斯特拉冈　看不见垂枝。

弗拉季米尔　或许还不到季节。

爱斯特拉冈　看上去简直像灌木。

弗拉季米尔　像丛林。

爱斯特拉冈　像灌木。

弗拉季米尔　像——你这话是什么意思？暗示咱们走错地方了？

爱斯特拉冈　他应该到这儿啦。

弗拉季米尔　他并没说定他准来。

爱斯特拉冈　万一他不来呢？

弗拉季米尔　咱们明天再来。

爱斯特拉冈　然后，后天再来。

弗拉季米尔　可能。

爱斯特拉冈　老这样下去。

弗拉季米尔　问题是——

爱斯特拉冈　直等到他来为止。①

在正常的世界里，人们的感觉是确定的，知道自己为什么等、在哪里等、等了多久，在被贝克特极简化的语言里，丰富具体的世界被抽离，事物的确定性被否定，语言的表意功能也不再清晰。

这种对语言交际表意功能的弱化使得本用于沟通的语言反成为沟通的障碍。在《美好的一天》中维妮"声音如常，一口气说下去"，絮絮叨叨没完没了，却不知所云，看似一直在说，其实什么也没说，是大堆的废话排列。在《秃头歌女》中，人物陈述的内容自相矛盾、互相否定，莫名其妙的句子、无意义词语的重复，让台词失去逻辑性和交流功能，只是为了说而说。看起来头头是道，实则毫无内容。这都是对日常的生活化语言和修辞化语言的反抗。

从另一个角度去考虑，当语言变成言语，言说就是语言的一切，而语言表达的内容不再重要。语言所指从能指中解放出来后，无不可指。这种对语言功能的弱化是反生活的，因而促使读者去探究作者这样做的背后动机，文本内部的深意随之浮现——说是为了说，为了排遣空无一物的恐惧。如同马丁·埃斯林所说："在一个失去意义的世界里，语言只是一种无意义的嗡嗡声。"② 这种对语言语义的背弃其实也是对现存世界的否定和对未来世界崭新意义的向往。

2. 去神圣化下的语言失格

去神圣化的语言失格，是指将原本纯粹、文学化的戏剧语言，或杂以

---

① 萨缪尔·贝克特：《等待戈多》，施咸荣译，人民文学出版社2002年版。（后同）

② 汪义群编：《西方现代戏剧流派作品选　第5卷》，中国戏剧出版社2005年版，第15页。

污言秽语，或将本身不协调的词语混用，造成一种不伦不类啼笑皆非的表达效果，使得原本神圣的事物降格。比如《乌布王》中于布娘怂恿于布爹造反的这段对话：

于布爹　粪蛋！

于布娘　嗬嗬！这可好听着呢，于布爹，您真是个十足的流氓。

于布爹　当心我把您揍扁了，于布娘！

于布娘　该揍的不是我，于布爹；而是该把另外一个给干掉才是。

于布爹　我的绿蜡烛在上，我不懂您的意思。

于布娘　怎么，于布爹，难道您对自己的命运感到满足了？

于布爹　我的绿蜡烛在上，粪蛋；娘的，当然是啰，我挺满足。谁不会呢：龙骑兵上尉，瓦茨拉夫国王的亲信，曾被授予波兰红鹰勋章，又是阿拉贡前国王，您还要怎样？

…………

于布娘　嗨！可怜虫，要是让我吃苦头，谁又来给你补裤衩头呢？

于布爹　倒也是！还有呢？我那尻和别人的又有什么两样？

于布娘　我要是你呀，就把那尻往宝座上放了。你就可以无止境地发家致富，常常不断地吃上香肠和坐着马车上街。

于布爹　要是我成了国王的话，就要让人给我造顶像我在阿拉贡时戴的一模一样的大软帽，那一顶给那些无耻的西班牙赖皮偷去了。

于布娘　你还可以弄一把雨伞和一件直拖到脚跟的大袍子！

于布爹　啊哈！我可动心了。混蛋的他娘，他娘的粪蛋，哪一天我要是在树林角落里碰到他的话，可有一阵子让他受用的。

于布娘　啊！好哇。于布爹，你这就成了个真正的男人啦。

于布爹　噢，不！我这个龙骑兵上尉，去杀害波兰国王！还不如去死！

于布娘　（旁白）噢！粪蛋！（大声）你就这样像个耗子似的受穷吗，

于布爹？

于布爹　老天有眼，我的绿蜡烛在上，我宁愿穷得像只瘦而老实的耗子，也不愿富得像只又凶又肥的猫。

于布娘　那么，软帽呢？雨伞呢？大袍呢？

于布爹　嗳，还有呢；于布娘？（他出去时门砰砰作响）

于布娘　（独自一人）妈的，粪蛋，他好不识抬举，不过，妈的，粪蛋，我想还是把他的心给说动了。多亏上帝和我自己，也许一礼拜之后我就成了波兰王后了。①

　　有研究者认为，《于布王》的语言是"高贵与粗俗、暴力与稚气的统一体"，是一种语言游戏，而且有许多词语的变形和新词的创造。"它们是非功利、无特定指向的，同时又是攻击性和破坏性的"，"它们并不旨在定义新的概念或创建新的意义，而是质疑、冲击和否定恒定的符号与变化的世界之间陈旧的契约，试图通过改动'编码'来激活沉睡的语言、激活人与世界的联系。"编剧生造了许多词语，这种"词语的变形所带来的读音上的滑稽效果削弱了话语的暴力，再现了孩童效仿成人世界的喜剧效果，改变了原词的内涵及其塑造的刻板印象"，是对"日常使用平庸化的符号的拯救"和"反映了重建符号与世界之关联的精神诉求。"② 平庸语言在异化之下获得新的意义，改变刻板印象的同时，也消解了对应词汇所关联的世界的神圣性。

　　戏仿也是去神圣的另一种手段。在先锋话剧《一个无政府主义者的意外死亡》中：

局　长　哟，这不是"无爷"吗?！

疯　子　谁呀？

① 阿尔弗雷德·雅里：《于布王》，选自《西方现代戏剧流派作品选　第5卷》，宫保荣译，中国戏剧出版社2005年版，第1—58页。（后同）
② 李佳颖：《从"嘲讽"到"自嘲"——语言游戏在法国喜剧中的变迁》，《外国文学》，2021年第4期。

局　长　小王呐，给您请安了。

疯　子　嗯。（上前行礼）

局　长　您今儿个怎么这么闲在，有工夫到我们警察局来了？

疯　子　我来看看，看看你这年轻小伙子会不会开警察局！

局　长　边干边学吧，谁让我爸爸死得早呢，不干不行啊！好在照顾主儿都是我父亲的老朋友，有什么照顾不周的地方，闭闭眼就过去了。我就是一切按着我父亲的老规矩，多说好话多请安，讨个人人喜欢，就不会出大岔子！

疯　子　你小子，比你爸爸还滑呀。这个警察局，我还是要收回来的。

局　长　您甭吓唬着我玩，我知道您是多么的心疼我，多么的关照我，您总不会叫我背一王八盒子到山上去打白狐狸去吧？①

这是对《茶馆》中王利发和唐五爷一段对话的戏仿。当时的唐五爷还远远没有败落，雄心壮志从事洋务。在《一个无政府主义者的意外死亡》中，普通话文本与京味儿语言的不和谐，造成一种语境与语义错位的陌生化效果，无论这段戏仿是对经典致敬，还是纯粹追求剧场效果，一种崭新的意义均在两个文本的互文中脱胎而出。

3. 语言的变形狂欢

在语言的失格与去神圣中，语言自身是符合逻辑的，只是表达空洞无物、辞不达意，而在语言的变形狂欢中，语言不仅抛弃情节对语言的束缚，而且会抛弃惯常的词句组织规则。任意地将语言拼贴、戏仿、混杂，造出新的句子来。高行健早在他的《车站》里就进行过多声部的尝试：

…………

甲　该说的不是已经说完了？

乙　还真得等。您排队买过带鱼吗？噢，您

丙　等不要紧。人等是因为人总有个

---

①　达里奥·福：《一个无政府主义者的意外死亡》，选自《先锋戏剧档案》，作家出版社 2000 年版，第 236—276 页。（后同）

丁　母亲对儿子说：走呀，

戊　剧难演。悲剧吧，演得观众不哭，

己　好像

庚　真不明白。

甲　那他们为什么不走呢？

乙　不做饭，那您总排过队等车。排队就是

丙　盼头。要连盼头也没有了，那就惨了。

丁　小宝贝，走呀！孩子永远也学不会走路。

戊　你演员可以哭。可演喜剧呢，则不

己　是……他

庚　也许……

甲　可时间都白白流走了呀！

乙　等。要是您排半天队，可人卖的不是带

丙　用戴眼镜的话说叫作绝望。绝望好比唱

丁　还是让他自己爬去。当然，有时候也扶

戊　然。观众要是不笑，你总不能自个

己　们在等。

庚　他们在等。

甲　呀！真不明白，真不明白。

乙　鱼，是搓布板，这城里的搓布板做得精

丙　敌敌畏，敌敌畏是药苍蝇蚊子的，人干

丁　扶他。然后——就由他摸着墙——从一

戊　儿在台上直乐。再说，你

己　当然不是车站。

庚　时间不是车站。

甲　他们都不走

乙　细，不伤衣服，可您有了洗衣机，您这

270

丙　吗喝敌敌畏找那罪受？不死也得抬到医

丁　个拐角——到一个拐角，再——走到门

戊　也不能胳肢观众呀，人观众也不干！

己　不是终点站。

庚　也不是车站。

甲　了？真想走就走

乙　白排了半天队，您没法不窝火。所以说，

丙　院里灌肠，那就更不是滋味了。

丁　口，也还得允许摔跤，再扶起来就是了。

戊　所以说，喜剧比悲剧难演。明朗①

　　每个人物叙述的清晰性被混同到一起后成为不可理解的"鸡同鸭讲"；单个人物的话语去掉关键词汇后变得意义不明，反剧情、反逻辑，成为一种语言游戏，营造出一副众声喧嚣的情形。打破语言文字原有的组合方式，解构语言的同时革新了意义，是一种典型的后现代语言风格。

　　再如孟京辉的《我爱×××》，由七百多句极为单调的"我爱×××"句式组成的剧本，不过内容上却包括了横跨全世界、纵跨一百多年的许许多多的人物和事件：

　　　　不是对话，成为独白。

　　　　第一部分　不由分说

　　　　我爱光

　　　　我爱于是便有了光

　　　　我爱你

　　　　我爱于是便有了你

　　　　我爱我自己

　　　　我爱于是便有了我自己

① 高行健：《车站》，选自《高行健戏剧集》，群众出版社 1985 年版，第 84—135 页。（后同）

我爱一九零零年

我爱一九零零年的新年钟声

我爱一九零零年这个美丽新世纪的开始

我爱一九零零年这个无忧无虑的社会这个摆脱重负的社会这个异常快乐的社会这个踌躇满志的社会

我爱一九零零年阳光普照大地

我爱一九零零年雨露滋润万物

我爱一九零零年的阳光雨露二十世纪的美丽新世纪

我爱一九零零年的开始

我爱一九零零年开始的光辉荣耀和富于浪漫的气息

我爱一九零零年开始时的所有时间上午下午晚上深夜一点两点三点四点

我爱一九零零年开始时的每个地点纽约伦敦巴黎哈瓦那北京罗马柏林莫斯科

我爱一九零零年开始时的全部人物汤姆玛丽彼得米歇尔亨利乔治拉夫斯基诺维奇

我爱一九零零年开始时的时间地点人物事件起因结果

我爱一九零零年一九零零年

我爱一九零零年的新年钟声新年钟声

我爱一九零零年这个美丽新世纪的开始这个美丽新世纪的开始

我爱一九零零年这个美丽新世纪开始时那些大师们死了那些大师们都死了那些大师们全都死了 ①

这样的句子在舞台上被念出时，可以随意在任何一个地方中断，当本应连在一起的词句被突然断开，陌生化的效果应声而生，由宏大叙事造成的压迫感和意义也就消失了，取而代之的是新自我的诞生。

---

① 孟京辉：《我爱×××》，选自《孟京辉先锋戏剧档案》，新星出版社 2010 年版，第 81—108 页。（后同）

将不相称的词句并列，进而将神圣拉下圣坛，赋予已经被抽象了、绝缘了的经典以新的注解，是话剧《我爱×××》中的另一种尝试。比如：

> 集体舞丢了，我希望逢着一个丁香一样地结着愁怨的集体舞，曲曲折折的荷塘上面，远远近近高高低低都是集体舞。子曰：三人行，必有集体舞。我横竖睡不着，仔细看了半夜，才从字缝里看出满本都写着三个字——集体舞。一半是海水，一半是集体舞，在科学的道路上没有平坦的道路，只有不畏艰险沿着崎岖的山路向上攀登的人，才能到达集体舞的顶点。

这段台词将《雨巷》《荷塘月色》《论语》《呐喊》等名家作品中脍炙人口的片段抽离出来组成一段新的文本。从字面上看，这段台词逻辑不通，令人忍俊不禁。高雅的经典、伟大的志向与强悍的无所不在的"集体舞"并存——"集体舞"可以出现在任何地方替换经典名著时，一种奇妙的反讽效果就形成了。

在象征主义戏剧《沉钟》中，树精抱怨人类在山顶铸钟，发出："我们可惨啦/会像野兽一般吠鸣/向立在高处的钟，狂吠/那种是湖泊，我是扑通一声的溺死鬼"的抗议。将这种精美、生动的语言与上述语言作比时，不得不感叹两种语言的差别之大。编剧正是在贝克特所说"那种无所表达、无以表达、无从表达、无力表达、无意表达，而又有义务表达的表达"的创作冲动下，形成了这种别致的语言风格。① 它们言说的不是常规剧本中从语词所能推理出的意义，而是另有所指。

练习题：

1. 请分析《北京人》《龙须沟》《寻找男子汉》三部作品语言风格的差异。

2. 从自己的作品中挑选一个片段，以一部经典剧作为范本，试着模仿其语言风格。

---

① 马丁·艾斯林：《欧洲现当代戏剧的理论与实践》，《戏剧（中央戏剧学院学报）》，1994年第 1 期。

下　编

第七章 AI 辅助编剧创作的进展与启示

GPT 作为大模型的浪潮领军者，全称是 Generative Pre-trained Transformer，作为神经网络的一种算法，它是一个具有多层连接的神经网络，其中每一层相当于神经网络当中的神经元。大模型在反复训练中，会形成一个基于多层网络的变换矩阵，最终能够表达概念并且将若干个紧密相关的概念联系起来。大模型的基本工作原理是概率，它基于输入来推导概率最高的接续词汇，并且依此类推，因此最终呈现的是"最普遍""类型化"的内容。为此，大模型通过控制"温度"来实现生成的变化，温度越低，输出的确定性就越高，温度越高，输出的随机性就越高，从而获得一定的创造性。

自 2022 年 12 月 OpenAI 发布 ChatGPT 以来，人工智能，特别是大模型的应用获得了前所未有的关注。其中，大模型是否能够运用于创作成为热点问题，编剧领域也不例外。本章将简要介绍一下大模型运用于编剧创作的进展。

第一节 AI 辅助编剧的当前进展

目前，AI 在编剧领域的运用还处于初步探索阶段，具有代表性的写作模型有 Dramatron[①]、WordCraft[②]、StoryVerse[③] 和 CharacterMeet[④]，它们大

[①] Mirowski P, Mathewson KW, Pittman J, Evans R. Co-writing screenplays and theatre scripts with language models：Evaluation by industry professionals. In Proceedings of the 2023 CHI Conference on Human Factors in Computing Systems 2023 Apr. 19 (pp. 1—34). （转下页）

致可以分为三类：

第一类是直接使用通用大模型技术推出的生成类人工智能问答产品，如 ChatGPT、文心一言、智谱清言等，或者在这类系统上进行过领域针对性简单封装的产品。由于这类系统面向通用用途，不针对和服务于特定文学体裁的创作，因此在设计上以直接对话为主，不存在也不可能存在面向文学类型的结构或创作特点有关的设计。

第二类是建立在通用大模型基础之上，结合创作领域的特点，在情节、结构等方面进行封装，从而更好地帮助实践者完成创作的人工智能写作产品。这类系统包括 Dramatron、WordCraft、StoryVerse 等。其中，有些面向的是专门的戏剧创作，例如 Dramatron；有些则是比较泛化的写作，不限定特定的问题，例如 WordCraft；还有一些面向的是特定的其他领域，例如 StoryVerse 专注于互动游戏领域。

第三类是在通用大模型的基础上，面向创作领域经过模型的微调而形成的专用大模型。这种模型存在着先天的缺陷：首先，大量的文学作品都已经是大模型学习过的内容，并没有大量新的特定创作语料，微调的效果未必比原作更好；其次，模型的训练需要较多的语料和训练成本。目前针对这类专用模型的研究在公开的文献中还比较少见。

在本书中，我们将简要介绍前两类系统的创作流程和生成效果。

（接上页）

② Yuan A, Coenen A, Reif E, Ippolito D. Wordcraft：story writing with large language models. In Proceedings of the 27th International Conference on Intelligent User Interfaces 2022 Mar. 22 (pp. 841—852).

③ Wang Y, Zhou Q, Ledo D. StoryVerse：Towards Co-authoring Dynamic Plot with LLM-based Character Simulation via Narrative Planning. In Proceedings of the 19th International Conference on the Foundations of Digital Games 2024 May 21 (pp. 1—4).

④ Qin HX, Jin S, Gao Z, Fan M, Hui P. CharacterMeet：Supporting Creative Writers' Entire Story Character Construction Processes Through Conversation with LLM-Powered Chatbot Avatars. In Proceedings of the CHI Conference on Human Factors in Computing Systems 2024 May 11 (pp. 1—19).

一、目前通用的大模型创作工具

1. 直接使用 ChatGPT3.5 通用大模型

这是直接运用大模型本身进行的测试，这种大模型通常并不是专门服务于戏剧创作的，而是基于用户输入，输出相应的内容包括文字、表格、代码和图片等作为响应的通用人工智能。因此，研究者需要对其进行简要的封装和设定，以增强其应用性。哥伦比亚大学的 Tuhin Chakrabarty 等人招募了 17 名创作领域的 MFA，通过在 ChatGPT3.5 基础上进行简单封装，提供了一个便于操作的界面。① 如图 1 所示：

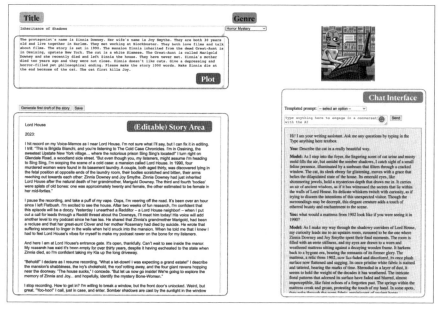

图 1　利用 ChatGPT 实现辅助创作的研究系统

其中，左上角是创作者提供情节的区域。创作者可以选择创作的类型，例如文学小说、科幻小说、幻想小说等。当创作者编写了初始的情节之后，

---

① Chakrabarty T, Padmakumar V, Brahman F, Muresan S. Creativity support in the age of large language models: An empirical study involving emerging writers. arXiv preprint arXiv: 2309.12570. 2023 Sep. 22.

点击 Plot 按钮，系统会将这段情节及如下的提示词发送给大模型："生成一个 1500 字的〈类型〉类型的长故事，遵循这个情节：〈情节〉"，然后系统会把大模型的输出显示在左下方的故事区域中。在此基础上，创作者可以继续编辑这个文本。除此之外，这一系统还包含了一个聊天界面。这个界面对 ChatGPT 进行了简单封装，并提供了一个模板化的提示，创作者既可以直接和大模型交谈，也可以利用这些预定义的模板辅助创作，包括想象、编写对话、扩充对话、续写和评审。

从实验结果来看：

（1）作者在论文中表示，在最初的实验中，GPT-3.5 生成的文本有大量的文字描述而没有任何对话，所以他们在系统中引入了"插入对话/独白"的模板，从而改进了这个情况。

（2）17 名作者共完成了 30 个文学作品，每个参与者撰写的作品数在 1 到 3 篇不等，从篇幅上来看，这些作品都不是很长，字数从 904 到 4290 不等，大多数作品的字数分布在 1000 到 2000 的区间。这一数据与直接使用 ChatGPT 进行的生成结果相仿。

（3）从大模型对人类作家所提供帮助的类型角度出发，作者按照 Linda Flower 等人提出的协作认知理论的三个阶段（规划—翻译—审查）进行了分类统计。其中，规划是指设定创作的目标，或者思考内容组织等构思类的活动；翻译是指把脑海中的想法用文字表达的过程；审查是指思考和回顾创作的内容，然后加以改进提高的过程。研究表明，人类作家向大模型提出的请求中，属于"翻译"类型的工作最多，次多的是"审查"类的，而"规划"类型的对话，也就是属于创意类的内容，则比例较低。

2. 通用写作工具 WordCraft

WordCraft 是一个建立在大模型基础上的通用写作工具。它对大模型的能力进行了封装，其底层大模型采用的是谷歌开发的 LaMDA。WordCraft 提供了扩充、替换、重写等功能。但是，它并没有区分不同的文体。图 2 是 WordCraft 的一个界面截图。

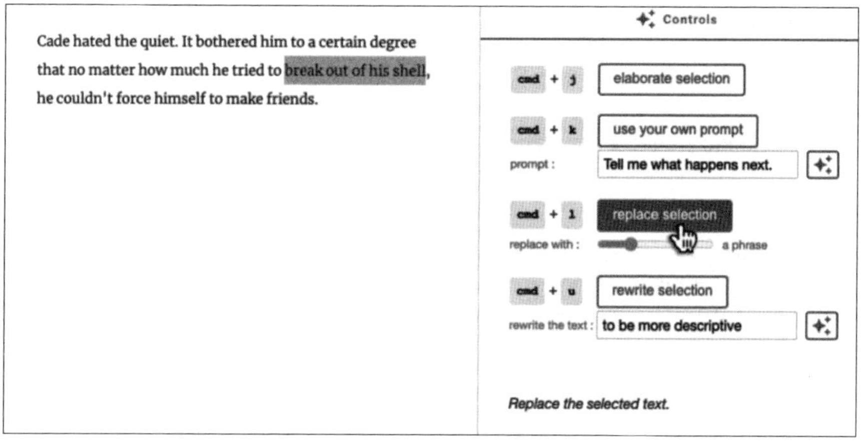

图2　WordCraft 界面

　　WordCraft 的左侧是正在编写的文本，右侧是控制区，代表了不同的文字编辑内容，包括扩充、替换、重写等功能，它也支持用户直接向大模型提问。研究者认为，如果不了解大模型的底层工作原理，想要构建适配专业的大模型提示是比较困难的。所以，WordCraft 提供的封装是有意义的。为了证实 WordCraft 的价值，Google 邀请了 13 位专业作家体验。作家们一致认为，WordCraft 不会很快取代作家，因为它遵守常规的叙事风格，语言乏味，缺乏创意，在塑造反面人物上有所保留。不过，和 Tuhin Chakrabarty 等人招募的是专业的 MFA 不同，针对 WordCraft 的实验研究招募的是业余创作者。

　　3. 专业编剧软件 Dramatron

　　Dramatron 是由谷歌公司的 DeepMind 团队开发的一个实验性的编剧系统。为了评估系统的有效性，该团队邀请了 15 位戏剧影视领域的专业人士，包括剧作家、演员、导演及制作人，和 Dramatron 进行了为时 2 个小时的共同创作及参与访谈。这个过程中产生的剧本，已有一些在 2022 年 8 月的埃德蒙顿国际小剧场节上演。

　　Dramatron 是一个基于谷歌的 Colab 开发的系统。Colab 的功能和开源的 Jupyter Notebook 相似，最初设计用途是一个文档工具，用来创建和共享

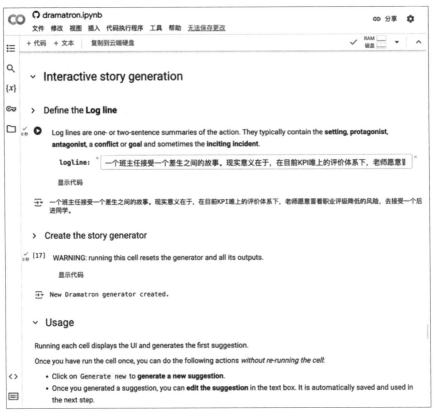

图 3　Dramatron 界面

包含代码、可视化以及解释性文本的文档。谷歌的工程师将其作为一个快速原型构建系统，利用该平台构建了 Dramatron。图 3 是 Dramatron 的界面。DeepMind 选择 Colab 作为开发平台，很大程度上是出于对开发效率的考量。然而从易用性角度看，这个系统难以称得上是一个真正的辅助编剧系统。此外，从语言支持方面，该系统只支持英文写作，即使用户输入中文，返回的内容仍然是以英文输出的。

Dramatron 的界面是一个逐步递进的结构。首先，它需要确定一句话大纲，也即剧情概要（log line），然后逐步创建或者生成角色描述、情节及地点等信息，循序渐进地整合生成各个场面的剧本。

Dramatron 的设计思路如图 4 所示：

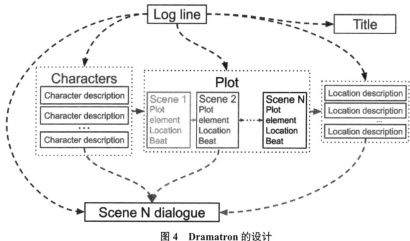

图 4　**Dramatron** 的设计

它的核心思路是通过分层故事生成（hierarchical story generation）来提高剧本的生成长度和生成质量。由于剧本必须具有连贯性，但是大模型单次生成的内容长度和容量比较有限，所以 Dramatron 通过分层生成的方案来解决这个问题，从而实现了剧本的连贯性。

4. 应用于游戏场景的 StoryVerse 和人物角色构建原型系统 CharacterMeet

严格来说，StoryVerse 不能被看作是一个严格意义上的剧本创作系统，其主要关注的领域是游戏场景中的动态情节生成。通过结合作者的创作意图、角色性格模拟和玩家的互动操作，StoryVerse 为游戏世界中的剧情创作提供了一种新的方式，以实现更加动态和沉浸式的叙事体验。

相对于传统的基于符号叙事规划的方法，这种新的方式减少了大量的知识工程工作，提升了灵活性，同时在生成的情节长度与复杂度方面也进行了改进。

StoryVerse 所做的工作，提出了一种新的情节创建工作流程，称为"抽象行为"（abstract acts）。该方法通过让人类剧作家定义高层次的情节大纲，对总体的游戏进程进行控制，基于大模型的叙事规划，这一流程将情节转换为角色行为，并为社区中的其他参与者提供互动选项，这样就形成了由作者、模拟角色和其他参与者共同创作故事、决定情节走向的模式，类似于 rougelike 游戏，旨在提供沉浸式的个性化故事叙述体验。Storyverse 更倾向于打造一个故事构建平台，它创造了一个以创造者为核心的生态系统。

CharacterMeet 是一个基于大模型的人物角色构建原型系统。旨在通过允许作家与他们的角色交谈来激发整个角色构建过程（构思与撰写角色）。通过使用 CharacterMeet，用户可以通过语音或文本与他们的角色交谈，在对话中逐步表现角色，同时自定义上下文、角色外观、声音与背景图像，实现想法的可视化。

二、目前 AI 创作工具的优势与不足

通过上述研究可以看出，目前人工智能辅助创作工具在创作便利性和效率上具备一定的优势。比如在简单封装 ChatGPT 的实验中，在人类发出指令的前提下，AI 成功完成了达到字数标准的一定数额的文学作品，这一结果和我们直接使用 ChatGPT 进行的实验结果相仿。人类对创作过程进行了一定程度的干预，在最少的情况下，作者仅与大模型进行了 4 次对话，而在最多的情况下则进行了 115 次对话，中位数为 18 次。这说明 AI 创作工具的确具备一定的自主性，也拥有一定的创作功能。

由专业人士参与的关于 Dramatron 实际效果的评估则更为乐观。参与者普遍认可其层次化的生成方案，而且认为 Dramatron 在激发灵感，以及在内容生成方面具有显著潜在的应用价值。

在 WordCraft 的试验中，创作者也认为该工具可在以下三个方面提供帮助：

（1）创意生成：在 25 个人当中，9 名用户认为大模型在创意生成上很有帮助，"大模型给出的异想天开的建议很有趣、好玩"，另一名用户则认为"大模型擅长生成一大堆相关的想法，激发写作灵感，从而帮助我摆脱困境。"

（2）场景填补：用户会先构建一些关键场景，然后利用大模型来填补一些场景的细节。

（3）文字编辑：用户会请求大模型协助进行文字编辑，重写句子等。

此外，创作者还提到，使用该软件可以在更短的时间内创作出更长的故事，且协作过程更加轻松等。

AI 工具的不足，主要体现在三个方面：其一为创作流程上的局限，其

二为创作模式的限制，其三为生成内容的质量问题。

就创作流程来看，各类 AI 工具尚未形成一个一致的创作流程，有的从构思开始，有的从人物设定开始，有的从对话展开。应该说，这些切入点均失于片面。真正的创作流程是人物、故事、对话的有机结合，绝不可能只考虑其中一个方面而忽略其他方面。即使从其中某一方面入手，也应该在后续创作中考虑到其他因素，并将其贯穿于相应的阶段。比如参与 Dramatron 实验的创作者对 Dramatron 从剧情摘要开始的创作流程发表了不同意见。例如："通常我的工作方式是，我先想清楚我对世界的看法。但是，具体的载体，或者说角色，或者情节弧线这时候并不明确。现在的剧本，像是一系列场景的逻辑延续。但是，核心要点也就是真正要表达的内容却缺失了。""如果我来实现 Dramatron，我不会从剧情摘要开始，而是可以考虑从一个角色和阻碍该角色的障碍开始。"此外一些参与者在关于 Dramatron 的讨论中对关于人物及关系的问题反复提及，例如有参与者提议说："能否让系统以关系为导向？"或者，"作为作者，我会构建一个角色关系的社会图谱"。这说明创作者普遍认为，缺乏深度和人物的故事缺乏吸引力，仅仅关注情节发展是不够的，必须结合主题来调整情节，以及通过人物的塑造来丰富情节。

就创作模式来看，以上工具显现出一些不足。整体上看，把工具当成主体而忽略了人的能动性。当然，这可能与实验目的主要在于"测试人工智能的效果到底如何"有关。但是，人工智能在创作中的应用，绝对不应该也不可能完全取代人类，更多的是对人类创作的一种辅助。为实现这一目标就需要在设计时，将人的因素考虑在内，不仅仅是提示此处人类可以输入或调整，而应该细化和明示人类所参与从事的工作，以及进行何种程度的、何种模式的参与。换言之，如果承认人机互动写作的合法性，那么在系统中应该为人类创作者提供足够的创作空间，对创作流程和工作进行区分，明确哪些任务是人类应该做的，哪些由机器执行，机器是人的倾听者、启发者、试错者，而不是简单的生成工具。

就生成内容来看，在将 ChatGPT 进行简单封装实验中所暴露出的问题，可以说是贯穿所有以大模型工具为基础的 AI 创作工具的通病。比如：

（1）机械重复：参与者反馈，大模型容易陷入对草稿内容的机械重复。当研究者提出新的问题时，模型往往表现出抗拒，倾向于逐字地重复原始草稿的内容。

（2）陈旧：大模型输出的很多内容往往缺乏新意，过于普遍。但是文学创作恰恰需要新意。

（3）符号化：在故事的构建方面，大模型的输出常常缺乏细节，对人物塑造、情节发展等内容的输出过于符号化、字面化，不能理解深层含义。

（4）过于正面：大模型非常倾向于给出一个"幸福的结局"，但大多数文学作品并不总是以圆满结局告终，甚至倾向于令人唏嘘不已的结局。

Dramatron 的使用过程中，创作者也发现了生成的故事存在循环或者重复，某些故事存在逻辑漏洞或者缺乏常识、缺乏足够的细节等问题。由于生成篇幅的原因，Dramatron 生成的剧本不够完整，缺少主角的动机和目标的充分呈现，以及缺少实现这个目标过程中所面临的障碍。

这些问题背后的限制是多重的：首先，人与大模型的对话并不等同于人与人的对话，大模型只是仿人工的智能，不能真正等同于人工智能。大模型本质上是程序，与其对话要综合考虑程序的特点，指令若不明确，程序则可能产生误判。比如对模型说"请给我提供三个构思"，要比"请给我一个有创意的故事"更能得到有效的回应。其次，这些问题与大模型的工作原理有关。大模型本质上是靠联系与"概率"工作的，它给出的是最可能的选项，答案的概念化、符号化、缺乏新意也在情理之中。再有，大模型出于伦理和法律角度的考虑，已经提前规避了一些容易引起人们反感、不适的选择，其生成结果的"普遍正义"也就不言而喻了。

这背后体现的是大模型本身的先天不足，换言之，程序员们不解决大模型工具的问题，编剧使用大模型工具进行创作时，就必须面对此类问题。

三、对大模型辅助编剧的启示

人类在大模型服务于创作的应用上展开了广泛尝试，并取得了一定成果，比如大模型可以辅助提供构思、设计人物、生成对话，可以替代专业创作工作中的简单部分等，这说明大模型工具可有效辅助编剧。然而，从另一角度来看，大模型目前还未能达到人类创作的专业水平，人工智能对编剧创作的帮助是有限的——大模型生成的故事缺乏足够的细节与富有戏剧性的冲突，而且生成的字数也比较有限。

大模型应用于编程领域取得的成就，远超其在创作领域的表现。这很大程度上要归因于艺术工作的复杂性和创造性。

首先，戏剧语言是复杂的，不仅有不同风格、口吻的对话，还有不同时代的语言特征，对话还包含潜台词。这种复杂性受到许多因素的影响，比如下面这几段对话：

四爷！刚才您说洋人怎样怎么样的，这就是个吃洋饭的，说洋话，信洋教，有事儿能一致地找宛平县县太爷去，要不怎么官面上都不惹他呢！这是哪个地方的方言？北京，这一关你们通过了。（节选自老舍《茶馆》）

偏有那老人呐，越老是越精灵，越老越死性，越老越难对付，你爹就是。（节选自锦云《狗儿爷涅槃》）

我也是不愿意这么整，可你也得让我交代上呀？打我到乡上二十多年，人家来一个锻炼两年走了，来一个锻炼两年走了。眼下你看我都拔顶了，（把头低着伸过去）四个孩子都误到屯子了。（节选自《田野又是青纱帐》）

基于概率的大模型体现出的"创造力"更多是概率结果，而非真正的创造性。如何写出特定风格的对话，尤其是具有独特时代背景、情感深度或文化内涵的对话，对大模型是个很大的挑战。

再者，戏剧结构、风格类型也是复杂的。风格、类型之间的杂糅与变化，是人工智能所难以准确把握的。戏剧不同部分之间的结构也紧密相连，编程领域的不同模块之间可以完全解耦，然而优秀的戏剧作品往往是"牵一发而动全身"，每个部分都是整体中不可或缺的有机组成。这就更进一步增加了人工智能辅助创作的难度。戏剧本身的创作过程也是复杂的，需要由粗到细的整体设计、分块实现，无法一蹴而就。

考虑到以上问题，开发大模型辅助编剧工具，必须遵循以下原则：

1. 保障人的主体性

大模型的定位只能是"辅助"创作，故而在大模型基础上开发专业的编剧软件也只是通过"人机结合"来"辅助"人类创作。

"人工智能"绝不能取代人，也不可能将人排除在外。WordCraft 完全定位为一个辅助创作工具、Dramatron 的每个部分都允许人类进行干预，而且从评估者的反馈来看，Dramatron 扮演的也是辅助角色。StoryVerse 的具体情节由大模型生成，但是其高层次的情节大纲仍由人类创作。

在人工智能的创作中，不仅创意需要人类提供，整个过程也需要人类加入，生成结果需要人类调整且大模型交互也需要专业能力，即使是在采纳率高达 52% 的人工智能编程领域，相应的智能编程工具也仅对资深程序员更有帮助，对缺乏专业技能的开发者帮助有限。

人工智能辅助编剧系统的核心价值，在于服务专业编剧人士进行创作，而不是追求最大程度的自动化，完全依靠 AI 来生成作品。这既体现了对人类创作主体地位的认同，也考虑了对创作规律和人工智能特性的结合。从艺术质量、创作的伦理性以及编剧的创作体验出发，人工智能辅助编剧是比较理想的方式。在具体路径上，通过层次化和持续迭代的方式，实现人工智能和剧作者的协作。层次化的剧本设计和生成，不仅仅有助于改善大模型文本的长度不足的问题，而且通过在创作初期阶段引入剧作者干预，提供了更多的干预机会，可以让剧作者更好地发挥作用，提升协同效率和协同质量；同时，持续迭代的演进式设计机制，能够在固化已产出的高质量内容的同时，有选择地设计演进方向，产生更高质量的剧本。

2. 在通用大模型基础上，开发专业编剧系统服务于创作

在上述系统的研究中，能够明显看出 Dramatron 生成的结果要优于其他系统，这跟该系统借助了特定的编剧理论、遵循了编剧创作的规则有极大关系。这说明需要在大模型基础上开发专业的编剧软件，不可完全依赖原始的大模型。

目前的人工智能已经具有较强的自然语言理解能力，但是撰写提示词仍然需要多种模式和技巧，例如增加人物设定、突出关键词、反复迭代等。对于模糊或含糊的指令，除非刻意设计提示词，否则人工智能默认情况下并不会主动确认。开发专门的辅助创作系统可以有效规避这些问题，因为专用系统可以对编剧理论和技法进行封装，既降低了使用者对编剧理论理解的深度要求，也避免了类似内容的重复性输入。此外，专用系统封装了大模型的生成机制，使用者无需对大模型有非常深度的了解。这样一来，减少了使用者构思中的中断，可以更好地进入创作的"心流"状态。从这个角度看，一个专业且易用的人工智能辅助创作系统，其专业性和易用性远高于通用的人工智能系统。

3. 加强跨界科学研究，构建符合人工智能辅助创作特质的编剧理论

专业的编剧系统必须建立在一定的编剧理论基础上，必须符合编剧的规律。

Dramatron尽管在创作上的表现优于其他系统，但仍存在很多不足。它的原始目标是作为人工智能的一个演示系统，目的是为了体现人工智能的文本生成效果。因此其用户界面比较简陋，对编剧理论的应用也比较粗浅。尽管该软件后期招募了专业人士进行测试，但在早期开发阶段并没有编剧领域专业人士的介入。Dramatron对主题和人物的忽略，与其背后设计由程序员一手掌控、没有邀请专业的编剧来介入密切相关。想要打造一款真正合用的工具，必须有熟悉编剧规则和创作流程的专业人士加入。

人工智能编剧领域要想取得突破性进展，必须实现计算机领域与编剧领域的双向融合，建立一种融合程序认知特点与编剧规则的综合编剧模式和理论。这种模式一方面适应人工智能创作的特质，另一方面符合编剧规则，将需要人类掌握的最核心的技巧提炼出来，其余的工作则交给程序处理。应将编剧规则和理论一部分内化为人工智能内部的建模，减少编剧与人工智能对话的难度，使编剧能将更多精力放在文本创作上，建构适应AI思维特点、人机结合的编剧模式。同时，也要尝试将中华美学和叙事思想融入其中，助力编剧创作更多可以弘扬中华优秀文化、具备美学精神的高水平作品。

4. 从戏剧舞台剧入手，采用多元化路径，攻克大模型服务于编剧的痛点

舞台剧创作是人工智能辅助编剧领域中所有类型剧作中最难攻克的一关。这是因为舞台剧的时空相对固定且情节高度集中，故而难度最大。正因如此，舞台剧的人工智能辅助创作，也成为调整纠正无序、无效、低水平生成的有效工具。可以从戏剧编剧入手，逐步将相关经验拓展到其他领域的编剧，最终将编剧工作覆盖到制作、演出全流程，这构成了 AI 辅助编剧的可行路径。对于大模型工具也不妨采取多元化的路径，既可以自训练大模型，也可以借用已有大模型来实现。也可以采用不同的策略，比如 WordCraft 类似于代码续写、Dramatron 为结构化提示等。

总之，大模型辅助创作对编剧的专业鉴赏、辨析能力要求更高，人类在未来的编剧中仍然扮演主体地位。我们需要更多利用大模型的辅助能力，但是这并不会否定人类的创作主体地位。相反，正是因为有了大模型的助力，高水平的编剧就可以更加聚焦于真正创造性的工作，从而进一步提升创作的质量。这一过程需要戏剧与计算机领域的跨界融通，需要更多编剧投身于大模型的实践与试验中来，更为广泛地探索具有前瞻性的"人机结合""科艺融合"的创作模式与观念。

第二节　《编剧坊》辅助编剧系统操作手册

《编剧坊》是基于现代编剧理论，使用大模型辅助用户进行编剧的软件系统。该系统面向专业用户，辅助专业用户更高效地编写剧本。需要注意的是，《编剧坊》系统的基本定位是辅助编剧软件，提倡人机互动来完成剧本，以确保剧本生成的质量。

一、总体介绍与用户登录

《编剧坊》无需注册，将在用户使用微信扫码时自动注册账号并登录。步骤如下：访问网站 www.smartscript.cn，扫描登录界面的二维码，进入工作区界面，如图 5 所示：

图 5　工作区

进入该页面即为登录成功。

在工作区左侧栏中，可以根据"最新""星标""共享"等类型筛选剧本，用户也可以在右侧的操作栏中完成共享、复制、归档、删除等操作。

如果需要新建剧本，点击左上方的"新建"按钮。

此外，由于剧本写作体量较大，本操作系统不支持手机登录和操作。

二、主界面介绍与剧本大纲

《编剧坊》的主界面由如下区域构成：

● 左侧是导航栏，用户可以进行剧本大纲、分幕大纲、分场大纲的设计，以及剧本的编写；

● 中部区域为内容栏，包括了具体的大纲或剧本的设计；

● 右侧为 AI 辅助区，用户可以在 AI 辅助区和人工智能进行交互；

● 中部区域和右侧区域的生成文字均可选中并复制。

点击导航栏的"剧本大纲"，进行故事的总体设计。剧本大纲的设计包括整体构思的设计、故事设定和人物设定。

整体构思包括三个条目如图 6 所示：

■ 构思：即故事的梗概，包括"写一个什么样的故事？故事冲突的双方是谁？冲突的起因是什么？结果如何？"这些关键内容。

- 主题：该故事的现实意义是什么？

- 张力：该故事主题的矛盾性体现在哪里？

图6　整体构思

用户可以自己设计并录入相应的内容，也可以通过 AI 求助按钮 ⚲ AI ，请求 AI 自动生成故事构思。当选择 AI 自动生成时，用户可以从 AI 生成的若干选项中进行选择，如图 7 所示：

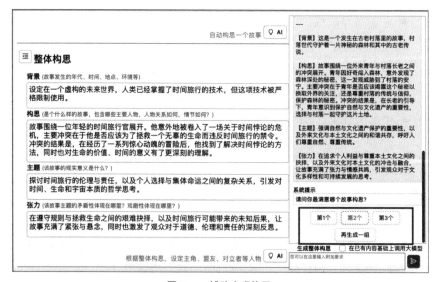

图7　AI 辅助生成构思

如果用户对所生成的构思不满意，可以输入附加要求，然后点击 ▷ 按钮，重新生成，或者直接通过"再生成一组"按钮请求重新生成。

当用户采纳后，所选择的内容会自动更新到内容栏中。

三、人物设定

人物设定定义了剧本的角色，它包括"主角""盟友""对立者"等。一般来说，剧本应该仅有唯一的主角，主角可以有多个盟友，他们为主角提供支持、协助或保护，帮助主角克服困难和挑战，实现其目标。对立者可以分为主要对立者和次要对立者。主要对立者是与主角对立的角色，他们之间的冲突和对抗构成了故事的核心动力。次要对立者通常是主要对立者的支持者或合作者，他们协助反派角色进行计划或行动，与主角和／或其盟友形成对立。

每个角色都有如下的关键属性：

- 基本情况（角色的年龄，身份、性格特征，家庭背景等）
- 人物行动（哪些事件和人物有关？人物采取了哪些具体行动？最后的

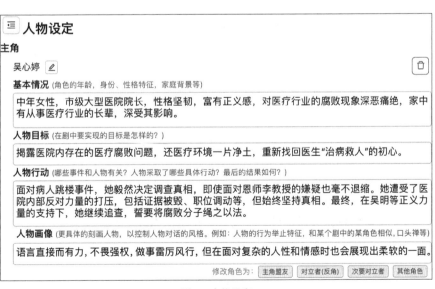

图 8　人物设定

结果如何?)

• 人物画像（更具体地刻画人物，以控制人物对话的风格。例如人物的行为举止特征和某个剧中的某角色相似、口头禅等）

一个完成的人物设定的示例如图8所示。

用户可以在此基础上，继续添加人物、更改人物的情况，以及修改人物的角色类型。

在剧本大纲设计完成后，用户可以点击左侧导航栏，或剧本大纲最后的提示按钮，开始创建分幕大纲。

四、设计分幕大纲

在设计分幕大纲时，用户首先应该定义这是一个几幕剧，当前系统最多支持五幕剧。然后，系统会根据用户的选择，生成空白的分幕大纲。

同理，分幕大纲可以由用户自行设计，也可以请求AI辅助。每一幕的大纲包括整体构思和整理完成的剧本大纲两部分内容。其中，整体构思的内容如下：

• 情境（这一幕发生的时间、地点）

• 人物遇到的挑战（这一幕中哪个人物遇到了什么挑战？有什么困难或担心）

• 发展（其他人物如何提供帮助、反对或者施加压力）

• 矛盾与冲突转化的事件（发生了什么关键事件，促进了矛盾冲突的转化）

• 结果（人物遇到了什么新的困境，或者是最终结果）

在整体构思完成后，可以根据整体构思的内容，创建或生成一个剧本大纲。一个完成的分幕设计的示例如图9所示：

第1幕

整理大纲 ♀ AI

整体构思

情境 (故事开始的时间、地点、氛围等)

第一幕：医院楼顶，黄昏；医院会议室，次日清晨。

人物面临的挑战 (哪个人物遇到了什么挑战？有什么困难或担心？)

- 吴心婷：面对病人因医疗事故欲跳楼的紧急事件，她需要立即处理并意识到医院内部腐败的严重性。

发展 (其他人物如何提供帮助、反对或者施加压力)

- 吴心婷在医院会议室召集高层紧急会议，王医生、副院长等人物登场，讨论病人跳楼事件及医院内部腐败问题。- 记者突然闯入，揭露匿名举报信，加剧了会议的紧张氛围。

矛盾冲突的转化 (发生了什么关键事件？)

- 副院长试图转移话题，吴心婷坚持调查真相，两人之间产生直接冲突。

结果 (人物遇到了什么新的困境，或者是最终结果？)

- 吴心婷决定成立调查小组，调查正式开始，为后续剧情埋下伏笔。

大纲

第一幕 故事梗概

场景一：医院楼顶，黄昏

夕阳的余晖洒在繁忙的医院楼顶，吴心婷孤独的身影显得格外坚毅。她凝视着下方，心中五味杂陈。一阵急促的手机铃声打破了宁静，副院长焦急的声音传来，关于病人因使用不合格医疗材料导致心脏病手术失败，欲跳楼的紧急消息让她眉头紧锁。吴心婷深吸一口气，意识到这不仅是医疗事故，更是医院内部腐败的警钟。她迅速做出决定，决定亲自介入调查，誓要揭开背后的真相。

场景二：医院会议室，次日清晨

医院会议室内，气氛凝重。吴心婷作为临时负责人，站在会议桌前，目光如炬。她宣布紧急会议，讨论昨晚的病人跳楼事件。王医生面色苍白，眼神闪烁，不敢直视吴心婷。副院长则故作镇定，试图掌控会议节奏。

会议中，吴心婷直截了当地提出对医院内部可能存在的腐败问题进行调查，这一提议立即引起了波澜。王医生支支吾吾，试图回避问题。副院长则巧妙地转移话题，强调医院即将评三甲的重要性，暗示此时不宜节外生枝。

图 9　分幕大纲的设计

在完成了所有的分幕大纲的基础上，就可以进入分场大纲的设计。

五、设计分场大纲

分场大纲的设计输入基于上一步完成的分幕大纲，我们推荐您使用 AI 辅助来完成分场设计。人工智能会自动把剧本拆分为若干场次，用户可以通过点击"创建场次大纲"来生成场面列表。场面拆分和细化完成后，用户需要检查场面大纲的合理性，并在优化和明确场面描述之后，进入剧本的编写阶段。

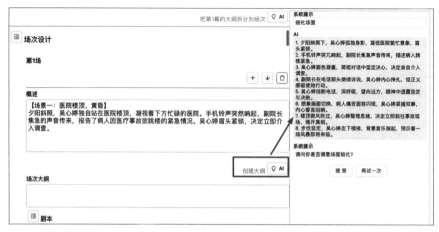

图 10　场面拆分和细化

六、编写剧本

用户可以在两个地方完成剧本编写。我们推荐用户在场面设计中优先使用 AI 辅助编写，然后进入正式的剧本编写流程。

AI 辅助编写功能位于分场大纲的设计中，界面如图 11 所示：

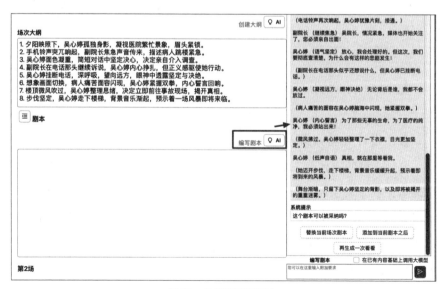

图 11　AI 辅助编写剧本

用户可以点击 AI 辅助编写按钮，触发自动编写功能。在 AI 编写完成后，用户可以根据需要决定采纳（替换或添加），以及根据自己的附加要求重新生成。

在所有的分场剧本完成后，用户可以转到剧本编写界面去合并所有的分场剧本，生成一个完整的剧本，然后在此基础上进行调整。

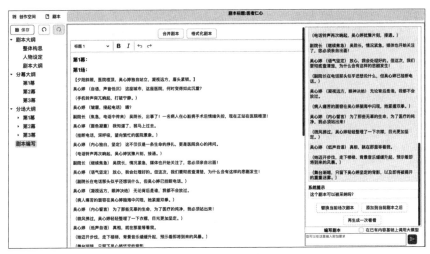

图 12　生成完整剧本

本系统还具备自动格式化剧本的能力。用户可以在完成剧本编写后，发表剧本或者分享给他人进行合作及讨论。

用户完成剧本后，可以通过【剧本】菜单的【分享】子菜单，获取剧本的分享链接，如图 13 所示：

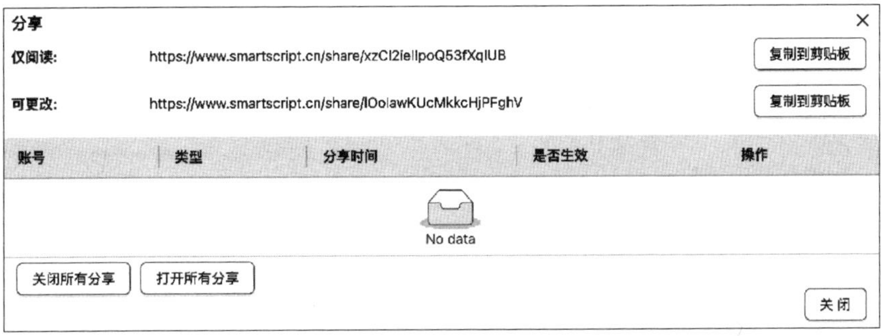

图 13　获取剧本分享链接

当其他用户通过该链接打开剧本时，就自动获得了该剧本的阅读或编辑权限。如果需要，作者也可以在需要时关闭分享，收回阅读或编辑权限。

练习题：

1. 试着用《编剧坊》系统创建你的第一个剧本，完全依靠其来创作，观察生成效果如何。

2. 试着修改上述剧本的基本构思，观察生成效果有何变化。

第八章　基本构思到人物设定

无论在人工创作还是 AI 辅助的编剧流程中，故事构思都是不可或缺的一步，其基本构思必须是戏剧构思，并遵循一定的要求和规范。故事构思包括故事背景、基本构思和人物设定等部分。其中，明确主题和张力是对基本构思的基本要求。[①]

第一节　故事背景、基本构思、主题和张力

故事背景、基本构思与主题是编剧在创作剧本时首先要考虑的要素。编剧应当从自身的生活经历出发，从自己的特殊感悟和体会出发，来选择自己的创作意图。

在大模型辅助创作中，为了保证大模型准确、清晰地捕捉人类的创作意图，这些问题的思考角度与一般的人工创作略有不同。

在确立初始的创作想法后，可以通过在系统右下角自带的"AI"提示框中输入相应内容，借助 AI 辅助构思。一般来说，在《编剧坊》中调用 AI 给出的基本构思在创造力、戏剧性和时空集中上有所不足，通常需要进行人工的加工与调整。

一、故事背景是对故事发生的年代、社会背景的简述，交代剧情在什么样的氛围、环境和情境下展开

故事背景不完全等同于前史，它更多是提示故事发生当下的环境和

---

① 读者可结合上编的第二章、第五章来学习本章内容。

氛围。

在影视剧中，故事背景常运用镜头来加以展示，而在舞台剧，尤其是时空集中的剧作中，背景故事一般不在情节中直接呈现，而仅能通过人物对话加以追述。尽管如此，它仍会对后续人物的行动、情节的走向持续发生影响。比如，《玩偶之家》的背景就是娜拉终于还完高利贷、海尔茂升职、家庭关系其乐融融、又逢圣诞的喜悦时刻。其中高利贷还完、海尔茂升职都是通过娜拉与林丹太太的谈话来交流的。这种对背景的特殊处理方式，是由舞台时空的有限性决定的，因此在设计构思的时候必须特别加以注意。

在时空自由的舞台剧作品中，故事背景则可以进行简短的展示。如果我们选择用史诗或者电影式结构来创作《玩偶之家》，那么娜拉借高利贷、还高利贷、海尔茂升职可以用简要的片段来呈现。

在时空集中的剧作中，为了增强追叙的生动性，可以通过展示过去的事情延续到今天的结果，比如娜拉撕毁高利贷借条的动作，但是无法直接呈现娜拉借高利贷的整个过程。当然，是否展开故事背景，要视主题和情节的需要来决定。展示往往比叙述更加生动和形象，但要注意明场与暗场的结合，不可喧宾夺主。比如《北京人》中，曾皓的棺材早就漆好，债主一大早就堵了门，文清早就定下来离家，而此刻发生的结果，是被陈奶妈撞见。开篇借助明场与暗场的结合，通过交代这些事件在今天的结果，巧妙地获得了一种展示的生动性。

二、基本构思、主题和张力是对剧作故事的简要概括

基本构思包括三个内容：

这是一个什么样的故事？这是对主题的宏观概括，比如《俄狄浦斯王》可以概括为，这是一个"杀父娶母"的故事。选择不同的人物作为主人公，故事的走向和焦点会发生变化。再如《玩偶之家》探讨的是女性在家庭中的地位与遭遇，因此编剧选择娜拉作为主人公。如果选择其对手柯洛克斯泰作为主人公，则可能成为一个失意者的人生故事。然而故事的重点并不

是两者之间的交锋，而是娜拉与丈夫之间的关系，因此剧作的书写重点也应当放在这一核心冲突上。

包含哪些人物？拥有何身份，人物关系如何？用户需要给出人物的名字和职业，可以使用"医生某某"，他的"好友某某"之类的表述。

主要情节是什么？是指故事的起承转合聚焦于人物的主要行动线索，交代出基本事件和结果。一般来说，人物的行动和事件描述得越具体，其生成效果则越好（当然这并不意味着能生成和原著一模一样的作品）。交代主要情节时，同样要着眼于戏剧时空的特殊性，尽量按照集中式的时空来描述，即聚焦于当下发生的事件。比如《俄狄浦斯王》可以概括为：

> 古希腊的忒拜城发生瘟疫危机，人们人心惶惶，国王夫妇愁苦不堪。克瑞翁带回阿波罗的神谕，告知必须找到杀死前国王拉伊俄斯的凶手，才能解除瘟疫。（起，交代故事背景、基本情境、人物关系）

> 俄狄浦斯下令清查此事，并请先知提瑞阿西斯来。在俄狄浦斯的追问下，先知指出国王就是凶手。（承，新人物新事件的出现，让人物的生存状态发生转变，注意人物行动和具体事件）

> 俄狄浦斯闻言大怒，认为克瑞翁和提瑞阿西斯互相勾结、意图篡位。王后伊俄卡斯忒为安慰他，说出老王只能死于亲子之手的神谕。（承）

> 科任托斯的使者到，请俄狄浦斯回去继承王位。原来，俄狄浦斯并不是科任托斯老王的亲生子。（承）

> 当年跟随老王的仆人被找到，指认俄狄浦斯正是凶手。（转，行动的对抗）

> 王后伊俄卡斯忒自杀，俄狄浦斯刺瞎两眼，自我放逐。（合，交代清楚人物行动）

主题指该剧情节的现实意义，可以列举出有关的多个关键词。这里的主题最好具体，围绕剧作中的人物展开讨论。比如《玩偶之家》的主题，可以概括为："在看似美满的家庭中，经济上占主导地位的海尔茂，其实并不尊重娜拉，把娜拉当玩偶看待。娜拉作为家中的女主人，靠撒娇才能得到丈夫的宠爱，地位十分卑微。"

张力包括两个内容，一是本剧的主要戏剧性体现在哪里，比如《俄狄浦斯王》中，就是俄狄浦斯在一步步探究中，越来越指向一个结果，即自己是凶手。这是本剧情节性戏剧性的体现。二是主题自身所蕴含的矛盾性，比如《俄狄浦斯王》中，俄狄浦斯的悲剧并非他自己的过错，全由命运决定。这也引发人们对命运的深刻思考。

张力是剧作在主题、人物或者情节上体现出的二律背反性，是让故事保持戏剧性和有机性的关键所在。它不是主题或戏核，而是由戏核生发并保持剧作张力的线索。比如《俄狄浦斯王》中，忒拜城瘟疫以及解除瘟疫只是故事背景，戏核是俄狄浦斯犯下了杀父娶母的罪行，而情节的张力是俄狄浦斯一心要查找的凶手正是他自己。在这样的张力维系下，剧情的走向将围绕追查并证实杀死老王的凶手来展开。再如《玩偶之家》中，情节的张力关系可以有两个：一个是表面上备受海尔茂疼爱的娜拉，必须通过卖萌装傻来实现自己的目的；另一个是柯洛克斯泰对娜拉施加的持续压力。而主题的矛盾性在于：一个曾经为挽救家庭做出巨大牺牲的女人，一个表面上被丈夫疼爱的女人，结果却成为被家庭抛弃、被丈夫不齿的女人。

有些剧本中有不同线索、有多个人物，那么基本构思的描述应避免局限于某个人物的单一视角，而应从整体出发，全面考虑各条线索的交织与互动。比如《北京人》这种多线、多人物、多命运的类型，便需要考虑每一条线索、每个人物的命运，确保剧情的戏剧性与整体性：

故事背景：曾家曾经是个鼎盛之家，现在已经没落。讨债人一大早就在要债，曾皓的棺材漆欠漆匠钱，还欠了装裱铺的钱。八月节的当天，文清要离家谋差事，陈奶妈来送他；思懿请了房客袁任敢吃饭，好把愫芳介绍给他。曾文彩和江泰寄居在娘家，江泰总发脾气。曾家第三代曾霆和瑞贞是包办婚姻，两个闹矛盾，瑞贞回了娘家，今天正要从娘家回来。

基本构思：这是一个关于没落的封建大家庭的故事。

主要人物有曾皓，曾文清和妻子曾思懿，曾文彩和丈夫江泰，以及曾家第三代曾霆和妻子曾瑞贞。曾皓的衣食起居靠寄居在此的外甥女愫方来照顾；曾文清与愫方互相喜欢，这令思懿非常反感。曾霆和瑞贞是包办婚姻，二人感情不和，曾思懿总想摆出封建家长的威风。

　　债主在外要债。陈奶妈一大早来送文清。思懿因为愫方的事跟文清生气，文清不同意愫方嫁给袁任敢却无可奈何。愫方也想向文清道别，思懿抓住一切机会挖苦二人。曾霆与瑞贞商量离婚。江泰因为房屋无人维修骂人，曾文彩深感无奈。曾皓召集全家吃饭，给文清送行。要债的人被袁任敢带的北京人撵走了。

　　文清饭后并没有走。愫方的婚事被回绝了，思懿当着愫方的面，说出让文清纳她为妾的事。文清愁苦而吸大烟。陈奶妈安慰愫方，愫方又劝说曾霆与瑞贞和好，得知瑞贞怀孕。江泰与袁任敢聊天，畅评曾家诸人诸事。曾皓关心孙子，意外发现文清没走，还吸大烟。曾皓气中风、住院，文清仓皇出走。

　　曾霆与瑞贞决定离婚。文清离家而复归，愫方深感失望，打算与瑞贞一起出走。杜家来抬棺材，江泰自告奋勇去找人借钱，结果只是在外鬼混一晚。愫方还给文清字画，向文清告别，文清吞大烟自杀。曾皓的棺材终于被抬走，曾思懿实现了保住房子的愿望。

　　张力　情节张力：思懿、文清、愫方的三角情感纠葛，曾霆、瑞贞和曾圆的情感纠葛。曾思懿霸道蛮横的生活状态，与被她欺凌的人的忍让退缩对比。主题张力：封建大家庭的分崩离析是不可避免的，它的子孙们会琴棋书画、诗词歌赋却没有谋生技能。他们的悲剧命运引起人们的思考。

　　主题　封建家庭的没落的必然性，在礼教体面的面纱下，其实是对生命无情的碾压。

当然，即使这样构思，依然无法直接生成《北京人》这样的杰作。此处的举例仅旨在说明，非情节、冲突弱化类型的，拥有多条情节线索的剧本在基本构思上的一些特点，以及如何处理这些复杂的结构与人物类型。

第二节　基本构思的案例示范

剧本的基本构思也可称为故事梗概，从初学者的角度来看，基本构思是戏剧构思，最好体现一定的冲突性、戏剧性，有一定的戏核。

一个理想的能够准确被《编剧坊》系统分析的构思，应该包括人物关系、基本情节、主题、张力等关键要素，要有一个起承转合清晰的具体事件，要有具体的行动、清晰的冲突，而且所有的描述要围绕人物的动作线展开，尽可能具体地交代事件和人物行动的对峙和发展。

比如，下面这个关于《医者仁心》的构思就不太理想：

基本构思一

昔日的眼科大夫吴心婷，如今是一家医院的院长。她所在的医院蒸蒸日上，正在评三甲。可就在这时，爆出了医生论文集体造假的丑闻，此外还有挪用医保资金、乱开检查处方、增加病人负担的问题。市委命令彻查。

医院的副院长，希望吴心婷网开一面，对上隐瞒过关。他认为这是当前评价体制下，医生们为求生存的举动。二人之间形成鲜明的冲突，而医院大部分同事支持副院长的这种观点。（明确冲突的双方为何而冲突）

姜玉芬从国外归来，她已经是一个有名的医疗设备代理商，认识许多医疗界的领导。

吴心婷本以为，姜玉芬会帮助自己向领导陈情，是自己揭开黑幕的帮手，没有想到，她的朋友背弃了理想，已经为了利益，成为乱开处方的帮凶。

姜玉芬表明，集体造假、医保资金、乱开处方，自己都能摆平。

她对吴心婷的要求就是识时务、不要将这些捅出去。她希望吴心婷成为自己的合作者。

吴心婷决定独自向医院腐败和不合理的制度宣战。

这个构思没有一个集中的、具体的事件，没有体现人物的动作线，也没有看到冲突的发展。这将会导致大模型在扩展的时候难以获取具体指令，只能生成诸如"施压""说情"之类笼统的概括，无法生成清晰的情节。如果从论文造假、乱开处方等事件中选取一件入手，结合具体的动作——比如不是陈情，而是将一封举报信交给上级，则生成效果会更好。

下面的这个构思也有问题：

基本构思二

这是一个关于医生鼓起勇气向医疗黑幕开战的故事。

这个故事中有医院副院长吴心婷，她的恩师李教授，好大喜功的院长董智清，随波逐流、收受回扣的王医生，有希望妻子回归家庭的许明扬，还有总务主任小梁、病人家属等。

某大型医院正在面临评三甲的重要时刻，爆出一桩医疗事故的丑闻。副院长吴心婷决定暂停申报三甲，先查清楚此事。她的行为受到院长的反对，丈夫也不支持她担任副院长。

在调查过程中，吴心婷发现医疗事故跟不合格的材料有关，而不合格材料被通过，牵涉到自己的恩师李教授。她试图向李教授了解情况，李教授回避。进一步调查时，院长和其他李教授的学生也表示反对，甚至以写联名信来威胁她。许明扬希望吴心婷辞职。

就在吴心婷打算离开医院的时候，李教授站了出来。

这个构思中虽然有了具体的事件，但由于事件线索过于繁杂，对人物行动线的描绘不够充分，从而影响生成的效果。再来看一个构思：

基本构思三

这是一个关于医生鼓起勇气向医疗黑幕开战的故事。

故事背景某大型医院正在面临评三甲的重要时刻，有人向媒体举报了一桩医疗事故的丑闻。追查下来，举报者竟是副院长吴心婷的丈夫。

　　吴心婷被院长叫去谈话，原来，有人向报社揭发了本院发生的一桩医疗事故，举报人竟然是吴心婷的丈夫，医生许明扬。这件事对医院评三甲有重要影响，必须撤回举报。

　　许明扬到来，吴心婷受命让他撤回举报信，声明是自己捏造的。许明扬拒绝，反而劝吴心婷给自己作证。

　　许明扬的行为给医院造成了很坏的影响，院长，李教授、好友、院长纷纷来劝说他，有的许诺以重金、升职，有的诉说苦衷，有的则劝他装病，把自己惹出来的麻烦事扔给别人。劝说许明扬无果后，他们又向吴心婷施压。

　　许明扬不为所动，反而根据谈话中的信息，要继续揭发院长以次充好、医生论文数据造假的事情。

　　许明扬的行为影响到了吴心婷，因为无法说服丈夫，院长暂停了她的职务。许明扬为了不影响吴心婷，不得不把跟她离婚的消息公开出去。然而即使这样也挽救不了局势，医生的家属赶到，许明扬的行为给他们亲人的前途造成了严重影响，他们要天天缠着他，直到他决定承认错误……

这个构思也不理想。尽管包含具体的事件，但人物行动的具体程度不够。比如没有体现"继续揭发"究竟是以何种方式揭发，这就使得人物行动没有明显的发展，只是在原地踏步中展开了一些人物关系。即使想写成重在塑造人物群像的人像展览式结构，仍需设计一条向前推进的情节主线，呈现人物性格在不同境遇下的变化与发展。

下面这个构思则较为理想：

　　基本构思四

　　这是一个关于医生鼓起勇气向医疗黑幕开战的故事。

　　主要人物有副院长吴心婷，她的前夫医务科长许明扬，医院院长及其他相关人物。

　　某大型医院正在面临评三甲的重要时刻，有人在内网上发布了一条由伪劣医疗设备引发的医疗事故的丑闻。追查下来，举报者是副院长吴心婷的前夫、已辞职的前医务科副科长许明扬。

　　吴心婷被院长逼迫，让许明扬撤回举报信，声明是被人误导的。吴心婷以为前夫是因为报复才发起的举报。结果发现，许明扬是早有谋划，他出示了重重证据，让吴心婷不寒而栗。她深知此事非许明扬所能掌控，要他慎重而行。而此时，内网消息被人截图发到了互联网上，被报社记者看到。

　　记者前来采访。院长表示，这是许明扬与前妻的感情纠葛，与院方无关。他拿出患者出具的说明，医疗事故是一场误会。院长派了人马劝说许明扬，陈述利害。许明扬不为所动。院长向吴心婷施压，如不能让许明扬撤下举报，将暂停她的职务。一些医生找到吴心婷，原来，院长已经安排好让全院写联名信，诬告许明扬是因为收取回扣而被开除。吴心婷找到许明扬，一场深谈，使吴心婷重新认识了许明扬。

　　最后，三甲评审团来了，汇报会上，众目睽睽之下，吴心婷走上讲台……她最后决定，不仅支持许明扬，还要与他复婚。

这个构思描述了事件发展的变化过程，体现了人物的行动线和矛盾冲突的对峙发展。从中基本能看出剧情发展的三个阶段。由于创作风格与个人偏好的不同，使用者在构思时可长可短，可简可繁。就测试效果而言，内容详尽的大纲，有助于 AI 更为准确地理解作者的创作意图。构思也要尽量体现出事件发展变化的过程，有助于 AI 进行更精准的创作辅助。

我们也可以在基本构思中，输入一些风格样式不同的作品。比如《我们是乡下的装修工》是由三个富有巧思的故事连缀成的一部作品，它的基本构思是这样的：

　　水葫芦村号称"五匠村"，能工巧匠多。这天，小木匠阿秋与他的朋友，包括泥水匠阿平、漆匠阿花、雕刻匠阿全、大力士阿虎及几个搬运工的小伙伴成立了一个小木鱼装修队，到城里讨生活，也想有意无意地用纯朴的乡风与清澈的民间智慧去"装修"城里人的生活。

装修队接的第一单，东家是一对有钱但缺乏责任感的中年夫妻，他们要求将一个300多平方米的大平层一隔为二，为他们离婚前的分居做准备。阿秋与他的伙伴们在替主人设计改造图纸的过程中，通过设计一个富有生活情趣，且又有一定寓意的公共新空间，让房东为之心动，再以旁敲侧击的手段晓之以理，最后使他们重归于好。

第二单，是给一个官员的别墅重新装修虽功能齐全、但已潮湿发霉的地下室。一个偶然机会，发现官员在为是否接受一笔巨额贿赂而犹豫，阿秋请来在县剧团当演员的同学扮成便衣，假戏真做，令官员醍醐灌顶，悬崖勒马。

第三单，一个父母在国外的富有的独居女孩，要求将她的三居室装修成一个奇异的空间。阿秋与他的伙伴们终于发现，这是一个古代墓穴的设计。擅长戏剧表演的阿芳提议，以排演即兴话剧《我们是乡下来的装修工》的方式邀女孩出演其中的角色，女孩答应了。快乐的即兴表演，终于让这个对生活已绝望的女孩重振勇气，并主动要求加入装修队……

小木鱼装修队来城里不到一年，用他们的善良、朴实、诚恳与民间智慧改变了三个家庭的命运，在市场竞争中渐渐站稳了脚跟。而这几个年轻的装修工，也在现代城乡文明的碰撞与融合中获得了成长……

这三个构思本身，就极富戏剧性，每一单生意中，人物要解决的事件都非比寻常，是标准的戏剧构思。与前面常见的仅围绕单一事件的层层深入的构思不同，这个构思包括了三件事，因此需要把每一件事的基本情节脉络和人物动作交代清楚。

构思不是一蹴而就的，在创作初期，尽量提供一个包括了故事起承转合的构思，并明确具体冲突的事件、人物的动作线是十分必要的。编剧可以通过系统右下方的 AI 对话框，来丰富自己的基本构思，也可以在构思中留下空白，供 AI 填补。如果一开始未能想到清晰的结构，也可在后续剧本大纲、分幕大纲、分场大纲中予以改进。

第三节　梳理剧作类型，完成人物设定

一、梳理剧作类型

故事初步构思完成后，重点思考以下问题：

1. 梳理本剧的类型，是属于情节类，情感类，还是属于哲理观点类

三者之间互相交融，但侧重点明显不同，情节的选择也将有所不同。

2. 梳理本剧的情节线，单线，双线，还是多线

如果是单线，要考虑支线的设置，及其与主线之间的关系；如果是双线，则需要区分明线与暗线，分析两者如何互相影响。如果是多线，则要考虑多线的组织方式是相互独立还是互相交叉。具体内容可以参考上编第四章的内容。

3. 完成人物基本设定

人物一般分为主角、对手、帮助者和其他四类。主角是指面临挑战和冲突的主要人物，对手是与之行动目标相悖的人物，帮助者是指为主角实现目标、展开行动提供助力的人物，其余的则属于其他人物。以《俄狄浦斯王》为例，伊俄卡斯忒可以认为是俄狄浦斯的帮助者，而克瑞翁是对手。也有一些人物，如报信人等，属于其他人物，既非帮助了俄狄浦斯，也非反对他，但从最终结果上看，他们的出现促进了真相大白。

主角要依据主题和情节来筛选。一部戏中包含多个人物，但并非每个人物都是主角。选择不同的人物做主角，剧作的主题和情节会发生改变。比如《玩偶之家》中，柯洛克斯泰其实是全剧中最有戏的一个人物，他愤

世嫉俗又重情重义，如果从他的视角来结构故事，那就可能是一个郁郁不得志者蓄意复仇的故事，最后他还是牺牲自己、成全了别人，体现了人性的高贵，与自私狭隘的海尔茂形成鲜明对比。这样一来，就极大地改变了原著抨击资产阶级家庭虚伪、提升女性地位的主旨了。

当然，从主角的视角来结构情节指的是情节的主体部分围绕主角来设置，并不意味着次要人物不需要得到刻画。

帮助者对于主角很重要，无论是在情节剧还是在非情节剧中。帮助者除了为人物行动提供支持，为人物出谋划策之外，也能够倾听人物心声，让人物有机会表达自己、感染读者和观众。比如《北京人》《日出》这样的作品中，瑞贞、方达生分别是愫方、陈白露的倾听者。主角的帮助者也是主角行动的支持者、实施者，但有时候也会起适得其反的作用，比如《罗密欧与朱丽叶》中向罗密欧报告朱丽叶死讯的角色，事实上起到了反作用。主角与对手的冲突可以发生在二者之间，也可借他人之手展开。以《罗密欧与朱丽叶》为例，罗密欧的好友为了罗密欧应对提伯尔特的挑战，倾听罗密欧的爱情心声；朱丽叶的奶妈传递信息，帕里斯神父出谋划策，还给了她毒药。如果没有这些人物的存在，让罗密欧与提伯尔特直接对决，情节就太过局促拘谨。

对手是与主角相对抗的人，在意志上或行动上挑战和阻止主角。对手有时不是一个人物，而以一组人物面貌出现。比如《罗密欧与朱丽叶》中，与罗密欧形成对抗的力量有提伯尔特和朱丽叶的父亲。有时候反对力量是抽象的，借人物之手发起挑战，比如《俄狄浦斯王》中，惩罚俄狄浦斯的是命运，命运假借克瑞翁、先知之手发起了对主人公的责难。对手是一个小集体时，该小集体的分化常常是推动剧情转折的重要手段。比如《青春禁忌游戏》中，叶莲娜老师抗衡的是以瓦洛佳为首的多个学生，瓦洛佳、维佳、拉拉和巴沙原本是铁板一块，但在发生了瓦洛佳为胁迫老师而将强暴拉拉的戏码假戏真做后，拉拉的男友巴沙站到了老师一方。

对手有主要的也有次要的。比如《哈姆雷特》中的奸王是主要对手，其余的奥菲莉娅之父、两个小丑、奥菲莉娅之兄等则属于次要对手。主要对手是对抗主角的主要力量，次要对手是一些协助的力量。次要对手后期可以产生态度的变化，成为主角的帮助者。比如《哈姆雷特》中奥菲莉娅之兄，先前他报杀父之仇，后来向哈姆雷特吐露了实情，帮助哈姆雷特刺杀了奸王。

其他人物指在剧中与主角或帮助者的对峙或帮助关系不明确的人。其存在主要用于交代情节、丰富主题、推动剧情的进展，但并不真正决定人物的命运。比如鲁贵、周冲和鲁大海这样的人物。鲁贵在讲述家史上起到重要作用，对于四凤与周萍的爱情，他既不反对也不支持，只以利益最大化为上，没有根本性地影响人物命运。周冲对四凤是一厢情愿，他的行为某种意义上成为四凤要跟周萍走的理由之一，但他不是造成二人悲剧命运的根本原因。鲁大海先是阻止萍、凤二人恋爱，后来又改为支持，他的行为也没有实质性地改变人物命运。

二、人物设定的主要内容

通常来说，人物设定的基本内容包括人物身份、性格特点（人物画像）、行动目的和具体行为。以《北京人》为例，对其人物画像等的梳理可归纳为：

人物	身份	性格特点	行动目的	行　　动
曾皓	遗老遗少	自私、怕死、衰老	重振家业	漆棺材，寄生、恨子无能
曾文清	没落大家族长子	软弱，逃避	和心爱的事物在一起	赏鸽子、画画、抽大烟、离家复归
曾思懿	没落大家族长媳	精明算计	独占家产，作威作福	作威作福
曾文彩	寄食娘家的女儿	软弱、贤惠	丈夫振作	迁就丈夫、不敢得罪嫂子，相信丈夫能制伏马家
江泰	留学生，靠丈人家生活	洞察人性、言过其实	发家致富	骂人，向老丈人讨钱，自告奋勇找门路，实则外出花天酒地

在归纳过程中，人物的行动和行动目的都要具体，这样才有助于刻画出有血有肉的人物，系统也能根据具体的行动来发展情节。

《编剧坊》软件可以在"基本构思"的基础上，生成相关的人物设定。以上述《医者仁心》"基本构思四"为例，自动生成的人物设定为：

人物设定包括了对故事中的主要人物的设定，包括主角、帮助者（主角盟友）、对立者（反角）、次要对立者（反角的帮助者）等。

【名字】吴心婷

【类型】主角

【基本情况】中年女性，医院副院长，性格坚韧，富有正义感，但在医院复杂的政治环境中常感力不从心。与前夫许明扬有过一段失败的婚姻，但内心深处仍关心他。

【人物画像】语言风格理智而坚定，做事风格果断且深思熟虑，面对压力时能保持冷静，寻求最佳解决方案。

【人物目标】揭露医院内部的医疗腐败现象，维护医疗行业的纯洁与公正，同时希望与许明扬重建信任，共同面对未来。

【人物行动】起初被院长逼迫要求许明扬撤回举报信，内心挣扎后决定深入了解真相。在发现许明扬的真正意图和医院内部的黑幕后，她选择站在正义的一边，与许明扬并肩作战。面对院长的施压和威胁，她坚定不移地支持许明扬，并在三甲评审团面前勇敢揭露真相。

【名字】许明扬

【类型】主角盟友

【基本情况】中年男性，前医务科副科长，因揭露医疗腐败而辞职。性格沉稳，深思熟虑，对医疗行业充满责任感。与吴心婷离婚后仍保持对她的关心。

【人物画像】语言风格冷静而理智，做事风格谨慎而果断，面对困难时能够保持清醒的头脑，寻找解决问题的最佳途径。

【人物目标】揭露医院内部的医疗腐败，保护患者和医护人员的权益，同时希望与吴心婷复合，共同面对未来的挑战。

【人物行动】精心策划并举报伪劣医疗设备事件，面对院长的威胁和劝诱不为所动。在吴心婷的支持下，两人共同面对挑战，最终揭露了医疗腐败的真相。

【名字】李婉晴

【类型】主角盟友

【基本情况】年轻女记者，对医疗行业充满热情，勇于追求真相。性格直率，敢于挑战权威。

【人物画像】语言风格犀利直接，做事风格积极主动，善于挖掘和报道内幕新闻。

【人物目标】揭露医院内部的黑幕，保护患者的权益，提升公众对医疗行业的信任。

【人物行动】在得知许明扬的举报后，积极展开调查，面对院长的阻挠和威胁毫不退缩。最终她的报道引起了社会广泛关注，为揭露医疗腐败作出了重要贡献。

【名字】赵院长

【类型】主要对立者

【基本情况】中年男性，医院院长，野心勃勃，追求医院的三甲评定和个人利益最大化。性格狡猾，手段狠辣。

【人物画像】语言风格圆滑且带有威胁性，做事风格为达目的不择手段，善于利用职权和人际关系来掩盖真相。

【人物目标】确保医院顺利通过三甲评定，同时维护自己在医院的权威和利益。

【人物行动】利用职权逼迫吴心婷和许明扬妥协，试图掩盖医疗腐败的真相。在事情败露后，他企图通过诬告和威胁来挽回局面，但最终未能得逞。

【名字】张秘书

【类型】次要对立者

【基本情况】中年女性，赵院长的得力助手，对赵院长言听计从。性格圆滑，擅长察言观色。

【人物画像】语言风格温和而带有谄媚，做事风格灵活多变，善于执行赵院长的命令并为其出谋划策。

【人物目标】协助赵院长实现医院的三甲评定目标，并维护赵院长的权威。

【人物行动】在赵院长的指示下，多次对吴心婷和许明扬进行劝说和威胁。在事情败露后，她试图通过编造谎言和伪造证据来掩盖真相，但最终未能成功。

【名字】刘医生

【类型】次要对立者（后转为支持者）

【基本情况】中年男医生，对医院现状不满但不敢反抗。性格懦弱，缺乏勇气。

【人物画像】语言风格谨慎而保守，做事风格犹豫不决，容易受他人影响。

【人物目标】保持自己在医院的稳定地位，避免卷入医疗腐败的漩涡中。

【人物行动】最初对吴心婷和许明扬的正义行动保持沉默和观望态度。但在看到真相逐渐被揭露后，他逐渐觉醒并提供了关键证据，支持了吴心婷和许明扬的正义行动。

上述人物列表可以根据需要自由添加人物，或者修改人物描述。编剧也可根据人物画像中人物行动是否具体，去调整基本构思中的内容。从生成结果中来看，除了基本构思中已经提供姓名的人物，系统还生成了记者李婉晴、张秘书、刘医生等人物，并赋予了一定的目标和任务。由于人物中女性角色过多，也可以进行性别的调整。

《我们是农村来的装修队》的基本构思包含三个故事，结构比较复杂。在生成人物的时候，系统自动识别，让不同人物在不同阶段发挥了作用：

【名字】阿秋

【类型】主角

【基本情况】一位年轻有为的小木匠，来自水葫芦村，性格乐观、坚韧，富有同情心和创新精神。他带领着一群志同道合的伙伴，希望用他们的手艺和智慧在城市中闯出一片天地。

【人物画像】阿秋说话直率而又不失幽默，做事脚踏实地，善于从生活中寻找灵感，总能在困难面前找到解决办法。

【人物目标】通过装修工作，不仅改善自己和伙伴们的经济条件，更希望通过自己的行动传递正能量，影响并改变城市中冷漠的人际关系，让更多人感受到家的温暖和人与人之间的温情。

【人物行动】阿秋首先带领团队接下离婚夫妻的装修任务，通过巧妙的设计和真诚的沟通，成功让夫妻二人重归于好。接着，在官员别墅的装修中，他利用智慧揭露并阻止了一场潜在的受贿事件。

最后，在帮助独居女孩装修成墓穴的过程中，他通过即兴话剧的方式，让女孩重拾生活的希望，并邀请她加入装修队。

【名字】阿平

【类型】主角盟友

【基本情况】泥水匠，阿秋的好友和得力助手，年龄稍长，性格沉稳，技术精湛。

他有着丰富的农村生活经验，对人情世故有着独到的见解。

【人物画像】阿平说话慢条斯理，做事稳重可靠，是团队中的定海神针。

他常常在关键时刻提出建设性意见，帮助团队克服困难。

【人物目标】与阿秋一起，通过努力工作改善生活，同时也希望能在城市中传递水葫芦村的淳朴乡风。

【人物行动】在离婚夫妻的装修任务中，阿平提出了许多实用的建议，帮助团队设计出既美观又实用的公共新空间。

在官员别墅的装修中，他凭借敏锐的洞察力发现了官员的犹豫，并协助阿秋策划了假戏真做的计划。

【名字】李夫人

【类型】主要对立者

【基本情况】中年贵妇，离婚夫妻中的妻子，性格强势，对金钱和地位有着极高的追求，常常忽视家庭和情感的价值。

【人物画像】李夫人言语尖刻，做事雷厉风行，但内心深处却感到空虚和孤独。

她认为金钱可以解决一切问题，却忽略了情感的重要性。

【人物目标】在离婚前争取到更多的财产和利益，同时保持自己在社交圈中的地位和面子。

【人物行动】最初，李夫人坚决要求将大平层一隔为二，为离婚分居做准备。

但在阿秋团队的努力下，她逐渐被改变，开始重新审视自己的婚姻和生活。

最终，在阿秋团队的帮助下，她与丈夫重归于好。

【名字】张秘书

【类型】次要对立者

【基本情况】官员的得力助手，年轻有为，但心术不正，常常为官员出谋划策，但往往是为了自己的私利。

【人物画像】张秘书口齿伶俐，善于察言观色，但内心贪婪，为了达到目的不择手段。

【人物目标】协助官员完成受贿计划，从中获取个人利益。

【人物行动】在官员别墅的装修过程中，张秘书多次试图说服官员接受贿赂。但在阿秋团队的巧妙安排下，他的阴谋被揭露，最终未能得逞。

【名字】阿芳

【类型】主角盟友

【基本情况】漆匠，阿秋团队中的一员，性格开朗，擅长戏剧表演。她有着丰富的想象力和创造力，常常能为团队带来惊喜。

【人物画像】阿芳说话风趣幽默，做事灵活多变，总能在关键时刻提出创新的想法。

她的存在让团队氛围更加活跃和融洽。

【人物目标】与阿秋团队一起，通过装修工作传递正能量，同时展现自己的才华和魅力。

【人物行动】在独居女孩的装修任务中，阿芳提议以排演即兴话剧的方式帮助女孩走出阴霾。她不仅编写了剧本，还亲自指导女孩表演，最终成功让女孩重拾生活的希望。

在这个人物列表中，阿芳被设定为在"独居女孩"环节发挥作用，阿平在"离婚夫妻"中发挥作用；他们共同在"离婚夫妻"和"官员腐败"中发挥作用。这充分说明，清晰的结构和清晰的事件描述有助于提升生成效果。

如果生成的角色数量不足，可以手动添加，也可以多次生成，补充新增人物到当前人物列表中。比如在这个例子中，第二次生成人物时出现了"官员""李先生"等人，可以将其补充到当前人物中。

生成人物列表之后，可以进行相应的修改。首先是看人物的"行动"是否具体，并进一步有针对性地细化。上述生成中，人物的"行动"描述仍然不够具体，人物的基本情况也有些笼统，但这些问题为后续细化提供了基础。如果我们不止步于只将装修队作为解决被装修人家冲突的功能性人物，而是从丰富角色性格的角度出发，可以从生成的"排练"情节中获得灵感，设置不同程度的人物冲突。尽管装修队的"演出"没有能够改变姑娘，但在戏外让她感受到人间尚有真情在，不宜一概以坟墓视之。

受AI的启发产生新的灵感后，使用者可以针对人物的画像、人物的行动进行修改，为画像中增加更多人物成长背景，建立更多的人物关系，也让人物的行动更加具体。比如，排练过程中，装修队拉女孩一起排练，他们拉女孩参加演出，但是女孩对激情满满的"人间大爱"不感兴趣，故意处处穿帮，导致阿芳和阿秋也产生误会和冲突，整个排练不欢而散。这样一来，摆脱了简单的"排练—演出—说服"的剧情，涉及了城市乡村的观念、视野对峙，剧作的立意将会更高，情节的空间也更广阔。如果我们进一步设想，先前对"人间大爱"不感兴趣的女孩，出于弥补、内疚或者表现自己的原因，自告奋勇要求导演她心目中的"大爱"，或者迁就二人来演庸俗的"人间大爱"戏码，并情不自禁地受到影响，努力保持冷漠却仍然受到影响时，现代都市人由于极度的求爱不得、为免伤害而远离爱的隐秘情感便得到了挖掘，全剧的主旨就不言而喻了。

人物的性格和动作应该有所变化和发展，即使是属于"原地踏步"类型的角色，人物相关的动作也要变化。比如《樱桃园》中，女地主尽管对樱桃园被拍卖束手无策，但编剧还是在不同幕中赋予了人物不同的动作，这些动作可以理解为逃避现实的表现。优秀的剧作中，人物的精神面貌在每一幕都会有所变化。比如《茶馆》共有三幕，每一幕中的人物形象都有所发展：

第一幕中茶馆掌柜王利发还是青年，他对茶馆抱有希望，精明干练。第二幕中，他迎合时代进行革新，但感觉到人物的颓唐。第三幕中，王利发则彻底破产，给自己送终。

第一幕中唐铁嘴贫困潦倒，为了一杯茶巴结讨好王利发；第二幕唐铁嘴变发达，不抽大烟改抽白面；第一幕中松二爷优哉游哉，第二幕中穷困潦倒；第一幕中常四爷是不失体面的旗人，第二幕中则成了只能拿一串腌萝卜、两只鸡作为贺礼的贫民，第三幕中他成为靠卖花生米勉强糊口的穷人；第一幕中秦仲义野心勃勃，最后家产被没收，沦为贫民。

此外，人物性格要富有对比性。比如松二爷和常二爷，一个胆小怕事，明哲保身，一个性格耿直，爱打抱不平。马五爷和秦仲义，虽然都知晓洋务，前者是个吃洋人饭欺压同胞的汉奸，后者是希望实业救国的资本家。人物动作也要注意性格的一致性，比如松二爷贫困潦倒也改不了遛鸟的习惯，而常四爷则是一贯的侠肝义胆。二德子和吴恩子这一对反面角色，一个专靠给反动政府当打手，一个则靠出卖敲诈别人为生。

当然，由于人物生成列表中的人物过多，使用者也可跳过此步，在分幕大纲中对人物形象、动作进行综合的调整。

练习题：

1. 撰写并修改一个基本构思。

2. 运用该构思生成人物列表，观察人物列表，试着增加或删除人物，并且修改人物设定，让其动作和画像更具体。

第九章　剧本大纲的生成和调整

　　故事构思完成之后，就进入剧本大纲生成的阶段。剧本大纲是整个剧作的概要，比故事构思更加完整和丰富，要求在情节发展的描述中，体现出剧情变化的各个阶段。

　　需要强调的是，尽管本书中一再提及人物行动和事件的重要性，编剧仍然不能够被行动和事件所牵制，而要从自己感兴趣的、想要表达的内容出发，去设计行动和安排事件，避开表面上冲突不断、事件丰富，实际空洞无物的误区。[①]

第一节　剧本大纲的设计

　　剧本大纲是剧本的基本轮廓，交代了不同阶段剧情的发展。剧本大纲中的情节并不一定直接出现在舞台上，后续会根据明场、暗场的运用，写作角度的变化等因素进行调整和精炼。

一、剧本大纲的事件构成

　　剧本大纲的主要内容包括三个部分：建置、新事件出现及事件的发展。

　　（一）建置部分

　　交代故事发生的基本背景。先描述人物，再说明时间、地点，人物正在做什么（日常行为），人物当下生活中面临的困难或机遇。

---

① 　读者可结合上编第二章、第五章来学习本章内容。

（二）新人物、新事件出现部分

此处通常为新人物上场，告诉新发生的事件，使主要人物面临新的挑战，而主要人物必须迎接这个挑战。

需要注意的是，建置与新人物、新事件的出现，相当于故事背景的交代和介绍，因此这一部分要灵活处理。有的剧作将两部分区分得很清楚，比如《玩偶之家》中，先介绍圣诞节前夕的信息，在跟林丹太太的交流中，提到借贷、海尔茂升职等信息，完成了故事背景的建置，随后是柯洛克斯泰的上场，人物命运出现挑战。有的剧作中，人物命运面临的改变在剧作一开始就得到交代。比如《樱桃园》这样的剧作中，由旁观者在交流中提及樱桃园及其主人的现状，主人公面临的樱桃园被拍卖的现状已经被强调出来，主人公在上场后，只是对这部分内容又进行了强调。还有些剧作中，如果故事背景较为简单，那么建置与新人物、新事件的出现可被省略，第一阶段的冲突通过人物的追叙直接体现。比如《青春禁忌游戏》中，剧情一开始便进入行动阶段。

此处强调新人物、新事件出现的意义在于要时刻注意保持戏剧节奏的节点、强化人物所处的情境，即使对人物命运造成转变的事件已经在建置中实现交代，此处再由另一人物进行提醒，也是对情境的强化和对戏剧节奏的加强。比如在《医者仁心》中，即使妻子已经发现丈夫许明扬就是匿名信的作者，由另一人上，交代这件事已经令上司震怒、要处理责任人，也有助于丰富场面，起到突出层次、强化情境的作用。

《编剧坊》软件中的新人物、新事件的变化，有时已经属于后续行动的范畴，编剧可以根据实际情况加以灵活调整。

（三）事件的发展

事件发展的第一阶段，往往是行动与冲突发展的第一个回合，这是人物行动的开始，由剧中某一人物采取一系列行为，以实现自己的目标。这种行动有时由主要人物发起，有时由对手人物推动。从戏剧情势的发展来看，戏剧冲突通常需要先有铺垫，然后再逐步升高。从整个冲突的走向来看，人物发起的行动引起一系列的反应，但此时人物的困境没有得到改变，或者只是暂时缓解。

事件发展的第二阶段，是行动与冲突的第二个回合，标志着人物行动的升级。在第一个回合的基础上，人物再次向目标发起挑战，这次冲动的过程比第一次更复杂，编剧要展开更为丰富复杂的人物关系和人物的动作交锋，在人物和故事的讲述中反映社会生活。从整体冲突的发展来看，人物的行为会让自己陷入更加危险的境地。情节也可能发生某种转机，给人物带来一丝希望。然而，威胁人物的力量也会同步增强。

事件发展的第三阶段，是行动与冲突的第三个回合。这是行动的最终阶段，代表矛盾冲突最终解决，或者主人公毁灭。从整体冲突的发展来看，主人公采取比前两次更命运攸关的行为，或者是主动迎战或者是忍痛放弃，迎接命运的至暗时刻；后面突然发生逆转，人物得救或被毁灭。

二、剧本大纲的风格类型

在本部分内容中，我们将以《青春禁忌游戏》《樱桃园》《沉钟》这三个风格各异的剧作为例，来说明重冲突、重情感和重哲理的剧本在设计上的差异。这虽然是针对三个已经写成的剧本的剖析，但它们的分析对于我们构思、设计作品，仍能提供重要的启发。

1. 冲突型

冲突型的剧本大纲设计，需要针对双方的行动目的和行动对抗展开，展示人物行动过程中冲突的引发、升级、转化和结束。

建置、交代和新事件出现

女教师叶莲娜过生日的当天，几位学生到她家里来祝贺。在这些学生中，巴沙和拉拉是一对恋人，瓦洛佳是领袖人物，较有心计。从他们的言谈中得知，他们是为了数学成绩而来。（人物行动及行动目的的交代）

事件发展的第一阶段，行动的开始

他们送上酒和礼物，陪老师喝酒跳舞，师生其乐融融，叶莲娜感到非

常幸福。（行动的开始）

学生们渐渐开始转入正题。（交代目的）向老师解释自己为何成绩不佳。维佳说自己的考卷是空白的，巴沙说自己痛恨数学喜欢文学，摆出一副艺术家精英的派头。瓦洛佳试图通过给老师生病的母亲转到更好的医院来打动老师。（行动的升级，行动的层次）叶莲娜不知有诈，仍然苦口婆心地教育他们，拒绝接受不正当的好意。学生们向叶莲娜要保险柜的钥匙，叶莲娜拒绝，并要他们滚。（冲突的第一个回合）

事件发展的第二阶段，行动的升级

拉拉用庸俗的生活观劝说老师，被老师揭露后，讽刺老师是学校的笑料，想要摧毁老师的自信心。她越加肆无忌惮地说自己的恋爱观，惹怒了喜欢他的男孩巴沙。（必要的铺垫）维佳和瓦洛佳拔掉电话线，切断老师与外界的联系，威胁要搜身，要叶莲娜交出钥匙。（行动的发展与升级，关键事件）（冲突的第二个回合）叶莲娜轻蔑地拒绝了。

事件发展的第三阶段，行动的转化与结束

学生们对老师进行语言攻击，想用庸俗的世界观摧毁叶莲娜的价值观。叶撵他们走。瓦洛佳出主意，假装强暴拉拉，以此胁迫老师。在这个过程中，瓦洛佳丑态百出，他的恶劣都让同伴惊呆了，看起来假戏要真做，拉拉也意识到危险，巴沙表示出极度厌恶，他想要阻止，可却遇到瓦洛佳的威胁。（冲突的第三个回合，冲突的层次，行动的发展）

叶莲娜不想看到学生的丑态和事态恶化，主动交出了钥匙。（关键事件）可维佳阻止瓦洛佳拿钥匙，众怒难犯，瓦洛佳只得罢手，和同学们一起离开了老师家里。（最终的结果）

2. 情感型

情感型的剧作在剧本大纲以及戏剧冲突走向的基本框架内，需要重点设计能够揭示人物内心情感、表现人物处境的场面。

建置和交代

在女地主柳苞芙的庄园里，她的仆人、邻居正谈论着她和女儿即将归来的事（次要人物视角，主要人物正在做的事）。她这次回来是为了应对樱桃园被拍卖（面临的危机）。罗巴辛认为，她只要将樱桃园租出去，就能逃过一劫。

新人物、新事件的出现

柳苞芙一行出现，众人纷纷向他们问好。女儿向养女讲述妈妈的花天酒地，他们已经山穷水尽。再次强调樱桃园即将被拍卖。

冲突和行动的进展

事件发展的第一阶段：罗巴辛建议把树砍光，然后盖别墅出租，用这些钱付利息，樱桃园就可以保存下来。女庄园主没有任何主见和解决问题的办法，他们沉浸在对过去生活的回忆中。她的亲人为她担忧着，而寄食的食客依旧醉生梦死。

事件发展的第二阶段：罗巴辛再次催促女庄园主拿出主意，他嘲笑大学生百无一用。女庄园主和哥哥仍沉湎于过去的回忆，女庄园主为自己的失恋伤心。大学生空谈改革，其余女教师、女仆、男仆、邻居等要么继续醉生梦死，要么想办法榨干她的最后一个铜板。最终女庄园主的哥哥决定去找有钱的姑母借钱，买下樱桃园。

事件发展的第三阶段：樱桃园正在拍卖中，女庄园主却举行了舞会，一派醉生梦死的景象。巴黎情人的电报让女庄园主振作起来。罗巴辛到来，原来他才是最后的买主。女庄园主决定离开，她女儿和养女感觉到了新生。画外传来砍伐樱桃树的声音。

3. 哲理型

哲理型结构的剧本大纲设计，需要在基本冲突框架之内，选择能够揭示主题、表达隐喻的情节片段。

建置和交代

罗登德兰魔女正欢快地生活在自己的世界里，与水神尼格尔曼戏要（人物处在平衡状态）。森林之魔上场，交代了人类铸钟和钟被自己毁掉的经过。

新人物、新事件的出现

海因里希被魔女搭救。他有家庭，是一个铸钟师，但屡次失败。他希望魔女将自己从硬地面上解脱，给予灵感和奇迹。这打破了魔女内心的平静。

事件的发展

事件发展的第一阶段：代表世俗道德的牧师要海因里希回去，要带他回到人世。魔女的祖母也让魔女放弃海因里希，避免因为他破坏自己的安宁。魔女拒绝，她画魔圈阻挡牧师，但祖母放走了海因里希，魔女被留下。

事件发展的第二阶段：海因里希被送回后，向妻子倾诉自己铸钟失败的经历，遇到魔女让他重获青春，只有靠近她才能有灵感。魔女来到海因里希家，带走了他。

事件发展的第三阶段：海因里希的铸钟大有进展，然而在牧师的道德谴责、水怪和森林之魔的挑唆下，海因里希怀疑魔女，为妻子之死感到忏悔，他回到人世。魔女嫁给水怪。最终大钟再次被毁掉，海因里希投河而死。

上述哲理性的结构中，人物与人物之间也存在着冲突，冲突是围绕人性面临的诱惑来设置的。水怪和森林之魔代表将人引上邪路之物，魔女代表人灵魂的飞升，而牧师及其妻子则代表三观正确的世俗。三者之间的关系设置上，魔女与妻子代表灵魂的两极，而水怪和森林之魔则是人的劣根性的象征，代表嫉妒、愚昧、贪婪。此外，作品还通过长篇话语、神奇妙想等来丰富情节，这都是对情节型整一结构的扬弃，在矛盾冲突上是一种渐变而不是激变。海因里希悲剧的根本原因，在于人类的愚昧，把真正的天籁当成魔鬼的诱惑，而把嫉妒和诱惑奉为圭臬。

上述的剧本大纲只是根据已有剧本的剖析，《编剧坊》系统生成的剧本大纲与此略有差别。

第二节　剧本大纲的生成规则

《编剧坊》生成的剧本大纲，是后续创作的一个过程性的启发，编剧应该在此基础上，按照自己的创作喜好和创作习惯加以变化，既可以往思辨的方向发展，也可以往偏重于情节和冲突的方向发展，有倾向性地调整大纲。这一调整实际上源自剧作风格类型的选择，以及单线、双线、多线结构的不同安排。

如果是动作冲突型，重点应放在主要人物、对手人物之间的关系上，观察哪些帮助者强化或缓解了冲突。是否通过副线来解决冲突，以及其他人物对冲突有什么帮助。人物的冲突是否围绕行动展开，行动是否由一系列的动作展开，是否给予了足够多事件发展变化的空间。

如果是情感型，则要检查基础的行动和冲突是否完整且符合逻辑，在这个基础上，梳理人物状态、心境，在事件发展中，是否有充分的能够表现人物情感变化的细节？是否因为过于强调行动冲突而掩盖了情感的发展。是否尽可能地挖掘了人物情感？是否可以增加一些表现内心情感的情节？是否尽可能地在人物之间建立了关系？

如果是哲理性，在基础行动和冲突完整的前提下，梳理主题及关于主题的不同观点。包括主题的变奏，对主题的质疑、正反两面的观点；不同人物有可能具备的观点；如何选择和修改情节，有助于观点在情节中体现。

如果是双线或多线的剧本，则要注意不同线索是否得到同步发展。如果是一明一暗类型的剧作（比如《玩偶之家》），则要注意作为暗线的副线是否得到了合理铺垫，副线如何解决了主线的矛盾冲突。如果是双明线，则要注意剧本大纲中是否得到了合理的穿插。比如像《威尼斯商人》中，鲍西亚的线是如何在每一个回合中发展的，安东尼奥与夏洛克的情节线又是如何发展的。像《北京人》这样复杂的结构，则需要在情节的不同环节，概括曾家三代各自命运的变化情况（当然我们也要看到，由于 AI 能力有限，写得再复杂也不可能生成像《北京人》这样殿堂级的艺术精品）。

创作者应该在已生成大纲的基础上，从人物遇到困境还是机遇，以及视角、人物结果路径的不同，将大纲加以变化。具体来说：

1. 在建置和交代的部分，可以从主要人物视角开始，也可以从旁观人物视角开始

（1）主要人物视角：主要人物登场。通过主要人物与其他人物的对话，展示或叙述性地说明时间、地点，人物正在做什么（日常行为），人物当下生活中面临的困难或机遇。

（2）其他人物视角：次要人物登场。可以是对手人物，也可以是主角的帮助者通过人物的对话，交代主人公是谁，是何身份，再说明时间、地点，人物正在做什么（日常行为），人物当下生活中面临的困难或机遇。

2. 新人物、新事件出现部分，由于建置部分先登场人物的不同，相应地要发生改变

（1）新人物（次要）上场，告诉新发生的事件，使主要人物面临新的挑战，而主要人物必须迎接这个挑战。

（2）主要人物上场，验证先前次要人物所描述的内容。

3. 事件发展的部分，可以根据人物目标达成程度，继续坚持还是放弃，发生相应的改变

在冲突的第一个回合中，可以有两种情况：（1）人物并未达到目的，矛盾冲突没有得到解决，人物的困境没有得到改变。（2）或者只是部分达到目的、部分达到解决，人物的困境暂时缓解，但危险没有消除。

在冲突的第二个回合中，也有两种情况：（1）人物的行动未能如意，反而面临更大的困难，新人物上场带来的威胁增加了。但是这个时候，事情突然发生了转机（发现和突转），让人物觉得有可能实现目标。（2）突然发生了某种转机，人物朝向这种转机努力，结果依然失败。先前威胁人物的力量再次显现，危机再次加重。

在冲突的第三个回合中，也有两种情况：（1）在前两次失败后，人物打算孤注一掷，进行最后的行动。这次采取的行动比前两次都更具危险性，会让自己陷入万劫不复的境地。人物几乎要成功，却因为某种原因被阻止。可能是他自身的忏悔，也可能是来自副线的力量，也可能是他作为一个团

体的分化。总之，人物最后未能实现目的。（2）在前两次失败后，人物决定投降，不再进行反抗。他认输，想要通过求饶、放弃来解决矛盾冲突。但此时，突然发现了某种转机，人物意外地重新掌握了命运的主宰。可这个时候，他反倒选择放弃一直以来追求的目的。然而，新的目的已经以另一种方式悄然达成，它与人物先前的目的密切相关，却并不完全相同，体现了人物认知的升华。

除了大纲每一个阶段的变化外，各个阶段出现的次序及情节的自然融合也可产生许多变化。比如建置的部分内容可以放到稍后的冲突中体现，不同冲突回合之间的强化与转化、铺垫也可产生许多变形。

第三节　剧本大纲的调整实例

一个标准的剧本大纲，应该符合言之有物的要求。具体来说：（1）清晰具体的事件、行动；（2）能够清楚地看到事件发展的三个阶段，以及不同阶段人物的发展变化；（3）不同阶段的事件安排恰当，保持一定的戏剧节奏；（4）不同线索的情节、行动搭配合理，互相促进。

在生成剧本大纲后，可以通过右下角的 AI 对话框进行进一步调整，提出相应的要求。比如要求 AI 合并时空、去除多余时空，严格遵守基本构思给定框架，或者为基本构思提供相应的细节等。《编剧坊》系统支持多次调整，直到获得满意的生成效果为止。

根据基本构思以及相关的人物设定，《编剧坊》在利用大模型的基础上，生成以下剧本大纲：

《医者仁心》

建置部分

故事从繁忙的医院走廊开始，镜头缓缓推进至副院长吴心婷的办公室。吴心婷，一位中年女性，正埋头于堆积如山的文件中，眉头紧锁，显然正面临医院争创三甲的巨大压力。此时，她的手机震动，一条匿名短信提醒她内网上的丑闻。她打开电脑，看到关于伪劣医疗设备的举报信，震惊之余，她意识到这可能是她正在闹离婚的丈夫许明扬所为。医院内，气氛紧张而微妙，每个人都在为三甲评定忙碌，却不知一场风暴即将来临。

新人物、新事件出现部分

一天，年轻的女记者李婉晴突然造访医院，声称要调查医疗设备丑闻。她的出现打破了医院的平静，也让吴心婷意识到事态的严重性。同时，许明扬的身影在医院后门闪现，他故意避开人群，却还是被眼尖的同事认出。他找到吴心婷，两人面对面，气氛凝重。许明扬向吴心婷展示了更多证据，证明举报并非一时冲动，而是长期调查的结果。吴心婷内心挣扎，她既担心医院的未来，又无法忽视许明扬的正义之举。

行动与冲突的发展

第一阶段

吴心婷尝试与院长沟通，希望他能正视问题，但院长却坚决要求她让许明扬撤回举报。面对院长的施压，吴心婷陷入两难。与此同时，医院内部开始流传关于许明扬的谣言，说他因收取回扣被开除，试图通过举报报复医院。吴心婷感到孤立无援，但她决定深入调查，寻找真相。

第二阶段

随着调查的深入，吴心婷发现医院内部的腐败远比她想象的严重。她找到许明扬，两人决定联手揭露真相。然而，他们的行动遭到了院长的强烈阻挠。院长不仅威胁要暂停吴心婷的职务，还安排了全院医生写联名信诬告许明扬。吴心婷和许明扬面对重重困难，但他们没有放弃，继续寻找关键证据。

第三阶段

三甲评审团即将到来，医院上下一片紧张。在汇报会上，吴心婷毅然走上讲台，她不仅揭露了医院内部的医疗腐败现象，还公开支持许明扬的正义之举。她的举动震惊了全场，也赢得了部分同事的尊重和支持。尽管院长试图挽回局面，但真相已经大白于天下。最终，吴心婷和许明扬不仅揭露了医疗腐败的真相，还重新建立了彼此之间的信任，决定共同面对未来的挑战。

这个故事视角基本上集中在吴心婷身上，有一定的合理性，不过一定程度上忽略了许明扬的塑造。因此，我们在右下方的 AI 对话框中输入了"请以许明扬为主角来生成剧本大纲"的提示，重新生成了以下大纲：

建置部分

故事从许明扬的家中开始，他是一个中年男性，前医务科副科长，因揭露医疗腐败而辞职，独自居住在简陋的公寓中。夜深人静，他坐在书桌前，翻阅着关于伪劣医疗设备的资料，眉头紧锁。电视新闻报道着某大型医院争创三甲的盛况，这触动了他的神经。他深知，这不仅是荣誉之战，更是揭露真相的契机。

新人物、新事件出现部分

一天，许明扬在网络上匿名发布了一条关于医院使用伪劣医疗设备导致医疗事故的举报信，瞬间引起了轩然大波。消息迅速在医院内网传开，吴心婷作为副院长，被院长紧急召见，要求她必须让许明扬撤回举报信。吴心婷惊讶之余，更感困惑，她以为这是丈夫许明扬因报复而为之。

行动与冲突的发展

第一阶段

吴心婷找到许明扬，试图说服他撤回举报。许明扬却冷静地展示了他手中的证据，包括伪劣设备的检测报告、受害患者的证词等，让吴心婷震惊不已。她意识到事情远比想象中复杂，开始质疑自己过去的盲从。此时，院长的压力接踵而至，不仅威胁吴心婷的职务，还企图通过全院联名信诬告许明扬。

第二阶段

面对重重困难，吴心婷与许明扬进行了深入交谈，重新认识了彼此。她决定站在正义一边，支持许明扬的举报。与此同时，年轻女记者李婉晴得知此事，主动介入调查，她的出现为揭露真相带来了新的希望。然而，院长和其助手张秘书不甘失败，利用职权进行阻挠，甚至伪造证据试图掩盖真相。

第三阶段

三甲评审团即将到来，医院内外风云变幻。在汇报会上，吴心婷在众目睽睽之下，毅然走上讲台，不仅揭露了医院内部的医疗腐败现象，还公开表示对许明扬的支持。她的勇敢举动震撼了在场的所有人，也赢得了李婉晴和众多医护人员的尊敬。最终，真相大白于天下，医疗腐败得到了应有的惩罚。而吴心婷与许明扬，在经历了风雨之后，也重新找回了彼此的信任和爱情。

这个大纲的开头是从许明扬的视角来设定的，后续内容也增加了许明扬的戏份。

这两个大纲均在基本构思设定基础上进行了拓展，整体结构较为完整，有些地方表现得相当出色，比如第一个大纲中记者角色的提前介入，有助于后续情节的照应与线索的铺设。第二个大纲中对许明扬写举报信的背景进行了梳理，为后期的情节设置提供了启发。

不过，上述内容存在以下问题：首先是时空的合并问题，大模型总是带有影视剧的创作思维，习惯于从镜头语言的规则去讲述不同时空的故事，而戏剧创作则要求聚焦于固定时空。其次从戏剧节奏出发，有些事件的次序需要进行调整，部分情节需要分阶段展开，以确保戏剧节奏的连贯性。比如第一阶段中吴心婷的调查只是一个初步的调查，并非彻底的调查。了解到背后的黑幕后，从戏剧性和人物性格出发，她应该先有所顾虑。此外，人物行动的进展应体现为反复的过程，而非直线发展的逻辑。因此，第二阶段中人物迫于压力，被迫息事宁人，第三阶段的反转才会更有力。人物背景故事也应该进一步深化，院长施压的手段需要进一步具体化。基于以上修改意见，以下是对两个大纲合并后进行调整的版本，人工修改后的大纲如下：

　　某大型医院正面临三甲评审。新任副院长吴心婷，一位中年女性，医术精湛，性格坚韧，离异后独自带着一个在上小学的儿子，此刻正埋头于堆积如山的文件之中。作为具体负责此次评审准备的业务副院长，她"压力山大"，整个医院也弥漫着紧张的气氛。

　　突然，医院内网上一条匿名举报信引起了轩然大波，指控医院使用伪劣医疗设备导致医疗事故。吴心婷得知举报者是她的前夫，前医务科副科长许明扬，心中五味杂陈。她深知，这条举报信可能直接影响到医院的评审结果和自己的职业生涯。

　　院长得知此事后，立即召见吴心婷，要求她务必让许明扬撤回举报信，并威胁说如果处理不当，将影响到她的副院长转正。吴心婷内心矛盾重重，但她明白，自己的职责不仅仅是维护医院的利益，更是要守护医疗行业的纯洁与公正。

　　与此同时，报社张记者也获知了这条举报信息，来到医院要求介入调查。他的到来，为整个事件增添了新的变数。（第一阶段）

　　吴心婷尝试与许明扬沟通，希望他能够撤回举报信，但许明扬态度坚决，表示要揭露医疗腐败到底。吴心婷内心挣扎，一方面她理解前夫许明扬的正义感，另一方面她又担心医院的未来和自己的职业生涯。院长见状，加大了对吴心婷的施压，如果许明扬不予撤回，将暂停吴心婷的职务。同时，院长还派出了许明扬的好友李秘书来陈述利害，但均未果。

　　张记者的调查逐渐深入，他发现了更多关于医院腐败的证据。面对院长的阻挠和威胁，他坚持报道真相，要将医院的腐败行为公之于众。这一举动激怒了院长，他甚至用威胁与恐吓手段对付张记者，并组织力量掩盖事实，很快赶出了一份调查报告。

吴心婷在深入了解许明扬的动机和他掌握的证据以后，内心受到震撼，决定站在正义一边，她暗中补充了一些新的更重要的证据，以支持许明扬。但此时，院长来找吴心婷，交给她两份材料供她选择：一份是上级领导派她去山区援医一年的通知，另一份是关于举报信内容的调查报告。吴心婷犹豫了一下，答应在明天三甲评审团汇报会上作调查结果的汇报。（第二阶段）

三甲评审团汇报会如期举行，众目睽睽之下，吴心婷走上讲台，她将院长准备好的汇报稿推至一边，拿出新的调查报告，勇敢地揭露了医院的腐败问题。她的举动震惊了在场的所有人。

院长宣布休会，说服参会人士一起做说客，让吴心婷在假的调查报告上签字。

记者也受到威胁，他险些动摇。最终，在吴心婷和许明扬提供的证据下，与会人士看到了伪劣医疗器材的危害。他们沉默了。

同时，吴心婷也找回了与许明扬失去的爱情与信任，两人决定重归于好，并将照看孩子的任务交给了许明扬。吴心婷则奔赴山区援医……（第三阶段）

与前述大纲相比，新的大纲除了增加人物行动的障碍、增强对手的动作外，还将院长阻碍主人公的最强动作放到了第二阶段接近结束的时候，保证了戏剧节奏。院长的威胁——如果不能解决问题，那么影响转正，进而暂停职务，派她出去援医，让小孩无人照看——如果说在第一阶段只是口头威胁的话，这时付诸了具体动作。院长这一具体的施压行为，导致了吴心婷违心地做出发布虚假报告的表示。但这里矛盾冲突并未得到最终解决，仍然保留着悬念。除了加大对主人公的施压力度外，针对记者的多种威胁手段也应具体化，如包括恐吓，伪证，威胁等。只有增加人物的动作，让人物的动作不断升级，才能让情节得以在主线上延伸。在困境中塑造人物形象、表达主题也能收到事半功倍的效果。

人工调整的大纲对 AI 版大纲中的多个时间地点进行整合，尽量使每一幕聚合在同一时空中，增加了人物的家庭生活内容，使得情节较之原来丰富且接地气，给予了编剧发挥的空间。

AI 生成的人物行动往往显得机械僵化，因此在人工修改时，编剧应注意适时延伸人物的行动，并关注行动引发的连锁反应。可以先写反应，再交代行动的发出者是谁，也可以直接写行动引起的变化。比如在这里，院长停吴心婷的职，可以先由秘书等来告知，或者由总务部门直接上门要求交出钥匙、相关材料等，再由院长上场。这样的层层推进不仅增强了院长威胁的效果，也让人物行动和剧情发展更加合理。

在使用《编剧坊》生成剧本大纲时，编剧可以根据剧本的特点灵活调整使用。比如《医者仁心》的基本构思只有一个故事，而《我们是乡下来的装修队》的构思由装修队接的三个故事构成。《编剧坊》系统一开始只生成了第一单的大纲，在右下角的 AI 对话框要求其生成第二单、第三单的大纲后，系统依次又生成了后两个故事的构思。这样的环节可以多重复几次，方便使用者从多个结果中加以挑选。经过两次生成后，我们选择了第一单、第二单第二轮的构思，选择了第三单的第一轮构思，生成了如下的每幕设计：

【情境】

第一幕：2024 年的城市边缘，水葫芦村的阿秋带领小木鱼装修队，租住在简陋的工棚内，讨论着即将开始的第一单装修任务——为一对即将离婚的夫妻改造大平层。

【人物面临的挑战】

－挑战 1：阿秋团队如何面对苛刻的东家李夫人和李先生的离婚装修要求。

【发展】

－阿秋提出富有创意的公共新空间设计，试图作为夫妻沟通的桥梁。

－阿平和阿全通过与夫妻二人交流，逐渐了解他们的背景和矛盾根源。

- 阿花利用绘画天赋呈现设计方案，但李夫人仍坚持己见。

【矛盾冲突的转化】

- 李先生被阿秋团队的创意所触动，内心产生动摇。

【结果】

- 夫妻二人被设计方案的温情所感染，但李夫人的态度依然强硬，冲突初现端倪。

【情境】

第二幕：装修工作继续进行，阿秋团队面临更多挑战，特别是李夫人的强硬态度和官员别墅装修中揭露的受贿阴谋。

【人物面临的挑战】

- 挑战1：如何进一步说服李夫人接受新的设计方案，促进夫妻和解。

- 挑战2：阿平无意间发现官员别墅内的受贿密谈，团队如何揭露并阻止受贿计划。

【发展】

- 阿秋组织家庭成员聚会，通过讲述家庭故事感化李夫人和李先生。

- 阿芳提议利用戏剧表演才能，假扮便衣制造"偶遇"，提醒官员悬崖勒马。

- 阿平和阿全继续通过日常交流增进夫妻间的互动，同时留下"未完成"的部分邀请他们参与。

【矛盾冲突的转化】

- 夫妻二人在聚会上深受触动，决定重新考虑离婚的决定。

- 官员在阿芳的戏剧化提醒下，内心受到触动，开始犹豫是否接受贿赂。

【结果】

－李夫人与李先生相拥而泣，决定不离婚，小木鱼装修队完成第一单任务。

－官员决定拒绝贿赂，并向有关部门坦白，张秘书阴谋败露。

【情境】

第三幕：时间转至秋季，小木鱼装修队接到新任务——为独居女孩小雨装修一个墓穴风格的房间，但阿秋团队决定用不同方式帮助她。

【人物面临的挑战】

－挑战：如何帮助小雨走出阴霾，重拾生活的希望，并拒绝她的墓穴装修计划。

【发展】

－阿芳提议通过排演即兴话剧《我们是乡下来的装修工》，让小雨参与体验不同人生。

－团队成员与小雨建立深厚友谊，通过排练逐渐让她敞开心扉。

－话剧内容触及小雨内心，她在排练中情感爆发，意识到逃避不能解决问题。

【矛盾冲突的转化】

－小雨在话剧表演中展现惊人表现力，向父母表达心声，感谢团队帮助。

－她宣布不再逃避，邀请阿秋等人加入她的新生活计划，放弃墓穴装修。

【结果】

－小雨重拾生活信心，小木鱼装修队不仅完成装修任务，更帮助了一个迷失的灵魂找到方向。团队在城市中站稳脚跟，获得更多认可。

可以看出，《编剧坊》系统具有一定的创造性，它巧妙地将第一单生意和第二单生意中矛盾冲突的解决编织在一起，让前者为后者的转变助力。当官员目睹离婚夫妇和好时，也会想到自己收受贿赂必被法律惩戒的后果，家庭幸福的愿望将成为他抵抗诱惑的防火墙。当然，这个大纲仍然有许多不尽如人意的地方，比如第一幕的主要矛盾应该在李夫人和李先生之间，而不是李夫人和装修队之间。我们可以在右下角的 AI 对话框输入要求，让 AI 进行调整，也可以采纳上述生成效果后，在左侧的表单中直接进行修改。比如，我们在分幕大纲第一幕的"发展"部分进行修改，输入以下文字：

　　阿秋带领团队积极设计的装修方案被双方否定，原来二人是为离婚而分割空间。李夫人和李先生动不动就争吵。阿秋发现，他们表面上争吵，其实有许多小动作都表明了互相关心。他决定略施小计，假借打造一个公共展览空间，展示二人对家庭贡献的名义，来促进二人的和好。李夫人拿来许多东西证明自己对家庭的贡献，李先生也不甘示弱。阿秋和队员当评判者，激励二人拿出证据。

在此基础上，通过右下方 AI 对话框，进行细节的调整后，重新生成以下大纲：

　　阳光斑驳地透过破旧的窗户，洒在堆满工具和材料的仓库内。阿秋站在中央，手持一块旧木板，上面是他草绘的装修设计图，眼中闪烁着坚定与希望。他环视四周，团队成员阿平、阿花、阿全、阿虎正忙碌地整理装备，准备迎接新的挑战。

　　阿秋用力拍了拍手中的设计图，大声宣布："兄弟们，咱们的第一单来了！一对夫妇的大平层装修，这可是咱们在城市立足的好机会！"团队成员们闻言，纷纷停下手中的活，面露喜色，但也夹杂着一丝忐忑。

　　不久，李夫人与李先生趾高气扬地步入仓库，阿秋满怀信心地展示设计图，却意外遭到冷遇。李夫人轻蔑一笑，直言不讳："我们不需要这些花哨的设计，我们要的是明确的界限，为离婚做准备。"阿秋一愣，随即与李先生交换了一个复杂的眼神，后者虽面露尴尬，却也未加反驳。

　　在随后的交流中，阿秋敏锐地观察到两人间微妙的小动作：李夫人无意间为李先生整理衣领，李先生则悄悄将一杯水推到李夫人手边。这些细微之处，让阿秋心中有了计较。

阿秋灵机一动，提议打造一个"家庭贡献展览空间"，旨在通过展示双方对家庭的付出，唤醒他们心中的温情。李夫人听后，立刻来了兴致，开始翻箱倒柜寻找"证据"。她首先拿出一沓账单，炫耀自己对家庭的经济贡献；李先生则不甘示弱，搬出一堆孩子的奖状和照片，证明自己在教育上的付出。仓库内一时热闹非凡，气氛逐渐缓和。

正当双方争执不下时，李先生从包里缓缓掏出一本泛黄的相册，轻轻翻开。里面是他与李夫人从相识到相爱的点点滴滴，每一张照片背后都记录着他们的欢笑与泪水。随着相册的翻动，整个仓库陷入了沉默，连空气都仿佛凝固了。李夫人愣住了，眼眶渐渐泛红，她伸手接过相册，轻轻抚摸着每一张照片。

终于，李夫人抬头望向李先生，两人的目光在空中交会，多年的恩怨仿佛在这一刻烟消云散。她哽咽着说："原来，我们曾经那么相爱。"李先生走上前，紧紧握住她的手，两人相拥而泣。阿秋和团队成员们站在一旁，脸上露出了欣慰的笑容。

在这个大纲中，AI给出了一些体现二人互相关心、表现二人对家庭贡献的细节，但这些细节仍显得较为平淡，整体的动作性、冲突程度仍然不够强，人类使用者可以针对性地进行修改。最后调整成以下大纲：

故事发生在2024年的某城市边缘，水葫芦村的阿秋与他的小伙伴们——泥水匠阿平、漆匠阿花、雕刻匠阿全、大力士阿虎及几位搬运工，成立了小木鱼装修队，满怀希望地踏入城市，寻找生活的新机遇。他们租住在一间简陋的工棚内，虽然条件艰苦，但心中充满了对未来的憧憬。阿秋作为队长，向大家描绘着用淳朴乡风和民间智慧改变城市生活的蓝图。此时，他们正围坐在一起，讨论着接到的第一单装修任务——为一对即将离婚的夫妻改造房屋内部结构，将大平层一分为二，用以夫妻分居。

这天，阿秋带着伙伴来到东家家。李夫人要求，将三分之二的空间分隔给她用。她的丈夫李先生则坚决不同意。两人各说各对家庭的付出，特别是对远在国外留学的儿子的经济贡献。夫妻吵闹之中，阿秋偶然发现一个细节，貌似凶狠的李太太其实暗中还在关心李先生的身体（趁李先生不备，将他的一包烟扔在垃圾桶里。李先生四处寻烟不着，只好不抽）。阿秋由此而灵机一动，建议在大平层中辟出一个公共空间，做一个男女主人对家庭贡献的成果展，包括大事记、重要案例、主要贡献等，说这也是对他们的后代进行创业教育的生动教材。李先生与李夫人听了以后，都表示接受。因为儿子年底回家，正好让儿子看看谁对这个家的贡献大。

于是，阿秋要求东家提供展陈材料与展品。李太太很配合，拿出她从创业办小饭店开始以来的有关照片，包括饭店开张仪式，带家人第一次出国，购置第一辆车、第一套房、第一台大哥大，还有企业获奖证书、新闻报道等。但李先生则迟迟不肯交材料。眼看成果展要黄，李太太急了，不断激李先生，你拿不出一件像样的东西，还好意思跟我抢房？李先生被逼无奈，只好将他的展品交出，有：一把断了柄的铁锹，被砸了一个洞的安全帽，第一次从工地上摔下来拍的X光片，做蜘蛛人（高楼外墙清洁工）的照片，淘宝上买的廉价的假酒假烟的单据，还有几张病理报告……

目睹这一些，李太太突然失声痛哭，与李先生紧紧相拥……

小木鱼装修队用他们的智慧和善良挽救了一个家庭。

在剧本大纲的编写环节，要尽量根据后续舞台演出的要求，对相关情节进行梳理。首先要保证所描述的情节适合在舞台上发生，如果违反了此规则，则试着通过间接的方式表现，或者选择新的情节。二是保证戏剧特有的戏剧性，冲突遵循特定的发展变化规律。三是保证主题得到贯穿、不同的人物得到刻画，必要时应进行适当的调整和深化。最后应保证各个戏剧节点的事件发生得当。比如"新人物、新事件的出现"这一阶段，是否由合适的人物带出、新事件是否能够引起人物命运的变化，如不符合要求则需要进行调整。

从三幕剧的角度构思，第一阶段的冲突和行动只是初步的展开；第二阶段的冲突和行动是扎实、复杂的，人们面临的困难空前增加，情节变得更加复杂，且这个阶段往往会出现某种转机和变化。第三阶段的冲突中，反对力量空前强大，主角准备放弃（比如《青春禁忌游戏》中叶莲娜老师交出钥匙）或者殊死一搏（比如《俄狄浦斯王》中俄狄浦斯坚持调查）通过发现和突转扭转局势。

剧本大纲的修改影响到后续分幕大纲的内容构建，因此更强调从舞台演出的适用性考虑情节的选择和安排。如果说基本构思中，只要考虑"故事"包含的内容，在剧本大纲中则要考虑哪些情节可以用明场、哪些可以用暗场，相关信息用展示还是用叙述交代，是正面交代还是侧面交代，确保情节发展的节奏和人物性格的塑造都能自然且有效地支持剧本的整体结构。

练习题：

1. 将设计的基本构思与人物列表综合，生成剧本大纲。

2. 根据剧本大纲的生成效果，返回修改基本构思与人物，并反复操作多次。

3. 修改生成的剧本大纲，使之符合要求。

第十章　分幕大纲的生成和调整

分幕大纲是对剧本大纲的细化，在这个阶段，使用者在《编剧坊》的帮助下，可将剧本大纲拆分成两幕、三幕、四幕或五幕。每一幕的大纲是本幕所发生情节的简要提纲。

如果说剧本大纲主要完成对全剧主要情节的设计，那么分幕大纲需要全面考察全剧的戏剧节奏，以及每一幕的节点。分幕大纲中写到的事件是在舞台上发生的事件，是经过剧作家挑选的事件，而不是故事中的所有事件。因此，要对事件进行适当的挑选，不仅要符合舞台呈现的要求，能够将故事交代清楚，还要注意氛围的铺垫与明场和暗场的交织。[①]

第一节　分幕大纲的设计

一部剧作往往具有多幕，每一幕中的基本构成元素相同，只是这些元素的具体内容和外在呈现有所不同。

1. 情境

情境是对本幕时间地点和戏剧气氛的介绍。介绍时要避免平铺直叙，尽量放在一定的戏剧情节中，或者是用于烘托氛围，或者交代人物关系，或者数者兼具。比如《玩偶之家》中，情境用于对圣诞欢乐气氛的铺垫，再如《雷雨》中，情境的营造从鲁贵和四凤的对话入手，完成对人物关系、基本生活环境的铺垫。

---

① 读者可结合上编的第二章、第四章来学习本章内容。

2. 人物面临的挑战

人物面临的挑战，是人物在本幕开始时要面对和解决的问题，是全剧的穿针引线之所在。在每一幕中，人物都有要面临的问题，这是全剧危机持续发展的结果。观察人物所面临的挑战是否具有一致性，可以看出全剧情节是否有机、一致，是否围绕主要冲突去发展。与第一幕的挑战相比，第二幕、第三幕均是在承接的基础上有所变化。

比如《玩偶之家》中，娜拉在第一幕受到来自柯洛克斯泰的威胁，第二幕中，除了再次被海尔茂拒绝的不安外，还有柯洛克斯泰的再次威胁，第三幕中，林丹太太说服了柯洛克斯泰，危机看似不存在了，但又通过林丹太太延续危机——她希望娜拉坦白此事。在《医者仁心》中，吴心婷面临的挑战是继续三甲申报还是彻查医疗事故的两难抉择，随后又演化为在家庭和社会职位之间的取舍、在正义与利益之间的取舍。

人物面临的挑战要处理得自然，不要拖泥带水，也不要机械僵硬，创作者必须在理解人物、深入人物情感逻辑的前提下来设计挑战，而且要将其转化为人物实实在在的压力和亟待解决的棘手问题。比如在《医者仁心》的设计中，人物面临的挑战最终转化为她即将面对的被外派援医、小孩无人照顾的难题。

在单线和多线结构中，人物面临的初始挑战比较容易交代得清楚。在多线交织，尤其是《北京人》这样交织着多条人物命运线的结构中，写清人物面临的初始挑战确实棘手。这需要我们对剧作进一步抽丝剥茧。

多条人物线索意味着，在设计幕的大纲时，不能从某组人物着手去写，因为它不是只关于一组人物的故事，而是一个关于多组人物的故事，编剧要站在总览全剧的立场来写。在调整剧本大纲时，也要考虑到这一因素。比如不能只写文清或者思懿面临着什么，还要写曾家面临一系列的困境，曾家三代中的每一代人在这一幕中面临的事件。

3. 发展经过

发展经过一定要详细、具体，写清人物如何应对这种挑战、有哪些因素起到了推动或阻碍的作用、对立的力量如何较量等。在这个过程中必须有重场戏，要尽可能围绕具体事件去写，写基于双方行动冲突的事件如何发展变化，可以加入双方的思考、谋划等。如果是非情节的类型，写清楚这一幕中各方事态的发展变化即可，重点放在对人物情感或哲理性主题的交代上。

4. 矛盾冲突的转化或升级

此处指促进该幕矛盾冲突向对立面转化，或者延续升级的事件，该事件导致了该幕的最后结果。该事件可以是主人公主动做出的，也可以是被动应对做出的，有时候只是一个突然发生的事件。

矛盾转化或升级的事件，是全剧的节奏所在，有了此联结点的存在，戏剧结构显得脉络清晰，层次分明。

比如《玩偶之家》的第一幕中，海尔茂拒绝了娜拉的请求，这一行为强化了全剧的悬念和危机感，让娜拉更加忧心忡忡。这里的关键事件只是人物行动的受挫。

第二幕中，林丹太太得知娜拉的烦恼后，自告奋勇与柯洛克斯泰协商，这个关键性事件导致了这一幕的结果，危机好像有所缓和，娜拉的处境有望好转。这个关键性事件就属于发展和突转，承接在海尔茂再次拒绝娜拉、要开除柯洛克斯泰，而柯洛克斯泰又来威胁娜拉的背景之下，让人物的处境更加危急。关键性事件让整部戏剧波澜起伏，从第一幕陷入困境，到第二幕危机加重，再到第二幕尾的绝处逢生，剧作张弛有度，极具张力。

到第三幕，林丹太太虽然与柯洛克斯泰的协商获得成功，但她坚持娜拉应该对丈夫坦诚相待。娜拉对此感到巨大的压力，但她也打算以此来恢复夫妻之间应有的真诚。事态到这一步，夫妻关系仍然是融洽的，导致娜拉出走的因素尚未出现。导致娜拉出走的，是海尔茂的前倨后恭，即先因收到威胁的信而大发雷霆，后又因收到柯洛克斯泰的致歉而恢复了对娜拉的甜言蜜语。而柯洛克斯泰收回信件并致歉的事件，就是导致这一幕结果——娜拉出走——的矛盾冲突转化事件，这是一个突然发生的事件，不是人物或对手主动采取的行为。一般来说，对前史与背景资料的交代可以采用叙述的手法，但关键性事件必须用展示来体现。

应该从实践出发灵活地理解矛盾冲突转化事件，每一幕中都有一个核心事件，此一核心事件对于最后的结局有着至关重要的作用，其余场次则围绕这一事件组织，围绕让事件本身具有戏剧性而努力。它是一个枢纽，一个通往最后必需场面、全剧高潮的节点。娜拉出走无疑是本剧的高潮，但若没有关键性事件，即夫妻二人收到致歉信，则海尔茂道歉和娜拉出走的情形便不会发生。

需要注意的是，每一幕都要安排几场重场戏，即能够深入展现一组矛盾冲突的事件。比如在《医者仁心》的后续生成中，编剧设计了"病人大闹灵堂"的设计，这就是能够集中深入展现人物矛盾冲突和行动发展的重场戏。没有重场戏，全剧就不凝练、不集中；但设计重场戏不能只考虑戏剧性的效果，还必须与剧作主题和主要情节密切相关。

每一幕中人物的行动目的要贯穿始终，尽管可以有所发展变化。比如在《我们是乡下来的装修队》中，第一单"离婚夫妇的装修"中，阿秋的目的是"完成装修任务"，只是这个目的要借用"让二人同归于好"的动作来完成，在实现了同归于好后，仍然要回到"装修"的主要目的上来。如果只写了离婚夫妇重归于好，忘记交代"装修"目的，那人物就显得不真实，戏也不够扎实。

第二节　分幕大纲的生成规则

话剧舞台剧分为两幕、三幕、四幕、五幕等不同结构类型，本节将在三幕剧的基础上，以事件发展的第一阶段、第二阶段、第三阶段来灵活划分不同长度的剧作。下面以苏联话剧《青春禁忌游戏》为例，分析剧作中每一幕的情节内容。

一、两幕剧

由于篇幅的关系，两幕剧通常将建置与新事件和人物的出现融合在一起进行交代。

在女教师叶莲娜过生日的这天，几名学生到她家里来祝贺。在这些学生中，巴沙和拉拉是一对恋人，瓦洛佳是领袖人物，较有心计。从他们的言谈中得知，他们是为了数学成绩而来。

发展的第一阶段

他们送上酒和礼物，陪老师喝酒跳舞，师生其乐融融，叶莲娜感到非常幸福。（行动的开始）

学生们渐渐开始进入正题。（交代目的）分别向老师解释自己为何成绩不佳。维佳说自己的考卷是空白的，巴沙说自己喜欢文学而痛恨数学，摆出一副艺术家精英的派头。瓦洛佳试图通过给老师生病的母亲转到更好的医院来打动老师。（行动的升级，行动的层次）叶莲娜不知有诈，仍然苦口婆心地教育他们，并拒绝接受不正当的好意。学生们向叶莲娜索要保险柜的钥匙，叶莲娜拒绝，并要他们滚。（冲突的第一个回合）（第一幕分界线）

发展的第二阶段

拉拉用庸俗的生活观劝说老师，被老师揭露后，讽刺老师是学校的笑料，想要借此摧毁老师的自信心。她越加肆无忌惮地表达庸俗的恋爱观，惹怒了喜欢她的男孩巴沙。（必要的铺垫）维佳和瓦洛佳拔掉电话线，以搜身相威胁，逼迫叶莲娜交出钥匙。（行动的发展与升级，关键事件）（冲突的第二个回合）叶莲娜轻蔑地拒绝了他们。

发展的第三阶段

学生们对老师进行语言攻击，想用庸俗的世界观摧毁叶莲娜的价值观。叶要求他们离开。瓦洛佳出主意，假装强暴拉拉，以此胁迫老师。在这个过程中，瓦洛佳凶相毕露，他看起来要假戏真做，粗俗恶劣的言行惊呆了小伙伴。拉拉也意识到危险，巴沙表现出极度厌恶，他想要阻止，却被瓦洛佳威胁。（冲突的第三个回合，冲突的层次，行动的发展）

叶莲娜不想看到学生的丑态，主动交出了钥匙。（关键事件）可维佳阻止瓦洛佳拿钥匙，众怒难犯，瓦洛佳只得罢手，和同学们一起离开了老师家里。（最终的结果）（第二幕）

二、三幕剧

三幕剧在结构上，将第一发展阶段之前归为第一幕，第二阶段为第二幕，第三阶段为第三幕。我们将上述两幕剧的《青春禁忌游戏》增加相应篇幅，就会变成三幕剧的结构。

建置和交代

叶莲娜是一名中学数学老师，这位单身老姑娘为人严格认真。在其生日的当天，她仍然在批改上周的数学试卷，学生的成绩不尽如人意，她打算给他们补课。电话响了，是母亲打来的。在电话中我们得知，妈妈生病住院了，但她没有能力让母亲住在条件好的医院。

新事件或新人物的出现

几位学生到她家里来祝贺。在这些学生中，巴沙和拉拉是一对恋人，瓦洛佳是领袖人物，较有心计。从他们的言谈中得知，他们是为了数学成绩而来。

发展的第一阶段

他们送上酒和礼物，陪老师喝酒跳舞，师生其乐融融，叶莲娜感到非常幸福。（行动的开始）

学生们渐渐开始进入正题。（交代目的）分别向老师解释自己为何成绩不佳。维佳说自己考卷是空白的，巴沙说自己喜欢文学而痛恨数学，摆出一副艺术家精英的派头。瓦洛佳试图通过给老师生病的母亲转到更好的医院来打动老师。（行动的升级，行动的层次）叶莲娜不知有诈，仍然苦口婆心地教育他们，并拒绝接受不正当的好意。学生们向叶莲娜索要保险柜的钥匙，叶莲娜拒绝，并要他们离开。（第一幕）

发展的第二阶段

拉拉用庸俗的生活观劝说老师，被老师揭露后，讽刺老师是学校的笑料，想要以此摧毁老师的自信心。她肆无忌惮地表达庸俗的恋爱观，惹怒了喜欢她的男孩巴沙。（必要的铺垫）维佳和瓦洛佳拔掉电话线，威胁要搜身，逼迫叶莲娜交出钥匙。叶莲娜轻蔑地拒绝了他们。（第二幕）

发展的第三阶段

学生们对老师进行语言攻击，想用庸俗的世界观摧毁叶莲娜的价值观。叶莲娜要求他们离开。瓦洛佳出主意，假装强暴拉拉，以此胁迫老师。在这个过程中，瓦洛佳凶相毕露，看似要假戏真做，其言行俗不可耐。拉拉意识到危险，巴沙表现出极度厌恶，他想要阻止，却被瓦洛佳威胁。（冲突的第三个回合，冲突的层次，行动的发展）

叶莲娜不想看到学生的丑态，主动交出了钥匙。（关键事件）可维佳阻止瓦洛佳拿钥匙，众怒难犯，瓦洛佳只得罢手，和同学们一起离开了老师家里。（最终的结果，第三幕）

三、四幕剧

从本质上看，四幕剧是剧情分为起、承、转、合四个部分的一种样式，若按照三个阶段来划分，那就是建置和交代单独占一幕，发展阶段一为第二幕，发展阶段二为第三幕，发展阶段三为第四幕。

建置和交代

叶莲娜是一名中学数学老师，这位单身老姑娘为人严格认真。在其生日的当天，她仍然在批改上周的数学试卷，学生的成绩不尽如人意，她打算给他们补课。电话响了，是母亲打来的。在电话中我们得知，她的母亲生病住院了，但她没有能力让母亲住在条件好的医院。

新事件或新人物的出现

几位学生到她家里来祝贺。在这些学生中，巴沙和拉拉是一对恋人，瓦洛佳是领袖人物，较有心计。从他们的言谈中得知，他们是为了数学成绩而来。（第一幕分界线）

发展的第一阶段

他们送上酒和礼物，陪老师喝酒跳舞，师生其乐融融，叶莲娜感到非常幸福。（行动的开始）

学生们渐渐开始进入正题。（交代目的）分别向老师解释自己为何成绩不佳。维佳说自己的考卷是空白的，巴沙说自己喜欢文学而痛恨数学，摆出一副艺术家精英的派头。瓦洛佳试图通过给老师生病的母亲转到更好的医院来打动老师。（行动的升级，行动的层次）叶莲娜不知有诈，仍然苦口婆心地教育他们，并拒绝接受不正当的好意。学生们向叶莲娜索要保险柜的钥匙，叶莲娜拒绝，并要他们滚。（冲突的第一个回合）（第二幕分界线）

发展的第二阶段

见老师翻脸，学生们生气了。瓦洛佳拦住大家，让女生拉拉前去劝说（过渡）。拉拉用庸俗的生活观劝说老师，被老师揭露后，讽刺老师是学校的笑料，想要以此摧毁老师的自信心。她肆无忌惮地表达庸俗的恋爱观，惹怒了喜欢她的男孩巴沙。（必要的铺垫）维佳和瓦洛佳拔掉电话线，以搜身来逼迫叶莲娜交出钥匙。（行动的发展与升级，关键事件）（冲突的第二个回合）叶莲娜轻蔑地拒绝了他们。（第三幕分界线）

发展的第三阶段

学生们对老师进行语言攻击，想用庸俗的世界观摧毁叶莲娜的价值观。叶要求他们离开。瓦洛佳出主意，假装强暴拉拉，以此胁迫老师。在这个过程中，瓦洛佳凶相毕露，看似要假戏真做，其言行令众人忍无可忍。拉拉意识到危险，巴沙表示出极度厌恶，他想要阻止却被瓦洛佳威胁。（冲突的第三个回合，冲突的层次，行动的发展）

叶莲娜不想看到学生的丑态，主动交出了钥匙。（关键事件）可维佳阻止瓦洛佳拿钥匙，众怒难犯，瓦洛佳只得罢手，和同学们一起离开了老师家里。（最终的结果）（第四幕）

四、五幕剧

五幕剧可以视作是四幕剧的扩充。将四幕剧的任何一个阶段进行扩充、由一幕变两幕，都可以形成五幕剧。

建置和交代

叶莲娜是一名中学数学老师，这位单身老姑娘为人严格认真。在过生日的当天，她仍然在批改上周的数学试卷，学生的成绩不尽如人意。她打算给他们补课。电话响了，是母亲打来的。在电话中我们得知，妈妈生病住院了，但她没有能力让母亲住在条件好的医院。（第一幕）

新事件或新人物的出现

几位学生到她家里来祝贺。在这些学生中，巴沙和拉拉是一对恋人，瓦洛佳是领袖人物，较有心计。从他们的言谈中得知，他们是为了数学成绩而来。（第一幕分界线）（第二幕）

发展的第一阶段

他们送上酒和礼物，陪老师喝酒跳舞，师生其乐融融，叶莲娜感到非常幸福。（行动的开始）

学生们渐渐开始进入正题。（交代目的）分别向老师解释自己为何成绩不佳。维佳说自己的考卷是空白的，巴沙说自己喜欢文学而痛恨数学，摆出一副艺术家精英的派头。瓦洛佳试图通过给老师生病的母亲转到更好的医院来打动老师。（行动的升级，行动的层次）叶莲娜不知有诈，仍然苦口婆心地教育他们，并拒绝接受不正当的好意。学生们向叶莲娜索要保险柜的钥匙，叶莲娜拒绝，并要他们滚。（冲突的第一个回合）（第三幕分界线）

发展的第二阶段

见老师翻脸，学生们生气了。瓦洛佳拦住大家，让女生拉拉前去劝说（过渡）。拉拉用庸俗的生活观劝说老师，被老师揭露后，讽刺老师是学校的笑料，想要借此摧毁老师的自信心。她肆无忌惮地表达庸俗的恋爱观，惹怒了喜欢她的男孩巴沙。（必要的铺垫）维佳和瓦洛佳拔掉电话线，以搜身相威胁，要叶莲娜交出钥匙。（行动的发展与升级，关键事件）（冲突的第二个回合）叶莲娜轻蔑地拒绝了他们。（第四幕分界线）

发展的第三阶段

学生们对老师进行语言攻击，想用庸俗的世界观摧毁叶莲娜的价值观。叶撵他们走。瓦洛佳出主意，假装强暴拉拉来胁迫老师。在这个过程中，瓦洛佳凶相毕露，看似要假戏真做，惊呆了众人。拉拉意识到危险，巴沙表现出极度厌恶，他想要阻止却被瓦洛佳威胁。（关键事件）叶莲娜不想看到学生的丑态，主动交出了钥匙。（冲突的第三个回合，冲突的层次，行动的发展）

学生们的作弊企图眼看就要得逞，维佳却挺身而出阻止瓦洛佳拿钥匙，大家纷纷响应，众怒难犯，瓦洛佳只得罢手，和同学们一起离开了老师家里。（最终的结果）（第五幕）

一般来说，分幕应遵循"有话则长无话则短"的原则，戏的开头、发展、结束的部分均可以根据情况相应加长或缩短。

第三节　分幕大纲的调整实例

在运用《编剧坊》生成剧本大纲后，可根据表单要求，用 AI 生成分幕大纲的各项要素并填入相应位置。如果不针对相关要素进行调整，则《编剧坊》会根据分幕设计来生成第一幕大纲，以前述《医者仁心》为例：

第一幕：医院办公室及走廊，白天。

医院内，灯光昏黄，走廊上医生护士匆匆而过，脸上挂着紧张的神色。吴心婷坐在堆积如山的文件堆中，眉头紧锁，专注地审阅着三甲评审的各类资料。突然，一通电话打破了办公室的宁静，她接起电话，脸色骤变，得知医院内网出现了匿名举报信，直指医院使用伪劣医疗设备导致医疗事故，而举报人竟是她的丈夫许明扬。

吴心婷放下电话，手不自觉地握紧，内心五味杂陈。她深知这封举报信对医院评审的致命影响，也明白这背后可能隐藏的丈夫对她的怨恨与失望。

不久，院长急匆匆步入办公室，面色阴沉，直接要求吴心婷处理此事，务必让许明扬撤回举报信，否则将影响她的副院长转正。院长的言语中带着不容置疑的权威和威胁，让吴心婷感受到了前所未有的压力。

吴心婷尝试与院长沟通，但院长态度坚决，不容反驳。她独自坐在办公桌前，双手交叉撑在额前，陷入深深的沉思。她回忆起与许明扬共同工作的日子，以及他们对医疗事业的共同追求，心中涌起一股复杂的情感。

正当吴心婷内心挣扎之时，报社的张记者闻讯而来，他手持录音笔，眼中闪烁着对真相的渴望。张记者的到来，让吴心婷意识到，这不仅仅是个人的恩怨，更是关乎医疗公正与行业纯净的大事。

吴心婷决定采取行动，她先是尝试与许明扬取得联系，两人在医院外的咖啡馆见面。许明扬一脸坚定，表示要揭露医疗腐败到底，不愿撤回举报信。吴心婷看着许明扬坚定的眼神，心中涌起一股莫名的敬佩，她意识到，自己或许也应该站出来，为医疗行业的纯净而努力。

与此同时，张记者的调查逐渐深入，他通过多方走访，发现了更多关于医院腐败的证据。张记者的出现，为整个事件增添了新的变数，也让吴心婷更加坚定了揭露真相的决心。

夜幕降临，吴心婷独自走在医院的走廊上，心中充满了对未来的不确定。但她知道，无论结果如何，她都要坚持自己的信念，为医疗行业的纯净与公正而战。这一夜，她做出了一个重要的决定，要与许明扬并肩作战，共同面对即将到来的挑战。

对生成的分幕大纲进行调整时，要注意以下几条原则：

首先，从整体上看，仍然要看幕与幕的节点、节奏是否合适。观察每一幕中的冲突、事件、人物关系的发展情况，是否有所进展和变化，避免原地踏步；幕与幕的结果是否构成上升、下降的张力关系。一般来说，第二次对峙和冲突，或者在第一幕的基础上增强，或者与第一幕呈相反方向发生变化，并且在第三幕继续延续第一幕的发展。以《玩偶之家》为例，第二幕中林丹太太答应去劝说柯洛克斯泰，代表矛盾冲突朝好的方向转变，娜拉不用跟丈夫决裂，这与第三幕的最终结果形成鲜明反差。在《青春禁忌游戏》之中，第二幕则是在第一幕基础上进一步冲突升级。

其次，观察每一幕大纲中的情境设置，人物面临的挑战，应对挑战的发展，引起矛盾、冲突升级／转化的关键事件，以及该事件导致的结果。观察这一幕大纲是否在高潮时结束，观察这一幕大纲内部事件的发展和变化。

剧情要富于变化，这不仅体现在幕与幕之间，也体现在一幕之中的场面变化上。比如《茶馆》中，每一幕的戏剧情节与先前大同小异，善良的、正直的被欺压，而作恶的飞黄腾达。每一幕情节都因具有时代特征而有所变化：第一幕中庞太监娶妻，是清末民初的特有现象；第二幕中大兵敲诈、特务收保护费，是军阀混战时期的特有现象；第三幕中收编茶馆改为"花花公司"，则是国民党统治时期"新生活运动"粉饰太平的产物。每一幕安排了不同人物上下场，第一幕让王利发先上场，第二幕安排的是王利发的妻子和帮工先上场，人物的命运也都不断地向前发展和变化着。每一幕内部的情节也有变化，常有令人猝不及防的突转。比如常四爷刚救助了逃难的母女，却因一句无心慨叹被特务抓走。第二幕中，刘麻子刚刚做成一桩缺德生意，不料乐极生悲，被特务盯上而稀里糊涂被当逃兵枪毙。

《茶馆》的这些做法，非常值得我们在设计分幕大纲时借鉴。

要从多个人物的角度去考虑，人物面临的挑战，人物应对挑战的动作发展也要尽量细化，矛盾、冲突升级与转化的事件，也要充分考虑尽量细化。要明确"谁的挑战""谁来应对"，在剧情发展的每个阶段，对手的力量会增强，事态也会变化，随着危机的加深，有时矛盾冲突的一方会发生转变。比如《玩偶之家》中，第三幕时娜拉已经不需要面对柯洛克斯泰的威胁了，但林丹太太将这种威胁延续了下来，她认为娜拉应该向丈夫坦白，而且得到丈夫的谅解，这就使得娜拉不得不继续背负着危机带来的情境压力。又如在《青春禁忌游戏》的第三阶段，叶莲娜老师面对的挑战，不是一蹴而就的，它是一个由学生们商量、争执、策划的过程，随后双方才产生行动的交锋。

再次，根据不同风格类型（动作型，情感型，哲理型）来调整冲突的强弱、增加相应内容；考察暗场与明场的构成情况，是否互相推进补充；观察剧本大纲是否适合舞台演出、时间和空间的选择是否合理也是创作者应该考虑的问题。比如下棋、画画、运动等场景，适合用摄像机展示其详细过程的情节，不太适合舞台。可能要放到暗场，或者在明场中用叙述交代其过程。

在分幕大纲阶段，最为有效的就是观察重场戏的情况，有没有集中的、能够体现人物冲突和事态发展变化的情节。通过观察生成的《医者仁心》的第一幕大纲，我们会发现其中缺少重场戏，也没有能够集中体现人物冲突和行动进展的关键事件。因此，需要对生成分幕大纲的相关要素进行修改。我们将"发展"部分的描述丰富为：

吴心婷决定开始调查。院长通过指使病人家属前来闹事进行施压，让吴心婷不敢调查医疗事故。许明扬带记者赶到，要采访院长。院长知道举报者是许明扬后，要求吴心婷说服许明扬解决举报信的问题，否则会影响她的转正。吴心婷尝试与许明扬沟通，许明扬让她在离婚协议上签字，要跟她划清界限。

修改设定后重新生成，大纲较之前发生了变化：

医院副院长办公室及走廊，气氛紧张，员工忙碌穿梭。

吴心婷坐在堆积如山的文件前，眉头紧锁，手指快速翻阅资料，准备三甲评审的各项事宜。突然，秘书匆匆推门而入，递上一份匿名举报信，轻声说："吴副院长，医院内网炸了，有人举报我们使用伪劣医疗设备。"吴心婷接过信，心中一紧，信上熟悉的字迹让她瞬间认出——这是许明扬的手笔。

正当吴心婷沉思之际，院长带着一脸不悦闯入办公室，直接下达命令："心婷，这举报信必须处理好，否则三甲评审就完了！你去找许明扬，让他撤回。"吴心婷欲言又止，内心挣扎。院长见状，加重语气："这是命令，你的转正也悬了。"

与此同时，走廊上传来一阵喧闹声，几位情绪激动的病人家属被保安拦下，声称医院使用劣质设备导致亲人病情恶化。院长借机对吴心婷说："你看，这评审前可不能出乱子，你先处理这些，三甲评审的事不能耽误。"

正当吴心婷准备安抚家属时，许明扬带着报社张记者闯入医院，直言要采访院长关于医疗设备的问题。院长脸色铁青，命令保安阻拦。许明扬目光坚定，对吴心婷说："心婷，我们必须揭露真相，不能让更多人受害。"

避开人群，吴心婷与许明扬在角落交谈。许明扬递上离婚协议，语气决绝："签字吧，我们之间已经没有回头路了。"吴心婷眼眶微红，却强忍泪水，她知道这一纸协议意味着什么，但她更明白，眼前的男人是为了更大的正义而战。

正当两人气氛凝重时，吴心婷的手机响起，是老师的电话，声音焦急："吴副院长，您儿子在学校出事了，他用小刀划伤了同学的衣服……"吴心婷闻言，脸色骤变，她知道这背后可能隐藏着孩子对家庭破裂的恐惧与不安。

挂断电话，吴心婷望向许明扬，眼中满是复杂情绪。她深吸一口气，仿佛做出了决定："灵扬，我会继续调查，但我希望你能为了我们的孩子，考虑一下。"许明扬沉默片刻，最终点头，但眼中依旧坚定。

夜幕降临，医院依旧灯火通明，吴心婷独自站在窗前，望着外面的灯火阑珊，心中五味杂陈。她知道，无论是面对医院的腐败，还是与丈夫的复杂情感，她都必须坚持下去，为了医疗行业的纯净，也为了她所爱的人。而这场战斗，才刚刚开始。

从上例我们清楚地看出，重新生成的剧本大纲中增加了"病人家属闹事""院长施压""离婚协议签字""记者采访"等内容，这些都会成为后续的重场戏。当然，这个大纲在时空和情节的组织安排上还需要进一步调整，主要是：（1）合并时空；（2）去除不必要的心理活动描写，尽量描述人物采取的动作和行动；（3）用戏剧语言来表述场面，符合戏剧舞台呈现的要求；（4）密切情节与情节之间的因果逻辑；（5）丰富人物，增加人物的上下场，围绕不同人物描写事件发展。经过人工调整后，生成如下分幕大纲：

第一幕

医院办公室，作为负责迎接三甲医院评审的业务副院长吴心婷正在审阅各类汇报材料，秘书小梁急匆匆进来，汇报医院内网出现了匿名举报信，直指医院使用伪劣医疗设备导致医疗事故。吴心婷意识到问题的严重性。她在与小梁的交流中获知，院长正在集中力量查找举报人，而举报人很有可能就是她的前夫许明扬。

吴心婷仔细看了那封打印的举报信，发现上面提供了多个证据。她立即找来设备科长老罗，操作医生小张了解情况，老罗神色慌张，小张支支吾吾，吴心婷震惊。

吴心婷要求老罗、小张去现场看看。小张劝吴心婷三思而行，最好向院长汇报，院长曾经发令，这件事谁也不许过问。

吴心婷一走，一群病人家属披麻戴孝，涌到她办公室，将几个骨灰盒放到茶几上。几位医生与保安上来劝阻都没有效果，现场一片混乱。

吴心婷回到办公室，见此差点晕倒。小梁扶住她，她停停神说，请大家给我三天时间，我一定给大家一个答复。大家好说歹说，才将这一群陌生人劝走。

办公室里一片凌乱，吴心婷身心俱疲。此时院长推门进来，面色阴沉。他直接要求吴心婷务必让其前夫撤回举报信。如果继续纠缠下去，我们的每个办公室都将会被闹事者摆满骨灰盒，许多好事者都有可能将他们死去的家人的病故原因归结于设备检测有误。这样，不仅三甲医院评不到，还将影响她的副院长转正，并让全院职工蒙羞，后果不堪设想。

此时，秘书来报有记者来采访，院长急忙避开，也让吴心婷躲一躲。

许明扬带报社记者上。记者佩服许明扬的勇气，也担心许明扬是否能坚持到底。许明扬回答说，自己已经辞职，而且与妻子离婚，已做好破釜沉舟的准备。

这些话刚好被吴心婷听到，她突然意识到，原来许明扬闹离婚，就是为了这件事。她要许明扬收回举报信。张记者认为，这不仅仅是个人的恩怨，更是关乎医疗公正与行业纯净的大事。

许明扬要带记者采访证人，吴心婷拦阻不及。此时，手机铃声响起，是吴心婷在读小学的儿子的班主任打来的，小家伙在学校又闯祸了，把一个女生的书包划破了。

吴心婷呆立……

在新大纲里，去除了走廊等地点，保证情节在固定的时空开展，把属于人物心理状态的描述变为可见的外部动作。新大纲也安排了适当的人物上下场，出场人物变多，体现出人物所处环境的丰富性。最重要的是增强了戏剧的戏剧性，突出了重场戏，比如一群病人家属披麻戴孝的情节，而他们显然是受院长的唆使。如此调整之后，第一幕的大纲非常精彩，为下一步的场次大纲与场面大纲打好了基础。

对分幕大纲的情节修改是极具必要性的，这一部分可以在前期剧本大纲和 AI 生成的基础上，找准作者感兴趣的情节和主题，大开大阖地予以呈现。比如，可以呈现相关人员的精致利己，也可以呈现相关部门的投鼠忌器。限于篇幅，本章仅对第一幕的修改进行了说明，类似的规则也适用于第二幕和第三幕，使用者经过持续修改之后便可以获得一个完整的分幕大纲。

练习题：

1. 将设计的剧本大纲生成分幕大纲设计。

2. 观察分幕大纲设计，调整相关要素，生成分幕大纲。根据生成效果，不断返回修改分幕大纲。

3. 修改生成的分幕大纲，使之符合要求。

第十一章　场次大纲、场面大纲与剧本对话的生成与调整

　　场次大纲是对分幕大纲的细化，同时视情节的需要，增加若干场次以保证分幕大纲的连贯性和戏剧性。调整的原则是看场次大纲内部是否按照情节建置、发展、发现和突转的层次来安排，必需场次是否完整并足以反映事物的全貌，功能性场次是否起到表达相应情感、观点的作用，以及是否借助不同视角交代前史和事件发展的经过，明场和暗场戏是否起到相互支撑的作用。

　　一般来说，场次大纲是对详细分幕大纲的情节划分，不会有太多改动；场面大纲是对场次的细分，交代一个场次内部事件的发展变化，通常调整较大。①

第一节　场次大纲的生成与调整

　　分场是将幕进行拆解的过程，也是将每一幕的大纲细化的过程，进而生成场次大纲。在这一过程中，需要注意以下几点：首先，梳理人物的情感逻辑、事件发展逻辑，理顺场次之间的因果关系，让剧情发展自然流畅，在这个前提之下，适当安排场次。其次，在保证关键场次的基础之上，观察功能性场次，发挥功能性场次对主题、情节、人物的作用，发挥功能性场次的哲理和情感功能，密切功能性场次和关键场次的联系。再次，即使在不具有因果关系的场次中，也要想办法建立场次之间的对比、呼应等各

---

① 　读者可结合上编的第二章、第六章来学习本章内容。

种关系，比如悲喜、冷热、动静的调剂等，增加场面的变化。最后，要从不同人物视角来交代剧情，安排不同人物上场，丰富人物的上下场。比如《沉钟》虽然是主人公海因里希和象征自然的魔女罗登德兰恋爱的故事，但也采用了许多其他人的视角。本剧的简要大纲如下：

第一幕

罗登德兰魔女正欢快地生活在自己的世界里，与水神尼格尔曼戏耍（人物处在平衡状态）。森林之魔上场，交代了人类铸钟和钟被自己毁掉的经过。

海因里希到来，他见到魔女，感觉自己重获新生。而魔女也爱上了他。祖母对此表示担忧。

牧师要带海因里希走，却被魔圈阻挡，后老妪让他们救走了海因里希。罗登德兰想去往人间，被尼格尔曼劝阻。

第二幕

玛格达夫人正要吃完早餐，带两个孩子去教堂。邻女前来报信，说铸钟的事发生了意外。牧师将海因里希送上，海因里希对妻子倾诉自己铸钟失败的过程和经历，坦白自己爱上了魔女。魔女扮成女仆前来探望，海因里希认出她，海登德兰打算带走他，帮助他创作。

第三幕

尼格尔曼和森林之魔表达对海因里希的嫉妒，侧面交代铸钟工作大有进展。牧师来找海因里希，提醒他所谓铸钟的成功只是幻影，若不懂正邪善恶，继续抛妻弃子，将万劫不复。

第四幕

海因里希在侏儒的帮助下锻造钟，却遇到了困难。尼格尔曼不断消磨他的意志，森林之魔对海因里希发起攻击。在外界影响之下，海因里希在水中看到孩子的幻影，得知妻子去世，他万般悔恨，离开了魔女。

第五幕

罗登德兰焚毁了城堡，嫁给了水怪，投身水中。赶来的海因里希因悲痛和绝望呼唤着罗登德兰，后与罗登德兰一起沉入水中。

其中，加横线的情节是针对男女主人公的，却有相当一部分情节是通过与二人有关的第三人表述的。侧面交代的写法令这部情节简单的剧作获得了不可多得的丰富性。情感、观点等不同类型的剧作，也需要加强情感重场戏和观点表达重场戏的篇幅。

根据《医者仁心》的AI原始分幕详细大纲，可以拆分出如下分场大纲：

第一场

【医院办公室内，吴心婷审阅材料，秘书小梁进】

小梁急匆匆地进来，手里拿着一份文件，神色紧张地汇报医院内网出现了匿名举报信。吴心婷眉头紧锁，接过文件仔细阅读，发现举报信内容直指医院使用伪劣医疗设备。

第二场

【吴心婷召见设备科长老罗和操作医生小张】

吴心婷将老罗和小张召到办公室，严厉询问举报信中的情况。老罗神色慌张，小张支支吾吾，两人的反应让吴心婷更加震惊。

第三场

【吴心婷要求现场查看】

吴心婷决定亲自前往现场查看情况，留下小梁在办公室处理后续事宜。她走出办公室，心中充满疑惑和不安。

第四场

【病人家属闹事】

一群病人家属披麻戴孝涌入吴心婷的办公室，将几个骨灰盒放到茶几上，情绪激动。医生与保安试图劝阻，但场面一片混乱。吴心婷回到办公室，见此情景差点晕倒，小梁连忙扶住她。

第五场

【吴心婷承诺解决问题】

吴心婷强忍悲痛，向病人家属承诺会给他们一个满意的答复。在医生与保安的协助下，她终于将病人家属劝离办公室。

第六场

【院长施压】

院长推门而入，面色阴沉地要求吴心婷务必让其丈夫许明扬撤回举报信。他警告说，如果继续纠缠下去，将对医院和吴心婷的职业生涯造成严重影响。

第七场

【张记者与许明扬到访】

许明扬带着报社记者张记者来到医院，张记者对许明扬的勇气表示佩服，同时也担心他是否能坚持到底。许明扬坚定地表示，自己已经做好破釜沉舟的准备。

第八场

【吴心婷与许明扬对峙】

吴心婷在门外听到许明扬与张记者的对话，她冲进办公室要求许明扬撤回举报信。然而，许明扬坚决拒绝，并表示这是关乎医疗公正与行业纯净的大事。张记者也站在许明扬一边，认为这不仅仅是个人恩怨。

第九场

【吴心婷接到儿子老师的电话】

此时，吴心婷的手机铃声响起，是她儿子的班主任打来的电话。得知儿子在学校又闯祸了，吴心婷的心情更加沉重。她呆立在原地，陷入了深深的思考。

这个分场大纲中，人物上下场和事件安排已经基本合理，基本符合了戏剧性、人物塑造、主题表达的各项要求。我们对大纲的情节逻辑关系进行梳理，会发现仍需要丰富"病人家属闹事"这一事件的前因后果，让这一"重场戏"能够更紧密地与"院长阻止吴心婷查找真相"的冲突联系起来。因此，在这一场前面，应该安排"院长先上、与家属短暂交流，随后家属再闹事"的事件，如此在情节上更为合理。"病人家属闹事"这一场次本身，至少需要拆分成两个场面——一场是病人闹事，一场是吴心婷赶到。此后，还要再安排一场吴心婷与秘书小梁的戏，随后过渡到院长推门而进。为了衬托医院的紧张气氛、丰富人物生活的背景，还应该增加若干医生、护士上场的内容，许明扬和张记者也应该以不出场的方式，通过"打电话"或借他人之口来交代其行踪。

从上述原则出发，我们可以对场次大纲进行如下调整：

第一场

吴心婷正在向秘书了解申报三甲的情况。小梁急匆匆地进来，手里拿着一份文件，神色紧张地汇报医院内网出现了匿名举报信。吴心婷眉头紧锁，接过文件仔细阅读，发现举报信内容直指医院使用伪劣医疗设备。吴心婷看后，命令小梁马上喊设备科长老罗和操作医生小张前来。小梁下。

第二场

吴心婷打电话给许明扬，却听到许明扬正在跟医院保安争吵。秘书试图阻拦吴心婷，这件事需要请示院长再调查，暗示其中有内情。

第三场

老罗和小张到来，吴心婷严厉询问举报信中的情况。老罗神色慌张，小张支支吾吾，两人的反应让吴心婷更加震惊。吴心婷决定亲自前往现场查看情况，留下秘书在办公室里。

第四场

院长匆匆上，见吴心婷不在，从秘书那里了解到原委，大为震惊。院长秘书上，打算给吴心婷一点苦头吃。两人离开。

第五场

一群病人家属披麻戴孝涌入吴心婷的办公室，将几个骨灰盒放到茶几上，情绪激动。医生与保安试图劝阻，但场面一片混乱。吴心婷回到办公室，见此情景差点晕倒，小梁连忙扶住她。

吴心婷向病人家属承诺会给他们一个满意的答复。在医生与保安的协助下，她终于将病人家属劝离办公室。

第六场

许明扬的电话终于打通了，吴心婷让他先回家，有什么事回家说。这时，院长推门而入，面色阴沉地要求吴心婷务必让其丈夫许明扬撤回举报信。他警告说，医疗事故宜大事化小、小事化了，如果继续纠缠下去，将对医院和吴心婷的职业生涯造成严重影响。保卫科长报告许明扬带着报社记者正要闯进来，院长急忙避开，让吴心婷好自为之。吴心婷一气之下，避开许明扬，离开了办公室。

第七场

许明扬带着报社记者张记者上，保卫科长追上。许明扬表示，不见到院长绝不罢休。秘书要报警，许明扬也毫不示弱。秘书要许明扬考虑对吴心婷的影响，许明扬表示，自己正准备跟吴心婷离婚。

第八场

吴心婷在门外听到许明扬与张记者的对话，冲进办公室要求许明扬撤回举报信。记者与秘书避开。然而，许明扬坚决拒绝，并表示这是关乎医疗公正与行业纯净的大事。吴心婷出示老师的短信，儿子在学校又闯祸了，这跟父母近期的争吵有很大关系。许明扬一时沉默。

第九场

记者来向许明扬道别，表示理解许明扬的困难，他愿意独自调查。许明扬经过思考后认为，这不是一家医院的事，这是关系整个行业和民族未来的大事。他已经做好破釜沉舟的准备。

在修改好的第一幕分幕大纲中，吴心婷和许明扬都面临一定的抉择，在节奏上把握得也比较好。"吴心婷向罗、张等询问情况""病人家属大闹办公室""许明扬与记者闯办公室"等，均可以成为精彩的重场戏，给予观众充分的欣赏空间。人工修改的大纲密切了情节线索，整合了时空，对人物上下场也做了很好的安排。若要进行进一步的调整，可以围绕更多角度以体现事件变化。比如插入其他工作人员对此事表达看法和担忧等场面。

第二节　场面大纲的生成与调整

场面大纲是对场次大纲的细化。调整场面大纲时，首先应该观察人物上下场是否合理自然。《罗密欧与朱丽叶》中，罗杀死提伯尔特的一段，编剧精心地安排了以下几位人物的上下场：

罗密欧下场——罗密欧看在朱丽叶面上，不愿跟提伯尔特发生冲突。

提伯尔特下场——提伯尔特在罗密欧离开后杀死了茂丘里奥。

罗密欧再次上场——茂丘里奥向罗密欧诀别。

提伯尔特再上场——罗密欧杀死提伯尔特。

从上例可以看出，人物的上下场是刻意为"罗密欧杀死提伯尔特"的情节服务的。罗密欧主动避让离开，给提伯尔特杀死好友提供了空间。如果罗密欧在场，那么提伯尔特是绝对不可能杀死好友的。提伯尔特杀人后下场又给茂丘里奥与罗密欧的诀别留出空间，激起后者的复仇之心，最终杀死了提伯尔特。

其次，应该观察场面之间的转化是否有过渡。比如蒙太古向班伏里奥打听罗密欧的近况，就是在为罗密欧的登场做准备。

再有，应该观察一场之中，是否通过铺垫、延宕、蓄势等技巧来让情节的发展摇曳多姿、富有看头。

由于篇幅关系，这里只举《医者仁心》的第一幕的第一场、第二场与第三场作为例子来说明如何调整。第一场、第二场、第三场的场次大纲分别为：

第一场　医院办公室内，吴心婷正在向秘书询问三甲情况，小梁急匆匆进来，汇报匿名举报信一事。吴心婷震惊之余，意识到问题的严重性。她让小梁去请老罗和小张来。

第二场　秘书暗示另有隐情，让吴心婷不要查下去。

第三场　设备科长老罗和操作医生小张前来说明情况，两人神色各异，言辞闪烁，吴心婷心生疑虑。

场面分别细化为：

第一场

（1）医院办公室内，吴心婷与小梁正埋头于三甲评审资料，气氛紧张。

（2）小梁突然神色紧张闯入，手中紧握一封匿名信，打断了讨论。

（3）吴心婷疑惑接过信件，拆开阅读，脸色逐渐凝重，眉头紧锁。

（4）"这……这怎么可能？"吴心婷低声自语，随即抬头望向小梁，眼神坚定。

（5）"小梁，立刻通知设备科长老罗和操作医生小张到我办公室来，要快！"吴心婷果断下令。

（6）小梁应声离去，办公室内留下吴心婷一人，她深吸一口气，努力平复内心的波澜。

（7）不久，门外传来急促的脚步声，老罗和小张被小梁引领至办公室门口，三人面面相觑，气氛凝重。

（8）"老罗、小张，你们看看这封信，我需要你们给我一个解释。"吴心婷将举报信递给他们，语气中带着不容置疑的威严。

（9）老罗接过信，手微微颤抖，小张则是一脸茫然，两人低头阅读，脸色各异。

第二场

（1）吴心婷坚定地准备前往现场调查伪劣设备问题，秘书小李急忙上前阻拦。

（2）小李低声说道："吴院长，这事儿得先请示院长，里面水很深。"

（3）吴心婷眉头紧锁，反问："医院出了这么大问题，我还要请示？"

（4）小李面露难色，犹豫片刻后低声透露："听说举报信和院长有关。"

（5）吴心婷闻言，眼中闪过一丝惊讶，随即更加坚定了调查的决心。

（6）"不管是谁，都不能阻挡我查清真相！"吴心婷严厉地说，同时绕过小李，准备离开。

（7）小李见状，急忙上前再次劝说："吴院长，您三思啊，这样直接调查可能会得罪很多人。"

（8）吴心婷停下脚步，回头望向小李，眼中既有坚定也有无奈："小李，我知道你的好意，但我是副院长，更是医生，我不能让病人的安全受到威胁。"

（9）小李被吴心婷的决心所感染，默默退到一旁，目送吴心婷离开办公室，心中暗自祈祷她能平安归来。

第三场

（1）老罗和小张被带到吴心婷办公室，两人面色凝重，站立不安。

（2）吴心婷目光锐利，直指举报信内容，要求老罗解释伪劣医疗设备的情况。

（3）老罗额头冒汗，支吾其词，试图回避关键问题。

（4）小张见状，也显得紧张不安，不敢直视吴心婷的眼睛。

（5）吴心婷察觉两人异样，严厉追问，气氛愈发紧张。

（6）秘书在一旁记录，不时抬头观察三人反应，心中暗自揣测。

（7）老罗终于崩溃，低声透露部分内幕，但仍有所保留。

（8）吴心婷听后，脸色铁青，决定亲自前往现场查看，留下秘书继续追问细节。

（9）秘书点头应允，老罗和小张则如释重负，但仍被要求留在办公室等待进一步处理。

由于AI生成系统设定的原因，《编剧坊》会在生成的时候提前介绍后续内容，使用者可以视情况删除或者将其调整到相应部分。对于描写人物心理活动的部分、人物表态过于直接的部分，也要进行相应的调整。人工修改后的大纲为：

第一场

（1）医院办公室内，吴心婷与秘书讨论三甲评审资料，气氛紧张。

（2）小梁突然神色紧张地闯入，手中紧握一封匿名信，打断了讨论。

（3）吴心婷疑惑地接过信件，拆开阅读，脸色逐渐凝重，眉头紧锁。

（4）"这……这怎么可能？"吴心婷低声自语，随即抬头望向小梁，眼神坚定。

（5）"小梁，立刻通知设备科长老罗和操作医生小张到我办公室来，要快！"吴心婷果断下令。

第二场

（1）秘书低声说道："吴院长，这事儿得先请示院长，里面水很深。"

（2）吴心婷眉头紧锁，反问："医院出了这么大问题，我还要请示？"

（3）秘书面露难色，犹豫片刻后低声透露："听说举报信和院长有关。"

（4）吴心婷闻言，眼中闪过一丝惊讶，随即更加坚定了调查的决心。

（5）"不管是谁，都不能阻挡我查清真相！"吴心婷严厉地说。

（6）秘书见状，急忙上前再次劝说："吴院长，您三思啊，这样直接调查可能会得罪很多人。"她让吴心婷去了解一下情况再决定。

第三场

（1）老罗和小张被带到吴心婷办公室，两人面色凝重，站立不安。

（2）吴心婷犹豫片刻，请老罗解释伪劣医疗设备的情况。二人矢口否认。吴心婷无奈之下，向他们出示了举报信。

（3）老罗接过信，手微微颤抖，小张则是一脸茫然，两人低头阅读，脸色各异。

（4）老罗额头冒汗，支吾其词，试图回避关键问题。

（5）小张见状，也显得紧张不安，不敢直视吴心婷的眼睛。

（6）吴心婷察觉两人异样，她缓和语气，话里有话，旁敲侧击，并命秘书进行记录。

（7）秘书表示为难，再三打断。

（8）老罗不情愿地透露部分内幕，推说都是奉上级所命。

（9）小张借口手术，要马上离开。

（10）吴心婷决定事不宜迟，马上到现场查看。

人工修改的场面大纲中，将第一场中与老罗、小张有关的内容，调整到了第三场的相应位置，又删去了过于直白的人物表态。当然，这里的拆解主要是针对事件逻辑的，尚未用到复杂的技巧如铺垫、交代、延宕等。如若使用更复杂的技巧，以"吴心婷向秘书了解三甲"的场面为例，那么这一场面应该作为下一场面中"小梁前来报告伪劣医疗设备"的铺垫。于是在三甲场面中，就要写出吴心婷的务实、细致，对形式主义"假大空"的反感，同时又体现人物的光明磊落，因此，小梁才直接来找吴心婷汇报。也可以设计小梁在秘书在场时欲言又止的动作，这是对"延宕"手段的使用，吴心婷坚持让小梁当场实话实说，体现出人物的光明磊落的性格特征。

"铺垫"这一技巧，不仅存在于场与场之间，在场面的内部同样存在。比如《罗密欧与朱丽叶》中，先是凯普莱特家的山普孙、葛莱古里与蒙太古家的亚伯拉罕、鲍尔萨泽的争斗，然后是与两家更为亲密的提伯尔特和班伏里奥上场发生冲突，最后是蒙太古和凯普莱特亲自赶到，这一系列的铺垫，使得冲突层层上升。同样，罗密欧与提伯尔特交手之前，也是先让两人的好友发生冲突，提伯尔特先跟茂丘里奥争吵，然后跟随后赶到的罗密欧发生冲突，罗密欧想息事宁人，可提伯尔特刺中茂丘里奥，令后者受重伤死去，罗密欧不得不替朋友复仇，杀死了提伯尔特。

"延宕"也是一种在处理情节的常见手段，在幕、场和场面中都会用到，呈现为一种引而不发的状态，故意推迟重要事件的到来。比如《罗密欧与朱丽叶》中，罗密欧杀死提伯尔特一事为朱丽叶得知，并不是直接得知，而是先被保姆知道，随后又由保姆告诉朱丽叶。保姆在告诉朱丽叶时，也是极尽延宕之能事。再如，《北京人》第二幕中，"文清抽大烟被发现"一事，在一开始作者就精心布局，做好铺垫——因为愫方的事，文清感到苦闷而抽烟，此后，文彩看到抽烟提醒，曾皓来查看房屋、叮嘱曾霆，一直延续到最后，才让曾皓发现，这就是一种"延宕"。

一场戏之中，常围绕主要动作和情节，前有铺垫，后有渲染升华。比如思懿当着愫方的面，说要文清纳她为妾，前面的铺垫是思懿跟文清商量这件事，后面的渲染是陈奶妈安慰愫方最终使之发展为影响全剧走向的动作，即文清抽大烟被曾皓发现。

场面大纲也需要注意前后不同场面的衔接是否自然，AI 生成的场面常较为机械，需要人工加以调整。

《编剧坊》在创作结构清晰的剧作时，所提供的帮助是巨大的，但像《北京人》这样的作品是难以生成的。这是因为，大模型的工作原理是基于概率和联想，并不像人类大脑一般具有高度的智能与理解能力，即使给到大模型提示词、为其框定了范围，它通常也会按照自己已被设定的代码逻辑进行推演。大模型无法理解舞台剧的时空整一性，它的发散性思维特点导致其生成的场面往往具有影视剧时空分散的特点，每次生成的内容都会有所差别。使用者如果想充分发挥其长处，不妨多生成几次，综合其中的最优方案，以生成更好的作品。当然，理想的作品是在不断调整中实现的。

第三节　剧本对话的生成与调整

在《编剧坊》系统中生成的对话基本满足了场面的需求，不过也存在一些 AI 常见的问题。比如场景切换太多，人物机械、僵硬，对每一个场面都加以总结，缺少过渡和变化等，这些问题需要使用者的进一步调整。

一、AI 生成对话的问题

原始大模型生成的文本中，对话存在冗余、重复等问题，而《编剧坊》

系统中生成文本的重复对话、无效对话问题得到了明显的改善。不过，由于软件大模型在生成对话文本上的能力是有限的，以及人类语言的丰富性和文学语言的多样性，语言仍然是剧本生成中的一个痛点。

在涉及一些动作性不强、仅仅列举道理的情节时，AI 生成的文本质量较高，当人类编剧介入基本构思、剧本大纲、场面大纲的调整后，生成的对话质量也会提升一个档次。虽然仍有许多不尽如人意之处，但这样的语言已经为后期的修改提供了灵感和基础。

整体来说，AI 生成对话的主要不足体现在以下几个方面：不符合舞台剧上演的条件，对话简略、缺乏层次感，人物个性得不到体现，语言缺乏深度、比较直白。具体来说：

1. 对话发生的环境不符合舞台剧的演出要求

这是 AI 生成的文本所具有的常见缺陷。它不能够像人类编剧一样灵活地运用对话来交代场景，或者运用舞台语言来交代相关的氛围。比如在创作《医者仁心》时，曾经生成过这样的文本：

【医院会议室，气氛紧张，众人正为三甲评审做最后准备。院长坐在主位，吴心婷等医生列席两侧。

这是一个在影视剧中才能呈现的场景，在舞台剧中，难以想象安排这么多的人和座位，只能有选择性地安排人物上场，以虚代实、以少代多。

再如下面这段描述：

【两人就评三甲的各项准备工作进行了深入的交流，气氛逐渐变得紧张而热烈。舞台上，两人的身影在晨光中显得格外专注和坚定。

这里的"深入交流""紧张而热烈"显然是靠简单的舞台背景无法体现的，是镜头语言擅长表现的场景，为了适应戏剧舞台演出的需要，其表达方式和表达内容必须得到相应改变。

有时，AI 生成剧本时，针对一些场景的拓展、发展，也常带有影视剧的思维。比如：

【医院楼顶，寒风凛冽，患者小李身形单薄，绝望地站在边缘，周围人群议论纷纷，院长张强脸色焦急，正欲拨打电话。

张　强　（焦急地）快，快报警，这要出事了！

吴心婷　（冷静地拦住张强）等等，张院长，我们先试试沟通。

　　　　【吴心婷拿起一旁的喇叭，声音穿透寒风。

吴心婷　（坚定而有力）请大家安静一下，我是这家医院的副院长吴心
　　　　婷。小伙子，你叫什么名字？我们下来好好说，好吗？

小　李　（泪眼模糊，高声控诉）我叫小李，我妈就是用了你们医院的
　　　　器材，病情才恶化的！你们医院就是草菅人命！

吴心婷　（高声回应，语气诚恳）小李，我听到了你的愤怒和不满，我
　　　　向你保证，我们会立即启动调查程序，如果真有问题，我们
　　　　绝不姑息！

　　　　【吴心婷缓缓走向小李，人群自动让开一条道。

吴心婷　（温柔地）小李，我能理解你现在的心情，但站在这里太危险
　　　　了，你先下来，我们面对面解决问题，好吗？

小　李　（情绪稍有缓和，但仍犹豫）你们真的会查清楚吗？不会又推
　　　　脱责任吧？

吴心婷　（坚决地）我以院长的名义向你承诺，我们一定会公正、公
　　　　开、透明地处理此事，给你一个满意的答复！

　　　　【小李望着吴心婷坚定的眼神，犹豫片刻后，缓缓点头。

小　李　（哽咽）好，我相信你一次。

　　　　【吴心婷伸出手，小李犹豫后握住，两人合力回到安全地带。

吴心婷　（拍拍小李的肩）谢谢你信任我，我们一定会尽快给你答复。
　　　　请大家也放心，我们医院会始终将患者的利益放在首位。

　　开场的舞台提示显然不是话剧舞台能胜任的内容，无法实现既体现楼
顶，又体现楼下观众的议论纷纷，因为这是影视剧所擅长表现的内容。

　　这段对话的场面描述中，给出了院长想要报警，而吴心婷希望能跟病
人家属直接交流的内容，以体现两人对待工作截然不同的态度。此处 AI 仅

安排了两句对话来进行比较笼统的呈现，而把重点放在吴心婷和小李的交流上。但是，这一段在场面描述中只作了简单的交代，仅说明吴心婷承诺会倾力解决此事。AI 根据概率推断，对此做了富有层次化的扩展，这是很令人惊喜的。但是我们仍然要注意，"人群让开一条道""两人合力回到安全地带"等，借助镜头才能够得到细节呈现。而这并不是舞台剧擅长表达的东西，即使是借助灯光、特效等手段也达不到预期的呈现效果。

2. 对话缺乏层次，比较直白和简单

这是 AI 生成剧本的通病，无论我们把先前的提示词写得多么详尽，AI 完成的基本行动和情节均是比较粗略的，生成的对话总是有些平铺直叙，缺乏必要的上升和深化。以下内容就是一个典型的例子：

院　长　（严厉）各位，今天是我们医院能否晋升三甲的关键时刻，任何差池都不能有！

吴心婷　（坚定）是的，院长，我们一定会全力以赴。但我也希望，我们能在追求目标的同时，不忘初心、坚守医德。

张　强　（不悦）吴院长，现在是讲这些的时候吗？我们要的是结果，是荣誉！

针对上述对话给出的场面描述是较为简单的，即"院长与吴心婷在会议室讨论三甲评审之事，气氛十分紧张"。AI 充其量只是在功能上完成了交代三甲评审这件事，粗浅地完成人物刻画，如院长比较急功近利，而吴心婷关注的是做一名优秀的医生等，但对于在何等背景下评三甲、三甲为什么很重要、人物在什么心境和情境下讨论三甲问题，却显得铺垫不够。

同时，对话的内容也显得直白、缺少变化，院长一声令下，吴心婷就立刻响应，即使后续两人意见有所不同，也没有得到一个充分的展开。此处二者对话，在整体上是比较机械的。我们在对场面描写进行调整、增加"李教授"这一人物后，对话文本有所改善：

院　长　（皱眉）吴院长，关于评三甲的事情，咱们得赶紧商量个对策啊。

吴心婷 （抬头，微笑）院长，您来得正好，我正想跟您讨论这事儿呢。

院　长 （环顾四周）李教授呢？这种大事儿，他老人家可得在场啊。

吴心婷 （放下笔，认真）院长，您也知道李教授年事已高，而且他一直醉心于科研和临床，对这类行政事务可能不太感兴趣。

院　长 （不悦）话虽如此，但李教授是咱们医院的灵魂人物，他的意见至关重要。再说，评三甲关系到咱们医院每个人的前途，他怎能置身事外？

吴心婷 （语气平和，但坚定）我理解您的担忧，但李教授的性格您也清楚，他更愿意用实际行动去解决问题，而不是参与这些表面的工作。而且，我相信我们的团队有能力处理好这件事。

院　长 （沉吟片刻，妥协）好吧，既然你这么说，那我们就先自己商量个方案出来。不过，还是得尽量争取李教授的支持，毕竟他的影响力在那儿摆着。

吴心婷 （点头）那是自然，我会找个合适的时机跟他沟通的。现在，咱们还是先谈谈具体的准备工作吧。（起身，走到院长身边，两人开始讨论细节）

"李教授"有关情节的加入，突出了二人的意志冲突。不过对话文本仍然存在就事论事，没有借事写人、以人带事，把相关背景故事交代清楚等问题，使情节不够舒展，语言贫乏，而整体立意不高。

3. 语言口号式、演讲化，说教意味浓重，掩盖了人物的个性

这一问题与所使用的大模型工具的生成原理、生成规则不无关系。大模型依据的是联想和概率，生成的对话比较中规中矩，不乏讲道理、说教、表决心的内容。比如下面这个例子，一群农民工去城里搞装修，出发之前，队长阿秋要对他们进行一番动员。原提示中写阿秋提出了三个问题，但没有明确具体是什么问题。确定这一情节框架后，AI生成了如下对话：

【阿秋站在院子中央，目光扫过每一位队员，脸上带着认真的神情。阳光透过树叶的缝隙，洒在他的脸上，显得格外坚毅。

阿　秋　（深吸一口气）"兄弟们，今天是我们小木鱼装修队迈向新生活的第一步，进城！但在此之前，我想和大家聊聊心。三个问题，关乎我们的现在和未来。"

李大壮　（兴奋地搓了搓手）"阿秋，你尽管问，咱们小木鱼啥都不怕！"

阿　秋　（微笑）"第一问，面对未知的困难，我们能否像这院子里的老槐树一样，根扎得深，叶长得茂，无论风雨，都团结在一起，不离不弃？"

小　梁　（温柔地）"阿秋，你放心，我们小木鱼就像一家人，无论遇到什么困难，都会手牵手，心连心，一起度过。"

李大壮　（站起身，拍了拍胸脯）"对！阿秋，你放心！咱们小木鱼，就是一根绳上的蚂蚱，同甘共苦，谁也别想把我们分开！不管是多大的风浪，咱们都一起扛！"

阿　秋　（点头，眼中闪烁着感激）"好！有你们这句话，我就放心了。记住，我们是一个团队，一个都不能少。接下来的路，我们要一起走，一起闯。"

　　　　（此时，小梁从旁边拿起一本账本，轻轻翻开，目光专注）

小　梁　（轻声）"阿秋，其实我也在想，我们进城之后，怎么才能在竞争激烈的市场中立足？我们的每一分钱都得花在刀刃上，不能浪费。"

阿　秋　（赞许地看着小梁）"小梁说得对，这也是我要问的第二问的一部分。智慧是我们的利剑，面对复杂的城市市场，我们不仅要团结，还要用智慧规划。我们要精打细算，让每一次装修都成为我们的口碑，让城里人也知道我们小木鱼装修队的名字。"

李大壮　（拍了拍大腿）"对！阿秋，你说咋干，咱们就咋干！技术活儿有我在，质量上绝对没问题！"

（队员们纷纷点头，气氛更加热烈）

阿　秋　（环视四周，眼中闪烁着坚定的光芒）"好！有了大家的支持，我相信我们小木鱼装修队一定能在城里闯出一片天！"

这段对话中，AI给出让小梁翻账本的肢体动作，使阿秋直白的发问有了一些变化，不过与真正人类编剧的设计还是相差太远。在人类编剧笔下，本着戏剧性的原则，三个问题必然是陷阱式的问题，必然包含令人深思的发现和突转，不可能平铺直叙。此外，阿秋发问的内容和方式都非常僵硬，比如阿秋问"是否能像院子里的老槐树一样"，正常说话中，不会这样发问，对话内容也过于口号化，没有从农民工实际面临的问题出发。如果把"是否能像老槐树一样团结"，转化为"如果有人出更高的价钱刺激你和队友竞争，你是会降低价格争取生意，还是会先让给队友？"可能会更吸引人一些。当然，也可以将这些问题与人物的生活背景结合在一起，使其变得生动且令人深思。比如：先倒一杯苦丁茶，按照村规，每个人出门前都要喝生长在山坡上的苦丁茶，寓意着能吃苦、不怕累。第二杯是家乡的黄酒，喝了酒要有干劲、有担当。第三要喝一杯家乡的水，代表身在他乡也不忘故乡的亲人。这样就将抽象的口号变为贴近生活的生动细节，减少了情节的枯燥感。

4. 对话直白缺乏交代和过渡

即使在提示词中，给定了"发现"和"突转"的规律，由于在生成对话的层次上有限，所以AI生成时也只能就事论事，对转折、过渡等细节的处理非常僵硬。比如在生成《医者仁心》的过程中，AI曾生成如下对话：

小　梁　（轻声）心婷姐怎么样了？听说有人跳楼，她会不会……

许明扬　（坚定）别担心，心婷姐没那么容易被打倒。但这次，我们必须做点什么，不能让真相被埋没。

小　梁　（惊讶）你……你是说，你知道些什么？

许明扬　（压低声音）其实，那起跳楼事件，是我策划的。我知道这很冒险，但只有这样，才能让更多人注意到医院的问题。

小　梁　（震惊，声音颤抖）你……你怎么能这样？万一出了什么事，你怎么办?

许明扬　（认真地看着小梁）我知道这很危险，但正义有时候需要有人站出来。我们不能眼睁睁看着错误继续下去，更不能让那些无辜的人再受到伤害。

小　　梁　（复杂情绪交织）我……我理解你的想法，但我真的好怕。怕你会受到伤害，也怕我们的努力会白费。

许明扬　（拍拍小梁的肩膀）别怕，有我在。我们分工合作，你负责观察院里的动静，特别是院长那边的动静。我继续深入调查，寻找关键证据。

小　　梁　（点头，眼中闪烁着坚定）好，我听你的。但你一定要小心，我会一直支持你。

【突然，远处传来院长与王医生的谈话声，两人迅速躲进一旁的休息室。

许明扬　（低声）快，躲起来。别让他们发现我们。

【两人屏住呼吸，躲在门后，听着外面的对话。

院　　长　（愤怒）这个许明扬，真是越来越不像话了。居然敢搞出这种事来，我一定要好好教训他!

王医生　（惶恐）是啊，院长，我也是没想到他会这么做。现在该怎么办?

院　　长　（冷笑）怎么办? 先稳住阵脚，把这件事压下去。然后，再慢慢收拾他。

【两人对话渐渐远去，许明扬与小梁对视一眼，眼中闪烁着更加坚定的光芒。

许明扬　（低声，充满力量）听到了吗? 他们已经开始行动了。我们不能坐以待毙，必须加快速度，找到更多的证据。

小　　梁　（握紧拳头）嗯，不管遇到什么困难，我都会陪你一起走下去。为了真相，为了正义!

这段对话场面描述写得比较详尽，囊括了主要情节和动作，已经算是生成得比较理想的对话了。不过即使有了动作，人物的语言中仍出现口号化的倾向。这里设计的本意，是作为第一场有人跳楼的铺垫，通过小梁和许明扬的对话来交代已经查证到的收受回扣、医疗腐败的证据。AI 生成的对话完全没有往这个方向发展，故而显得较为空洞。另外，院长和王医生的对话中，院长"居然敢搞出这种事"一句也语焉不详，缺少必要的交代。如果院长和王医生之间，能提前就刚才的跳楼事件进行交流，比如王医生说，有人看到许明扬跟病人儿子在私下聊过，再简要介绍吴心婷的情况，那院长接下来的态度就合理得多。同样，听到院长威胁的话后，小梁理论上应该更加感到担心，如果将动作改为她不允许许明扬做冒险的事，打算自己代他去完成，那么将会成为一个非常能够体现人物转变的行动。

二、解决方案

1. 将不适合舞台呈现的场景转化为舞台可以呈现的场景

在不考虑将其直接删除的情况下，共有三种解决方案，一种是将之舞台化，用舞台化的语言加以描述。我们可以举一个用过的例子，即在第二章第三节中举到的《一夜生死恋》的开场，用简洁而富有感染力的舞台场景，交代了灾难发生的过程，既完成了情节的铺垫，也实现了情感的渲染。

第二种是变化场景，让场景变得能够在舞台上呈现。比如，我们可通过修改场面的描述，来加以调整，将场景不放在会议召开的当时，而是会议前或会议后的准备上。比如：

【医院院长办公室，早晨，阳光透过窗帘洒在办公桌上。吴心婷正在整理文件，院长推门而入，显得有些急促。

这是强制性对 AI 下达指令，令其将生成场景的事件设定在会议之后，如此生成的场景就更适合在舞台上呈现。也可以采用明暗场切换的方式，将开会放在暗场来达到类似的效果。

第三种是尽可能如实地呈现想要的效果。《茶馆》与《送冰的人来了》中，提供了多人在场时如何交代的示范。

比如《茶馆》中，是人物轮流出现，在过程中交代人物关系。先出现的是唐铁嘴，随后是松二爷和常四爷，接下来是卖儿卖女的康六子，说和事的黄胖子、秦仲义、庞太监等人。这些人物轮流上场，在这一幕的前半部分，交代与他们有关的情节的起，比如康六子要卖女儿、松二爷和常四爷与二德子发生口角；在这一幕的后半部分，则是相关情节的结果，比如庞太监带走康顺子、二德子带走松二爷和常四爷等。

在《送冰的人来了》中，奥尼尔同样采用了过程化交代的手法。不同的是，这部剧一开头，几乎所有人都出现在舞台上，情景设置为他们在说梦话。写到谁，谁就开始说话，其他人埋头睡觉当背景板。

可见，呈现一个会议的场面，也需要在过程中加以交代，不能够不加铺垫就把人物直接放在舞台上。

2. 铺垫对话发生的背景和氛围，增加对话的冲突与层次

如果我们将 AI 生成的对话与人类编剧创作的对话进行对比，二者间的差异显而易见。以《北京人》为例：

曾文清　（不安地）你，你跟江泰闹的什么把戏，你们要把愫方怎么样？（建置，交代思懿要给愫方做媒，引起二人冲突）

曾思懿　（翻翻眼）怎么样？人家要嫁人，人家不能当一辈子老姑娘，侍候你们老太爷一辈子。

曾文清　她没有说，你们怎么知道她要嫁人？

曾思懿　（嘴角又咧下来）看不出来，还猜不出来！我前生没做好事，今生可要积积德，我可不想坑人家一辈子。（建置）

曾文清　嫁人当然好，不过嫁给这种整天就懂研究死人脑袋壳的袁博士——（冲突的第一个回合）

曾思懿　她嫁谁有你的什么？你关的什么心？（恶毒地）你老人家是想当陪房丫头一块儿嫁过去，好成天给人家端砚台拿纸啊，还是给人家铺床叠被，到了晚上当姨老爷啊？

曾文清　（气愤）你是人是鬼，你这样背后欺负人家？（冲突的第二个回合）

曾思懿　（也怒）你放屁！我问你是人是鬼，用着你这样偏向着人家！

曾文清　她是个老姑娘，住在我们家里，侍候爹这么些年——

曾思懿　（索性说出来）我就恨一个老姑娘死拖活赖住在我们家里，成天画图写字，陪老太爷，仿佛她一个人顶聪明。

曾文清　唉，反正我要走了，只要爹爹肯，你们——

曾思懿　他不肯也得肯，一则家里没有钱，连大客厅都租给外人，再也养不住闲亲戚，再则（斜眼望着他，刻薄地）人家自己要嫁人，你不愿意她嫁呀……

曾文清　（忍无可忍，急躁）谁说我不愿意她嫁？谁说我不愿意她嫁？谁说不愿意她嫁？（冲突的第三个回合）

曾思懿　（一眼瞥见愫小姐由养心斋的小门走进来，恰如猫弄老鼠一般，先诡笑起来）别跟我吵，我的老爷，人家愫小姐来了！

　　这里两个人关于愫方的争论是你来我往、不断交锋的，在这个过程中能够看到懦弱的文清也有拍案而起的时刻，但他终于还是在思懿面前败下阵来。这段对话很有层次感，先是交代冲突的背景和对象，随后展开冲突。对话中虽然没有大的外部动作，但人物情感的层次非常丰富、清晰。在第一个回合中，文清为了避嫌，刻意表现得无所谓：嫁人可以，只是不要嫁给袁任敢。思懿则反唇相讥，激怒了文清，冲突进入第二回合，并以文清的落败为结局。他摆事实讲道理，"侍候爹这么多年"，但曾思懿不给他回旋的余地。"反正我要走了，只要爹爹肯，你们——"充分体现了这一人物的软弱，他打算休战，可曾思懿不给他机会，又把曾文清惹急了。最后以愫芳的到来暂时停止了战斗。

　　无论是冲突类型还是情感、哲理类型的剧作，当对话具有明确的起承转合的层次时，就会显得富有变化。

　　3. 理顺人物逻辑、融入深度思考，是解决人物对话空疏、情节干瘪的策略之一

　　前文所引《北京人》的对话之所以具有层次感，除了冲突发展脉络清

晰外，还因为充分考虑到人物的性格逻辑和心理逻辑。思懿见到文清就冷嘲热讽，对愫方阴阳怪气、处处扎心，是因为嫉妒二人的关系。文清对思懿无可奈何、步步退让，固然有把柄在其手中的原因，另一重原因则是性格天生的懦弱。而他对愫方的情感，又让他反感思懿的这种做法。

梳理人物心理逻辑的过程，也是发现剧中许多情节彼此相连的过程。一部戏中，有各种各样的情节在其中发生着，还有前史的交代和对即将发生事件的铺垫。人物的对话除了围绕行动之外，还有许多可做文章的空间。

融入关于现实问题的深入思考，是增强作品质感的手段，也是建立人物行动逻辑的基础。以《医者仁心》中的对话为例，考虑到剧本对医疗产业化中唯职称、唯论文、唯绩效的反思，院长与吴心婷关于三甲评审的对话中，应该带入医疗者的疲惫感来：全院上下人仰马翻，应付上级的检查考评甚至比治病救人还要重要。吴心婷认为，如果将时间都用在研究最新医疗科技发展上，那才是对病人极大的福音。院长的想法与她相反，医院评上三甲，自己才能够更快地晋升。这不仅仅是两个人的意见不同，而是具有普遍代表性的两种价值观的对比，这是有着现实批判意义的。

三、AI 对话的修改实例

针对 AI 生成对话存在的问题，可以从技术、情节、结构三个维度进行改善。技术的修改是指简单地加入细节动作，使原来的对话变得生动形象；情节的修改是指在结构不变的情况下，用新的情节取代旧有的情节；而结构的修改则是对整段对话的发生次序进行调整。无论何种修改，均不可脱离主题与人物的基本框架。

案例一

AI 生成的对话充满正能量，有时流于喊口号，无法展开细节，这时可通过针对性地增加细节来丰富对话。比如在《医者仁心》的测试中，AI 对"院长和吴心婷讨论三甲申报"的描述，生成了两句对话，一句是院长发布命令，另一句就是吴心婷表态，这显然太过机械和生硬。我们可以增加动作将场面描述得更生动从而帮助 AI 生成质量更高的对话，也可以直接在对话中进行修改。现将 AI 生成的对话和人工修改的对话列表如下：

AI 生成的对话	人工修改的对话	修改说明
院　长　（严厉）各位，今天是我们医院能否晋升三甲的关键时刻，任何差池都不能有！ 吴心婷　（坚定）是的，院长，我们一定会全力以赴。但我也希望，我们能在追求目标的同时，不忘初心、坚守医德。 张　强　（不悦）吴院长，现在是讲这些的时候吗？我们要的是结果，是荣誉！	院　长　（严厉）各位，今天是我们医院能否晋升三甲的关键时刻，任何差错都不能有！ 吴心婷　（坚定）院长说得好！小琳，来，把徽章发给大家。 【小琳分发徽章。 院　长　（不悦）吴院长，你这是干什么？ 吴心婷　院长，这枚徽章是当年我们院成立时老院长设计的。记得几年前你在接替老院长的上任仪式上，你郑重其事地代表全院医护人员承诺过，要不忘初心、坚守医德，一切以患者为重，努力提升医院的医疗水平…… 院　长　现在是讲这些的时候吗？我们要的是评审结果，是荣誉！	1. 让吴心婷的对话自然化、生活化。 2. 增加"送徽章"的细节动作，让简单的对话变成行动。

可以看出，人类编剧把吴心婷对话中的口号化、说教化的词汇调整了位置，让其变为一种与院长的交流。她简明扼要的一句"院长说得好"也侧面体现了这个人物务实的一面。"把徽章发给大家"，则是人物动作的具体体现，不仅强化了人物性格中务实、缜密的一面，更因为院长的诘问，使人物的动作性更强，剧作的主题意义得到揭示，对话也变得更加生动。

案例二

在很多 AI 生成的对话中，仅靠增加细节动作无法满足生动丰富的要求，需要根据事件发展的情况，进行更进一步的修改。

比如在《医者仁心》某一版 AI 生成的对话中，存在对故事交代不清、阐述不明的问题，而且偏重于人物内心活动的描写，这时就需要根据事件的逻辑，以及在当前情境中人物的情感逻辑出发，相应地调整对话，并且要将人物内心的活动转化为外在的动作。修改前与修改后的对话如下表所示：

AI生成	人工修改	修改原则
【吴心婷坐在副院长办公室内，桌上堆满了评审文件，眉头紧锁，神情专注。突然，门外传来急促的脚步声，秘书推门而入，神色紧张。】 秘书：（气喘吁吁）吴副院长，出事了！医院内网有人匿名举报我们使用伪劣医疗设备。 吴心婷：什么?!（接过信件，手指微微颤抖）这…… 【吴心婷快速扫视信件内容，眉头越皱越紧，眼神中闪过复杂的情绪。】 吴心婷：（嘴唇自语，声音低沉）他怎么会…… 秘书：（轻声询问，眼神中满是关切）吴副院长，这该怎么办? 医院现在正处于评审的关键时刻，可不能出半点差错啊。 吴心婷：（深吸一口气，努力平复心情）让我一个人静一静。 【秘书点点头，关门声响起。办公室内又恢复了宁静，只有吴心婷翻阅举报文件的声音和偶尔响起的叹息。她疑视着举报信，眼神中既有震惊也有不解。】 吴心婷：（自言自语，关门声响）许明扬，你究竟在想什么? 我们之间的恩怨，为何要牵扯到医院的评审上来? 【吴心婷站起身，走到窗边，望着窗外忙碌纷杂的医院景象，心中五味杂陈。】 吴心婷：（内心独白，语气坚定）但不管怎样，我不能让医院的未来毁在我的手上。我必须冷静应对，找出真相，还医院一个清白。 【吴心婷回到桌边，准备联系相关人员，开始仔细研究举报信的内容，她的眼神中透露出一种不容置疑的坚决和果敢。】	【吴心婷在办公室内看文件，秘书推门而入，神色紧张。】 秘书：（气喘吁吁）吴副院长，出事了！医院内网有人匿名举报我们使用伪劣医疗设备，<u>导致发生多起医疗事故。</u> 吴心婷：（抬头，眼神一凛）什么?!（接过信件，手指微微颤抖）这……（快速扫视信件内容，眼神中闪过过疑惑的情绪） 秘书：吴副院长，医院正处于评审的关键时刻，这可怎么办? 吴心婷：<u>院长知道吗?</u> 秘书：院长说是业务院长，这事交给你来报人，让他马上处理。院长让你先找到这个举报人，让他马上撤诉。 吴心婷：（秘书点点头，退出办公室，关门声响时。）你先出去，让我一个人静一静。 吴心婷：（拨号出去，许明扬，你在哪里?）我想见你! 我现在在很忙，你马上来我见见? 我现在在很忙，没时间。 许明扬：你要想干什么? 我们之间的恩怨，为何要牵扯到医院内网上来? 许明扬：你在说什么? 我听不懂! 吴心婷：你以为我看不出来内网上那封匿名信息是我的写的? 许明扬：你应该去关心这网上说的是不是事实! 许明扬，不管怎样，我不能让医院毁在我的手上! 你告诉我，你在哪里? 许明扬：无可奉告！（挂断） 吴心婷：许明扬！许明扬！	1. 写出当事人的判断过程与正常反应。当她接到一个电话以后，要同院长看看是打电话以后，为她是副院长，看后要先打电话了解情况。这是对人物行动逻辑的一个梳理，也是整个事件简明扼要的描述。 2. 在对话中交代事件背景，挑明人物面对的挑战。借秘书之口，点出三甲评审的重要性。院长下达的任务也交代出来，为后面的情节做铺垫。 3. 建立冲突情势，强调人物行动的对抗，比如许明扬对吴心婷电话的反应。 4. 内心动作外化。"眉头紧皱"等属于人物心理上升为行动，但是要将其上升为行动，让秘书可回避，动即向问电话里的对话，尤其重要的是，将人物的内心活动转化为了外部动作。

在这里，人类编剧巧妙地增加了几句话，将人物内心的变化体现了出来。比如吴心婷问："院长知道吗？"这一问体现出她的谨慎缜密，也与她是副院长，按理必须向院长请示的制度是分不开的，也是她组织性、纪律性的体现。有了她缜密谨慎的性格逻辑做铺垫，后续让吴心婷暗中收集证据、反戈一击的情节调整也就有了合理性。除此之外，编剧还借秘书之口，侧面写了院长的态度；并将吴心婷的自言自语"许明扬，你究竟要干什么"转化为"打电话"的外部动作，更为自然、生活化地呈现出人物内心的冲突，也符合妻子给丈夫打电话的规定情境，无疑对严肃的工作环境起到了调剂的作用。后续对吴心婷"不能让医院未来毁在我手上"等内心活动的修改，均可以遵循这一思路展开：既可以是在电话中对许明扬发出"你是不是要毁掉医院"的质问，也可以是针对秘书疑问的一种回答。

案例三

上述案例中，基本采纳了 AI 生成的情节，只是从叙事方面进行了调整，但有时我们也需要对 AI 生成的情节进行调整。以《我们是乡下来的装修队》为例，以下是 AI 生成的原始文本：

第一幕

第一场

　　　　【仓库内，灯光昏黄，阿秋站在简陋的木桌旁，手握粉笔，在墙上勾勒着线条。泥水匠阿平擦着汗，笑着坐下，其他队员——阿花、阿全、阿虎及搬运工们也纷纷围拢过来，眼中闪烁着期待。

阿　　秋　（转身，目光坚定）兄弟们，看看这面墙，这就是咱们的未来！小木鱼装修队，要在城里闯出名堂，让那些高楼大厦也知道，咱们的手艺不比谁差！

阿　　平　（点头，擦汗的手停在空中）对，秋哥说得对！咱们得让城里人瞧瞧，啥是真正的匠心独运！

阿　　花　（兴奋地拍手）没错，咱们不仅要装修房子，还要装修人心，让每个家都充满温暖和快乐！

阿　全　（眉头微皱，思考状）可第一单就遇上这么棘手的，要给离婚的夫妻装修，还得劝和，难啊！

阿　秋　（微微一笑，眼中闪烁着智慧）难才有趣嘛！咱们就给他们设计个"和"字当头的公共空间，让他们一进家门就想起对方的好，这不就慢慢和好了嘛！

阿　虎　（拍胸脯）秋哥放心，咱们干活儿是一流的，劝架也是有一套！到时候我负责搬东西，也负责搬"心"，哈哈！

搬运工甲　（憨厚地笑）嘿嘿，阿虎哥说得对，咱们力气大，搬啥都行，搬心也不在话下！

搬运工乙　（附和）就是，咱们团结一心，啥难关都能过！

阿　花　（灵机一动）对了，咱们可以在公共区域放个"幸福树"，寓意着他们的婚姻像树一样茁壮成长，永不分离！

阿　全　（点头赞同）好主意！再加上点咱们水葫芦村的元素，让他们一进来就感觉回到了家，温馨又亲切。

阿　秋　（满意地点头）兄弟们，咱们就这么定了！用咱们的双手和智慧，给这对夫妻，也给这座城市，带来不一样的温暖和希望！

　　　　【众人纷纷点头，眼中闪烁着坚定与期待，气氛热烈而温馨。

第二场

　　　　【豪宅客厅内，装饰奢华，李夫人与李先生正站在中央，面色铁青，阿秋带着团队站在门口，略显尴尬。

阿　秋　（礼貌地）李夫人，李先生，我们是小木鱼装修队的，我是队长阿秋。请问，我们可以开始讨论装修方案了吗？

李夫人　（不耐烦地）装修？先别说那些，我们还没决定怎么分这个房子呢！

李先生　（愤慨）分房子？这房子是我们共同的回忆，怎么能说分就分？

李 夫 人　（冷笑）共同的回忆？别忘了，这房子可是我出钱买的！

李 先 生　（愤怒）难道我没有贡献吗？这些年我在外打拼，为的是谁？

李 夫 人　（从包里掏出一沓照片和证书，摔在茶几上）贡献？好啊，看看这些，我为公司拿了多少奖，为这个家付出了多少！

李 先 生　（沉默片刻，语气沉重）我知道你很辛苦，但婚姻不是比谁更辛苦，而是相互理解和支持。

阿　　秋　（见状，赶紧介入）李夫人，李先生，我理解你们现在心情都不好，但装修是个契机，我们可以一起创造一个更和谐的空间。

李 夫 人　（挑眉）说说看，你有什么想法？

阿　　秋　（灵机一动）我想，我们可以设立一个家庭贡献展，把你们各自的成就和为这个家的付出都展示出来，作为一个公共区域，也是给未来一个美好的记忆。

李 夫 人　（意外，略带兴趣）嗯？这个主意倒是新鲜。

李 先 生　（犹豫后点头）如果真能这样，也许……我们可以再试试。

阿　　秋　（趁机追问）那好，请问两位，有哪些具体的物品或者照片，想要展示在这个区域呢？

李 夫 人　（思考片刻）我那些奖杯和证书，还有我们一起旅行的照片。

李 先 生　（微笑，眼神柔和）我想挂上我们结婚时的照片，还有孩子们的成长点滴。

阿　　秋　（满意地）非常好，那我们就开始着手准备，相信这个空间会成为你们沟通的桥梁。

【李夫人和李先生对视一眼，虽然仍有隔阂，但气氛明显缓和。阿秋带领团队开始布置测量工具，准备下一步工作。】

第三场

　　　　　　　【装修现场，工具散落，李夫人与李先生站在房间中央，面
　　　　　　　色铁青，争执声此起彼伏。

李 夫 人　（尖声）你看看这个家，哪一样东西不是我辛辛苦苦挣来
　　　　　　　的？你除了赚钱，为这个家做过什么？

李 先 生　（冷笑）呵，你以为钱是那么好赚的？我在外面应酬，喝酒
　　　　　　　喝到吐，你有看到吗？

　　　　　　　【阿秋及团队成员站在一旁，面面相觑，阿秋悄悄向阿平使
　　　　　　　了个眼色，示意寻找介入时机。

阿 　 秋　（温和地）东家，东家，咱们先冷静一下，装修是大事，
　　　　　　　得好好商量。（轻声对团队）大家先继续手头的工作，别
　　　　　　　闲着。

　　　　　　　【李夫人情绪激动，挥手间不慎将李先生放在桌上的烟包扫
　　　　　　　落，她愣了一下，随即愤然捡起，扔进了垃圾桶。

阿 　 秋　（心中暗喜，表面平静）东家夫人，您这动作，我看得出，
　　　　　　　心里还是有这个家的。

李 夫 人　（愣了一下，语气稍缓）哼，谁稀罕这破烟包。

阿 　 秋　（趁机提议）既然如此，何不我们换个思路？把这里改造成
　　　　　　　一个展示两位东家共同努力的公共空间，记录下风风雨雨，
　　　　　　　也留给后代看看。

李 先 生　（若有所思）嗯？这……倒是个新点子。

李 夫 人　（眉头紧锁，但语气不再那么尖锐）怎么个展示法？

阿 　 秋　（微笑）比如说，这边墙可以放您的创业历程，那边则是李
　　　　　　　先生的奋斗故事。每一件展品，都代表着一段共同的记忆。

李 夫 人　（表情开始软化）听起来……倒像是那么回事。

李 先 生　（点头）是啊，这样一来，我们也能找个机会，好好聊聊这
　　　　　　　些年。

阿　　秋　（趁热打铁）对嘛，东家，家是需要两个人一起经营的。这
　　　　　　个空间，就作为咱们和解的起点，如何？

　　　　　　【李夫人与李先生对视一眼，沉默片刻后，缓缓点头。

李 夫 人　（轻声）好吧，就试试你的提议。

李 先 生　（微笑）嗯，谢谢你，阿秋。

　　　　　　【阿秋和团队成员相视一笑，知道他们已经成功迈出了第
　　　　　　一步。

第四场

　　　　　　【阿秋站在客厅中央，面向李夫人和李先生，手中拿着设计
　　　　　　图，面带微笑但眼神坚定。

阿　　秋　（诚恳地）李夫人，李先生，关于咱们这个大平层的改造，
　　　　　　我有个小小的建议。

李 夫 人　（挑眉，不屑）哦？说来听听。

阿　　秋　（展开设计图）我建议咱们设立一个特别的展陈区，专门用
　　　　　　来展示二位对这个家的贡献。无论是工作成就，还是生活
　　　　　　中的点滴，都值得我们铭记。

李 夫 人　（嘴角上扬，自信满满）哼，这主意不错。来，看看我这些
　　　　　　年的创业历程。（从名牌包里掏出一沓照片和证书，逐一
　　　　　　展示）

李 先 生　（面露难色，低头不语）我……我这些年，好像也没什么好
　　　　　　展示的。

李 夫 人　（转头看向李先生，语气挑衅）怎么会呢？李先生可是大忙
　　　　　　人，一定有不少辉煌的成就吧？

李 先 生　（被逼无奈，起身走向旧箱子）好吧，我倒是有几样旧东
　　　　　　西。（开始翻箱倒柜，拿出一件件旧物：旧奖杯、孩子的手
　　　　　　工作品、泛黄的合照）

阿　　秋　（见状，眼神一亮）这些都是宝贝啊！每一件背后都有故

事，不是吗？

李 夫 人 （看着这些旧物，语气缓和）嗯……这些……

李 先 生 （鼓起勇气，拿起一件旧奖杯）这是我刚创业时得的，那时候我们条件多艰苦，但我和团队一起拼了下来。

李 夫 人 （眼神温柔，轻声）我还记得，那时候你经常加班到深夜，我还埋怨过你。

李 先 生 （情绪激动）是啊，我也记得你为了支持我，辞去了工作，专心照顾家里。这些，都是我欠你的。

阿 　 秋 （适时插话）如果我们把这些照片和物品放在一起，再配上二位讲述的故事，这不仅仅是一个展陈区，更是一个充满爱的回忆角。

李 夫 人 （泪光闪烁）对，这样，我们的孩子将来也能看到，他们的父母是如何一步步走到今天的。

李 先 生 （拿出家庭合照，两人哽咽）看，这是我们最珍贵的照片，那时候的我们，多幸福啊。

以上文本基本上执行了场面大纲的对情节发展的要求，不过，内容重复、冲突简单、人物情感单一、对话缺乏动作性等问题，仍然不可避免，需要在许多方面进行调整。

首先是整合时空，调整剧情逻辑。比如，装修队是早就知道客户是离婚夫妇，还是在此后与这对夫妇的交往中，得知二人是因为离婚分家而装修。如果是后者，那就不存在提前设计方案的可能，必须到现场听取客户的意见后，才能确定如何设计方案。这样一来，第一场的故事就不能放在当前的时空，而应该调整或者删去。

其次是场面的调整。在 AI 给出的文本中，没有人物的上下场，所有的人物都在场上，这种设计不利于戏剧情势的发展，也不能给人物的下一步行动提供逻辑自洽。按照一般规则，应该给装修队及客户夫妇留出单独思索、判断、决定的空间。比如，装修队的成员看到夫妇二人面色不悦，猜测二人婚姻可能出现问题，这时需要夫妇二人不在场上；夫妇二人被感动、说服，也需要一个装修队不在场的二人独处空间。调整人物的上下场，能够更为充分地体现冲突的发展和人物克服困难付出的努力，比如设计夫妇二人在装修队面前，至少还能保持克制的礼貌，但装修队一离开，就会大吵大闹，甚至大打出手。从实际生活的角度出发，装修队理应丈量不同房间的面积，考察其情况，这也是让主人之一陪装修队一些成员上下场的好时机，留在场上的主人可以对装修队大倒苦水。装修队成员如果看出夫妇二人即将吵架，也会找借口避开，从而避免双方尴尬，但客户偏偏要让他们在场上评理……这样一来，人物对情势有一个发现、判断和决定的过程，戏剧情节也能够得到更充分的展现和发现，人物之间的强弱也能得到充分的变化，比现在要丰富和有趣得多。从剧作风格的喜剧性出发，增加喜剧性误会场面的安排也是可取的。

再次是增加对话的动作性，避免让对话停留在争吵上，而要赋予双方的对话一定的目的和动作性，促使他们为了这个目的而产生争执。比如，妻子的目的并不是真的想与丈夫离婚，只是想让丈夫知道，离开我你将寸步难行，故意让丈夫尴尬；而丈夫也并不想离婚，因此，对于妻子的无理要求步步退让，被逼到绝境时才予以反击。当然，这个过程是剑拔弩张、绝处逢生的，不能够像 AI 现在生成的文本那般浅尝辄止。当为人物的对话灌注一定的动作和意志目的后，对话便不再是三言两语的简单交锋，而成为要挑战对方底线、要让对方难堪的动作体现了。

从上述原则出发，我们针对其中一段进行了修改：

> 【豪宅客厅内，装饰奢华。门铃声响起，李夫人开门，阿秋带着团队站在门口。

阿　秋　（礼貌地）李夫人，我们是小木鱼装修队的，我是队长阿秋。请问，可以进来吗？

李夫人　进来吧。

阿　秋　（打量客厅装饰）这么漂亮的房子，不需要新装修吧？

李夫人　不是新装修，是分隔。这套房一共360平方米，你们把大客厅西面的两间给我分隔出去，把门堵死。

阿　秋　那西面……派什么用场？

李夫人　给他住。

阿　秋　有煤卫吗？

李夫人　没有，你们给他装上，钱我出。

阿　秋　这样分隔，叔叔同意吗？

李夫人　这不是你该问的事！这房子是我买的。这个家我说了算。

【一声抽水马桶声，李先生从卫生间出来。

李先生　我不同意！

李夫人　你不同意有什么用？你不同意也行，你搬出去住，永远也不要踏进这个门！

李先生　为什么要我搬出去？要搬你自己搬，这是我的家。

李夫人　你好意思说这是你的家？买这房子的钱你付了多少？

李先生　我的钱都是你管的，除了每个月800元生活费，我什么都给你了。

李夫人　你给了我多少？一年8万，还是10万？10年给了100万，还是200万？给我的钱，够买你那个卫生间吗？哼！

李先生　哼什么哼？当年要没有我，你能开那个小饭店？要不是我发明的"熏拉丝"这个菜的口碑好，那个小饭店能火吗？小饭店不火，你能一口气开出七八个连锁店吗？

李夫人　别再说你那个"熏拉丝"，就是你那个"熏拉丝"是三类保护动物，我的店全都被查封了，罚得我差点倾家荡产。

李先生　这怎么能怪我？

李夫人　不怪你怪谁？

阿　秋　叔叔阿姨，我可不可以问一句，好端端的大房子，你们为什么要分隔啊？

李夫人　这又是你不该问的问题！不过，看在你与我的儿子差不多年龄的分上，我就告诉你吧！他是个败家精！

李先生　你胡说什么？

李夫人　他与一个骗子喝酒喝多了就乱许愿，大包大揽为他的企业贷款做担保，结果那个骗子出事了，我白白损失了500万担保费！

李先生　他不是骗子，他是你的弟弟！

李夫人　同父异母，我不认他！

李先生　你讲不讲道理？

李夫人　我不讲道理。哼！小兄弟，不要再啰唆了，你们测量尺寸，早点出图纸吧！先分隔，再分居，再离婚！

李先生　分就分，离就离！不过，房间面积我半个平方都不能少！

李夫人　听我的，小客厅、大客厅以西归他，其他的，都是我的！

李先生　你凭什么要抢房？

李夫人　凭什么？凭实力，凭我对这个家的贡献！

李先生　我对这个家的贡献不比你少！

李夫人　你贡献了什么？你说说！

李先生　你贡献了什么？你说说！

李夫人　你先说！

李先生　你先说！

李夫人　明摆着的，我还用说吗？

李先生　我也是明摆着的，还用说吗？

　　　　【两人吵得不可开交。

阿　秋　叔叔阿姨，我有个主意，不知道可不可以说？

李夫人　你说吧！

阿　秋　我建议，不妨把这个大客厅做成一个精致的展览。

李夫人　展览？什么展览？

阿　秋　叔叔阿姨对家庭贡献的成果展。一方面记录下你们一起走过的路，另一方面，也可以给你们的后代看看父母创业的艰辛与自豪。

李太太　谁要跟他做展览？我不要跟他在一起！

李先生　我也不要跟你在一起！

阿　秋　对不起，我的意思是说，你们两个吵来吵去，也吵不出一个结果来。你说你的贡献大，他说他的牺牲多。倒不如把各自的功劳，都摆出来。谁的功劳占的面积大，这房子装修的时候，谁就占得多。你们看行不行？

李先生　我看没有那个必要。

李太太　我看你是不敢。

李先生　我不敢？

李太太　因为，你对这个家庭根本就没有贡献！他拿不出像样的东西来！

李先生　（被激怒）谁说我拿不出？到时候你不要后悔！

阿　秋　那就说定了。我们先量客厅面积，做展陈方案。叔叔阿姨这两天抓紧准备展示内容与展品。

李夫人　没问题。

阿　秋　叔叔？

李先生　我也没问题。

【阿秋和团队成员相视一笑。

修改围绕以下几个方面进行：首先，对时空进行整合，将原本发生在两个时空的事件集中到一个时空，从别墅开始写起。当然，如果我们考虑保留 AI 所生成的在门外发生的对话，那么也可以使用另一种调整方式，即通过表现装修队对方案充满信心或惴惴不安的细节，为后续情节的发展做好铺垫。为了进一步铺垫，也可以设置门内与门外两个空间，甚至可以让外面的人听到门内的争吵，增加情节的趣味性。其次，将平铺直叙的故事，变成生动的情节。比如阿秋对夫妇二人的关系，具有一个发现的过程，那么这对夫妇的对话也具有了相应的动作性——如此装修是为了抢夺房产。最后，根据剧作风格，调整人物的心理逻辑，增加情节的趣味性。本剧的定位是喜剧，因此也要从喜剧逻辑入手丰富人物。这里李夫人提出的"把门堵死""重装煤卫"等要求，就是一种喜剧性的细节发挥。

练习题：

1. 将设计的分幕大纲生成分场大纲设计。

2. 观察分场大纲，按照上编第二章和本章的相关要求，增加或合并场次。观察重场戏的位置。

3. 在场次大纲的基础上生成场面大纲，按照上编第二章和本章的相关要求，调剂人物的上下场。

4. 在场面大纲的基础上，生成人物对话。请不断返回修改场面大纲，观察何种情况下生成效果最好。

5. 人工修改对话，直到完成剧本。

后　记

自从 2022 年 GPT4 发布和 ChatGPT 的不俗表现，各个领域都开始尝试使用大模型，来提升在本领域的工作效率或者用户体验。大模型本身就擅长内容生成，那么，对于编剧领域，AI 到底会带来怎样的影响呢?

我们看到已经有不少公司和研究团队，早就开始了这方面的尝试。Google 公司的 DeepMind 团队发布了 Dramatron，在行业内造成了较大影响。几乎所有的人都意识到，大模型的兴起，必将对传统编剧思维和技法带来改变。

回归到我们自己，使用计算机技术辅助编剧的想法和尝试也是由来已久。早在 2009 年，在时任上海戏剧学院戏文系主任陆军老师的支持下，以及上海戏剧学院前科研处处长姚扣根教授的指导下，我就开始尝试将软件服务于教学创作，以减轻学生负担、提高课堂效率——当时首先是设计开发了一款单机版的"编剧动车"的软件，后来又开发了 Web 版本，将编剧理论、创作流程内化于其中，来帮助学生更好地创作话剧和戏曲。

不过，这个系统的体验并不好。由于基于编剧法的创作强调结构化的构思，使用时必须人工填写和输入各种表单，使用很不方便。此外，由于使用者对相关术语的一知半解，创作的流程也时时受阻。那时，我们就产生了写一本教材的想法。

感谢 2022 年大模型工具 GPT 的诞生，让原来需要人工填写的表单能够用 AI 来完成。同时我们也结合大模型的特点，重新思考创作中那些最重要的元素。在持续的实践中，我们感觉到，存在不同风格和类型的大型戏剧，它们在结构和事件选择上大相径庭，无法用一种编剧模式的规则去统一所有的类型。在升级创作理论的同时，也彻底重写了《编剧坊》系统，以期获得更好的用户体验。

探索的过程不是一帆风顺的，除了日常俗事的干扰外，更多的是思考的卡壳——不想写一本"坐而论道"面目生硬的著作，也不想人云亦云、流于油滑，然而在前辈们开辟的道路上行走，又欲突破其框架何其难哉！上编尚可借鉴平日授课和创作的经验，有所依托；下编的撰写可谓"一步九回头"，常常在电脑前一坐就是一天，不知不觉就从晨光熹微到了暮色四合，重建、生成仿佛没有个尽头。不过，时间不容许我无限制地测试下去，到了必须"抛砖引玉"的时候了——相信此砖在前，定有珠玉琳琅在后。

感谢数十载来在课堂上与我相依相伴的同学们，教与学中的痛点和难点构成了本书的基本框架和章节。

感谢带我走进戏剧殿堂，让编剧学扎根上戏，用他的睿智、敬业、执着、宽容不断鞭策我的陆军老师。他在学术上的敏锐嗅觉、艺术上的包容视野也令我受益良多。他还很有兴趣地试用了本平台，给予了许多极有价值的建议。

感谢在编剧学领域不断开拓疆域、给予我研究灵感的姚扣根老师。他的突破性、超越性的视野令很多人受益。

特别感谢本书的编辑赵蔚华女士。她在校完《编剧叙事学导论》后，忍受了我长达半年的词不达意、修订更正，稍事休息就接到了这本《大型戏剧编剧实务》的书稿的出版任务，其中的辛苦和挑战不言而喻。

书中难免有疏漏之处，特此先行致歉！请诸位不吝赐教，以便日后修改完善！

千里之行，始于足下；路虽千里，行且将至。相信大模型辅助编剧终有大放异彩之日！

刘艳卉

2025 年 1 月

图书在版编目(CIP)数据

大型戏剧编剧实务 ：在人工智能的辅助下 / 刘艳卉
著. -- 上海 ：上海人民出版社，2025. -- ISBN 978-7
-208-19249-2

Ⅰ. I053

中国国家版本馆 CIP 数据核字第 202480VB56 号

责任编辑　赵蔚华
封面设计　谢定莹

大型戏剧编剧实务
——在人工智能的辅助下

刘艳卉　著

出　　版　上海人民出版社
　　　　　（201101　上海市闵行区号景路 159 弄 C 座）
发　　行　上海人民出版社发行中心
印　　刷　苏州工业园区美柯乐制版印务有限责任公司
开　　本　720×1000　1/16
印　　张　25
插　　页　3
字　　数　343,000
版　　次　2025 年 3 月第 1 版
印　　次　2025 年 3 月第 1 次印刷
ISBN 978 - 7 - 208 - 19249 - 2/J • 746
定　　价　108.00 元